U0022589

工藤貴正———著

吉田陽子———校對‧編修

廚川白村現象

在中國與臺灣

推薦序：其實，還是因為「愛」！

　　工藤貴正教授的巨著《廚川白村現象在中國與臺灣》，要在下來寫一篇推薦序，其實是很惶恐的。特別是拜讀了如此鉅細靡遺的蒐證與思索，要試圖分析在日本都快要被遺忘的「廚川白村現象」，究竟為什麼在所謂的華語圈中依然有著既定的影響力，著實並不是一件容易的事。

　　說起廚川白村，除了他的著作在當年的日本相當暢銷之外，其影響力之所以大的緣故，其實和他的華語譯者的身份相關。在文學界，魯迅和豐子愷譯了《苦悶的象徵》、魯迅也譯了《出了象牙塔之後》、羅迪先譯了《近代文學十講》、任白濤編譯了《戀愛論》、夏丏尊譯了超暢銷的《近代的戀愛觀》……；在電影界，田漢、鄭伯奇還和他本人有過深入的交談、當然還有郭沫若等「創造社」同人和夏衍等人，亦受到他的影響。工藤教授將之比喻為與應與村上春樹現象等量齊觀。這對於較為年輕的讀者或研究者來說，或許會有所疑惑，而這本書，就恰恰為這個研究主題，不只解惑、不只披荊斬棘，甚至可說是開出了一條可行人車之大路了。

　　在二十世紀初的亞洲，西化的課題、「歐羅巴」的威脅、知識份子的激越……是屬於那個時代的熱血；「自由」是對抗鋪天蓋地幾乎要溺死人的封建思想的救命之索。而「戀愛」則是具體地在身體上實現思想的方式，拿著一本寫著西方文字的書籍，漫步間思索著文學或藝術是苦悶的象徵……這些至今很老文青的、我們對於廚川白村現象的理解，是對的，卻也是籠統的；工藤教授這本大作，詳實精密地探討了同一時代的日本、中國、臺灣的現代化中，廚川白村的著作所扮演的西洋文藝思潮指南書的角色、並兼及後續因為翻譯而產生的迴響與變形；在方法論上，以翻譯文學與世界文學為定基之礎石，鋪陳出此一「現象」的前因後果，不只是文學、文化、知識份子論研究之重要參考，更是新世紀，有志研究「泛亞洲主義」者必讀的研究實例。

　　本書行文工整詳盡，對上述相關研究是至為重要的引航明燈，甚且基於對華語圈知識分期、分界的精準認識，在中國及臺灣部分，都也精要地提出了綿密且相關的人、事及出版資料之網絡。更不用說，將日本近、現

代文學網絡中，所謂的「左翼」概略式的大旗下，將華語圈知識份子難以理解的日本普羅文學之流變、其間的文藝主張與廚川白村之間的關連予以梳理，中、日知識份子的系譜中，針對廚川白村的戀愛至上主義等主張，耙梳出所謂的「大正浪漫」、「大正生命主義」、左翼階級、理想及普羅寫實主義之間真正的異同和形貌，實在不得不佩服其分析和歸納之能力。更為這些複雜難解的研究課題，找到了切入的支點。

在那個年代，所謂的左翼、所謂的階級解放、所謂的理想，是知識份子熱情之所在。而工藤教授令人深覺興味盎然之處在於，分析廚川白村之餘，同時為華語圈的研究者細細理出日本左翼的實際情況，日本文壇中至今對於普羅文學多數定義在於「追求虛構的理想」及「追求理想性的愛的感覺」，簡言之，當時不談左翼沒朋友、沒愛人所造成的流行現象就是從何而來？相信對華語圈的讀者與研究者來說，或許並不容易理解，普羅文學會被視為是追求時髦與戀愛的評斷。若以電影來比喻的話，大概是黑澤明那部頗受負評的《我的青春無悔》中的那種執著於所謂的左翼精神，但卻又讓真正經歷過那個時代的人覺得與事實相背離的生硬吧！工藤教授行文之間，是在探索這些和廚川白村現象的關連性的。以嚴謹的學術來論證更是艱難，但工藤教授不只以精確的資料及評述來鋪陳，更神來一筆的利用時間點，將有島武郎和波多野秋子的殉情、〈一項宣言〉和廚川白村為了有島武郎所寫的辯解之文〈重複自殺〉、譯者魯迅因和弟弟夫妻不合搬出宅院的事件和當時的《壁下譯叢》相連結，讓人不得不佩服，工藤教授在此展現出了屬於日本的知識份子特有的細膩感性及站在堅實的學術基礎上論述事件時所展演的與過往文人相知相惜的感性文筆。

致後輩的研究者及讀者，不論您是關心日本、大亞洲主義、翻譯、文學、民國文壇等課題或是文青現象，《廚川白村現象在中國與臺灣》是一極佳的參考研究範式、更為在泛論式的討論前現代的課題時，提供了目標精準又深刻的研究實作。看看，老文青們是怎麼衝破知識的黑霧、怎麼相準了理想，然後，就奮不顧身地「愛」了這一回、那一生！

天主教輔仁大學日文系教授兼日本研究中心主任　何思慎
天主教輔仁大學日文系講師、跨文化研究所博士生　洪韶翎

前言

　　近代臺灣、中國與日本之間的互動往來，關係多重，面向繁複，多樣難盡。只是，彼此之間悲劇性的遭遇，往往讓世界對這段歷史的理解和認識，難逃國族主義之網羅。如何竭力跳脫既存的認識架構，創生別出新裁的實質歷史知識，進而打造彼此可能和解共生的認識基礎，自是吾輩學界中人的本分職責。至於怎樣以這等意念開展研究，工藤貴正教授的這部力作，正做出了具體的示範，深具路向意義；有意問津於斯的後繼者，實在值得再三揣摩品味。

　　由於魯迅的關係，廚川白村在漢語思想界裡，從來就不是異鄉他邦的「陌生人」；學界的研究，自是不可勝數。然而，如同本書顯示的，一旦放寬視野，廚川白村的影響所及，絕對不會只是魯迅而已；其間歷程，更是曲折婉蜒。借用薩依德（Edward W. Said）的「理論旅行」（traveling theory）的論述觀點，觀念和理論從這一種文化向另一種文化的移動際遇，從這一場景（setting）到另一場景的歷史轉移過程（a historical transfer），錯綜複雜。廚川白村在漢語世界的「理論旅行」，同樣不是水到渠成。工藤教授詳縝考察了廚川白村著作的各種漢語譯本，進而闡明，廚川的文本，經過了翻譯之後，如何為中國大陸、民國文壇的知識人接受，並且探討經過翻譯的廚川文體的特點。繼而，他研究臺灣脈絡下的廚川白村；特別是，工藤教授認為，1949 年之後的臺灣，做為「持續的民國文壇」，廚川白村及其著作，被反覆翻譯出版，始終「人氣」不衰，箇中原因，在於廚川的著作猶如啟蒙之作，概論之書，是親近「西洋近代文學」的方便之門。在漢語世界裡的廚川形象與其著作，既與時代的需要相呼應，也引領時代的思想路向。

　　經過工藤教授的講述，廚川白村在漢語世界的「理論旅行」這段故事，看似清晰曉暢，其實「多年辛苦不尋常」。工藤教授好似「上窮碧落下黃泉」，一一尋覓廚川著作的各種版本，檢覈同異；比對原著與漢譯的內容，查考去取，方始歸納具體的結論。工藤教授的業績，具體顯現日本學界「實

證主義」的治學風範，自可突破既有研究的闕失；較諸一筆灑遍天下勝景的泛泛之論，工藤教授以繡花針織就的圖景，自是美不勝收。

　　舉例而言，本書第六章：〈一個中學教師的《文學概論》〉，工藤教授考察了任教浙江省立第十中學的「一介無名中學教師王耘莊」，教授「文學概論」課程的教材《文學概論》（1929 年），如何徵引襲取了本間久雄《新文學概論》和廚川白村《苦悶的象徵》、《出了象牙之塔》的文藝論。藉由文本的詳縝比對，工藤教授揭示的歷史圖像，豐瞻華美。近代日本對中國的思想變遷，究竟提供了什麼樣的動力，又怎樣代代傳承相衍，就此個案，工藤教授創造的知識空間，明確實在，無可移易。再如，就臺灣來說，工藤教授追溯了廚川白村對臺灣新文學運動的影響，論證其淵源所在，卻是來自北京的「大正生命主義」（本書第八章）；況且，廚川白村在寶島臺灣的思想遺產，實不以 1949 年為斷限。即如臺灣商務印書館推出的《人人文庫》，物美價廉，筆者少年時期搜求不遺餘力，其中署名「本間久雄著，章錫光譯」的《新文學概論》，現在還擱在書架上。據工藤教授的研究，這個版本，根本就是「章錫琛」的譯本（本書第九章）。顯然，在臺灣成長的青年，沾潤的「思想資源」，恐怕不乏「五四」世代的心血。聯想所及，「五四」的思想種子，如何在臺灣成長苗壯，乃至花開滿園，確實大有琢磨空間。工藤教授奉獻的智慧與力氣，自可開啟多重的知識之窗，在在值得吾人頂禮以敬。

　　當然，在知識的海洋裡，領航者已然指出了方向，後繼者續航而進，自應「百尺竿頭」。像是工藤教授將王耘莊視為「一介無名中學教師」，即可稍予補充。其實，王耘莊也不完全是無名之輩。值此網際網路發達，資料檢索更為便利的時代，稍一考察，其大致生平，即已見諸網路報導（尹芙生，〈王耘莊教授的一生〉，嵊州新聞網，2012 年 06 月 07 日〔http://sznews.zjol.com.cn/sznews/system/2012/06/07/015107017.shtml；讀取時間：2016/8/15〕），藉此略可知曉，他是北京清華學校國學研究院的學生；筆者進而「順藤摸瓜」，檢索清華國學研究院相關文獻，知悉王耘莊嘗介紹同學朱芳圃擔任位於溫州的浙江省立第十中學國文教員（陳紀洋，〈中國古文字學家朱芳圃〉，夏曉虹、吳令華〔編〕，《清華同學與學術薪傳》，《學者追憶叢書》〔北京：生活・讀書・新知三聯書店，2009〕，頁 228-229）。自可確證，王耘莊實乃系出名門。那麼，他會取引當時堪稱最新思潮的本

間久雄與廚川白村的文藝論，藉以傳授生徒，布道開講，當是其來有自；
就此一例，自可遙想，清華園內那群國學研究院的學生，承受的知識與訓
練，絕對不僅是「國學」而已。

工藤教授遠居東瀛，本無緣相識。筆者研究美國華盛頓（George
Washington）在近代中國的歷史形象，拜讀其大著：〈魯迅の翻訳研究（1）
──外國文學の受容と思想形成への影響、そして展開〉（1989），驚其
博學多聞；經摯友孫江與黃東蘭教授之中介，得以結緣，論學史林，其樂
無窮。工藤教授積多年心力完成的這部力作，即將堂皇與漢語世界的讀者
見面，讓更多的學林同好得以分享他的心力所聚，其實就是臺灣與日本文
化交流互動的一樁盛事。在這部力作的漢譯本問世前夕，承工藤教授厚
愛，邀請為序，力辭不果，謹此敬述一二。倘若有助於讀者領略本書的妙
諦精義之所在，掌握工藤貴正教授的智慧成果積蘊的啟發意義，必將是筆
者最大的榮幸。

中央研究院近代史研究所研究員兼胡適紀念館主任

潘光哲敬筆　2016 年 8 月 15 日

目 次

序章　何謂中國語境中的「廚川白村現象」

何謂中國語境中的「廚川白村現象」呢？

　　在日本如彗星般出現、風靡一時的廚川白村（1880.11.19-1923.9.2）的著作，在他逝世後卻迅速地被遺忘了。然而，在中國語境（以中國大陸、臺灣為中心，包括香港地區）的知識分子之中，他卻比夏目漱石、森鷗外、芥川龍之介和川端康成等日本代表性作家更具知名度。並且就日本人的著作而言，他的作品被系統地譯成中文，可以與當今的村上春樹匹敵。再者，他超越時代在各個地域生根並保留下來。這種現象即是「廚川白村現象」。不過廚川的著作在中國語境中被接受的始作俑者的譯者是著名的知識分子，接受對象是以學生、評論家、作家為主的知識分子，因此，換言之「廚川現象」也指作為知性現象的廚川白村及其著作被重視的狀況。

　　這種現象是從一九二〇、三〇年代的民國文壇，留學日本的田漢、鄭伯奇訪問廚川白村、郭沫若以「創作論」對《苦悶的象徵》的接受為開端的。對此進行了推動的是魯迅翻譯的《苦悶的象徵》與《出了象牙之塔》。魯迅·豐子愷所譯《苦悶的象徵》作為創作論、文學論的著作得到普及，羅迪先所譯《近代文學十講》被當作介紹西洋近代文藝思潮的著作來使用。任白濤所譯《戀愛論》和夏丏尊所譯《近代的戀愛觀》則作為介紹「近代」論的戀愛、結婚觀的著作用以閱讀；魯迅所譯《出了象牙之塔》和劉大杰所譯《走向十字街頭》等代表作則以其批判文明及改造國民性等主張，作為具有反抗精神的社會批評論來閱讀。閱讀了廚川白村的諸多經翻譯後的作品，葉靈鳳等同時代的知識分子指出，廚川文體對民國時期的散文（小品文）產生了巨大影響，並對他的文體給予了高度評價。

　　此後國共內戰，戰敗後的國民黨遷移至臺灣，在臺灣形成了持續的「民國文壇」。一九五〇年代蔣介石的國民黨政權的「反共」牽制著文壇，而另一方面從大陸來臺灣的所謂外省人的第一代作家「鄉愁」文學時代應運而生。六〇年代隨著成為臺灣現代主義文學基地的《現代文學》的創刊，迎來了作為現代想像模式的西洋近代文學的接受時代。在這種情況下，廚

川白村的著作作為便於簡要地理解「西洋近代文學」的啟蒙概說書籍得到反復翻譯出版。僅僅初版書，從 1957.12 到 2002.12 至少出版了十二種，其中六種集中出版於七〇年代。從七〇年代的特徵來看，這些被看作是以解說「西洋近代文學」的概論書而起到了作用。

　　中國在改革開放的現代化路線下，經歷了一九八〇年代的漫長的空白時期後廚川白村的著作再次得以出版。從八〇年代以「走向世界」為關鍵詞，諸如「魯迅與廚川白村」為代表的比較文學研究方法的開始，發展到九〇年代的以「現代性」為關鍵詞，以與西洋近代文藝思潮有關的文藝思想相置換的研究方法，再到二〇〇〇年代從各個角度再次接納廚川的著作為止，甚至出現了研究廚川其人及其文藝觀的「廚川白村研究」。

　　筆者所謂的中國語境中的「廚川白村現象」，即指諸如此類的廚川白村的著作以各個時代及各個地區的特性為條件而被持續下來的現象。

　　筆者 1998 年 12 月在上海圖書館找到了廚川白村著・羅迪先譯的《近代文學十講》，讀到了如下引用的一部分廚川的中文翻譯。當時筆者的感受是這部著作所描述的不正是當今的中國現狀嗎？也就是說，九〇年代後期中國人的生活及精神狀態，正如廚川如下所指出的那樣：是由於受「外部生活」以及科學精神的影響「內部生活」所起的變化。

　　　　近代的歐羅巴，不像古時，有貴族僧侶。階級制度減了，變成自由平等的世，全然是個人實力競爭的世了。無論怎樣有銅錢，競爭比人後一步，馬上要遭著流離落魄的悲運。起居坐臥，一日一刻，生活問題不能離開人人的念頭。而且現在所謂暴富（Parvenu）很多，埭臺安 Alphonse Daudet 的小說 Le Nabob 裡，所描寫的起身卑賤，一躍獲得了鉅萬的財，在交際社會好運的暴富黨，現在是很多了。黃金萬能的勢，假使依此而名譽，地位，權利，都已得到，富的人更想求富，苦心焦慮，自己知足的決沒有，因此貧富的相隔更甚，成了富者益富，貧者益貧的狀態，所以近代社會生出種種弊病來了。曹拉 Zola 一流自然派文學，所寫的下層社會的悲慘狀態，一生存競爭的劣敗者，落伍者的浮浪生活，今日文明進步的國家，更加屬害。實際在近代歐洲各貧窮 Pauperism 的悲慘狀態，到底為吾人

想像所不及的，不到倫敦的貧民窟 Slum，不知道那種慘狀，犯罪的，自殺的，年年增多，這是在統計上所表明的事實。

近代雖是重個人自由的時代，但因為有激烈的生存競爭，個人不能任意伸展他的自由，因為有這種矛盾衝突，個人對於社會，自己覺得自己的弱，苦悶的也多了。

——第一講「序論」二「時代的概觀」

實際「都市病」的原因，不單是激烈的生存競爭，就是外界激烈的刺戟，波及到神經，也為有力的原因，是不容疑的事實了。要之，都會受了近代文明的恩惠最大。同時受了他的弊害，也很利害的。

所以說近代的歐洲文學，是都會的文學，這個決不是像十八世紀時候，都雅，典麗，高尚的文學的意味，是指刺戟很強烈的都會生活做中心的文學而說的。都會生活的種種病的現象，是最顯明表現出來的文學。在近代田園文學，雖即不是說沒有，但和古時潘士 Bruus 華士華爾斯 Wordsworth 的作品，全然是異性質的東西了。譬如疲倦了都會生活的人心，常常回想幼少時的田園風光，和簡朴的的生活。這是一種望鄉心 Nostalgia。還有飽厭了種種刺戟的人，遇著靜穩無事的田園的生活，這個卻又成了一種新的刺戟。近代的田園文學，都多從這樣的心想生出來的，所以這個決不是純粹的田園文學，仍舊是都會生活做中心的文學，不免是都會人所見的田園文學。近來，德國有稱為「鄉土藝術」一類的小說，離了都會生活，描寫作家的鄉土話的文學，也不過是這類的文藝罷了。

——第二講「近代生活」三「疲勞以及神經之病的狀態」

以上是在上海圖書館讀到的廚川白村《近代文學十講》中的一段。

曾經放棄了西洋近代文明而去追求具有本國特色的「近代」的中國，在二十年前雖然生活貧困但收入平均的中國、暗中信奉「有權就有錢」的中國發生了劇烈的變化。如今都市物質豐富，生存競爭激烈，拜金主義橫

行，貧富差距頗大，富人有錢卻變得愈加苛刻，窮人嚮往財富卻愈加困窘。正諸如「有錢就有一切」、「有錢就是爺」、「錢不是萬能的，沒錢是萬萬不能的」之類的流行語所象徵的那種價值觀念的核心已經發生了變化，由上海為代表的都市市民的「外部生活」為之一變。並且筆者回日本後閱覽到了《編年體大正文學全集・第 1 卷》（東京：ゆまに書房，2000.5）所收錄的「《近代文學十講》（抄）第二講〈近代的生活〉三、四」，其中有一部分與筆者以上引用部分重合，這說明當時就有人認識到日本也有著與中國相似的危機而想要敲響警鐘的。

　　日本全體國民在明治維新後確立了義務教育制度，西洋近代文藝思潮之中從古典主義到浪漫主義，從浪漫主義到自然主義，從自然主義到新浪漫派（象徵主義、唯美主義和表現主義等）的文藝思潮的變遷階段，都一一登場並在最後被取代。但是以知識分子為中心在向西洋的近代化邁進的過程中，在中國發生了確立白話文文學的「文學革命」的 1910 年後期，不管是歐洲還是日本的文學作品的傾向，都已經發展到了新浪漫派了。因此結果在中國，不管是浪漫主義還是自然主義都沒有經過「批判」洗禮的過程，浪漫派的作品、自然派的作品和新浪漫派的作品在同一時期得以翻譯，從而登上了同一文壇。

　　的確在中國的知識分子之中，既有意識到文藝思潮中創作手法和流派的變遷而著手翻譯作品的魯迅，也有意識到近代文藝思潮變遷並預感到無產階級文藝即將到來的李漢俊（1890.4.2-1927.12.17）等等，可是除了這樣的人物以外，不少一般的知識分子的傾向是，「辛亥革命」之前有日本留學經驗的人傾向於自然主義（不是日本的自然主義，而是西洋近代文藝思潮的「自然主義」）的作品，而且其作品也是自然主義的。有「辛亥革命」及「文學革命」以後留學經驗的，則強烈地傾向於時代尖端的新浪漫派的作品，而且其文風也是新浪漫派的。而且 1920 年中期以後留學日本者，則學到很多無產階級文學以及文藝理論。

　　一九三〇年代的大都會上海，追隨著同時代歐洲和日本的步調，產生了超越國家和國籍的近代都市文學。其創作手法及作品傾向有自然派的、有新浪漫派的、同時也有無產階級文學派的，形成了多樣化的都市文學。然後，六十年後的一九九〇年代的上海，又出現了打著「上海某某」招牌

的作品，使得失去了中國獨特濃厚的國民文學的特色，又出現了國家和國籍不明的全球化的都市文學。

　　筆者在 1998 年讀到廚川白村的《近代文學十講》的中文譯本時，真正的體會到了中國曾一度放棄的西洋近代文化又得以回歸。這樣就產生了去探討廚川的著作給民國文壇帶來的意義，以及給一九八〇年代後的現代所帶來的意義的構思。

　　最近在中國的「翻譯文學研究」領域中引用了勞倫斯（Lawrence Venuti的《譯者的隱身：一部翻譯史》（*TheTranslatorte's Invisibility： A History of Translation*，Routledge，1995）中「歸化」「domestication」和「異化」「foreignization」這兩個關鍵詞的論文集上刊登了好幾篇論文。在日本，藤井省三新譯的《故鄉／阿 Q 正傳》（光文社，古典新譯文庫，2009.4）的「譯者後記」中提到：對於「把魯迅本土化的竹內好譯本」論述為，所謂把魯迅本土化也不是說把魯迅文學翻譯成現代日語，而藤井氏的新譯則試圖把日譯文變為魯迅化（Luxunization）。在日本戰後，通過竹內好翻譯的魯迅文學廣泛地被日本各種年齡的人們所接受。譬如 1972 年以後竹內好所譯《故鄉》被用於初三的語文課本之中（由學校圖書、教育出版、三省堂、東京書籍和光村社等出版），滲透到了廣大年輕人之中。但，藤井氏一方面評價竹內好的功績，一方面避開他的那種短句型的漢語訓讀式的語言、雖清晰但非冗長乏味的文體，而是重視魯迅文體自身的句讀，進行了對照性的翻譯，以彆扭的長句來呈現如迷宮般的思考表現的魯迅文體的特徵，嘗試了所謂的日語譯文的魯迅化。並且本書從這篇「譯者後記」中得到啟示，以廚川文體和他的中文翻譯文體為線索，去考察廚川白村為何在日本不被重視而為人遺忘，但在中國大陸、臺灣被翻成的中文文體卻博得了好評，並提出了如下的一個概念：

　　　　美國翻譯理論家勞倫斯・韋努蒂（L・venuti）從 Domestication 和 foreignization 兩方面來分析外語翻譯活動。Domestication 就是外語、外來文化的當地化、本土化，foreignization 就是當地文化、本土文化的異國化。中文各自將其翻成「歸化」和「異化」。就魯迅文學的日語化來說，也可以說是魯迅文體和現代中國文化在日本的當地化，以及日本文化的魯迅化、中國化。至今為止的魯迅翻譯，

總的說來帶著濃厚的 domestication 的傾向，而其中竹內好
（1910-1977）的翻譯堪稱當地化之最。

　　廚川白村的譯本在中國語境中廣為流行並博得好評，其原因是否因進
行中文翻譯而實現了廚川文體、廚川白村的當地化即中國化（中文譯為「歸
化」）呢？反言之，是否中文翻譯也實現了日本化、廚川白村化（「異化」）
呢？還是跟藤井氏所言及的「歸化」及「異化」根本就沒有關係呢？這是
值得研究的問題，將於最後一章進行探討。
　　在此，將廚川白村的著作集（粗體字）和以單行本出版的翻譯集按年
代順序作如下的排列：

（1）《近代文學十講》東京：大日本圖書株式會社（1912 年 3 月
　　　17 日初版。）
（2）《文藝思潮論》東京：大日本圖書株式會社（1914 年 4 月 28
　　　日初版。）
（3）《狂犬》（翻譯小說集 7 篇）東京：大日本圖書株式會社（1915
　　　年 12 月初版。）
（4）《新門羅主義》（Sherrill 著 譯本）東京：警醒社（1916 年 12
　　　月初版。）
（5）《印象記》東京：積善館（1918 年 5 月 15 日初版。）
（6）《小泉八雲及其他》東京：積善館（1919 年 2 月 20 日初版。）
（7）《出了象牙之塔》東京：福永書店（1920 年 6 月 22 日初版。）
（8）《英文短篇小說集》（編）東京：積善館（1920 年 8 月初版。）
（9）《北美印象記》東京：積善館（1920 年 9 月 25 日初版，縮印
　　　版。）
（10）《英詩選釋》1 卷（譯詩集）東京：アルス社（1922 年 3 月
　　　初版。）
（11）《近代的戀愛觀》東京：改造社（1922 月 10 月 29 日初版。）
（12）《走向十字街頭》東京：福永書店（1923 年 12 月 10 日初版。）
（13）《苦悶的象徵》東京：改造社（1924 年 2 月 4 日初版。）

（14）《現代抒情詩選》（英詩選釋第 2 卷、翻譯詩集）東京：アルス社（1924 年 3 月初版。）

（15）《最近英詩概論》東京：福永書店（1926 年 7 月 8 日初版。）

　　這十五本中除了翻譯集以及把《印象記》中屬於北美旅行記的作品再版的《北美印象記》之外，廚川白村的著作可以整理出《近代文學十講》、《文藝思潮論》、《小泉八雲及其他》、《出了象牙之塔》、《近代的戀愛觀》、《走出十字街頭》、《印象記》、《苦悶的象徵》、《最近英詩概論》這九篇。從《近代文學十講》開始，到去世後出版的《苦悶的象徵》為止，廚川的每一部著作都是暢銷書，特別是《近代的戀愛觀》，從初版付梓僅僅三年就印了一百二十多版。

　　喜好新事物的日本人敏感地呼應時代的風潮和時尚，對勞動問題、社會問題、戀愛·結婚問題等作出評論的《近代文學十講》、《出了象牙之塔》、《近代的戀愛觀》、《走向十字街頭》這樣的作品走在時代的先端，使得廚川白村在　夜之間成了時代的寵兒。可是這些著作雖然引起了褒貶不　的反響，但因作者喪命於 1923 年 9 月 1 日發生的關東大地震，這些論爭也就失去了當事人。曾給予廣人知識分子、一般大眾以莫大影響的廚川白村也就過早地被人遺忘了。

　　再把視線轉移到中國來看，在一九二〇、三〇年代的中國，廚川白村的著作僅除了《最近英詩概論》一部之外，均被譯成了中文，這個事實是值得一提的。在第二章中將詳細探討民國文壇的知識分子與廚川白村的關係。在此先按時間順序列出其譯本十一冊，並列出譯者留學日本的時期。（〔　〕內是留學日本的時期及留學地點。）

①《近代文學十講》上（1922 年 8 月初版）、下（1922 年 10 月初版。）譯者：羅迪先（?-?）[?-?]

②編譯《戀愛論》（1923 年 7 月初譯版，1926 年改譯版。）譯者：任白濤（1890-1952）[1916-1921，早稻田大學政治經濟系。]

③《文藝思潮論》（1924 年 12 月初版。）譯者：樊從予，即樊仲雲（1901-1989）[?-?，東京帝國大學政治經濟系畢業。]

④《苦悶的象徵》（1924 年 12 月初版。）譯者：魯迅（1881-1936）
[1902-1909，弘文學院，仙台醫學專門學校，德語專修學校。]

⑤《苦悶的象徵》（1925 年 3 月初版。）譯者：豐子愷（1898-1975）
[1921 年春-1921 年冬。]

⑥《出了象牙之塔》（1925 年 12 月初版。）譯者：同前魯迅

⑦《走向十字街頭》（1928 年 8 月初版。）譯者：綠蕉・大杰，即
劉大杰（1904-1977）[1926-1930，早稻田大學文學系畢業。]

⑧《近代的戀愛觀》（1928 年 9 月初版。）譯者：夏丏尊（1885-1946）
[1905-1907，弘文學院，東京高等工業學校。]

⑨《北美印象記》（1929 年 4 月初版。）譯者：沈端先，即夏衍
（1900-1995）[1920-1927，福岡明治專門學校電氣系畢業，九州
帝國大學。]

⑩《小泉八雲及其他》（1930 年 4 月初版。）譯者：綠蕉（一碧校），
即同前的劉大杰。

⑪《歐美文學評論》（1931 年 1 月初版）譯者：夏綠蕉，即同前的
劉大杰。

其中，魯迅和夏丏尊可以稱得上為第一代日本留學生，辛亥革命前置
身於日本，和廚川是修學年代差不多的同輩人。

羅迪先的經歷不明，樊仲雲的留學時期也尚不確定。但作為《近代文
學十講》、《文藝思潮論》的譯者，他們的留學時期可以確定在廚川作為
文藝批評家、社會批評家的活躍時期。

另外，在廚川的活躍期間留學日本的還有任白濤、豐子愷和夏衍。

廚川白村去世後留學日本的是劉大杰。他是在中國已經出版了魯迅
所譯《苦悶的象徵》、《出了象牙之塔》之後才到日本留學的，對於廚
川已有所了解，在早稻田大學在學期間的 1929 年 9 月曾參加了在京都舉
行的廚川的七週年忌辰。他把《走向十字街頭》、《小泉八雲及其他》以
及《印象記》中除去《北美印象記》的部分進行了翻譯，題為《歐美文學
評論》。

以上是廚川白村著作單行本的八位譯者。

中國大陸（Mainland China）的中華民國時期，日本人的個人的著作這樣被系統翻譯的是前所未有的。因此從幾乎與日本在同時期，並跨越了十年以上廚川白村的著作在中國大為流行這點來看，廚川可以說是給民國文壇帶來巨大影響的人物。並且魯迅翻譯的《苦悶的象徵》再版到十二版、共發行了兩萬六千冊。同樣魯迅翻譯的《出了象牙之塔》前後五版共計十版，大約發行了一萬九千五百冊。廚川白村也可以稱為是民國文壇上時代的寵兒。

在日本，廚川白村死後迅速地被遺忘了。然而在戰後日本人退去、1947年「2・28事件」以後的國民黨統治下的臺灣，也就是在「持續的民國文壇」，廚川的著作繼續被翻譯出來。國民黨統治下的臺灣，強制實行了對國民國家的言論以北京話為國語的語言政策。隨即出現了使用標準語翻譯廚川著作的知識分子。比如，僅以《苦悶的象徵》為例，就可以列出九種民國版本。

①徐雲濤譯《苦悶的象徵》臺南市：經緯書局，民國46年（1957）12月初版。

②琥珀出版部編譯《苦悶的象徵》臺北縣板橋市：民國61年（1972）5月出版。

③慕容菡（程思嘉）編譯《苦悶的象徵》臺北市：常春樹書坊，民國62年（1973）出版。

④德華出版社編輯部編譯《苦悶的象徵》臺南市：民國64年（1975）2月初版。

⑤顧寧譯《苦悶的象徵》臺中市：晨星出版社，民國65年（1976）三月版。

⑥林文瑞譯《苦悶的象徵》臺北市：志文出版社，民國68年（1979）11月初版。

⑦吳忠林譯《苦悶的象徵》臺北市：金楓出版社，民國79年（1990）11月版。

⑧魯迅譯《苦悶的象徵》臺北市：昭明出版社，民國89年（2000）7月版。

⑨魯迅譯《苦悶的象徵》臺北縣新店市：正中書局，民國 91 年（2002）
12 月初版。

　　1987 年 7 月 15 解除戒嚴令以後，漸漸地魯迅的著作也不再是禁書了。
二〇〇〇年代魯迅譯的《苦悶的象徵》正式登場，在此之前也已在暗中對
臺灣「民國文壇」的翻譯家們產生著影響。上述《苦悶的象徵》的譯者，
除魯迅之外，加上徐雲濤、慕容菡、顧寧、林文瑞、吳忠林五位，還有琥
珀出版部編譯版和德華出版社編輯部編譯版的二位譯者。關於這一點將於
第五章「翻譯作品中的廚川白村」中詳細論述。不過在此想強調的是廚川
著作的翻譯集中在七〇年代這一點。九種《苦悶的象徵》之中五種出現於
七〇年代，還有以下列出的除《苦悶的象徵》以外的三種譯書中有兩種也
是七〇年代出版的。

①金溟若譯《出了象牙之塔》臺北市：志文出版社，民國 56 年（1967）
11 月初版。
②陳曉南譯《西洋近代文藝思潮》臺北市：志文出版社，民國 64
年（1975）12 月初版。
③青欣譯《走向十字街頭》臺北市：志文出版社，民國 69 年（1980）
7 月初版。

　　臺灣以七〇年代為中心接受廚川白村著作的理由，將在第八章的「廚
川白村在臺灣」中詳細闡述。在此值得注目的是：在中國大陸對於廚川白
村的接受開始衰退的時期，以中國內戰敗北以後去臺灣的國民黨方面的外
省人為中心，繼承了廚川作品的人望而繼續進行翻譯，至今為止翻譯並發
行的書籍共有十二種之多。
　　那麼廚川白村的著作在中國的知識分子當中為何深受歡迎並如此受
到熱誠對待呢？相反來說，日本人對於廚川及其著作卻為何只是引起了一
時性的熱潮，隨後即遭到冷淡對待並很快被遺忘了呢？關於這一點正是之
所以執筆該書的問題意識之根本所在。
　　前些日子，筆者拜訪了廚川白村在京都岡崎南御所町四拾番地的故
居。他最終居住於此，告別儀式也是在此舉行的。這所廚川曾居住過的在

岡崎的家是一幢西式的小洋樓，在一樓有十幾張榻榻米大的西式房間據說是書齋兼會客室。這幢房子被稱作「鬼屋」，因為曾一度被毀而已經失去了當時的風貌。但是筆者拜訪之後，看到在岡崎大街平安神宮的東面緊靠著關西美術院旁邊，掛著「廚川白村舊宅」指南標牌的是一家漂亮的日本式小玩意的銷售店鋪，裡面有著壁龕的日本式房間做成的茶室。在那裡筆者一邊品茶，一邊凝視著院子裡的石燈籠，腦海中不禁浮現出田漢和鄭伯奇的廚川白村訪問記。

1920 年 3 月 18 日的晚上，中國知識分子代表之一的田漢（1898 年 3 月 12 日－1968 年 12 月 10 日）和鄭伯奇（1895 年 6 月 11 日－1979 年 11 月 2 日）一起對他們從心底裡尊敬並敬佩的廚川白村作了直接訪談。記有當時情況的文章被收錄在田漢的自傳中，其內容將在該「序章」的結尾部分進行介紹。從這篇文章中能夠領會到典型的中國知識分子對廚川的仰慕之情。

以下引用的文章是董健的「訪問廚川白村」（收錄於《田漢傳》中國現代作家傳記叢書，北京十月文藝出版社，1996 年 12 月）中，有關廚川白村與田漢、鄭伯奇對談場面的介紹。

《新羅曼主義及其他》寫於 1920 年 4 月，在此之前，田漢訪問過廚川白村。訪問之前，他已讀過一些廚川氏的著作，特別是《近代文學十講》一書對他影響頗大。此次訪問，進一步加強了他對新浪漫主義的信仰。

1920 年 3 月春假，田漢應約到福岡去看郭沫若，路過京都，逗留四天。18 日晚，他和在京都留學的鄭伯奇一道去訪問心儀已久的批評家、京都帝國大學教授廚川白村。在岡崎公園旁邊白村先生的家裡，自我介紹一番之後，田鄭二人脫鞋上了「榻榻米」，入了書室。話題很快便集中在文學問題上。

（……）

「現在我們這些二十歲上下的人，在文學與社會人生這兩者之間，如何找到一個『接合點』呢？這真是一個大問題。」

「此話怎講？」廚川白村沒有弄懂田漢的「接合點」是什麼意思。

「這問題是從先生的大作《近代文學十講》來的⋯⋯」

「噢，是嗎？」

「先生分析近代文藝思潮的變遷，非常透徹。您把浪漫主義時代、自然主義時代、現代主義（田漢的原著中為〈新浪漫主義〉——筆者）時代比做人的一生中的三個時期⋯⋯」

「是的，」廚川白村接下去說，「二十歲前後，天真熱情，朝氣勃勃，但又涉世不深，好作空想，這不是浪漫主義時代嗎？三十歲前後，懂事多、實在多了，現實感強起來了，體驗人生的矛盾和苦悶也多起來了，年輕時的好夢一破，悲慘世相畢現於眼前，這不是自然主義的時代嗎？」

「到了四十歲前後，人生甘苦已嘗了不少，——」熟悉廚川白村那部著作的田漢替他接著說下去，「對世事也看得更深更透了。雖有更大的煩悶，但也有更圓熟的靈質。這時奮起向未來追求，也更加思周慮密了，這就是現代主義、新浪漫主義的時代。我看先生這樣的比擬，不是真嘗過人間味和藝術味的人是道不出也道不得這麼親切的。可是，我們的問題也就從這裡產生了⋯⋯」

「噢，什麼問題？」

「人到了您說的第三個時期，老辣是老辣了，圓熟是圓熟了，可接著就是老朽、停滯以致死亡，難道文藝也如此嗎？現代主義藝術是否會變成腐水、死水呢？」

（⋯⋯）

田漢趕快把所謂「接合點」問題提出來。「是這樣的，白村先生，照現代主義思潮來看，這是一個文藝的煩悶圓熟時代，正相當於您所說的人生四十歲上下之時；相對於那個熱情的舊浪漫主義時代來說，這是一個新浪漫主義的時代。我們這些二十歲上下的年輕人，本來是最適合與那個熱情時代的舊浪漫主義接合的，可是我們似乎生錯了年代。當今，以我們熱烈奔放之妙齡，卻要面對一個煩悶圓熟的流派，這似乎有些「錯位」。叫我們處在煩悶圓熟的當代卻要去唱百年之前那熱情時代的歌，或者以百年之前熱情時代的靈質來對待當今這煩悶的時代，似乎都有些脫節，這不就需要尋出一個「接合點」嗎？

這是一個很有趣的問題。廚川白村十分佩服田漢敏銳的思考力，他想：「是的，像你們這樣的妙齡青年，入世未深，對人生之大悲苦了無體察，對西方近代哲學又未下功夫研究，是很難理解現代主義藝術的。」想到這裡，他慢慢地作答：

「田君的問題，我看可從兩端入手來解答。第一，當前中國社會與西方不同，西方反封建專制的浪漫主義啦，暴露社會黑暗的寫實主義、自然主義啦，在西方似已成隔日黃花，但對中國來說恐怕還是新東西。你們年輕人切不可因為熱衷於現代主義、新浪漫主義而忽視了這些傳統的或說舊的思潮和方法。與它們的『接合點』是好找的，單看你們國內的『易卜生熱』就很可說明這一點。第二，現代主義諸流派，即所謂新。

但由於時代不同，文化土壤不同，亦不必強求。如果對人生悲苦沒有深切的體察，只能識其皮毛而已，就像你們中國大詩人辛棄疾所說的：『少年不識愁滋味……為賦新詞強說愁。』當然，那些藝術表現的新方法拿來試試也無妨。所以，與現實主義、新浪漫主義的『接合點』，首先要從人生體驗上去找。我並不希望你們個人很倒霉，但不吃些人生之苦，如何能懂得藝術呢？……」

聽了這話，田漢想起不久前讀過的廚川白村的《北美印象紀》中《左腳切斷》一文，知道這位學者確實是深有所苦才對文學有那麼深的感悟。相比之下，自己簡直是太淺薄了。什麼「世紀病」啊，什麼「世界苦」啊，自己在詩中也煞有介事地叫喊過，但究竟有什麼「苦」的真體驗呢？他帶著敬佩的目光，看著面前這位四十歲的批評家，覺得他額上和眼角上的皺紋裡不僅埋藏著篤學深思的學者之氣，而且也瀰漫著人生的苦味。廚川白村這時也把話停下，看著沉思的的田漢。

「先生，中國提倡新文化已經三四年了，」鄭伯奇乘機插進話來，「可至今連一個純粹研究文學的團體和一種純文學刊物都沒有，這樣下去，真是走投無路了！」

鄭伯奇的話，把話頭轉到了當下中國的新文學問題上。白村說：「中國新文學將來如何，要看有沒有好作品出來。我對中國新文學希望很大。像田君這樣能動腦筋想問題，一定會大有作為的！」

「謝謝白村先生的鼓勵！不過──」田漢聽白村這樣鼓勵他，頗有些激動而又惶惑，因想到國內這兩年的新人物中間浮囂者多，真摯者少，對士風不無擔心，遂說：「不過現在新說迭出，新主義也不少，又太容易推許人，有些叫人眼花繚亂。」

「作家只管盡力去創作，不要去管評論家的說長道短。」白村先生說。「最重要的是，你們要多事創作。心中若是想要寫甚麼，便馬上要寫出來，不要管它好還是壞。因為思想這個東西不同別物，若不用它，它便要發霉發臭起來，記住：一有感觸，就要寫下來！」白村把手向小桌子重重地一放。

「創作自然重要，那麼請問，翻譯呢？」田漢問道。

「當然，翻譯也很要緊。」

「先生」鄭伯奇接著問，「您看世界文學中，首先值得我們翻譯的是哪些作品？」

「要建設自然主義文學，最好多譯易卜生。」

「還有呢？」田漢緊追著問。

「我覺得最最值得你們翻譯的是，恐怕還是俄國陀思妥耶夫斯基的作品。」廚川白村沈吟片刻又說：「大家天天都在說社會改造，但畢竟應該從個人的改造做起。在這方面，陀氏的作品能教我們做出多麼深刻的反省啊！」

「不過，白村先生，」鄭伯奇表示了一點不同的想法，「陀思妥耶夫斯基的基調太過於陰冷、灰暗了。」

「是啊，而且──」田漢補充說，「他的心理描寫又多是病態的，中國人不一定能接受。」

「這才是剛才田君說的『接合點』的問題了，」廚川白村的談興被兩位青年的問題所激，一下子更濃了，「你們不是很佩服現代主義的新浪漫主義嗎？我看，不懂得陀思妥耶夫斯基，也難得懂現代主義。田君的『接合點』能不能就從理解陀氏精神上找一找？什麼變態心理的描寫啦，什麼基調陰冷、灰暗啦，應該從人生體驗上多去想想，

找出這背後的東西來，從『冷』裡覺出熱，從『暗』裡察出人性的亮色來。」

（……）

「壽昌！」鄭伯奇看田漢似乎還要興致勃勃地談下去，便叫他打住，「你看看都什麼時候了，明天一早你還要趕去九州的車呢。」

夜九點半多，兩位中國的文學青年戀戀不捨地與廚川白村握別。

「『接合點』……人生大悲苦……新浪漫主義……陀思妥耶夫斯基……波德萊爾……」這幾個詞，這兩個人名，像簇簇火苗在田漢的意念世界裡不斷地跳躍、閃灼，直到第二天在開往九州的火車上，也沒有消失。

翌月 3 月 19 日，田漢去福岡拜訪郭沫若，告知自己從與廚川白村的對談中得益非淺，並告訴他自己所受的感動。以田漢、郭沫若和郁達夫為中心，1921 年先是在東京成立了創造社，隨後 21 年 1 月廚川白村的《苦悶的象徵》在《改造》（3 卷 1 號）上得以發表。不難想像這些創造社同人們在頻繁地交換文藝論的意見之中，對廚川的「文學是苦悶的象徵」一說產生了共鳴與共感，同時對作為創作論的《苦悶的象徵》給予了高度的評價，並對此達成了共識。

以上闡述了廚川白村被同時代的中國知識分子所仰慕、尊敬，並且後來在臺灣他的著作也繼續博得人望的概況。

因此在本書中首先將考察廚川白村的著作在日本得到了如何的評價。其次將闡明經過了中文翻譯的廚川著作的文本是如何被中國大陸、民國文壇的知識分子所接受的，並且將探討經過翻譯的廚川文體的特點是什麼。繼而研究在臺灣這個「持續的民國文壇」中，廚川白村及其著作何以維持了他的人望。另外也將查明在同樣是中國語境中的香港的情況。最後對 1980 年以後廚川白村及其著作在中國大陸再次深受歡迎的現狀加以分析。

範紫江　翻譯／吉田陽子　校對

第一章　廚川白村著作的普及與評價
——以日本同時代人的評價為中心

引言

　　廚川白村的著作，除了序跋和講演外，可以整理出《近代文學十講》、《文藝思潮論》、《印象記》、《小泉八雲及其他》、《出了象牙之塔》、《近代的戀愛觀》、《走向十字街頭》、《苦悶的象徵》和《最近英詩概論》這九部著作。在中國對廚川產生共鳴共感並著手翻譯廚川著作的有名人物是魯迅。魯迅翻譯並出版了《出了象牙之塔》和《苦悶的象徵》兩部作品。雖然無論是在日本還是在中國都經常能看到冠以「魯迅與廚川白村」之題的論文，但是筆者通過從 1998 年 12 月開始在中國進行實地調查，發現了一個意外的新事實。這就是在【參考資料 1】（附錄、參考資料編）中所指出的那樣，中華民國期間翻譯出來的廚川的著作竟有十一種之多、而且像魯迅所譯《出了象牙之塔》和《苦悶的象徵》這樣的著作一版再版的非常顯著的事實。也就是說雖然時期不同，但僅僅相差五年日中兩國幾乎是同步進行的，並且在中國廚川的著作至少流行了十年之久。被翻譯出來的十一部作品除了《最近英詩概論》以外，其他八部作品都被整理了出來。即是廚川白村的整個九部著作中八部得以翻譯並出版。這個事實是值得在此特地指出的。

　　本章是為了進一步探討廚川的著作在中國大陸的接受狀況，而先行研究廚川在日本的普及程度以及對廚川著作的評價情況，將盡量運用一手資料進行探討。在此想預先提示出：本章跟考察為何廚川在日本不為重視而被遺忘、但在中國大陸和臺灣這種中國語境中卻得到高度評價的最後一章是相對應的。

1　有關「魯迅與廚川白村」等研究論文將在末章出示。

一、日本對廚川白村的普及

以下，先看看廚川的簡歷和全面的評價。

廚川白村本名辰夫，號血城、泊村、白村。白村 1880 年（明治 13 年）11 月 19 日在京都市中京區柳馬場押小路上ル所的廚川家出生，作為長子也是獨子養育長大。從大阪市滝川小學、大阪市盈進高等小學畢業後，先就讀於大阪府立第一中學，轉學至京都府立第一中學後畢業。從第三高等學校大學預科第一部畢業後，1901 年 9 月入學於東京帝國大學文科英吉利文學系，師從於小泉八雲（1850.6.27-1904.9.26）、夏目漱石（1867.1.5-1916.12.9）和上田敏（1874.10.30-1916.7.9），專攻英國文學。1904 年 7 月大學畢業後，廚川升入了大學院，從 9 月開始在夏目漱石的指導下執筆《詩文上所現出的戀愛的研究》，卻因家庭情況而不得已綴學。9 月 22 日被任命為第五高等學校教課赴任熊本。1906 年奉命調往第三高等學校擔任教授而移住京都。1921 年 3 月也就是在他三十二歲的時候發行了他的第一部著作《近代文學十講》。

下面為明治末最後一年出版的《近代文學十講》承繼於大正時期情況的說明。

> 正如序文中所述，這部著作試圖將從十九世紀後半至二〇世紀初的五、六十年中歐洲文藝思潮作一鳥瞰圖，其明快而深得要領的闡述，給讀書界劃出了一個新時期，特別是文學青年甚愛讀之，給予了當時的出版界以巨大的影響。此後，以「〇〇十二講」和「〇〇十講」為標題的的書籍不斷出版，有的甚至是同樣的裝幀，給予當時出版界以巨大影響」（281 頁）[2]

在廚川白村三十三歲的 1913 年 9 月 5 日，受京都帝國大學教授上田敏的推薦，他被任命為該大學文科大學講師。廚川利用講課之餘暇，專心

---

[2]　「昭和女子大學近代文學研究室「廚川白村」（《近代文學研究叢書》第 22 卷，1964 年 12 月。）下述中，凡是無其他說明而是有關廚川白村的事宜，都為從此書的引用，括號內為此書的頁碼。

執筆活動。《文藝思潮論》（1914.4）、《狂犬》（1915.12）、《新門羅主義》（1916.12）、《印象記》（1918.5）、《小泉八雲及其他》（1919.2）、《出了象牙之塔》（1920.6）、《英文短篇小說集》（1920.8）、《北美印象記》（1920.9）、《英詩選釋》（1922.3）、《近代的戀愛觀》（1922.10）、《走向十字街頭》（1923.12）這些著作相繼得以問世。在這些著作中「白村系統地介紹了歐美近代文學體系，在給學界文學界帶來影響的同時，作為以文學思潮為背景的文明批評家給現實社會帶來啟蒙的作用也很大。」（238 頁）1923 年 7 月，廚川到輕井澤夏期大學講課，8 月住進了鎌倉剛竣工的別墅「白日村舍」（俗稱「近代的戀愛館」[3]），9 月 1 日因突然發生關東大地震而遭遇海嘯襲擊。翌日 9 月 2 日下午 2 時 38 分逝世，享年四十三歲。[4]

以上除了題目和著作的裝幀之上印有「給當時的出版界以巨大影響」以外，還可以了解當時廚川著作普及程度的應該是其著作的再版情況。以下是有關他的九部著作的初版以及所調查管見的同一書籍的版數。另外，在魯迅博物館所編《魯迅藏書目錄》[5]中，標明了魯迅所藏廚川白村著作的情況，根據魯迅所藏圖書的版本，再補充其再版情況。

日本的普及情況（最終版不詳）

（1）《近代文學十講》 大日本圖書株式會社

　　初版 1912 年 3 月 17 日（同年 3 月 14 日印刷，17 日初版，1914 年 2 月 18 日 18 版，6 月 20 日 20 版，25 日 21 版。）

**　　魯迅所藏《近代文學十講》（東京：大日本圖書株式會社，1924 年的第 82 版和第 83 版。）**

3　「近代的戀愛館」的記載以如下兩篇文章為依據：夏丐尊譯《近代的戀愛觀》「譯者序」（上海開明書店，1928 年 9 月。）廚川文夫「《近代的戀愛觀》跋」《近代的戀愛觀》東京：苦樂社，1947 年 2 月出版。）

4　撰寫到此的論文中參閱了註1，並由筆者進行了梳理。

5　北京魯迅博物館編《魯迅手蹟和藏書目錄——第 3 卷外文藏書目錄》（內部資料，1959 年 7 月。）

（2）《文藝思潮論》大日本圖書株式會社

　　初版 1914 年 4 月 28 日（1914 年 4 月 25 日印刷，28 日初版，5 月 5 日再版，10 日 3 版，18 日 4 版，20 日 5 版。）

　　魯迅所藏《文藝思潮論》（東京：大日本圖書株式會社，1924 年的第 19 版。）

（3）《印象記》積善社

　　初版 1918 年 5 月 15 日（同年 5 月 10 日印刷，15 日初版，20 日再版，25 日 3 版，6 月 5 日 4 版，7 日 5 版，10 日 6 版。）

　　魯迅所藏《印象記》（東京：積善社，1924 年的第 19 版。）

（4）《小泉八雲及其他》積善社

　　初版 1919 年 2 月 20 日（同年 2 月 15 日印刷，20 日初版，25 日再版，3 月 1 日 3 版，5 日 4 版，1924 年 4 月 15 日 12 版。）

　　魯迅無所藏

（5）《出了象牙之塔》福永書店

　　初版 1920 年 6 月 22 日（同年 6 月 19 日印刷，22 日初版，23 日再版，24 日 3 版，25 日 4 版，26 日 5 版，28 日 6 版，7 月 1 日 7 版，5 日 8 版，10 日 9 版，20 日 10 版，8 月 1 日 11 版，5 日 12 版，15 日 13 版，20 日 14 版，25 日 15 版，30 日 16 版，9 月 5 日 17 版，10 日 18 版，15 日 19 版，20 日 20 版，10 月 10 日 21 版，15 日 22 版，25 日 23 版，30 日 24 版，2 月 10 日 25 版。）

　　魯迅所藏《出了象牙之塔》（東京：福永書店，1924 年的第 72 版和其他一本。）

（6）《近代的戀愛觀》改造社

　　初版 1922 年 10 月 29 日（同年 10 月 26 日印刷，29 日初版，1924 年〈大正 13 年〉2 月 20 日 104 版，21 日 105 版，22 日 106 版，23 日 107 版，2 月 24 日 108 版。）

　　魯迅所藏《近代的戀愛觀》（東京：改造社，1925 年的第 121 版。）

（7）《走向十字街頭》福永書店

初版 1923 年 12 月 10 日（同年 12 月 7 日印刷，10 日初版，11 日再版，12 日 3 版，13 日 4 版，14 日 5 版，15 日 6 版，16 日 7 版，1924 年〈大正 13 年〉1 月 7 日 26 版。）

魯迅所藏《走向十字街頭》（東京：福永書店，1924 年的第 90 版。）

（8）《苦悶的象徵》改造社

初版 1924 年 2 月 4 日（同年 2 月 1 日印刷，4 日初版、5 日再版，6 日 3 版，7 日 4 版，8 日 5 版，9 日 6 版，10 日 7 版，11 日 8 版，12 日 9 版，13 日 10 版，14 日 11 版，15 日 12 版，16 日 13 版，17 日 14 版，18 日 15 版，19 日 16 版，20 日 17 版，21 日 18 版，22 日 19 版，23 日 20 版，24 日 21 版，25 日 22 版，26 日 23 版，27 日 24 版，28 日 25 版，29 日 26 版，3 月 1 日 27 版，2 口 28 版，3 日 29 版，4 日 30 版，5 日 31 版，6 日 32 版，7 日 33 版，8 日 34 版，9 日 35 版，10 日 36 版，11 日 37 版，12 日 38 版，13 日 39 版，14 日 40 版，15 日 41 版，16 日 42 版，17 日 43 版，18 日 44 版，19 日 45 版，20 日 46 版，21 日 47 版，22 日 48 版，23 日日 49 版，24 日 50 版。）

魯迅所藏《苦悶的象徵》（東京：改造社，1924 年的第 50 版和其他一本。）

（9）《最近英詩概論》福永書店

初版 1926 年 7 月 8 日（同年 7 月 5 日印刷，8 日初版。）

魯迅所藏《最近英詩概論》（東京：福永書店，1926 年的再版。）

以上列出的是查得到的版數和其發行年月日，以此提示其普及狀況。

從這些出版情況的特徵中，比如看《近代的戀愛觀》和《苦悶的象徵》的版數之多和再版的形式就很明顯地體現了出來。雖然不知道一版印刷多少冊，但只要賣得好幾乎就每天都再版。

二、廚川白村在日本的評價

　　廚川白村遺留下來的業績，在日本分為三部分：（A）關於詩文學研究的業績，（B）關於介紹歐美文學的業績，（C）作為文明批評家、社會批評家的業績。只是這些分類中沒有包含《苦悶的象徵》。《苦悶的象徵》和《最近英詩概論》是在他死後出版的，《最近英詩概論》可以算作（A）類的業績。而作為文藝理論家代表作的《苦悶的象徵》本身卻被同時代的廚川白村的評價所排除，單單被看作是解釋詩歌時的廚川獨自的文藝理論。如何看待廚川著作的意義，與其在中國的評價相比較，這個分類區分值得留意。

　　那麼首先根據《近代文學研究叢書》「廚川白村」的「業績」一項，把這三項業績和評價進行整理來勾勒出整體評價的概觀，其次，盡量尋找報章雜誌的書評和人物評論的一手資料，分析其評價褒貶二分的理由，以此研究探討廚川白村在日本的評價。

（一）有關詩文學研究的業績

關聯著作：《英詩選釋》（譯詩集）、《現代抒情詩選》（英詩選釋第 2 卷，譯詩集）、《最近英詩概論》、（作為文藝理論書的《苦悶的象徵》）。

　　廚川白村在《近代的戀愛觀》的「再說戀愛」中寫道：「不料，竟聽說有人在背後說我那篇近代的戀愛觀是想追逐流行而賣文名的人所作的」。他向那些中傷他「追逐流行」的人發出了反駁，他之著眼於「戀愛」的重要性，是在入大學院的「二十年的過去」，他的研究主題是「詩文上所現出的戀愛的研究」，而「研究的指導教授」是「夏目漱石先生」。這也只有靈敏地直覺和預知到時代感覺的白村才能這樣說吧。廚川的最早的業績就可以看他在任職京都帝國大學時代的時間劃分，「由於上田敏的推薦他當上了京都帝國大學的教授，而其廣泛的學術活動的出發點正是他精緻而深遠的詩文學的研究」（292 頁），之所以得出這樣的結論，是因為他一方面精通外語、以熱心而嚴格的教學態度做好教師的本職工作，一方面寫出了這三部關於詩文學研究的著作。

　　《苦悶的象徵》是廚川理解和把握了文藝與藝術理論的根基內容才寫
作而成的；《英詩選譯》採錄了抒情詩三十六首，《現代抒情詩選》收錄
了四十三篇，以及死後發現的《最近英詩概論》草稿，這些詩所解釋的理
論根底在於文藝應是嚴肅、沉痛地去表現人之苦的象徵。而且，正如廚川
在《苦悶的象徵》中所述的讀者從作家那裡得到的是自我發現的歡喜一
樣，對於詩他也把自己發現的歡喜作為詩解釋的基準，從而體現了自己的
理論。他最為推崇並深得共鳴的詩人是勃朗寧（Browning）。

　　另外《苦悶的象徵》中很重要的一點是，廚川雖然對弗羅伊德的泛性
慾論的學說持批判性態度，但他重視弗羅伊德的精神分析學。弗羅伊德的
觀點是：人為了發揮自由不拘的生命力，我們的人類社會簡直太複雜了，
人的本性也蘊藏著太多的矛盾，求生的慾望與舊習慣例、道德觀念、利害
關係等引起的壓抑和糾葛衝突，造成了意識深處心靈的傷害，這是文藝創
作的原動力。廚川從中得到共鳴共感，在《走向十字街頭》中所收錄的「惡
魔的宗教」和「文藝與性慾」、《小泉八雲及其他》中所收錄的「病態的
性慾與文學」等文章中，都承認了潛意識與性慾的關係，其力量是如何強
烈地動搖著人性。

　　因此對廚川來說，如何在充滿著束縛和壓抑的人類社會中，充分地發
揮個性是他切身的人生課題，也是這一點讓他對勃朗寧既崇拜又仰慕。後
來他的長子廚川义夫說，父親在現實生活中的態度和他激進的思想相對
應，他重情意講禮貌，尊重師長，沒有擺脫日本古來的道德觀念和思考方
式。他是這樣描寫的：

　　　　比起謹慎、穩健和雕琢的丁尼生，白村更傾倒於不羈、奔放
　　和深遠的勃朗寧，其原因是勃朗寧所有的不安與有缺陷的現狀而
　　克服之的勇氣和努力正是提高我們精神動力的那種勇敢的氣質，
　　是自身束縛於傳統、無法解脫義理人情糾葛的白村的理想形象。
　　（299 頁）

另外，廚川的學生矢野峰人也聽恩師自我告白說「其實自己也只是
Mid-Victorian 半勝利」[6]。他這樣指證廚川的內面生活的複雜性，「也就
是說沒能完全擺脫丁尼生的地方正是導師真正的苦惱和悲哀所在。[7]」

（二）有關介紹歐美文學的業績

關聯著作：《近代文學十講》、《文藝思潮論》、《小泉八雲及其他》

《近代文學十講》是如下被介紹的：

> 從明治到大正年代，歐美的近代思潮給我國的文藝帶來了極大
> 的影響。特別是從明治三〇年代到四〇年代，當時歐洲極為興盛的
> 自然主義文藝給我國文壇自然主義的興起帶來了機運。那時為了追
> 溯這種思想的源泉，明治 45 年 3 月白村把他在第三高等學校開設
> 的近代文學課外講座的講義匯集起來，以《近代文學十講》為題出
> 版問世。（301 頁）

如前所述，這部著作成為大正時期流行的《〇〇十二講》、《〇〇十
講》為題書籍的先驅，並且如下被介紹和評價：

> 「此中他橫跨十九世紀後半到二十世紀前半，花了幾十年時間
> 試圖展望歐洲文藝思潮。如他卷首所寫的『動筆當初就打算要作走
> 到哪兒都不失粉筆味的講義』，他的宗旨就是要給至今為止幾乎沒
> 有接觸過西洋文學的初學者傳授近代文學的知識。（301 頁）
> 「當時，因觀察距離太近而變得極為複雜的近代文學知識的概
> 括研究，也只不過是有關 Georg Morris Brandes（1842-1927）和 Max
> Nordau（1849-1923）的。在這種情況之下，年僅 33 歲的廚川白村
> 嘗試以穩妥公平的態度來作一種簡明淺顯、詳盡懇切的近代文學的
> 概說。然而明治末大正初，正是熱心於文學的年輕人為托爾斯泰為

---

[6]　原載於矢野峰人「廚川先生の追憶」（《英語青年》「白村追悼號」英語青年社，
　　1923 年 10 月 29 日。），刊登於矢野峰人「廚川先生の追憶」（稻村徹元監修《近
　　代作家追悼文集成》第 9 卷，「廚川白村」ゆまに書房，1987 年 1 月）94 頁。

[7]　同註 6。

首的俄羅斯文學和思想所傾倒的時代，同時也是柏克森、奧伊肯
等人的哲學大為流行的時代。這些人日益增多，他們追求的那種
對於人生進行更為深刻的批判，在這《近代文學十講》中求之不
得，因此深感失望。但是對於一般人來說無論是內容也好文筆也
好，正是一本適宜的文學入門書，大大地使他們得到啟發並提高了
他們對文學的熱愛，從普及的這種理解度來看，起到了莫大的作
用」。（303 頁）

另一方面，《文藝思潮論》如下所評：

　　《近代文學十講》公諸於眾，受到社會歡迎的他終於撰寫了可
稱得上是姐妹篇的《文藝思潮論》，一邊追溯希伯來文學主義和
希臘主義交錯的興衰軌跡，一邊試圖闡明歐洲近代文藝思潮的由
來。（304 頁）

　　受到如上的評價，以下從報章雜誌揭載的文章來具體地探討其褒貶二
分之評價的涇渭。

1. 給予好評的觀點

　　正如廚川白村在《近代文學十講》的「在卷頭」中所說的，「書分兩
種，一是為了給別人介紹某種事物；一是為了自己，向外傾訴自我的肺腑
之言。而這部書無疑屬於前者，從執筆當初就抱定了走到哪兒都不失粉筆
味的宗旨」，所以對此書加以讚賞的，多集中在稱讚這是一部淺顯易懂深
得要領的入門書這一點上。

　　那麼，就把 1921 年 3 月 17 日《近代文學十講》初版發行之際，有關
各大報章刊登的「新刊介紹」中的書評（《近代文學十講》二十版附錄「新
聞雜誌批評」），具體探討如下：

　　【日本新聞（4 月 9 日）】本書是作者背靠黑板粉筆、立於講台之上
所作講義，可稱是解剖了五十年歐洲文學史，即使不夠全面，但無
論如何作為一大文學論是不爭之疑。關於近代文學作為舶來文學就

其中一國的文學或就一個作家的評論是不能說沒有，但很少有有組織有系統的論述。因此要想得到一部好的參考書非常之難，作者考慮到這些並著書，其難能可貴不言而喻。

【東京日々新聞（4月15日）】本書的可取之處是摒棄了專斷獨行而闡述了他國評論家之間的定論。作者以自己的鑑賞力加以甄選而不是一味生吞他人的學說，在作介紹之前先經一番消化再以自己的智慧排出順序有系統地完整地加以闡述。因此整體上條理清楚明快，以致讀者得以充分領會。

【讀賣新聞（4月20日）鵬心】其章節的劃分，目錄的製作，文章的寫法，一目了然都頗似「文學評論」恐怕作者多少學到了其前輩漱石的方法了。兩書的體裁也很相似，但是「文學評論」作者漱石的主要意旨是論述自己的文學論，相反「近代文學十講」則不厭其煩地以介紹為主。（……）正確的介紹是把非常浩瀚的內容概括起來，因此從其取捨選擇的標準、態度，到再把選出來的東西條理清晰地加以組合，這些都需要作者的見解與勞力。而這一點白村氏自己也承認運用了自己的力量，也已體現出其如何恰到好處的甄選了。其次關於本書我最有同感的是，自始至終不厭其煩地闡述文學之背景的時代精神。儘管文藝與時代精神息息相關，然而不少人根本不把這一點放在眼中，或即使放也是沒有加以強調。關於這一點本書是明顯地高出一籌的。

【東京每日新聞（4月22日）】本書對歐羅巴近代文藝思潮的大部分極為淺顯地、即使是初學者也能理解地樸素如實地加以介紹，同時論及我國現代思潮，因此沒有隔岸觀火的感覺，也就是說因為也有日本同樣的事，所以從抱有興趣這一點上看非常容易被接受。

【大阪每日新聞（4月27日）】雖然概括但非常誠懇的說明使得內容和經過實在是淺顯易懂，在根據年代來闡述近代文藝的特色的同時，很有意思的是也談及了自己本身的人生問題，揭明現代人煩惱之來源，甚至論及其解決方法。不僅是文藝工作者而且對想要了解歐洲最近思潮的人也很有益。

【大阪朝日新聞（4 月 30 日）】以前我國就缺乏對特別類型文學藝術方面作品及其傾向的評論，至今為止還沒有涉及近代文學全般的解說評論，就這點而言作者可以稱得上著手作了最為困難的工作（……）向想要得到歐洲最近文藝思潮大綱的人們，作為最方便最懇切的著作大力推薦。

【時事新報（5 月 3 日）】是一本這樣的著作。主要以英法兩國的學者評論家的定論，對眾多作品和學說用一貫的態度進行取捨再重新組織排列加以闡述，其間還多次論述到與我國現代思潮和文藝的關係（……）論理清晰，保持一種見解公私不分地真摯地進行其研究考察，實在應該看作是一部值得推薦的學者著作。

【萬朝報（5 月 28 日）】近代文藝思潮的變遷僅僅是五、七十年來的事，由於至今與吾人之間尚有距離，所以對它的考察尚欠冷靜與公平，就如同把明治政治史如實記載解說的外國書籍甚少一樣。作者著眼於這一點，奮勉努力地嘗試忠實地作一番鳥瞰圖式的說明。這是領先吾人之最合時宜之大膽企劃。

【東京朝日新聞（5 月 29 日）】近來有這樣的傾向，即代表我國思想界的是文藝作家，而其文藝作家的思想大多受西洋文學的影響。欲窺探當今我國文學必了解泰西文學。本書從這一點出發，忠實而平易淺顯地介紹了英法德的文學，詳細闡述多種學說及作品，而且採用講義形式可說是最適宜的方法。

【國民新聞（6 月 1 日）】廚川氏的這部新著闡述最近五十年來的世界文學思潮。雖然沒有獨創，然而立論公正敘述明快，全面地講述世界的思潮而又不忘闡述其支柱的各個文豪之所說、主義及特性，而且調節適度地對照日本現代思潮。這樣有板有眼的論述的長處是令讀者沒有偏見地了解何為近代文學及思潮。（上述中的下線為筆者所劃。）

　　以上整理了報紙刊載的書評，可以看出《近代文學十講》，是一部「不厭其煩地以介紹為主」，並「涉及近代文學全般的解說評論」，把「近代文藝思潮的變遷」，「作一番鳥瞰圖式的說明」。

「雖然概括但非常誠懇的說明使得內容和經過實在是淺顯易懂」，它「忠實而平易淺顯地介紹了英法德的文學，詳細闡述多種學說及作品，而且採用講義形式」，「雖然沒有獨創性，然而立論公正敘述明快」，「解剖了五十年歐洲文學史」並加以「有組織有系統地論述」，「對歐羅巴近代文藝思潮的大部分極為淺顯地即使是初學者也能理解地樸素如實地加以介紹」。作者「以自己的鑑賞力加以甄選而不是一味生吞他人的學說，在作介紹之前先經一番消化在以自己的智慧排出順序有系統地完整地加以闡述」，「自始至終不厭其煩地闡述文學之背景的時代精神」，「實在應該看作是一部值得推薦的學者著作」。

然而這樣大致的整理卻產生了矛盾。即，一方面被說成是介紹性、概括性的沒有獨創性只是針對初學者的意見，而一方面又被說成是經過把一般的學說理解消化而有自我見地的學者著書。這兩種意見交錯存在，其實這正是廚川白村著作的價值所在，是魯迅文中所說的他那種「有獨特的見解和深刻的理解」的文章。

關於這一點，隨筆家英文學者的戶川秋骨（1870.12.18-1939.7.9）在1912 年 6 月 19 日的「新刊通讀」[8]中，把各大報紙所載書評的矛盾之處巧妙地加進行了以下的說明：

> 本來可供參考的西洋書籍就少，把現代的歐洲文學如此烹調一番展呈出來，頗要有其學識與手腕，對此我們不禁深有同感並深表感謝。
>
> 我留意地瀏覽了一下報章雜誌上有關此書的書評，大抵都評此書適合初學者，只不過列舉出了近代文學大綱的初步云云。
>
> 姑且不說這是大學的講義，我認為此書沒有太過高深罷了。而這一點是我與社會上評論的相反之處。

並且，戶川說：「敘述不老辣是因為它減少了議論才不嫌複雜」，但是他又說：「近代的思想」是生活、社會、科學和精神等「各方面結合而產生的結果」，「這是不得已的事情」，所以「變得複雜是理所當然的」。

---

[8]　戶川秋骨「新刊通讀」（《國民新聞・國民文學欄》1912 年 6 月 19 日。）

而介紹初學者都能理解的具體事例，「複雜之處雖盡其複雜，而其複雜之處卻讓人一目了然」。而且作為給初學者的介紹，他評說道：「具體來說，作者在此書的最後兩講以非物質主義文藝為題，其態度貫徹全書。這最後兩講是極為清晰的介紹性的內容，我認為即使是初學者也能明白理解」。作為是「用於高等學科的近代文學」的介紹，他評論道「與之相反開始在解說自然主義時，倒不如說是以議論為主的。那時因為我們文壇已屢屢論及自然主義，所以一般人已有所了解。作者執筆之際考慮到這一點，所以才寫成了這個樣子」。

　　對照這些讚辭的評價，是以片上伸為首的進行近代文學研究的同行們，即，他們評說「非物質主義文藝」一般應該說成是「新浪漫主義文藝」的這些微辭。

2. 表示不滿的觀點

　　1915 年秋天，早稻田大學英文系教授片上伸（1884.4.20-1928.3.5）作為該大學赴俄羅斯的留學生，1918 年春天回國。當時早稻田大學文學部沒有設置俄羅斯文學專攻，學校當局派遣前往英美兩國留學，然而片上向學校當局遊說設立俄羅斯文學系的必要性，為俄羅斯文學研究主動赴莫斯科留學。早稻田大學文學部本科於 1920 年 4 月新設俄羅斯文學系，片上伸被任命為主任教授。通過俄羅斯文學的翻譯介紹，為奠定日本近代寫實主義文學基石作出巨大貢獻的是長谷川二葉亭（1864.4.4-1909.5.10），在此之後繼承他的翻譯介紹從明治末年到大正初年的俄羅斯文學的是昇曙夢（1878.7.17-1958.11.22）。在片上留學俄羅斯的前一年，昇曙夢相繼在《文章世界》9 卷 6 號（1914.6.1）上發表了「近代俄羅斯文學的背景」，在 9 卷 10 號（9.1）上發表了「俄國文壇新星瑞米左夫與陀思妥耶夫斯基」，在 9 卷 11 號（10.1）上發表了「俄羅斯的戰爭文學」等介紹性的文章，並且在同第 11 號刊載了標題為「俄羅斯文豪阿爾志跋綏夫」的照片。日本文壇深受俄羅斯文學的影響，但雖然以昇曙夢為代表介紹翻譯俄羅斯文學，卻尚未有過有系統有組織的俄羅斯文學研究。與廚川白村同樣作為英國文學研究者的片上伸，已敏銳地感覺到俄羅斯文學的介紹與研究的必要

性，故早在昇曙夢對俄羅斯文學介紹的兩年前的 1912 年 6 月就在《文章
世界》上發表了題為「廚川白村氏的《近代文學十講》」[9]的評論文章。

- 著者對於自然主義的解釋力求作到公正，然而卻只著力闡述其厭
  世、懷疑、機械的人生觀這一個方面，沒有進一步充分論述其對
  人生嚴正的批評精神，這是他的疏漏。
- 涉及解說自然主義文學，卻只是贅述其陰暗病態方面的特質，沒
  有解說虛無主義的精神開闢人的新領域的一面，這種片面的傾向
  是他的疏漏。
- 另外，自然主義以後的文學一般稱為新浪漫主義，著者卻特別稱
  他為非物質主義文學，這個名稱很難認同。
- 說什麼自然派作品沒有深度是因為缺乏誇張，說什麼沒有邏輯只
  不過是為了讓讀者覺得自然的慣用技倆云云，這樣的解說和觀點
  過於輕率，讓人覺得刺眼。
- 關於新浪漫主義的作品不是遮醜，而是在醜中尋找之魅力所在的
  說明，關於新浪漫主義的生命的說明，這些解釋都嫌不足。總的
  說來新浪漫主義的解釋本來就是最為困難的，即使把它看作是通
  俗的講演，也明顯缺乏生命精神感受這一點。
- 而且講述中引用的作家以法國為主，這也顯得有點欠缺。小說的
  自然主義至少應再加上俄羅斯作家，戲劇再比現在詳述一下易僕
  生，那麼自然主義就會變得更方便更鮮明一點。
- 最後，文中的外語包括並非那些國家比較特殊的新名詞（比如頹
  廢派和象徵詩派等等），甚至連一些日語中常用的一般動名詞，
  都和德國的、法國的、英國的混在一起使用，真是非常刺眼。
- 算是作為有良知的學者著書，其中一一標出應用書籍讀的是英文
  版，但是又說「那個拗口的俄羅斯人名，叫什麼斯基的」這樣的
  話來搪塞，沒有意義而且顯得不夠嚴謹。而且書中所有的「敘
  情詩」全部是抒情詩的筆誤。尚且本書最大的缺點，既然是講義

9　片上伸「廚川白村氏の《近代文學十講》」（《文章世界》第 7 卷第 8 號，1912
　　年 6 月 1 日。）

性的書籍卻沒有附上索引。只能把它算作一部不夠完善的參考書罷了。

片上對《近代文學十講》的不滿集中在它把日語中有的名詞用西洋文字來寫，把新浪漫主義說成是非物質主義的文學，對自然主義的理解也不夠深刻的這些方面之中，並沒有全面批判。而是對其敘述的順序得當，解說方法的平易近人，著書態度也非只是立自己一家之說，而是抱著對近代文學的期待，把複雜的近代文學的俯瞰圖濃縮在僅僅五百頁著書之中的大膽企劃，這種著述在日本當今的讀書界少而其不可缺少的性質，作出了評價。並且指出：「任何時代的文學脫離了其時代背景都無法得以充分理解，特別生活與文學緊密相連的近代生活與思潮的概要是非了解不可的，不然就不可能理解近代文學的意義。著者注力闡述其背景其土壤的生活和思潮，非常得法」，作為總論對其作出了評價。不過，作為後生的我們都知道英國、法國、德國、俄羅斯這些國家和地區，都有其獨自的發展，不得不承認廚川的著作，不管是自然主義還是新浪漫主義都隱藏在文藝思潮的文字之下，而沒有精心地分析各個國家地區的特性。

出版《文藝思潮論》的大日本圖書株式會社的廣告中介紹道：「本書概觀上下二千年歐洲思潮的變遷，嘗試解釋在於現代文學根底之中的文明史。論及《近代文學十講》中未曾闡述的最近之新傾向而總結全篇。其明快的論斷敬請賜讀為榮」。在本書的「卷首語」中廚川一方面回憶《近代文學十講》的問世經過，一方面寫道「那本書完全缺少對現代文藝思潮的歷史觀察」，「我認為必須回歸到歐洲文藝思潮史的根本，來闡述現代文學的由來及其所以然。所以把那本書中未曾提及的最近西歐文壇之事實加以我個人獨自的歷史解釋，我之所以執筆新著是要在現在新的著述中補充前者的不足之處」，自己指出《文藝思潮論》是彌補前著缺點及不足之處的姐妹篇。

然而，注目同年的新刊，在《文藝思潮論》初版發行的 1914 年 4 月的同年同月，戶川秋骨翻譯的維克多・雨果《悲慘世界》的《哀史》在國民文庫刊行會出版，片上伸翻譯的陀思妥耶夫斯基的《死人之家》在博文館刊行，廣瀨哲士翻譯的皮爾松著《笑的研究》全譯本在慶應義塾出版局出版。

　　既是法國文學研究又是慶應義塾大學教授的廣瀨哲士（1883.9.9-1952.
7.26）寫下了「向廚川氏的《文藝思潮論》發難」[10]一文，對廚川的二元
論、二項對立的分析方法提出了這是「屢屢抄襲前人的方便的分類法」
的不滿。廣瀨對廚川的把「基督教思潮和異教思潮」或是「基督教思潮
和希臘思潮」，作為「靈與肉的代表思潮」來分析的這一點作出了以下
論述：

> 　　把基督教思潮的內容歸結為靈魂的禁慾性的、理解精神的、絕
> 對服從的、教權主義的、天國神本位的、利他主義的、超自然主義
> 的、宗教性的道德的、信仰性的獨斷的、具有主觀性傾向等等。希
> 臘思潮的內容則是肉體的本能的、須知道自我的、個人自由主義
> 的、以現世人為本位的、自我滿足的、自然主義的、知識的藝術性
> 的、科學的試驗性的、具有客觀性的傾向。這種完全是對照性的寫
> 法，如果這種對照是常識的話卻又是這樣的含糊籠統，實在是難以
> 傳達作者所謂的正確的知識。

> 　　也就是說這種以創造的對照來展開議論或以此作為研究的出
> 發點，那麼可以說是帶有常識性的、遊戲性趣味的，但是決不能實
> 現滿足真正期待準確性的本來的要求。以這樣不完全的分析來論述
> 文藝歷史的發展，就不能論述文藝真正的展開而只能把作品按歷史
> 排列，把看似可以按兩個傾向的個別作品收集起來，最終既不能
> 理解文藝到底為何物，又不能奠定藝術欣賞的基礎。而僅僅只是涉
> 及到詩人及其作品的部分知識和提供物質享受的趣味罷了。對於想
> 要炫耀知識分量的人或許有益，對於真正想要了解文藝其物及歷史
> 發展的人來說，必須排除如此平面的研究而作出進一步全面的深入
> 研究。

　　以上介紹了片上伸和廣瀨哲士二人表明不滿的書評。廚川在《文藝
思潮論》的「卷首語」中寫道：「本書所用的基督教思潮一詞也好，異

---

[10] 廣瀨哲士「廚川氏の《文藝思潮論》を難す」（《人生と表現》第 6 卷第 8 號，1914
　　年 8 月 1 日。）

教思潮一詞也好，比一般所指的更具廣泛的意思。因此如本書 22、23 頁
對照表所示的，只不過是兩種顏色不同思潮之假設的名字而已。不要拘
泥在基督教或是希臘思想的文字之上而產生誤解。就此一點先作出聲
明。」並且，在第一章「序論」中應用了「女頭獅身的斯芬克斯」和「半
人半獸的 Pan 和 Centaur」的例子，如下論述了靈肉二元論的調和與統合
之問題。

- 這種半人半獸的像，在古代人的心胸，早就預示著靈肉的鬥爭，
  對神性與獸性的不調和問題等，有一種幼稚而原始的解決方法。
  我想這話當不至有所牽強附會吧。靈與肉，聖明的神性與醜暗的
  獸性，精神生活與肉體生活，內的自己與外的自己，基於道德的
  社會生活與重自然本能的個人生活，這二者間的不調和，人類自
  有思索的事以來，便是苦惱煩悶的原因。焦心苦慮要求怎樣才能
  得靈肉的調和，此蓋為人類一般的本性，而亦是伏於今日人文發
  達史的根底的大問題。
- 這個靈肉鬥爭問題，在歐洲則為重靈的基督教思想與貴肉的異教
  思想（Paganism）之爭。
- 至在日本則在古事記中所表示自神話時代以來日人固有的思
  想，就其現世肉的一點，正可比之歐洲的異教徒思潮，至後來所
  輸入的儒佛二教的思潮，卻正與基督教思潮的地位相當。
- 至那反對基督教的思想─異教思潮的淵源，則與一切的歐洲文明
  相同，俱係來自希臘。故與希伯來主義（Hebrewism）相對也可
  名曰希臘主義（Hellenism），或與崇拜基督相對而稱曰酒神，及
  歡樂之神的 Dionysus 崇拜。

　　這種廚川的論點展開，雖然與其說是在嚴密地論述下導出的構思，不
如說更接近一時想起的主意，但是顯示了他與廣瀨所指出的不滿是完全相
反的理論向量。也就是說廣瀨認為廚川為了揭示「基督教思潮和異教思潮」
或是「基督教思潮和希臘思潮」，把它單純化為「靈與肉的代表思潮」來
分析。對於對照表中所示二元論形式的二項對立的術語，則因為「可以說
是帶有常識性的、遊戲性趣味的，但是決不能實現滿足真正期待準確性的

本來的要求」，所以提出了「必須排除如此平面的研究而作出進一步全面的深入研究」的異議。

　　不過，對於廚川來說靈肉二元論的統合是主要問題，當然只是列舉了從靈肉二元論相對立的概念中派生出的對立術語。然後嘗試性地分析由歐洲思潮的基督教思潮和異教思潮自行產生出的對立術語。所以廣瀨所指出的「只能把作品按歷史排列，把看似可以按兩個傾向的個別作品收集起來，最終既不能理解文藝到底為何物，又不能奠定藝術欣賞的基礎」，一看可說是正論，但是實際上只要廚川設想的基礎所在靈肉二元論統合矛盾不相衝突，就出現了如廚川所提醒的「不要拘泥在基督教或是希臘思想的文字之上而產生誤解」這樣結果的評價。

　　一方面，片上伸所指出的「涉及解說自然主義文學，卻只是贅述其陰暗病態方面的特質，沒有解說虛無主義的精神開闢人的新領域的一面，這種片面的傾向是他的疏漏」。「而且講述中引用的作家以法國為主，這也顯得有點欠缺。小說的自然主義至少應再加上俄羅斯作家，戲劇再比現在詳述一下易僕生，那麼自然主義就會變得更方便更鮮明一點」。關於這一點廚川也有意識到這一點的內容所在，就反映在此後的《近代的戀愛觀》等著作之中。關於「小說的自然主義至少應再加上俄羅斯作家」，廚川不夠長壽究其一生也未能達成。

（三）作為文明批評家、社會批評家的業績

相關著作：《印象記》、《出了象牙之塔》、《近代的戀愛觀》、《走向十字　　　　　街頭》

　　1917 年 7 月從美國外游歸來的廚川白村把文藝和現實社會相結合，致力一般社會的啟蒙。例如在回國翌春即 1918 年 5 月 15 日發行的《印象記》中的「北美印象記」，廚川經過實地考察痛斥美國社會，一方面又在預見未來上顯示出了他的卓見：

> ・在以自由為誇耀的美國，有以絕對無限的權威君臨著的兩個暴君和一個女王。
> ・兩個暴君就是「群眾」和「黃金」，一個女王就是「女人」的威力。

- 美國是群眾的國家，眾愚的國家；好事者的國家。
- 美國是黃金萬能的國家，她的文明是暴富者的文明，是黃金銅臭的文明，這是已經不必再說的事情，但是實際上走到那裡去一看，卻是比想像的更屬害。
- 我以為美國才真是女子的天堂。別的不說，美國是『婦人第一』（Ladies first）的國家。
- 二十世紀文明的一大現象，就是世界急激地變成美國化的這一椿事情。

並且在「美國的大學」之中，注目私立大學自由獨立的精神，美國大學及其研究與現實社會活動相連，所有學問藝術都實用於現實人生。對於這一點高度評價如下：

- 日本學界，只以為在德國輝耀著學問的光，英法不用說，美國的大學的事情，一點也不注意，但美國在今日擁有那強大的黃金的力量，折衷綜合英、德、法的學風的長處，在新世界正朝著想起新學風的氣運的事體，是不得不注意的。
- 這裡頭可認為世界第一流的大學的，多半是私立大學，這些大學是與德國的官僚大學異樣，絕對足以自由獨立的精神立著的。
- 美國高等教育的根本方針，如上面說的依樣是注重人文方面的學藝，所以另外為適應時代的要求，供給社會以持有高級的科學的知識的技術家，在普通大學以外，設有許多的農工業大學。
- 美國的大學我所欣佩的事情的一箇，是它常與社會保有密接的關係的事體。教授依講演論文或調查報告，指導啟發一般社會是不用說的，學生也作關於公司的事業的研究調查，對總經理獻方策的例，是常聽到的。到底是不是像日本這樣老人跋扈的國家，所以對於青年說的話也容易用心聽，再在這種地方，私立大學是持有很多的便宜的。
- 就看教授的人品，如在德國大學看到的超世間的腐儒或迂儒之類少，長於社交曉得實務的紳士多的事情，我覺著歸結起來

說，不外是在大學與實社會之間，有密切的關係的原因，或是結果罷！

並且，列舉在美國大學是「大膽地進行研究法的新嘗試」，「學生也有著旺盛的自力更生的氣魄」，「不是日本這樣統一的、強制性的、一味填鴨式的形式教育」，「始終實行自由的啟發誘導式的方法」。而且一方面指出美國私立大學的長處與短處，一方面對隨著時代的發展美式教育體系正逐漸為現在日本大學所引進的現狀作了展望，如下所說：

- 因為始終一貫皆是以規則嚴肅的考試教育，所以直到大學畢業還不了解學問的趣味的不幸的人，在日本是占大多數。
- 各大學各自樹立特異的學風互相競爭著，收集有為的教授想舉起實績的事體，是在官立的劃立主義看不見的長處，但一方大學總長宛若天下各處的乞丐，只忙碌於收集自各方的寄附金的事體，學校也莫強多收學生，汲汲然想與他校爭規模之宏大的樣子，是我們不能欣佩的地方。

廚川在《印象記》中講述了美國大學視察以後，表現出了自己也要把學問藝術與現實生活相聯繫起來的意識與熱情。《近代的戀愛觀》的「再說戀愛」的「作者緒言」中如下寫道：

我有本職的劇務，但在夏冬二季的休假以及禮拜日等類，偷了學業的餘暇，草作拙劣的文章，或應了需要在公開講壇上弄訥辯的事，卻也不少。這因為我確信我的拙文與訥辯力量雖小，未始不有益於今日的世道人心，在文化發達上生活改造上有所貢獻的緣故。也因為自信對於那作著高遠的理想永久的真理的思想，懷著熱意與憧憬的緣故。

並且，在《出了象牙之塔》的「從藝術到社會改造—詩人莫里斯的研究」和「改造與國民性」中對注力於社會化的約翰‧拉斯金和威廉‧莫里斯大為傾倒，如下寫道：

- 能看到近代英國的文學史上最出色的兩個思想家都是在四十歲時朝著同一個方向轉換生活是一個頗感興趣的實情。這就是作為世界改造論者在世界上鬥爭過的拉斯金和威廉·莫里斯。
- 我當然知道即使像自己這樣走出「象牙之塔」也是無用的，但是對於那種視思想為危險之物來對待、將演戲理解為戲子的遊戲，以及擺脫不了保守冥頑舊思想的一伙人簡直是從心底裡感到憤怒。雖然也知道不能作到拉斯金等人的百分之一、千分之一、還是萬分之一，但還是從「象牙之塔」中探出一點頭來，寫這樣的東西了。

就這樣，從《印象記》的隨筆論集開始，相繼又寫出了《出了象牙之塔》、《近代的戀愛觀》和《走向十字街頭》。廚川通過對北美的實地體驗以及對西洋文明的淵博知識及卓越認識，針對以受到十九世紀浪漫精神的薰陶和以精神分析學為代表的西歐近代思潮的洗禮等為基礎，致力於介紹並接受膚淺的西洋文明的日本知識分子，反復地痛斥怒罵。正因為這些隨筆集在社會上引起了巨大反響，對他的評價也就以贊成和反對一分為二了。

以下就把同時代的井汲清治和山川菊榮對《出了象牙之塔》和《走向十字街頭》的批評，石田憲次和土田杏村對《近代的戀愛觀》的批評整理如下。其中井汲、山川和石田的否定論具有代表性。著眼於廚川白村風靡一時，而隨著他的去世迅速被人遺忘的原因所在，是否與這些人的否定論有關，進行如下的考察。

1.印象性的、情感性的否定論

慶應義塾大學文學系出身的評論家井汲清治（1892.10.14-1983.2.28）的評價耐人尋味。井汲所寫的「《散步——（其三）廚川白村的《出了象牙之塔》、《走向十字街頭》[11]」給筆者的第一印象是，井汲是從印象論

---

[11]　井汲清治「プロムナアド——（その 3）廚川白村《象牙の塔を出て》、《十字街頭を往く》（《三田文學》第 15 卷第 4 號，1924 年 4 月 1 日。）

和情感論出發對廚川作出批評的,而就同時代大多數對廚川的否定論井汲的印象論和情感論具有典型性。

井汲談到他有一次在京都東本願寺見到廚川時的印象是「我看到他搖搖晃晃地踏著草地而來」,「覺得他的臉甚為憂鬱」。因此寫出了「為何立於《十字街頭》,那是因為腿腳虛弱的生理缺陷」這樣的話。 並且井汲說「白村沒有乾脆的地方」、廚川白村最為缺少的就是幽默「不管白村如何作出自己好像不是日本人似的發表評論,但是白村只要也是日本人的一分子,就還是不能說這些話吧」「現代的日本人正因為就像被白村痛罵的一樣,即,因為對學術藝術和知識非常輕薄,白村的著作才會那樣大受歡迎。不然只要稍微講究而高尚一點的話,一定不會喜歡這種充斥了謾罵的隨筆的」「恐怕一開始就有謾罵癖好,習以為常最終成為偏執狂了」「白村說什麼『出了象牙之塔』,恐怕是一次也未曾進過象牙塔吧」。井汲的態度是從一開始就對白村沒有過好感。在沒有好感情況下作出的評價不免有所偏頗。相反,他的分析也可能打中了要害。

井汲認為:「收集在《出了象牙之塔」和《走向十字街頭》的,主要是以痛罵現代日本的內容為主」,「與其說是不讓別人活,不如說是白村的『自我表現』來得貼切,且根本沒想加以修飾。」並且他提出疑問,「白村為什麼非要把『簡直是旁若無人地激烈痛罵』行諸於外呢,又為什麼以隨筆這種文學形式來進行藝術表現呢?那麼是否成功了呢?是否成功地描摹了自己的自畫像呢?」他接著分析道:「對隨筆來說比什麼都重要的是,要寫出筆者自身濃厚的個人人格色彩。那麼濃厚地表現出來的白村的人格色彩是什麼呢?」

而得出的結論是,痛罵,說刻薄話不但是因為腸胃弱和性情急躁、沒有耐性,並且「白村對日本的一切加以毒罵,不得不考慮到是更深層的一貫的情感論——既然盧梭叫喊『回歸自然』,那麼白村就說『回歸人類的本性』。」「為了抓住人物——特別是日本人,不得不對人生所有的姿態採取直觀的態度,」為什麼是隨筆呢,是因為「廚川白村不管如何純真、如何自信地要徹底地『自我表現』,其結果是借了隨筆的體裁作了一部痛罵錄。為了真實地貫徹,因此說出了堅信自己不說不行的話,那些刻薄的話。也就是在嘗試生命飛躍的過程中,不得不粉碎途中的一切障礙物。而作為有效的炸彈起了作用的是,毒舌、激烈的言語、痛罵。」

關於作為隨筆成功的要素「表現出濃厚的個人人格色彩」的這一點，他斷定「廚川白村在表現自我這一點上確實很成功（雖然在如何表現上有問題）」「如果讚揚白村的話，那就是『他不在意別人的褒貶，一生都沒有改變發表自己堅信的意見的態度，』所以要尋找文藝的表現手段的話，隨筆變成最適當的工具了。」但是對井汲來說，「可恨的是，因為連續不斷的痛罵，效果就變得非常弱、單調而沒有一丁點兒的效果。我的感受不是痛快而是不快。沒有細膩的所在，太粗糙了。因此文體不生動，只聽見大叫大喊，出乎意外的很少有動人之處。太過概念化而浮現不出形象來。」對廚川的隨筆，井汲作出了這樣的結論。

2. 對流行的演員性的、國民改造論的否定論

山川菊榮（1890.11.3-1980.11.2）是著名的社會主義者山川均的夫人，也是集理論實踐於一身的婦人問題、社會問題活動家。她在「廚川白村著《出了象牙之塔》[12]」中，指出廚川白村的文明批評只不過是這樣程度的作品；「簡而言之作者『只是從象牙之塔中伸出一點兒頭來』痛罵世間的老爺而已，與在路邊或工廠汗流浹背幹活的勞動者是身分不同人生觀不同。以這樣的社會觀，在勞動者方面來看只是膚淺的老爺作品，說三道四地說些迂腐話，姑且先用一支妙筆來有趣地可笑地論說世間，這樣的作品只適合作消夏的讀物。總之山川認為「身分不同人生觀也就不同」，是「膚淺的老爺作品」，是對與自己有著不同價值觀的人們的評價。但是山川的評價指出了當時廚川流的隨筆雖然風靡一時，但他死後很快趨於消沉的原因之一。

山川在開頭說道：「《象牙之塔》是藝術之宮、藝術至上主義的象徵。因此標題的意思應是比起藝術來，應走向人生、走向社會這樣的作品吧。」山川以此解讀了廚川從北美遊學歸來，把文藝與現實社會相結合，努力啟蒙一般社會的決心。

並且山川肯定了被時代翻弄的廚川敏感預知、感知流行的才能，對他的這本書諷刺道：

---

[12] 山川菊榮「廚川白村著《象牙の塔を出て》」（《著作評論》第 1 卷第 5 號，1920 年 8 月 1 日。）

　　「廚川氏是才子。大陸文學流行就寫《文學十講》，勞動問題、社會問題熱門就評論勞動文藝、說到莫里斯，是有意無意地總是敏感地投身於時代流行之中的才子。《出了象牙之塔》是作者有文采的雜錄和隨筆，圓滑而不呆板，不低俗可以作為娛樂用，給不知失業減薪這種世間辛苦的，可以有趣地度過這個夏天的人們，作為午睡侍寢的讀物。」

　　山川分析廚川的態度說道：「說從《象牙之塔》中伸出頭來，只這一句話就表現出了作者對現代社會的態度了。」說道：「『因為知道自己的身分』，所以不踏出文藝以外的天地。看上去是多麼謙遜，但也可以解說為是逃避者的巧妙的藉口。」並且山川一邊對廚川所說的日本人是「做事成事都是不徹底的微溫的不上不下」表示同感，一邊把他也歸入同列「那麼如果真的是『憤慨』的話，就不應該只滿足於『從「象牙之塔」中伸出一點頭來寫這樣的東西』，而是應該『徹底地去解決』，認真、嚴肅地『從心底裡感到憤怒。』」

　　說起山川他們自己為何要搞社會運動，她說道：「不是因為自己了不起，自負有偉大的天才般的人格，而是當今社會不適合自己生存下去，不適合大部分的人類生存下去，覺得這個社會非改造不可，堅信這是自己畢生的事業，也是生得的義務和權利。我們也許不能作到馬克思或克魯泡特金的『百分之一、千分之一還是萬分之一』，但那不是問題，無論如何只要我們活著就不能不從事社會活動」。但問題是把本來應作為同伴一起前進的知識分子，居於時代最先端有著流行思想的知識分子作為敵人來對待，而攻擊廚川。當然她的思考方式反映了時代的精神，她用她依據的思想來批駁這是「不知失業減薪這樣世間辛苦的，可以有趣地度過這個夏天的人們，作為午睡侍寢的讀物」時否定了除了運動與活動之外解決問題的其他方法，也否定了超越身分、職業以及階級的連帶。

　　可是山川又說：「還有一篇是說不得不請神從根本上來改造人了，那麼這和他的要致力於改造國民性一說，又條理何在呢？但要是我向作者指出這個矛盾，估計沒用，所以還是放棄。」但還是說：「這樣看來廚川氏是一介徹底的唯物史觀的社會主義者。那麼又產生這樣的疑問，人如果不重新為神所改造，社會缺陷就不能得以彌補，為社會問題而鬧事是愚蠢的，這些話與他所批判的為何不思考社會組織的缺陷的思想之間如何連貫起來又成了問題。同時提倡與社會問題相比當務之急是改善國民性的廚川

氏明顯是一個唯心論者，但又極力主張不存在獨立於物質生活和物質原因的『心得』，實在令人難以理解」。這裡指出了廚川的理論既屬於唯心論者的範疇，卻又包含了唯物史觀的社會主義者二元論的要素。其實，廚川的思想沒有被某某主義的觀念所束縛，他這種想把唯心論的理想和唯物論的現實統一起來的人物，終究不為山川所容納。

　　一方面，廚川說：「張改造改造只是叫嚷社會問題、婦女問題、什麼問題的，這不是本末顛倒嗎？不改造國民性，怎能改變我們的生活呢？」他強調要改造生活與社會，就必須改造日本人自身的國民性。相對廚川的主張山川說：「就我們的立場來看，既然作者承認人和國民性存在著諸如社會問題和婦女問題，又不去承認的人，就是不能面對現實狀態的宿命論者——試圖區別社會問題和改造國民性是不被允許的」。針對這一點，廚川的想法是「國民性不好的責任所在是獨立於社會狀況之外的國民性本身的問題。」因此廚川說「英美人是世界上最為現實的，物質性的，權利主義思想最為發達的國民。」而山川認為「不管英美人的性質是如何的，其社會是和大陸諸國一樣的資本主義社會，如果人的權利義務觀念是充分發達的話，就無以其資本主義社會為本的道理了，」「日本人的權利思想不如歐美人那麼十分發達，勞資關係是主從關係不是日本人的國民性不好，而是日本的資本主義還不如歐美那麼發達，封建性的生產組織及其所伴隨的心理還不像歐美那樣完全被社會拂拭掉的結果。」關於這個爭議，作為當時的理論具體地著手於社會活動的山川，看上去是有幾分道理。不過，廚川既沒有把國民性獨立於社會狀況之外，也沒有分別論述社會問題和國民性的改造。只不過認為比起社會改造來說，改造國民性是當務之急，先行了以本質論為特徵的唯心論的思維罷了。

　　但是，廚川理論的問題在於他認為「完全制約我們根本的本質性生活的無論是道德、法律和制度或是宗教，以人類文化發展的今天的程度還遠遠不夠完善，」而如果要實現的話，「不能麻煩神費心從頭改變人本身的話，到底不能成事，」或者在於冒然看去廚川沒有指出改造國民性的具體手段與方法，只是自始至終提倡他獨自的抽象性的觀念性的理想論而已。這也是其之所以被山川批判成「老爺式的作品」的原因。不過對於生活在二十一世紀的我們來說，已經認識到了不管社會制度經過多少次變革，日

本人的國民性卻沒有得以本質性的改造，那麼廚川所說的國民性改造的用意倒是發人深思的。

3. 對把詩境的浪漫世界放諸於現實社會之隨筆的否定論

京都大學英文系晚輩英文學者石田憲次（1890.6.7-1979.6.30），在「戀愛在人生中的地位──[駁廚川博士][13]」中說道：他拜讀了《大阪朝日新聞》於 1922 年 9 月 18 日至 10 月 3 日分十五次連載的《近代的戀愛觀》，他總結他的感想道：「我對博士十五次連載隨筆的讀後感是，歸根結底以讚美為主，帶有非常多的享樂成份，也許是杞人憂天，卻使人不得不擔心又重回莫里斯所厭惡的『象牙之塔』之中。」相對於山川不能容忍的雖然具有思想性的共同點卻沒有行動的共同性，石田對廚川批評的意圖是：作為同行的雖然具有連帶意識，但是作為研究者的同事或從極其普通的社會生活者的立場來看，他從現實的感覺提醒廚川是否看錯了這一點，即理想與現實能否實現。石田說「現代社會遭遇著非常緊張的時勢，「在窮人多富人少的世界上」，即，「在這個難以謀生的世界上，為學問而不得不捨棄戀愛，為主義而不得不排斥戀愛這樣的事屢屢發生。」他質疑，把主張「解放人的感情生活」的浪漫主義詩人布朗寧的諸如「Love is best」這樣的詩的世界放諸於散文式的現實世界中是否合適。並且舉例不但不是戀愛至上主義的，而是輕視戀愛的莫里斯、蕭伯納、珍・奧斯汀等思想家、文學家，明確指出：「詩人文學家也並不都是信奉戀愛中心主義的」，「詩的世界與散文的世界是有區別的。把僅在詩的世界中通用的言論放諸於散文世界來宣傳行得通嗎？」他的評論中提出了這樣的問題。

廚川一方面在《苦悶的象徵》的「為文藝的文藝」一文中提倡藝術至上主義，一方面在《出了象牙之塔》、《走向十字街頭》中提出「為社會的文藝」這樣的功利主義的文藝觀。不過，對廚川來說無論目的如何的藝術，只有具備了從內面湧溢的欲求與生命力，才認為那藝術是二者合一的。而石田擔心的是「認為沒有經過戀愛，沒有過一番浪漫史就不能成為真正的人，有這樣思想的年輕男女不在少數。對這樣的人們宣傳戀愛至上

---

[13] 石田憲次「戀愛の人生に於ける地位──[廚川博士を駁す]」（連載於《読賣新聞》1921 年 10 月 11 日～15 日。）

之理論，不就像往火上澆油，不但無益，反而有害。」從石田的這段評論中可以得到啟示：不管廚川如何以戀愛至上主義為理念面對生活問題或社會問題，但在現實生活或現實問題中，廚川的二元論的統合到底不是簡單地就可以得以實現的。

4. 總論──贊成（《近代的戀愛觀》）、分論──反對（「靈肉統一論」） 的立場

土田杏村（1981.1.15-1934.4.15）在《戀愛論》[14]的「序」和「性愛觀的建設」（指「性愛觀」即是「戀愛哲學」）中如下所述：

- 戀愛到底是什麼呢？什麼又是戀愛的思想問題呢？關於這些術語至今為止沒有一定的解釋。大致是把一些有關戀愛的凌亂的感想，就稱之所謂的戀愛論了。因此這些年來，我們的思想界自然而然地出現了對戀愛進行有系統性思考的傾向。雖然性愛觀的發達尚未成熟，至少揭明了戀愛的思想問題性質，並且對此問題的思考進行了專業性的抽象思考。說起過去對戀愛的思考，不說問題自身不嚴謹，簡直是在污穢嚴肅的哲學思考殿堂，其阻礙時代進步的偏見達到了跋扈的地步。對戀愛文化哲學的思考，重要的不只是明確戀愛自身的意義與理想，而是正如現今對諸文化現象進行公平評價所必須的，對闡明藝術，道德和宗教等生活的意義所進行的考察也很重要。

- 這二、三年來，在我們的周圍頻繁地聽到關於戀愛的議論。這些嘗試性的思考當然有其經驗的創見。被禁錮的過去的性道德及其良心為新生活要求的壓力所動搖以來，人們開始思考性生活所包含的固有的文化意義，另一方面又創建其新的文化意義，從新的視點重新思考性道德及其良心。這也是人們熱心思考所導致的必然結果。因此我們的社會必須建設新的性愛觀，並要作為嚴謹的學問來建設。

---

[14]　土田杏村《戀愛論》（東京：第一書房，19254 年 9 月 1 日），該書在同年 9 月 15 日由同書房以《戀愛の諸問題》為題得以出版。

　　並且，土田收錄在《戀愛論》中的〈論最近諸家的戀愛觀・廚川白村博士的戀愛評論〉一文中高度評價道：「我們的社會中不得不熱心評論戀愛論的有力原因之一，確實得歸功於博士所著的《近代的戀愛觀》的普及。就這一點來說，博士的著作對我國性愛觀的建設具有歷史性的意義。」

　　土田認為，「已故的廚川白村博士，發現了現代社會的缺陷，俏皮而辛辣地對其進行批判和攻擊。其卓越的觀察眼光及表達能力，是目前我們社會最優秀的批評家之一。」並且他認為：

　　「博士的這部著作，與過去形式主義的頹廢的性道德作鬥爭，強調戀愛自由論，就這一點是比誰的戀愛論都周全而且熱心的。」「博士戀愛論的重點在於否定自由戀愛論，而提倡《戀愛的自由》。」「對於博士的戀愛論，只要稍微懂得一點兒的自由思想，就會毫無反感地去贊成他。因為這實在是一個健全的真理。」這樣地一方面賦予了高度評價，一方面土田又認為「博士的戀愛觀沒有任何的奇談怪論，與我接著要進行評論的其他戀愛論相比，這是最為穩健（如果使用古人好用的術語的話）的論點，是最少有革命性意見的論點。根據博士的意見，如今的性道德或戀愛真理，就不用發生任何根本性的變化了。如果連這一點都認為是危險的話，那就完全置身於今日時代的空氣之外了。而博士卻不拘泥於此，親切而耐心地試圖糾正他們的謬見。可是那些陳腐的思想使原有的戀愛觀成為一般常識，不能不說我國的文化還沒有達到博士著述有待啟發的高度。」「博士的真理，不會輕易被容忍的現實，與迷信的事實相對照，不能不擔心博士的聲音會顯得太小，而毫不用害怕它的壯大。我是與現下的性道德和戀愛生活相比，充分理解博士戀愛論意義的一份子。」他這樣地表達了對廚川的同情。但是廚川把「自由戀愛」（free sex）解說為「自由性交」，因此他否定「free sex」，而肯定「戀愛的自由」（Love's Freedom）。

　　另一方面，土田在《論最近諸家的戀愛觀》的「性愛觀與戀愛價值」一文中如下所述：

　　　　戀愛具有完全獨自的文化意義，所以作為人生的「價值」之一，必須預見人類文化活動會緊密的對待它，逐步實現它的價值，我認為那就是性慾。離開性慾就沒有戀愛，而離開戀愛也就沒有性慾。雖然性慾只是我們的本能之一，但我所指的性慾是更廣義的性慾。

既包含本能和慾望的性慾，卻又超越它，被高度純化，進而去實現戀愛的價值，是指這一連串的活動。

　　土田這樣寫道：因為「性慾這一詞讓人聯想到心理學的慾望，」所以「像柏拉圖似的運用『性慾』一詞。」因為「戀愛價值離不開我們的『性慾』活動」，所以他力證「必須系統地組織『純粹性慾之性慾』」。對主張「離開性慾就沒有戀愛」的廚川論，以「廚川白村博士的靈肉合一論」為題進行了批駁。

　　他提到了廚川主張的「戀愛是性慾的人格化」問題，土田指出「把性慾人格化，到底是怎麼一回事呢？性慾是性慾，人格是人格。怎樣把二者融合呢？不說明這一點，關鍵的『性慾的人格化』只能停留在華麗詞藻上，這是很遺憾的」。

　　而廚川是這樣說明「性慾的人格化」的－從根本上去思考，love 和 labour 必須是純真人類生活的兩大中心」，「橫向的『食』即是以勞動為中心的物質生活，縱向的以愛為中心的精神生活互相結合的兩個中心就如此圖所示，在 C 點相匯合，所有的生活就必須在此得以統一。」「所謂自我保存和民族保存，就是作為個人也好，社會也好，是人類生命活動的兩大要點。也就是說為了延續現在自我保存的生命的種族的保存而有了性慾。為了食慾人類勞動，因為有了性慾才愛人。前者以外在的物質生活為中心，後者經過進化而成為內在一切精神生活的中樞」等等。相對於廚川的理論，土田則認為：「根據博士的理論，『為靈肉二元生活的不協調而煩惱的人們，性的本能（即性慾）和性的理想（即戀愛）之間，只要找出其合一點，二者的矛盾衝突就可得以解決』，這很必要。這就是博士力證的關鍵潛在之處。可是以我的閱讀範圍來看，博士的靈肉合一論，至少顯得有些雜亂，最終也沒有闡明其合一的理論。」他指出廚川的戀愛論在學問上存在四點不嚴密之處。

　　第一點，「把生命活動分為食慾和性慾兩大類，試圖以其解明所有社會文化問題……（中略）……並沒有多大的價值。」第二點、「把勞動和愛當作生活的兩大中心，作為人類價值生活的評論顯得過於粗糙。」第三點、「經濟並非只是物質生活，而是文化性的有價值的生活，與戀愛生活是並列關係。」第四點、把作為本能活動的性慾和其他宗教或藝術活動分

開，不管多麼詳細地證明這種弗洛伊德派的精神分析學，也絲毫不能成為我們價值生活原有本質的基礎。」他指出廚川的戀愛論是「把謬誤精心地複雜化。」而在這謬誤中，土田特別指出「只是現在有一點必須說清楚，博士把經濟生活看作是物質生活、肉之生活，而把戀愛生活看作是精神生活、靈之生活，這一點是謬誤。既然戀愛生活也是以性慾為基礎的，那麼民族保存活動方面也應存在肉之生活。有關這一點不管博士如何認為，這個主張也必須加以闡明。不僅如此，經濟活動也並不單純是物質生活，還追求著其自身獨立的文化價值。是博士所謂的『精神』經過醇化，與戀愛活動沒有什麼兩樣」。「所以經濟與戀愛，不是互相重疊，合二為一的兩種活動。而是互相平行，各自追求自己的文化價值，是兩個不同的人格活動。絕不是一個屬於物質範疇的，另一個屬於精神範疇的。」以此進行了反駁。

　　關於為何會產生這樣的謬誤，土田分析道：「博士在論及人類生活時，『靈』與『肉』是實際存在的，進一步說的話，是採取了形而上學的二元論。而只要是實在的和形而上學的這兩種不同的事物，無論如何不可能合二為一的」。他下結論道：「形而上學靈與肉的二元論，很容易陷入這樣的困難之中。　而拯救這個困難的方法，就是把性慾和戀愛都看作是實在的，而不是形而上學的二元。對同一事物持不同看法，應持認識論的二元論立場，即前者是被理想化的資料，後者是被理想化了的形式。」

結語

　　通過以上的考察，可以得出以下結論。

　　第一、廚川白村的著作，有作為從文藝思潮觀點來介紹歐美文學概述書的《近代文學十講》、《文藝思潮論》和《小泉八雲及其他》（在本章中未能提及），還有作為文明批評家及社會批評家評論的《印象記》、《出了象牙之塔》、《近代的戀愛觀》和《走向十字街頭》，並有作為文藝理論概述書的《苦悶的象徵》以及作為詩文學研究書的《最近英詩概論》，合起來可以整理出這九部。這九部作品中除了《最近英詩概論》以外的八部著作，從 1912 年 3 月《近代文學十講》初版以來，到故世後的 1924 年 3 月 24 日再版的《苦悶的象徵》第 50 版為止，近十二年中他的著作不斷

再版發行。並且引起了反響和熱潮，以致當時的報章雜誌紛紛發表評論這些著作所持意義的文章。

第二、對於《近代文學十講》，同是英文學研究者的戶川秋骨在對各大報紙對適合初學者的評論發出了反駁。褒義地評價這部著作作為初學者的概述書來說是過於高尚了，以作為專攻近代文學的大學用教材，對其如此介紹分析現代歐洲文學的手腕和學識大為讚賞。而另一方面，俄羅斯文學者的片上伸則發表了不滿，認為在文藝思潮這一詞彙的遮蓋下，沒能精心地分析各地域自然主義或新浪漫主義等特徵。並且法國文學者的廣瀨哲士則給予貶義評價，認為《文藝思潮論》的二項對立分析法過於草率。

第三、對於廚川白村的《出了象牙之塔》和《走向十字街頭》的文體和風格，井汲清治的書評典型地代表了當時知識分子的意見。雖然作為個人色彩極為鮮明濃郁的隨筆很成功，但變成了與其說痛快還不如說是不快的「痛罵錄」，對此提出了批評意見。

第四、對作為文明・社會批評家的廚川及其著作的《出了象牙之塔》，以山川菊榮為代表的具有社會主義思想的知識分子，則認為他是擅長追逐時代潮流的流行評論家，他的評論也是以唯物論的歷史觀為基礎，區分社會改造和國民性改造。　這樣的理論不為容忍，給了了貶義的評價。

第五、對於《近代的戀愛觀》，晚輩英文學者石田憲次，對其把詩之世界放諸於散文世界的思想表示懷疑，指出了對青年男女宣傳戀愛至上論的有害性。

第六、土田杏村一方面褒義評價廚川，認為《近代的戀愛觀》對日本戀愛哲學建設具有歷史意義，廚川自身也發現了現代社會的缺陷，辛辣地進行了批判和攻擊，是具有卓越的觀察眼光的最優秀的評論家。一方面指出，廚川提出的形而上學二元論合二為一的「靈肉合一論」會產生誤解。

第七、廚川白村從發表《近代文學十講》以來，立足於文學的見地，著眼於日本人的「國民性改造」，展開了獨自的文明評論和國民性批判。他所寫的國民性批判的隨筆引起了當時社會上贊成與反對的兩種意見，而以論爭的當事人廚川之死，這些議論也迅速地消沉。但是，從他死後

全集[15]得以刊行的狀況來看，可以斷定到一九二〇年代為止廚川還具有影
響力。

範紫江　譯／吉田陽子　校對

---

[15] 在廚川白村的著作中，故世後出版的全集為以下兩種：
①《廚川白村集》6 卷，「補遺」1 卷，「文學論索引」1 卷，共 8 卷，廚川白村集
刊行會（代表：福永一良，裝幀意匠立案：廚川蝶子，編輯者：阪倉篤太郎、矢
野禾積、山本修二），1924 年 12 月～1926 年 4 月）非賣品。
第 1 卷「文學論上──《近代文學十講》1924 年 12 月 15 日。
第 2 卷「文學論下──《文藝思潮論》《苦悶の象徵》《文學雜考──「病的性
欲と文學」ほか 6 篇』」1925 年 1 月 31 日。
第 3 卷「文學評論──《わかき藝術家のむれ」ほか 25 篇」1925 年 8 月 10 日。
第 4 卷「小品文と文學評論──象牙の塔を出て》ほか 17 篇」1924 年 6 月 28 日。
第 5 卷「戀愛觀と宗教觀──《戀愛觀──「近代の戀愛觀」ほか 7 篇》，《宗
教觀──「惡魔の宗教」ほか 2 篇》」1925 年 5 月 1 日。
第 6 卷「印象記翻譯及び雜纂──《印象記──「北米印象記」ほか 5 篇》，『翻
譯──「夕晴の空」ほか 20 篇》、《雜纂──（序跋）「亡靈」序」ほか 8
篇》、《講演──「英語の研究に就いて（英文）」ほか二篇》、附錄《略年譜》」
1925 年 10 月 10 日。
別卷「補遺──《最近英詩概論》」1926 年 4 月 18 日。
別冊「文藝論索引」1926 年 4 月 18 日。
②《廚川白村全集》6 卷，改造社，1929 年 2 月～8 月。
第 1 卷「文學論 上──《近代文學十講》」1929 年（昭和 4 年）6 月 10 日。
第 2 卷「文學論 下──《文藝思潮論》《苦悶の象徵》《最近英詩概論》」1929
年（昭和 4 年）5 月 8 日。
第 3 卷「文學評論──《象牙の塔を出て》《十字街頭を往く》」1929 年（昭和
4 年）2 月 28 日。
第 4 卷「文學評論及び印象記──《小泉先生そのほか》《印象記》」1929 年（昭
和 4 年）7 月 10 日。
第 5 卷「戀愛觀及び雜纂──《近代の戀愛觀》《雜纂──「翻譯」「序跋」「講
演」1929 年（昭和 4 年 4 月 3 日。）
第 6 卷「英詩選釋──《英詩選釋》《現代抒情詩選》1929 年 8 月 2。」

第二章　民國文壇知識分子對廚川白村著作的反應

引言

　　廚川白村在中國是一個對中華民國時期的文壇給予了很大影響的人物。可是據筆者所知，至今為止還沒有人提供過這樣的基礎資料，即，廚川白村著作有幾部被翻譯、以及是哪些人參與了這些翻譯工作的。本來應該是根據了這樣的基礎資料才有可能去考察廚川著作的譯者們是以怎樣的意圖把作品翻譯介紹到中國，並才能俯瞰這些翻譯作品是怎樣被接受包容的。可以說過去的那些影響關係性的研究，只達到了以個別譯者或其譯作為視點的程度。即目前為止的研究水平是，《近代文學十講》、《出了象牙之塔》、《近代的戀愛觀》、《苦悶的象徵》等著作中所闡述的文藝理論，使魯迅、周作人、胡適、郁達夫和廢名這些中國的代表性知識分子產生了共鳴、共感，那麼考察就以譯作如何體現其內在化為視點。而本研究[1]先放低起點，從本章開始進行考察。不過，這也只是因為過去忽視了對廚川整個作品翻譯狀況的調查、整理和分析等基礎調查研究。本章在本書中的位置是導入部分，對民國時期中國文壇經歷了怎樣的對廚川文藝理論的接受包容，又歸結到怎樣的結果，重新回到起點，以系統性、綜合性的視點加以全面探討。

---

[1]　在日本刊登的比較研究論文列舉如下，其他的在最後一章有所揭示。
　　・工藤貴正「もう一人の自分、「黑影」の成立（上）、（中）、（下の一）、（下の二）」大阪教育大學《學大國文》第 38 號、39 號，《日本アジア言語文化研究》第 2 號、3 號，1995 年 1 月和 3 月、1996 年 1 月和 3 月。）
　　・小川利康「《橋》における方法論——周作人と廢名」（《蘆田孝昭教授退休紀念論文集　二三十年代中國と東西文藝》東方書店，1998 年 12 月。）
　　・工藤貴正「論《鑄劍》「哈哈愛兮歌」の象徵性——對廚川白村、菊池寬、長谷川如是閒、奧斯卡・王爾德思想形象的共鳴共感》（張嵩平譯，百家出版社《上海魯迅研究》第 10 號，1999 年 10 月。）

　　本章，首先整理分析中華民國時期出版的廚川白村著作的譯作。然後整理出廚川生前當時，在日本留學，並在東京高舉以純文學旗幟結社的「創造社」成員，對他的文藝理論產生共感的情況。並且從民國文壇中對廚川著作進行翻譯、介紹的知識分子譯作的「序言」「後記」的表述中，考察中國是如何試圖引進廚川著作的。

一、廚川白村著作的翻譯、出版狀況──譯作全十一種類的整理

　　以年代為順序列舉廚川白村作為單行本出版的著作。

（1）《近代文學十講》大日本圖書株式會社（1912 年 3 月 17 日初版。）

（2）《文藝思潮論》大日本圖書株式會社（1914 年 4 月 28 日初版。）

（3）《印象記》積善館（1918 年 5 月 15 日初版。）

（4）《小泉八雲及其他》積善館（1919 年 2 月 20 日初版。）

（5）《出了象牙之塔》福永書店（1920 年 6 月 22 日初版。）

（6）《北美印象記》積善館（1920 年 9 月 25 日初版，縮印版。）

（7）《近代的戀愛觀》改造社（1922 年 10 月 29 日初版。）

（8）《走向十字街頭》福永書店（1923 年 12 月 10 日初版。）

（9）《苦悶的象徵》改造社（1924 年 2 月 4 日初版。）

（10）《最近英詩概論》福永書店（1926 年 7 月 8 日初版。）

　　另外，把民國時期翻譯的廚川白村的著作按年代順序排列如下：

①羅迪先譯《近代文學十講》上海學術研究會叢書部，上（學術研究會叢書之二，1921 年 8 月 1 日初版。）；下（學術研究會叢書之四，1922 年 10 月 1 日初版。）

②任白濤輯《戀愛論》上海學術研究會叢書部（學術研究會叢書之六，1923 年 7 月 20 日初譯版。）

③樊從予譯《文藝思潮論》上海：商務印書館（文學研究會叢書 1924 年 12 月初版。）

④魯迅譯《苦悶的象徵》未名社（未名叢刊，1924 年 12 月初版。）

⑤豐子愷譯《苦悶的象徵》上海：商務印書館（文學研究會叢書，1925 年 3 月初版。）

⑥魯迅譯《出了象牙之塔》未名社（未名叢刊，1925 年 12 月初版。）

⑦綠蕉・大杰譯《走向十字街頭》上海：啟智書局（表現社叢書，1928
　　年 8 月初版。）

⑧夏丏尊譯《近代的戀愛觀》上海：開明書店（1928 年 9 月初版。）

⑨沈端先譯《北美印象記》上海：金屋書店（1929 年 4 月 10 日初版。）

⑩綠蕉譯・一碧校《小泉八雲及其他》上海：啟智書局（1930 年 4
　　月初版。）

⑪夏綠蕉譯《歐美文學評論》上海：大東書局（1931 年 1 月初版。）
下面整理上述提示資料的內容。

首先，改造社版《廚川白村全集》[2]全部 6 卷中收錄的廚川白村著作，
除了譯作和《雜纂》中收入的「序跋」「講演」以外，一共有《近代文學
十講》《文藝思潮論》《印象記》、《小泉八雲及其他》《出了象牙之塔》
《近代的戀愛觀》《走向十字街頭》《苦悶的象徵》《最近英詩概論》九
部著作。

以單行本出版的有上述十部著作，因為其中《北美印象記》是以《印
象記》中的一部分進行出版的，所以正式是九部作品。詳細地說，第（3）
項《印象記》是由帶有二十四個小標題和參考資料而佔全書篇幅一半的「北
美印象記」與「左腳切斷」、「從太平洋上」、「傑克・倫敦的小說」、
「文藝通信」、「非要參觀尼亞加拉瀑布記」、「無聲劇的復興」、「愛
蘭文學之新星」、「歐洲戰亂和海外文學」、「美國之新劇團」和「美國
之大學」這十篇文章所構成的。而第（6）項《北美印象記》只是以上述
《印象記》中的「北美印象記」為中心，加上「左腳切斷」、「非要參觀
尼亞加拉瀑布記」和「從太平洋上」三篇，改題為《印象記》的再版。

再說譯成中文的十一部著作。首先同一本書的翻譯有第④項魯迅的
《苦悶的象徵》和第⑤項豐子愷的《苦悶的象徵》。還有第②項《戀愛論》
是對《近代的戀愛觀》加以刪減、改編、整理而成，跟第⑧項《近代的戀
愛觀》是同一本書的翻譯。並且第⑨項《北美印象記》和第⑪項《歐美文
學評論》合二為一，幾乎就是原著《印象記》一本的翻譯。即《北美印象
記》是由有二十四個小標題構成的《北美印象記》翻譯而成，而以《印象
記》所收十篇文章中的八篇（去掉「從太平洋上」、「非要參觀尼亞加拉

瀑布記」，加上「文學者與政治家」、「遊戲論」）翻譯為中心構成了《歐
美文學評論》。因此，在中國廚川著作的翻介作品有十一種，即八部著作
的翻譯。也就是說他的九部著作，除了《最新英詩概論》都被譯成中文。
一個日本人的著作被這樣系統地翻譯出來的事實是值的引人關注的。

那麼中文翻譯的底本是什麼呢？

全集除了改造社版的《廚川白村全集》（以下簡稱《全集》）以外，
還有以前發行的一部《廚川白村集》（以下簡稱《白村集》）。這部《白
村集》全七卷（其中一卷是補遺）和別冊《文學論索引》一冊，是廚川白
村集刊行會從 1924 年 12 月到 1926 年 4 月發行的豪華版，因為是非賣品，
並不普及，所以可以推斷在同時代的中國幾乎不可能到手。比如，1924
年以後對廚川白村產生共鳴共感而系統翻譯廚川著作的魯迅所擁有的廚
川書籍[3]，如第一章所示，魯迅有廚川九部作品中除了《小泉八雲及其他》
以外的八部作品。而且利用上海的地方之利，他通過上海內山書店從 1929
年 4 月 23 日到 9 月 10 日把東京改造社版的《全集》六卷都收齊了。這些
都是通過東亞公司和內山書店的。這跟要花大量時間從舊書店搜來，不經
販賣渠道作為非賣品以不特定的人群為讀者的《白村集》不一樣，所以在
《白村集》出版的同一時代裡，不把《白村集》列入中國人使用的翻譯底
本應該沒有異議吧。那麼譯作的底本有沒有使用東京改造社版的《全集》
呢？其中有使用可能性的是《全集》發行年月日以後出版的第⑩項《小泉
八雲及其他》（1930 年 4 月初版）和第⑪項《歐美文學評論》（1931 年 1
月初版）。

可是單行本第（4）項《小泉八雲及其他》封面上的樹木圖畫和譯作
第⑩項《小泉八雲及其他》的封面圖畫相同，而《全集》中沒有這幅插圖，

---

[3]　魯迅到手書的年月日根據《魯迅全集》第 14 卷「日記」（人民文學出版，1981），
　　括號內的藏書的版數根據《魯迅手跡和藏書目錄——第 3 卷外文藏書目錄》（北京
　　魯迅博物館編，內部資料，1959 年 7 月。）
　　另外丸山昇在「魯迅と廚川白村」（1958）中說，《魯迅日記》中把《近代文學十
　　講》記載成《文學十講》筆者也認為如此。並且《最近英詩概論》在《日記》中被
　　記作《近代英詩概論》，而《外文藏書目錄》中確實有《最近英詩概論》，所以可
　　以認為《近代英詩概論》是《最近英詩概論》的誤記。只是魯迅到手書是 1926 年 8
　　月 5 日，還有必要確認和魯迅到手《最近新英詩概論》再版的日期，現在只查到初
　　版的發行日是 1926 年 7 月 8 日。

所以第⑩項的底本也不是《全集》。第①項到第⑩項都使用單行本，最多第⑪項夏綠蕉譯《歐美文學評論》有使用單行本和《全集》的可能性。可是實際上第⑦項《走向十字街頭》的譯者綠蕉・大杰和第⑩項的譯者綠蕉以及第⑪項的譯者夏綠蕉都是同一人物，即劉大杰[4]。相對於《走向十字街頭》和《小泉八雲及其他》是從單行本翻譯而來，也難以想像只有《歐美文學評論》是從《全集》翻譯而來，所以認為都是從單行本翻譯而來比較妥貼。可是從另一點考慮，劉大杰和魯迅一樣很崇拜廚川白村，並且他從1926年到1930年在籍於早稻田大學文學系，所以推斷他有可能比魯迅先得到改造社版的《全集》，並且在上述第①項到第⑪項譯著的八位譯者中，劉大杰也是唯一有可能持有廚川白村集刊行會發行的非賣品《白村集》的人物。因此，第⑩項《小泉八雲及其他》與第⑪項《歐美文學評論》的譯者劉大杰，翻譯底本既有可能使用了單行本，也有可能使用了《全集》或《白村集》。

劉大杰是在廚川九部著作中最多地翻譯了三部作品的人物，所以進一步探討他與廚川著作的關係。

劉大杰在留學早稻田大學時，出席了在京都舉行的廚川白村七週年紀念活動，在《小泉八雲及其他》的「譯者序言」（1929年9月1日）中描寫了當晚如下的情景：

> 翻譯與紹介，在中國既然是重要的工作，那麼我這個小小的譯本或者能引起青年讀者的興味，那就是我唯一的希望了。譯者很預備再譯一本他的文學論評及死後出版的英詩概論。

劉大杰在1929年9月1日時說的「他的《文學評論》一書」，可以認為是收錄於1929年8月20日完成全部6卷出版的改造社版《全集》中第4卷《文學評論及印象記》中的《印象記》。這是因為改造社版全集中稱做《文學評論》的有第3卷和第4卷兩本，這兩本中的4篇作品，魯迅翻譯了《出了象牙之塔》，劉大杰自身翻譯出版了《走向十字街頭》，而《小泉八雲及其他》則在當時剛譯完，所以只剩下《印象記》。劉大杰把

---

[4]　徐迺翔・欽鴻編《中國現代文學作者筆名錄》（湖南文藝出版社，1988年12月。）

《印象記》中除掉了夏衍（沈端先）翻譯的前半部分《北美印象記》後，翻譯並改題為《歐美文學評論》出版。

另外，廚川故世後才首次出版的單行本只有第（9）項《苦悶的象徵》和第（10）項《最近英詩概論》。當然劉大杰所說的《英詩概論》即《最近英詩概論》，而至今尚未查到他翻譯並出版過《最近英詩概論》的事實。可是民國時期廚川白村的 9 部作品中 8 部被翻譯出版，還曾試圖翻譯介紹他故世後出版發行的《最近英詩概論》這一事實令人震驚，是值得一提的現象。

民國時期的中國文壇，通過接受廚川白村著作所寫的西歐現代派的介紹與他獨自的文藝理論，廚川白村著作以及白村本身在當時是如何流行，如何為人們所接受的呢？以下以 1921 年 7 月初旬在日留學生結成的文學團體「創造社」的成員田漢、鄭伯奇、郭沫若為例，考察廚川白村文藝論對他們的影響力，並且從廚川白村著作譯者的翻譯的「序言」和「後記」來考察譯者們是以怎樣的觀點往中國介紹廚川白村的。

二、在日本直接接受的創造社同人──田漢、鄭伯奇、郭沫若

> 文學是反抗精神的象徵，是生命窘促時叫出來的一種革命。屈子的《離騷》是這麼產生出來的，蔡文姬的《胡笳十八拍》是這麼產生出來的，但丁的《神曲》、彌爾敦的《失樂園》，都是這麼產生出來的。周詩之「變雅」生於幽厲時期，先秦諸子的文章煥發於周末，歌德、希勒出世於德國陵夷之時，托爾斯泰、多士陀奕夫士克產於俄國專制之下，便是我國最近文壇頗有生氣蓬勃之概者也由於受著雙重壓迫內之武人與外之強鄰。

郭沫若所表現的「文學是反抗的象徵，是生命窘促時叫出來的一種革命」，可以看出當時在日留學生對廚川白村文藝理論產生強烈的共鳴共感的程度。這篇文章被收錄於 1921 年 9 月上海泰東圖書局出版的新式評點本《西廂》的序文中，篇末記載著「1921 年 5 月 2 日於上海」，是郭沫若的《西廂記》的藝術評論及作者的性格的開頭部分。這是郭沫若（1892.11.16-1978.6.12）[1914-1924－日本留學時期（以下同樣）]在同人

雜誌《創造》出版之際，為與泰東書局經理趙南公進行交涉而一時回國時所寫。後來郭沫若5月31日回福岡，7月在東京神田郁達夫寓所「第二改盛館」與郁達夫等人發起創立了「創造社」。

另外，同是創造社成員的田漢（1898.3.12-1968.12.10）[1916-1922]和在讀第三高等學校的鄭伯奇（1895.6.11-1979.1.25）[1917-1921]，1920年3月18日拜訪了廚川白村，就新浪漫主義和創作等有關問題與廚川白村交換了意見[5]。能體現當時田漢的激動心情的是序章中介紹的田漢的廚川白村

5　董健《田漢傳》「訪問廚川白村」（中國現代作家傳記叢書，北京十月文藝出版社，1996年12月。）

以下是訪問廚川白村的田漢與鄭伯奇的有關記述。

・田漢「致郭沫若」1920年2月18日，（《三葉集》上海亞東圖書館，1920年5月。／收錄於《田漢全集》第14卷「致郭沫若的信」花山文藝出版社，2000年12月。／收錄於《郭沫若全集》第15卷《三葉集》，人民文學出版社，1990年7月。

我春假預備到京都訪鄭伯兄，到福岡來訪你們哩！去年，啊呀，是前年哪，我曾看見須磨子（指，松井須磨子——筆者）演的 Hauptmann Die versunkene Glocke 起現實生活與藝術生活衝突之感，而今想來，einrich 的苦悶，就像是你的苦悶，可世界終不是那麼苦悶的，the Sun is coming！（「太陽正在昇起來了。」這句話是《沉鐘》一劇中海因利希最後一句台詞。）你們撇開那種愁雲罷！大家都說些酸酸楚楚的話，倒把這個活潑的人生，弄得黑森森的，我反討起厭來了。好！算了罷！

・田漢《新浪漫主義及其他——覆黃日葵兄一封長信》（《少年中國》1卷12期，1920.6.15，／收錄於《田漢全集》第14卷。）

我先舉的羅曼主義，與新羅曼主義的特色，原是就大較上說的。批評家因為批評的便利上，每特設許多區分，其實每每為其自設的區分所苦。一個主義之下，作者如林，擇一二巨匠的作品而解剖之，舉其一二特色，以概全般，本不能保其全洽，要之所謂什麼主義思潮，正好像我們人的一生所起心理的變化。

記得廚川白村先生在他的大著《近代文學十講》的第八講第一節《新努力之時代》的題下，也把近代文藝思潮的變遷，比之人的一生，非常透徹。據他說——（省略所譯中文……白村，第八講第一節「新努力之時代」的約五百字的原文……。）白村先生的這段議論，不是真嘗過人間味和藝術味的人，道不這麼親切。上月（三月）中旬我遊京都四天，在伯奇兄那兒住。我到九州去的前晚（即十八日晚），曾偕伯奇訪白村先生於岡崎公園側之廣道，暢談至九點半才回來，我曾問他三四個重要的問題，都給了很滿足的答復。他對我國的新文壇，希望很殷，並且希望我們「少年中國」的新藝術家多事創作，心中若是想要寫什麼，便馬上要寫出來，莫管他好和歹。

因為思想不同別物，若不用它它便要臭起來。又說，翻譯事業，固然要緊，在建築自然主義，最好多譯易卜生的。尤推薦我們譯俄國 Dostoievsky （陀斯妥也夫斯基〈1821-1881〉，俄國文學家。——編者）的作品，說日日言社會改造，畢竟

是要從個人改造起，他的藝術能令人為深刻的反省啊。日本的學者每好以西洋學者自況，如福田德之以羅素（B.Russell）自況；高畑素之以葛滋奇（Kautsky 今譯「考茨基」1854-1938，德國社會民主黨和第二國際領袖之一。──編者）自況；白村先生先月於日本東西兩《朝日新聞》上發表的《出象牙之塔》的隨感錄，最後也頗以納斯欽（J.Ruskin 今譯「J.羅斯」1819-1900，英國散文家、批評家及社會改造者。──編者）自況。我也不能馬上恭維白村先生便抵得過英國的納斯欽。他也沒有那麼妄僭。他只說：納斯欽先則腐心於美術文藝，蟄居於象牙之塔，後來出象牙之塔而論列社會問題，崇論宏議，為天下重，他出《為後來者》一書的時候，正當四十之年。白村先生今年也四十歲了，自謂不敢說能如納氏跳出文藝範圍之外，後於社會問題有所論列，不過看了今日日本的社會之混沌，實在有不能已於言的地方，偶然把頭伸出象牙之塔，說幾句吧。他雖是這麼說，以他的篤學深思，趣味廣博，和他那種親切謙虛的態度，已經平明堅實的著作，已經貢獻於「後來者」不少了。把他前段的議論，分析起來──

思潮人生
羅曼主義──二十歲前後的熱情時代（求不必有的對象）
自然主義──三十歲前後的煩悶時代（求現在有的對象）
新羅曼主義──四十歲前後的圓熟時代（求可以有的對象）

照這樣看來，可見白村先生他們，已達到了人生的圓熟時代，我們還在人生的熱情時代哩！所以我在《詩人與勞動問題》的裡面很有歌頌羅曼主義的地方：因為在思潮上說我們二十世紀的人，原不必去講十九世紀初期以前的話；但在人生上說，我們二十歲前後的人，又何必說三四十歲以後的話呢？我們以熱烈奔放之妙齡，當煩悶圓熟之時勢，這中間尋出個什麼接合點？這就是我們第一個要思索的問題。
但是我們雖把文藝思潮的變遷來比人之一生，究竟也有大相懸異的地方，那麼就是新羅曼主義的解釋。照上面的說法，既以新羅曼主義時代比之人生四十歲前後的圓熟時代，人家一定想到圓熟是老成的代名詞，到了老成期，文藝也好，人生也好，快就要老朽，老死了。前面也說過舊羅曼的特色是動，新羅曼的特色是靜。譬如止水不流，會變成腐水，腐水會變成死水了。這卻不然。白村先生於此也有解釋。
同文的下面說：（省略所譯中文……白村，第八講第一節《新努力之時代》的約五百字的原文……）。
現在的思想家，便是這樣啊。
照這樣說來，可以明白現代思潮的根本情調了。他們雖和舊羅曼派一般，對於宇宙中的「青鳥」有熱烈的希求心，但已知不必漠然求之於莫須有的夢幻世界，而當努力求之於可以有的現實世界，其實在他們的新眼光裡，現實不必非夢幻，夢幻也不必非現實。若把夢幻分成兩種，一種是無所夢而夢的，謂之「睡夢」（Sleeping Dream），一種是有所夢而夢的，謂之「醒夢」（Waking Dream），那麼舊羅曼主義便像睡夢，新羅曼主義便像醒夢。
・鄭伯奇《憶創造社》（《文藝月報》1959／王延晞・王利編《鄭伯奇研究資料》山東大學出版社，1996 年 12 月。）

訪問記。田漢在翌日拜訪福岡的郭沫若，郭沫若在 1920 年 3 月 30 日（信
的末尾寫道「（民國）9，3，3」，但孫玉石從行程推斷這是 3 月 30 日的
筆誤）寫給宗白華的信簡中寫道：「壽昌（田漢－筆者注），19 日來」，
「他又說：他在京都的時候，訪問過廚川白村博士，很得了些有益的教訓。
廚川氏說：凡是創作家只消盡力的去創作，別管評論家底是非毀譽。壽昌
很佩服他這句話。[6]」可以想像郭沫若以後確實對廚川白村相當關注。

　　廚川的《苦悶的象徵》在 1924 年 2 月他故世後初版以單行本發行，
相當普及。其初出是刊登在 1921 年 1 月 1 日《改造》3 卷 1 號上的「苦悶
的象徵」。

　　郭沫若在 1921 年 5 月說出「文學是反抗精神的象徵」這樣的話，在
1922 年 8 月 4 日發行的《時事新報》「學燈」的「論國內的評壇及我對於
創作上的態度」一文中寫道：「我對於藝術上的功利主義的動機說，是不
承認它有成立的可能性的」，從此立場出發說道：「文藝本是苦悶的象徵。
無論它是反射的或創造的，都是血與淚的文學[7]」；又在 1923 年 6 月 23
日發行的《創造週報》第 7 號「暗無天日的世界（答辯）」一文中寫道：
「我郭沫若反對過那些空吹血與淚以外無文學的人，我郭沫若卻不曾反對
過血與淚的文學。我郭沫若所信奉的文學的定義是：『文學是苦悶的象
徵。』」[8]

　　從以上可以確認以下的兩個事實，第一、郭沫若在 1921 年 5 月說出
「文學是反抗精神的象徵」這樣的話，他論點的展開與第六章中所揭示
出的白村的「第三的引用」極為相近，並且《苦悶的象徵》初出於《改
造》3 卷 1 號，在 21 年 1 月 1 日已經刊載出來了。所以所謂的「反抗精
神的象徵」，終究是從「苦悶的象徵」而來的。第二、以郭沫若為例，
像他一樣對特別是創造社成員的留日學生們來說，在《苦悶的象徵》單行

在一個春天的夜晚，在教授清淨的書室裡，田漢提出了很多文藝上的問題，主客
之間好像還有不同的見解。但詳細情況現在完全都記不清了。

[6]　郭沫若「致宗白華」1920 年 3 月 3 日，《三葉集》上海亞東圖書館，1920 年 5 月
　　（收錄於《郭沫若全集》第 15 卷‧《三葉集》，人民文學出版社，1990 年 7 月。）

[7]　郭沫若「論國內的評壇及我對於創作上的態度」《時事新報》「學燈」1922 年 8
　　月 4 日（收錄於《郭沫若全集》第 15 卷，人民文學出版社，1990 年 7 月。）

[8]　郭沫若「暗無天日的世界（答辯）」《創造週報》第 7 號，1923 年 6 月 23 日（收
　　錄於《郭沫若全集》第 16 卷，人民文學出版社，1989 年 10 月。）

本發行之前，他們已經很熟悉「文學是苦悶的象徵」這樣的話了。換言之，1921 年 1 月 1 日《苦悶的象徵》初次刊登，到 1921 年 7 月創造社成立，至少在留日的創造社同人之間，因為熱衷於交流文藝論，所以從創造社創立之初，說出「文學是苦悶的象徵」的是廚川白村這個事實，已經得到了共識。

三、譯者和譯作讀者的廚川白村觀——魯迅、夏丏尊、劉大杰、葉靈鳳

　　如第一章中提到的井汲清治說道：「廚川白村要徹底地『自我表現』其純真與自信，其結果是借了隨筆的體裁作了一部痛罵錄。為了追求真實，說堅信自己非說不可的話，於是成為毒舌。也就是在嘗試生命的飛躍過程中必須鏟除所有障礙。其有效的炸彈，就是毒舌、過激的言語、痛罵」。並且關於是否具備了「濃厚地表現自己個人的人格色彩」這個隨筆的要素，他評價道：「至於在表現出廚川白村的人性這一點上（雖然表現方法有點問題）確實很成功」，「也就是說如果表揚廚川白村的話『不在乎他人的褒貶，敢於發表自己所堅信的意見，一生都保持了這種態度』。因此，想要使用文藝的表現手法，隨筆正是最合適的工具。[9]」他認為隨筆的形式正合適表現廚川這個人的資質。

　　與此評價相比較，魯迅在 1925 年 12 月 3 日的《出了象牙之塔》的「後記」中，如下敘述了這部譯作的翻譯意圖。

> 　　我譯這書，也並非想揭鄰人的缺失，來聊博國人的快意。（中略）
>
> 　　但當我旁觀他鞭責自己時，彷彿痛楚到了我的身上了，後來卻又霍然，宛如服了一帖涼藥。
>
> 　　著者所指摘的微溫、中道、妥協、虛假、小氣、自大、保守等世態，簡直可以疑心是說<u>中國</u>。著者既以為這是重病，診斷之後，

9　井汲清治「プロムナアド——（その三）廚川白村《象牙の塔を出て》《十字街頭を往く》」（《三田文學》第 15 卷 4 號，1924 年 4 月 1 日。）

開出一點藥方來了，則在同病的中國，正可借以供少年少女們的參
考或服用，也如金雞納霜既能醫<u>日本</u>人的瘧疾，即也能醫治<u>中國</u>人
的一般。

　　在中國，沒有隔岸觀火地看待白村的國民性批判，把自國也和日本一
樣看作是患病狀況，在這樣的文章中以上引用的魯迅文章是最為著名而明
確的了。還有，魯迅在《苦悶的象徵》「序言」（1924 年 11 月 22 日）和
《出了象牙之塔》「後記」（1925 年 12 月 3 日）中，對這兩部作品的翻
譯文體曾兩次寫道：「文章大概是硬譯的，也極願意一併保存原文的口吻。」
「文句仍然是直譯，和我歷來所取的方法一樣；也竭力想保存原書的口
吻，大抵連語句的前後次序也不甚顛倒。」這裡可以看出，魯迅在批評患
有同樣疾病的中國國民性時，保留了廚川體口氣的意圖。
　　另外，劉大杰在參加了廚川白村七週年忌的當晚所寫的《譯者所言》
（1929 年 9 月 1 日收錄於《小泉八雲及其他》）中如下所述：

　　　　我國的思想文藝運動，今後應得走的路徑，只有兩條，一是翻
　　譯，一是紹介。翻譯為促進新運動的基本工作，而紹介則為應時救
　　急的唯一的方策。這件事微之於過去的日本的文壇的事實，就可以
　　知道是必然的結果。老實說<u>日本文化</u>所以能如此發達的原因，確是
　　這些翻譯與紹介者的留下來的功績；他們各有專攻，各有紹介某種
　　工作的責任。專門去作自己應作的事體。像這樣的人在日本確實是
　　很多，而其中最有名的一個，就是我國的熟人<u>廚川白村</u>先生。他的
　　英文學造詣之深，與文筆之流麗，以 Esyst 說如何能動搖人心的事
　　體，我國的青年已早就曉的。他的著作大概都已經紹介過來了。並
　　且都極合我國人的胃口。

　　井汲清治對廚川隨筆的評論是，「簡直是旁若無人的怒言痛罵」、用
「毒舌、過激的言語、痛罵」「彷彿自己不是日本人似的」痛罵日本人，
是一部「痛罵錄」。但是，劉大杰卻說廚川式的「痛罵錄」風格的隨筆「都
極合我國人的胃口」，並且以「他的英文學造詣之深，與文筆之流麗，Esyst
說如何能動搖人心的事體」用來高度評價了廚川式文體。而劉大杰的翻譯

意圖是為了揭示未來中國「思想和文藝運動」的展開方向，介紹前輩日本人的工作，特別是著名的廚川的工作。對於劉大杰來說，雖然為廚川的文體所吸引，但是其翻譯意圖主要是為了揭示今後中國思想和文藝運動的前進方向，傳達他的文體則是次要的。

　　而夏丏尊在「譯者序言」中對廚川白村的文章作了如下記述：

> 　　廚川氏的書，幾乎都是我所愛讀的。我所以愛讀的緣故，不只為了他的思想，大半還為了他的文章。廚川氏長於 essay，在出了象牙之塔中，曾有許多關於文章的意見，為我所喜歡的。本書原文，原是很好的 essay，可惜，因了我的譯筆，已減去不少的原有風格了。

　　夏丏尊表示他之所以愛讀廚川著作的理由不僅在於其中所描寫的思想內容，而更多是為表現這種思想的文章所吸引。對於夏丏尊來說，他的翻譯意圖既以傳達魯迅也指出了的中國人國民性也和日本人同樣患病為目的，也試圖將廚川式隨筆風格的優秀文章介紹到中文裡面去。他是同時意識到這兩點的。

　　回過頭來把論點放到不懂日語的知識分子身上來，先根據編末【參考資料 1】中所示廚川白村著作出版狀況，來確認《苦悶的象徵》、《出了象牙之塔》以及《走向十字街頭》的發行冊數。

　　魯迅譯的《苦悶的象徵》從 1924 年 12 月初版以來，到 1935 年 10 月為止多次再版，共發行了 12 版。已經確認的是從初版到第 8 版為止共發行 18000 冊，而第 9 版到第 12 版的印數不明。可是北新書局移至上海後，以上海：北新書局的一版印數為兩千到三千冊的標準來核算的話，從第 9 版到第 12 版共計 4 版，至少也有八千冊，所以推斷總印數最低應發行了兩萬六千冊。並且加上由中國最大的商務印書館出版的豐子愷的《苦悶的象徵》（確認到有 3 版），可以推斷出僅僅《苦悶的象徵》就至少發行了三萬冊。並且魯迅譯的《出了象牙之塔》，未名社版從 1925 年 12 月初版到 1930 年 1 月第 5 版為止共計發行九千五百冊。上海：北新書局（比起未名社來，北新書局的規模大）版 1931 年 8 月初版發行了兩千冊，這是無疑的，但從 1932 年 8 月的第 2 版到 1937 年 5 月的第 5 版的發行冊數不

詳。然而和《苦悶的象徵》同樣，以上海：北新書局一次的印數為兩千到三千冊的標準來推算，從第 2 版到第 5 版共計 4 版至少也有八千冊，總印數至少也可以推算發行了一萬九千五百冊。上海的啟明書局版，劉大杰所譯《走向十字街頭》1928 年 8 月初版，1929 年 4 月再版發行以後，確認到現在四種的第 3 版，但正確的發行冊數不詳。但是即使一次只印一千冊，計算到最晚出版的 1935 年 6 月第 3 版，共計 6 版，可以推斷至少也發行了六千冊。

如此這般在為數至多的廚川著作被翻譯成中文的狀況下，通過翻譯體接受廚川著作的知識分子代表人物是葉靈鳳。葉靈鳳在「我的隨筆作家──文藝隨筆之二」（1930 年 12 月 29 日收錄於《靈鳳小品集》）中如下所述：

> 日本廚川白村氏的幾種隨筆集，自從介紹中國以後，頗能流行一時，然而對於中國文藝所生的影響，是其中關於文藝的見解而不是那輕快的風格和 Essay 式的文體。這很可怪。聰明人固然要買珠還櫝，然而有時未嘗不可以「買櫝還珠」。

正如以上引用「日本廚川白村氏的幾種隨筆集，自從介紹中國以後，頗能流行一時」的那樣，到葉靈鳳 1930 年 12 月寫這篇文章的時候，從出版狀況來看廚川的流行也確實已經開始衰退了。

並且，【參考資料 1】中所示廚川白村著作的譯者中，就連最初評價廚川，最後抹掉廚川的名字，把廚川的文章嫁接到自己身上的任白濤，也說他的文章是「美麗而且熱烈的情感文」「類似詩的散文」，並表示「著者豐富的情感──本書的生命，我並沒有失掉，這是我很有自信的。」事實上，任白濤譯《戀愛論》在逐句翻譯部分是非常巧妙地傳達了日語表現形式。有關這一點，筆者將在下一章中詳細闡述。而且，因為同時登載「序文」和「後記」，翻譯廚川白村著作的魯迅、夏丏尊、劉大杰三人的創作意圖是可以看出來了，而剩下的沒有寫「序文」和「後記」的譯者羅迪先、樊仲雲、豐子愷、夏衍四人，雖然因個性差別譯文有所不同，但都逐句翻譯日文原文，中文相當準確。正因為這樣的逐句翻譯所傳達出的文章表現方法，使葉靈鳳雖然不懂日語，也理解了廚川白村文章的「輕快的風格和

隨筆式的文體」，因此，應引起注意的不僅是他所寫內容，也應著眼於所用文體之說法。

　　而且，葉靈鳳在前面提到的「我的隨筆作家」中，原樣使用了魯迅譯的《出了象牙之塔》「隨筆與新聞雜誌」譯文中的一節，有關從魯迅的雜感文中可以看出廚川所主張的隨筆的長處這一點，如下所述：

> 　　魯迅的短文，正如廚川白村所說：「剛以為正在從正面罵人，而卻向著那邊獨自莞爾笑了。裝著隨便的塗鴉模樣，其實卻是用了雕心刻骨的苦心文章。」這正是魯迅短文的長處。

　　這是葉靈鳳為評價魯迅而引用的，是接著說拉姆的隨筆是「文字裡面也有美的『詩』，也有銳利的譏刺」的那個部分，英國表現的特徵是因為報業發達，所以同樣流行隨筆這樣的短文章，而廚川認為因為日本人不解幽默，所以作為從報章雜誌獲得知識學問的工具隨筆在日本並不流行。如前所述，像葉靈鳳這樣接受廚川著作，作為廚川所謂的肆無忌憚地對國民性展開批判的「痛罵錄」，隨筆文體是非常適合的。但是換成中文在對中國人國民性進行批判時，可以看出廚川式輕快而流麗的隨筆風格文體也很有效。

　　廚川在《苦悶的象徵》的「白日夢」中舉了動物園獅子、親骨肉摔倒的例子，鑑賞遠離實際生活的現實之凝視，他寫道正因為有了現實的靜觀，才「感受到一場痛快而滑稽的滋味。」翻譯過來的一系列隨筆，作為鑑賞者的中國人把被描寫的日本人輕輕撇開一段距離，靜觀凝視，讀到了一種痛快淋漓的隨筆。譯者中至少像魯迅和夏丏尊這樣的知識分子，看到了中國人與日本人患有同病。而且劉大杰認為像廚川這樣毫無忌憚的表現風格和隨筆文體，非常適合中國人的嗜好。夏丏尊和葉靈鳳則不僅評價白村著作的表現內容是有思想性的，也認可了其表現形式自身的價值。

結語

　　通過以上考察，可以得出以下結論。

　　第一、廚川白村的著作除了譯作共整理出九部作品。這九部著作，除了故世後出版的《最近英詩概論》以外的八部作品，由民國文壇八位譯者翻譯成十一種譯本，都以單行本發行。另外，《最近英詩概論》也曾準備翻譯發行，所以對於廚川白村著作存在過翻譯熱潮。並且，如【參考資料1】所示，作為譯作可以說是例外地創下了發行部數紀錄，表明在民國文壇存在著眾多閱讀接受廚川白村著作的讀者。

　　第二、《苦悶的象徵》賦予民國文壇知識分子的影響力，大到可以稱作廚川白村現象那麼大。特別是在關東大地震之前的日本，廚川風靡一時之際，在東京高舉「創造社」旗幟的郭沫若、田漢、鄭伯奇等成員深受其影響。郭沫若在自己的作品中進行模仿、田漢等人登門拜訪廚川，從中可以看出，年輕的中國知識分子深為廚川及其文藝理論所陶醉。

　　第三、廚川白村的中文譯作十一種的譯者八人中，留下翻譯「序文」和「後記」的有四人（任白濤、魯迅、劉大杰、夏丏尊）。解明了其中魯迅、劉大杰和夏丏尊的翻譯意圖，是對廚川展開的對日本人國民性的批判和文明批判產生了共鳴共感而進行的翻譯。對廚川的國民性批判沒有採取隔岸觀火的態度，而是認為中國人的國民性也患有同病。而且，判明了另一個翻譯意圖是，試圖向民國文壇的知識分子介紹廚川白村式的流暢而華麗的文體和表現方式的隨筆體裁。舉例說明了像葉靈風這樣不懂日語的知識分子，也領會到廚川式隨筆風格的表現形式自身的價值，導致判斷出譯者們的意圖已經得到了實現。

範紫江　翻譯／吉田陽子　校對

第三章　圍繞三位譯者接受
《近代的戀愛觀》的差異

引言

　　在民國文壇，廚川白村著作中最為暢銷的是將在第四章中闡述的《苦悶的象徵》。而在日本最為暢銷的是《近代的戀愛觀》（改造社，1930年 10 月 29 日初版）。筆者所看到的實物是 1924 年 2 月 24 日發行的第 108版。再比如魯迅看到的應是 1925 年的第 121 版。一版印刷多少不明，但比如已故白村長子慶應義塾大學文學部名譽教授廚川文夫，在回憶錄「《近代的戀愛觀》跋」（1946 年 11 月 22 日，《近代的戀愛觀》東京：苦樂社，1947 年 5 月初版）中如下所述：

　　　　父親為了療養老毛病的腸出血，在本來就很喜歡的鐮倉建造了書齋。為了避開寒冷京都的冬天，打算在安靜明朗的鐮倉進行研究執筆活動，以至在暖氣設備上花的大功夫與那麼小的房子簡直不太相稱。這所為松林所環繞的小洋樓，被花邊新聞戲稱「近代的戀愛館」。父親在門口掛上「白日村舍」的名牌。

　　廚川文夫所說的「花邊新聞」就是，各大報紙看《近代的戀愛觀》賣到絕好，就說廚川用版稅都蓋起別墅來了。這就可以說明發行部數之多，賣得相當之好了。而如最後一章所示，戰後日本再版廚川著作，管見卻只發現《近代的戀愛觀》（東京：苦樂社，1947 年 5 月初版/東京：角川書店 1950 年 4 月）、《近代文學十講》（苦樂社，1948 年 1 月初版/角川書店 1952 年 3 月）和《苦悶的象徵》（東京：山根書店，1949 年 6 月初版）這三種。反言之，日本知識分子的編輯，經過歷史的變遷，時代的磨練，最終只評價了這三部著作。

　　本章就《近代的戀愛觀》，將對民國文壇出現的三位譯者的四部譯作
加以考察。

	（左）任白濤輯譯《戀愛論》上海學 術研究會叢書部（學術研究會 叢書之六，1923 年 7 月 20 日 初版） （中）任白濤譯訂《戀愛論》上海啟 智書局（1926 年 4 月以後版， 改訂初版不詳。） （右）夏丏尊譯《近代的戀愛觀》上 海開明書店（1928 年 9 月初 版）

一、Y.D.（吳覺農）譯「近代的戀愛觀」（《婦女雜誌》第 8 卷第 2
　　號，1922 年 2 月 1 日。）
二、任白濤輯譯《戀愛論》（學術研究會叢書之 6，上海學術研究會
　　叢書部，1923 年 7 月 20 初版。）任白濤譯訂《戀愛論》（上海
　　啟智書局，1932 年 1 月 2 第 7 版。）
三、夏丏尊譯《近代的戀愛觀》（婦女問題研究會叢書，上海：開
　　明書店，1928 年 8 月初版。）

　　本章的目的是考察民國文壇《近代的戀愛觀》的譯者們，他們因各自
不同的翻譯意圖和目的，各自受到怎樣的影響？因此，首先探討《近代的
戀愛觀》是在什麼樣的狀況下被介紹到中國的，又是怎樣著手進行的？然
後著眼於《近代的戀愛觀》的譯者任白濤有兩種譯本這一點，分析他的翻
譯目的。再從任白濤的翻譯目的派生開去，考察《近代的戀愛觀》在把當
時知識分子的趣味引向西洋近代戀愛論的專業書中去所承擔的作用。最
後，以夏丏尊譯《近代的戀愛論》為例，對他的翻譯目的與翻譯文體之關
係加以探討。

一、《近代的戀愛觀》在日本的流行和《婦女雜誌》對革新的響應
──Y.D.譯「近代的戀愛觀」

　　《近代的戀愛觀》當初是連載在《朝日新聞》大阪版・晨報頭版上的，從 1921 年（大正 10）9 月 18 日至 10 月 3 日共 15 回（《朝日新聞》東京版是從 9 月 30 日到 10 月 29 日分 20 回間斷進行連載的）。

　　《朝日新聞》的連載結束後，廚川白村在《婦女公論》上對論點的不足之處作了如別表的補充。

《近代の恋愛観》單行出版、東京・改造社、大正 11 年 10 月 29 日初版（1922）		
原載「朝日新聞」大阪本社		
大阪版	東京版	大阪版・朝刊第一面の見出
9 月 18 日	9 月 30 日	1、『ラブ・イズ・ベスト』
19 日	10 月 01 日	2、日本人の恋愛観
20 日	02 日	3、恋愛観の今昔
21 日	04 日	4、愛の進化
22 日	05・06 日	5、ノラはもう古い
23 日	07・12 日	6、ビヨルンソンの作品
24 日	12 日	7、恋愛と自我解放
25 日	13・14 日	8、無批判より肯定まで
26 日	15・16 日	9、結婚と恋愛
27 日	16・19 日	10、人生の問題
29 日	21・23 日	11、断片語（上）
30 日	23・25 日	12、断片語（中）
10 月 1 日	26・27 日	13、断片語（下）
2 日	28 日	14、ゑびろぐ（上）
3 日	29 日	15、ゑびろぐ（下）

《婦人公論》（中央公論社）第七卷、一九二二年	
一月一日（一号）	今後婦人の行くべき道；愛の世界の再建
四月一日（四号）	生活革新の理想；再び恋愛を説く
五月一日（五号）	質問第一；前号恋愛論の続稿
六月一日（六号）	恋愛と人生；恋愛論の続稿
七月一日（七号）	恋愛と結婚と経済関係
八月一日（八号）	一夫一婦と恋愛；恋愛論の続稿
九月一日（九号）	恋愛と自由

　　而且很快地在同 1922 年 10 月 29 日，東京：改造社就加上以上述補充內容寫成的幾篇文章，發行了《近代的戀愛觀》初版。短時間內就不斷再三再版，比如夏丏尊使用的版本是 1924 年 2 月 9 日的第 98 版，而魯迅使用的版本是 1925 年（日月不明）的第 121 版[1]。

　　山川菊榮說：「廚川氏是才子。流行大陸文學的時候，他就寫出了《文學十講》，當勞動問題、社會問題的議論興起時，他就寫出了論勞動文藝的文章，並評說英國的莫里斯。不管是有意識的還是無意識的，他是具有順應時代潮流、敏於抓住機會的才子。[2]」在此山川評價他「順應時代潮流，敏於抓住機會的才子」，主要是針對《出了象牙之塔》而言的。而且，白村本人也在《再說戀愛》的「緒言」中說，「我知道，當我的《近代的戀愛觀》被人矚目後，有人閒言碎語地說我是迎合世俗熱衷於提高文壇名聲的人。我被看作僅僅是追求流行的名利者，令人不得不苦笑。」他的話道出了當時自己的《近代的戀愛觀》被認為是「追求世間流行」者的作品的真實處境。但是，我們從廚川自身的角度來看，他開始著眼於戀愛論是二十年前當研究生時候的事情，當時白村的研究題目是「詩文上所出現的戀愛的研究」。他解釋說，從那時起，他就開始涉獵閱讀哈布洛克‧埃利斯的《新精神》、《性的心理》、《男女論》，並作了幾百頁的筆記。這件事也說明了為什麼當時對他有「順應時代潮流敏於抓住機會」的評價，因為正是他汲取了時代精神而恰好此時出版了白村的著作。而且，我們也可以認為，廚川當時是走在了時代之前，並為此作了積極的努力和準備。

《婦女雜誌》第 8 卷第 2 號（1922.2）
Y.D.譯《近代的戀愛觀》
一、最善美的戀愛
二、東方人的戀愛觀
三、戀愛觀的今昔觀
四、愛的進化
五、古式的娜拉
六、戀愛與自我解放
七、從無理解的到肯定之路

---

[1]　夏丏尊手上的版本是根據夏丏尊譯《近代的戀愛觀》上海：開明書店，1928 年 9 月的「譯者序言」而來的。

[2]　山川菊榮「廚川白村著《出了象牙之塔》」（《著作評論》1 卷 5 號，1920 年 8 月 1 日。）

受日本《近代的戀愛觀》流行的影響，中國很早就出現了有關該著作的翻譯和介紹。其速度之快令人驚訝。1921 年 1 月《婦女雜誌》換了章錫琛擔當主編之後，新主編提倡革新，以旨在普及有關戀愛‧結婚‧貞操觀念問題、女子教育問題、性教育問題、婦女的職業問題、婦女參政問題的新知識為編輯方針。1922 年 2 月的《婦女雜誌》第 8 卷第 2 號上介紹了由筆名為 Y.D.即吳覺農翻譯的廚川白村著的《近代的戀愛觀》。

可是，Y.D.到底是李小峰還是吳覺農，沒有定論[3]。李小峰創辦了「北新書局」，是和魯迅立場相近的人物，他移居上海是在 1927 年 4 月以後的事情。而擔當《婦女雜誌》改革重任的章錫琛因 1925 年 1 月在同雜誌上推出的特集《新性道德》而引起了論爭，章錫琛本人因此而引咎丟掉了主編職位。後來在為其抱不平的友人鄭振鐸和胡適之的勸說下，章錫琛於 1926 年 1 月取「開創文明之先風」之意，創設了開明書店，並在上海寶山路三德里的吳覺農寓所創刊了開明書店最早的雜誌《新女性》。之後，開明書店以章錫琛等人主持的「婦女問題研究會」的名義出版了《婦女問題研究會叢書》。因《新女性》和這套叢書發行量很好，開明書店在寶山路寶山里 60 號正式開設了店鋪[4]。比較以上兩個事實，筆者推斷 Y.D.是與章錫琛立場相近的吳覺農。

然而，在 2009 年 10 月由復旦大學出版社出版並由邵丹編輯的《陳望道譯文集》中，廚川白村原著「近代的戀愛觀」作為陳望道翻譯予以了收錄。這可視為：是從此書的「譯文目錄索引」中，將 1925 年由上海新文化書社出版的《中國婦人問題討論集》續集中的土田杏村所著「戀愛的三角關係論」、賀川豐彥所著「告失戀的人們」和「戀愛之力」、宮本英雄所著「論寡婦再嫁」以及廚川白村原著「近代的戀愛觀」共計五篇作為陳望道的翻譯予以了收錄，才由此作為論據的。不言而喻，所謂陳望道就是指中國共產黨初創期上海支部代表之一的那個陳望道（1891—1977）。此後出現了 Y.D.是陳望道的論文[5]。但是，筆者認識陳望道有稱為「V.D.」

---

[3]　認為 Y.D.是李小峰是依據徐迺翔、欽鴻編《中國現代文學作者筆名錄》（湖南文藝出版社，1988 年 12 月）的說法，認為 Y.D.是吳覺農是依據注 6 所示的西槇論文。

[4]　關於吳覺農和「開明書店」的關係，參考了以下內容：施蟄存「懷開明書店」《沙上的腳跡》遼寧教育出版社，1995 年 3 月。）

[5]　譬如，在清地ゆき子的「張資平作品における「自由戀愛」──1910 年代末から

的筆名，並沒看到他所稱為「Y.D.」的筆名。並且，前山加奈子已經以「Y.D.
是誰？—有關介紹、評論了日本女性的吳覺農」（《中國女性史研究》17，
中國女性史研究會，2008 年 2 月）的論文實證性地證實了「Y.D.」是「吳
覺農」。

　　因此，Y.D.即吳覺農所譯《近代的戀愛觀》的底本從時期上看，當然
應是《朝日新聞》的連載，而不是單行本。

　　而且，1923 年 2 月的《婦女雜誌》9 卷 2 號的刊登也應是 Y.D.所譯日
本廚川白村原著《戀愛與自由》。這個翻譯底本可以說是來自於 1922 年 9
月 1 日《婦女公論》7 卷 9 號刊登的《戀愛與自由》和 1922 年 10 月 29
日以單行本初版的收錄於《近代的戀愛觀》中的《再說戀愛》「七　戀愛
與自由」，據此推斷此譯作使用了不斷重複再版的單行本。

　　而且，1923 年 6 月《婦女雜誌》9 卷 6 號刊登了任白濤的「愛和食的
關係」一文。任白濤寫道：「本篇是我最近根據廚川白村的《近代的戀愛
觀》編譯的《戀愛論》中的一章」，其實原來的小題目為《戀愛、結婚與
經濟關係》。之後，1923 年 7 月的《婦女評論》第 99 期同樣地也刊登了
任白濤的另一篇題為《談戀愛與生殖》的文章，任白濤寫道：「本篇是我
最近編的《戀愛論》中的一章，來自與廚川白村的《近代的戀愛觀》」。
其實此作是以廚川的單行本《近代的戀愛觀》中所收入的《三就了戀愛說》
的「二五」為中心，加之「二六」和「二七」的原作部分的內容。

　　然而，關於吳覺農譯的《近代的戀愛觀》，有「譯文為廚川白村原著
前半部的縮譯[6]」之說，和「可能和譯者語言能力有關」，「從原文的裁減
及省略的做法來看，明顯地表明出了一種翻譯目的。也就是說，為符合中

　　1920 年代の知識人の言說を踏まえて」（《比較文學》54，日本比較文學會，2012.3）
　　中，將「Y.D.」視為陳望道。
[6]　西槇偉「《1920 年代接受戀愛論影響的中國與日本——以《婦女雜誌》為中心」東
　　大比較文學會《比較文學研究》第 64 號，1993 年 12 月第 73 頁。
　　西槇的論文對於在 1920 年代戀愛論的大眾化廚川白村所作出的重大貢獻作了意味
　　深長的論述。同時又以「戀愛的自由」和「自由戀愛」等詞語為發端，就當時的有
　　關新性道德論爭展開的情況作了分析。但是，西槇氏認為到了 1923 年 2 月「廚川
　　白村作為日本代表性的文學家才被翻譯介紹至中國，其文章被認同被以為具有說服
　　力。」如【參考資料 1】所示，確實《近代文學十講》已經被翻譯發行。但是，筆
　　者認為「廚川白村作為日本代表性的文學家」的觀點在中國被廣泛接受，應該是魯
　　迅翻譯的《苦悶的象徵》出版之後的事情。

國實情而進行譯介，不符合中國實情的地方或是改寫或是大膽地刪除。如此，可以通過自己的口自由地說出想說的主張[7]之說。經過比較探討，筆者認為：在對待如何對譯內容上有很大的差別。比如，在另一篇吳覺農所譯「戀愛與自由」中，中間和最後的原文段落被刪除了，譯文與其說是「譯」還不如說是更接近於直譯。「近代的戀愛觀」的譯文從整體性和量的角度來看，說它是「縮譯」則比較適當。但是，「東方人的戀愛觀」和「古式的娜拉」的譯文則令人同意第二種的評價。也就是說，乍看好像是按各自原文的意思段落用中文作了綜述性的概述，但是若著眼於細節，就不難發現譯者根據中國的現實，對原文作了相當大膽的處理，進行了改編改譯。在《婦女雜誌》第 8 卷第 2 號上，《近代的戀愛觀》的六成內容被翻譯刊登以後，直至第 9 卷第 2 號上又刊登了「戀愛與自由」的期間之中，沒有剩下部分的譯載內容。所以很顯然吳覺農沒有翻譯原著後半部的「結婚與戀愛」、「人生的問題」、《斷片語》和《結語》，而且還刪去了第 6 節的「比昂松的作品」。白村在《結語》中論述了把戀愛作為文藝理論的一個主要課題的理由，並在「比昂松的作品」中，把同是挪威人的易卜生（Henrik Johan Ibsen，1828.3.20-1906.5.23）和比昂松（Bjørnstjerne Bjørnson，1832.12.8-1910.4.26）戀愛劇的風格作了比較。也許就吳覺農而

---

[7]　張兢「大眾文化中《戀愛》的影響：廚川白村和海倫・凱」《近代中國和「戀愛」的發現──西洋的衝擊和日中文學交流》岩波書店，1995 年 6 月，228-229 頁。
　　張兢論文中的內容，①五・四時期知識分子把戀愛當作最新的「思想」來接受。二〇年代戀愛尚處於大眾啟蒙教化的階段，之後則進入大眾生活的實踐及普及階段。而且，②以上海為代表的現代都市生活成為現實，戀愛已成了現實，在新興的資產階級中戀愛已變成必要的文化性習慣，《婦女雜誌》作為女學生及中產階級家庭主婦階層愛讀的商業性雜誌，戀愛內容作為「第二波」已經廣泛地得到了流傳。③從廚川白村的《近代的戀愛觀》的影響情況來看，通過日本的媒體把西洋的思想引用東洋式的例證來作簡明的解說，使之在中國更快地得以傳播。比如幾乎就與日本同時接受了海倫・凱的影響。但同時④在中國，海倫・凱僅僅被作為是提倡西洋近代戀愛論的人物，而不是被作為女性解放運動的先驅者或是母性尊重論及兒童中心主義教育的提倡者來加以評價的。但是，張兢氏認為「首先以翻譯廚川白村的《近代的戀愛觀》點燃導火線，然後繼以海倫・凱的譯介，大有突然手拿槍桿亂剖一氣的感覺」「最後通過廚川白村的《戀愛與自由》翻譯的刊登，明確的揭示了『自由戀愛』即『自由性交』的意味，由此，總算了解了這一討論」。雖然證明上述觀點的資料整理顯得雜亂無章，但是張兢分析提示出了以下一個耐人尋味的觀點，即自戀愛成了知識分子批判儒家家長制度道具的開始，到二〇年代戀愛已經轉變為都市型一般大眾的知識性時尚。

言，文藝和戀愛的關係並不是興趣的所在。這裡耐人尋味的是，綜觀 1922 年的第 8 卷第 3 號至 1923 年的第 9 卷第 2 號一年的《婦女雜誌》，可以發現第 8 卷第 7 號刊有薇生翻譯的本間久雄著作「近代劇描寫的結婚問題」，並刊登介紹了易卜生的《玩偶之家》和《海上夫人》等作品以及比昂松的《小葡萄花開放的時候》。而且，第 9 卷第 1 號刊登了施存統翻譯的廚川白村著作《憶威爾斯通克拉福特女士》，並介紹了廚川的原著《黎明期的第一聲——憶古德溫婦人爾斯通克拉福特》和爾斯通克拉福特女士作為婦女活動家德經歷及其著作《女權擁護論》（1792 年）。更耐人尋味的是，1922 年 2 月吳覺農翻譯的廚川白村著作《近代的戀愛觀》和 1922 年 7 月薇生翻譯的本間久雄著作「近代劇描寫的結婚問題」的譯介比昂松的順序，也就是說，基於吳覺農從廚川著作中刪除「比昂松的作品」的事實，我們知道了以下情況，即在中國是先通過本間久雄的介紹來了解比昂松是如何把戀愛作為近代文藝重要的對象的。所以，經由廚川白村著作的有關比昂松的介紹，必須在本間久雄的中文譯本面世一年之後，亦即任白濤所譯的《戀愛論》出版之後方才可以看到。

二、被抹殺的廚川白村戀愛觀——任白濤翻譯的兩種版本的《戀愛論》

如【參考資料 2】所示，任白濤翻譯的《戀愛論》有兩種版本。一種是上海學術研究會叢書部的題為「學術研究會叢書第六冊」（版權頁有題記為「輯譯」），於 1923 年 7 月 20 日初版發行的初版譯本。另一種是 1923 年 4 月上海啟智書局出版的改譯本。在《卷頭語》的下面追加附有「關於《戀愛論》的修正」（1926 年 4 月）一文，其中有「以前這個譯本書署名的下面加有『輯譯』兩字，是很不妥當的；這回改成『譯訂』了。所謂『譯訂』，是同我譯的『戀愛心理研究』一樣；訂的是書的形式，絕對不是訂的書的內容。」的說明。

初版譯本的《戀愛論》「卷頭語」中，有關在中國譯介此書的目的，任白濤作了以下的說明：

舊時代的道學家——如果賢妻良母讀了此書，想必會有冰水澆身的冰涼感覺。新時代的青年——特別是輕薄浮滑的年輕人讀了此

書，會認作是極好的教訓——想必會理解其中的戀愛精神。換言之，對禮教學家而言，此書是頂門一針；而對追求時代潮流的人而言，則是一帖心藥。

再具體地說，讀了此書，還未戀愛過的人便知道如何去談戀愛；有過戀愛經歷的人便會懂得怎樣去保持愛情；以非真情實愛為戀愛的人便會認識到者僅僅是虛偽的形同虛設的淫蕩的結婚生活而已；失戀者更會有前車之鑑的徹悟。

作者是文學家，極富感情的人。在他的作品——特別是此書裡，其大部分是優美的且極具熱情的感情文字。而且，有好幾處可謂如詩如散文。像我這樣的文筆拙劣的譯者，雖然不能翻譯表達出其文章的優美之處，但是可以充滿自信地說，拙譯決然沒有失去原著的精華—— 作者的豐富的情感。

這裡我們可以發現任白濤把廚川白村《近代的戀愛觀》介紹到中國的目的。其目的很顯然是想讓當時的人知道「何謂戀愛」理解「戀愛之精神」，以期作為解說性的指南書籍而推出的。任白濤認為廚川的作品是「此書對禮教學家而言，是頂門一針；而對追求時代潮流的人而言，則是一帖心藥」，甚至從作品中找出了如何戀愛的答案。此外，任白濤讚揚廚川的文體是「優美的且極具感情的文字」、「如詩如散文」。我們必須留意任白濤讚美之辭的目的。其實，任白濤通過這些，轉而為自己的譯作也未失去豐富的情感而自豪。以下我們再來看看「卷頭語」。

照這書的內容看起來：算是一部「性倫理學」，也可以叫做「性道德論」；但是這些名辭，都未免有些生硬，我覺得不如「戀愛論」這個名目醒豁而明瞭。

著者在序文中，說他為世道人心而公刊這書；我現在再替他說句亮話：使天下有情人盡成眷屬；使天下無情人盡不成眷屬，乃是這書的主旨。

原書的編制，大致分三編：第一，以藝術及『詩』的心境為基礎說戀愛；第二，對準生活實際及社會道德說戀愛，以上兩篇，都頗有系列；到了第三篇，秩序就有點亂了。……（中略）……我是

個讀者，同時又是個譯者，譯到那裡，也顧不得自己的淺陋，遂把原著稍微整理一下：能補到前頭，就補到前頭，而務求毫不傷損原著；至於重複之處，當然削去，以省篇幅和譯者，讀者的時間，我想這也是譯書的人對著書的人和譯文的讀者一個忠實的法子。

在此文中，任白濤闡述以下的觀點：《近代的戀愛觀》也可以稱之為『性倫理學』或『性道德論』，有益於世道人心。是一本特別有助於男女性關係發展的書，所以視其為戀愛精神的指南而改名為《戀愛論》，並且，作為翻譯此書的職責，「重複的地方當然要刪除」，原作的構成繁雜，故按自己的做法「對原著作了一點兒整理」。這顯而易見是對原作的一種改譯，或者可以說是篡改。後來由改譯而成了概說性的指南書籍的《戀愛論》，其發行量之好竟超出了任白濤的預料，他在以下的文章中談到此書的出版情況。

這部小冊子——《戀愛論》——現在改版了。在這發行的幾年中，接連重了好幾次的版，得到好多的讀者，這實在是我最初料不到的事情。

這是收錄在 1926 年 4 月出版的改譯本《戀愛論》中「關於《戀愛論》的修改」一文中開頭部分的文字。任白濤很滿意《戀愛論》的發行量，對自己改譯的成果充滿了信心，此後，又作了更大的刪除，這就是後來出版的「譯訂」後的改譯本《戀愛論》。

廚川白村《近代的戀愛觀》的原著為豎版 35 字 12 行，正文共 368 頁。夏丏尊的譯本《近代的戀愛觀》也為豎版 35 字 12 行，但正文頁數共 207 頁。任白濤初譯本《戀愛論》則為豎版 30 字 12 行，正文頁數共 81 頁，改譯本《戀愛論》為豎版 30 字 12 行，正文頁數共 66 頁。任白濤的「對原著作了一點兒整理」的初譯本已經作了相當多的刪除，而改譯本則為大膽地將有關文藝與戀愛書籍及人物介紹，還有包括與之有關的描寫內容極盡刪減，甚至全部刪掉了廚川白村極具自我特色的「自我犧牲精神」等。任白濤從自己的視點出發，改變了章節的結構，總括性地作了譯介。其增加刪除部分的理由，在「關於《戀愛論》的修改」中可以找到答案。

　　廚川氏這書，既是以愛倫凱，加本特諸人的學說作骨子，但有
好些地方，同愛倫凱們的學說在衝突著；我想這或者他沒有細讀愛
倫凱們的書的緣故。——衝突的地方——即如為他所主唱而為愛倫
凱所反對的「自我犧牲」——我這回都完全把他刪掉了。

　　這書的原本，冊子頗厚，當初我譯了之後，覺得譯文字數太少，
希望再加上一些，又一連把原書細看了好幾遍；結果我這種想望，
算是完全拋棄——實在不能再加上去了。到現在改正的時候，我又
想加譯一些上去，可是結果竟又把初譯本刪掉了些。——「繁雜而
不精緻」本是日本式書物特有的毛病；廚川氏的著作，當然也免不
了這種毛病；尤其是這書原本的結構，實在可以說是「雜亂無章」。
因此，我除了用一番刪繁就簡的功夫之外更須把原書的篇章程序，
少為整理整理。——廚川氏這書，雖有繁雜的毛病；但同時他確實
能夠用不幾句話，介紹一世有名的學說，即如斯丹大爾和叔本華的
戀愛學說之類。

　　由於任白濤認為廚川的《近代的戀愛觀》「雜亂不成系統」，所以「對
繁雜之處作刪減以致於簡明」。因為有了這樣的刪除改訂的理由，任白濤
便在「譯訂」後的《戀愛論》，不再把廚川白村的著作作為廚川自身的思
想內容，而把它視為介紹「愛倫·凱、卡彭特諸人的學說」的著作。甚至
任白濤認為，廚川白村的著作《近代的戀愛觀》「雜亂不成體統」，當然
要刪除改訂，廚川的書是「簡明扼要、正確地介紹世界著名的」司湯達、
蕭潘哈維爾、卡彭特、愛倫·凱等人的「戀愛學說」的書籍，也就是說，
這明確表明了任白濤將原來的看法轉為了白村的著作是戀愛論的介紹書
籍的觀點。

　　然而，廚川白村的《近代的戀愛觀》確實和愛倫·凱同樣地在理論的
骨子裡表現「靈肉一致的戀愛觀」，但是更為重要的是，通過「自我犧牲
精神」表現出了廚川獨特的戀愛觀。以易卜生《玩偶之家》娜拉為例，廚
川寫道：「至於結婚和戀愛，誰都會注意到，自我覺醒的現代式的個人主
義和戀愛的關係。即戀愛是對被愛者徹底地奉獻自我身心的犧牲精神，反
之在個人主義者看來，這是對自我主張的最徹底的最強硬的肯定。是徹底

放任自我的思想。」並且認為「娜拉已經過時了」是指「過去對個人主義
戀愛的否定，是以為還沒有在真正的自我中得到覺醒，生活的淺薄所致。
所以從現代最先進的角度來講，戀愛的心境被認為是『放任自我式的自我
強調』self-assertion in self-surrender。把自己的全部奉獻給自己所愛的人，
乃是最強調最肯定自我主張的一種方式。通過戀人發現自己，從自我中認
識所愛的人。這種自我和非自我得以完全一致的地方，如同一體同心，具
有了人格結合的意義。也就是說，從一方的角度而言，自我得以擴大了解
放了。到了此種境界方可真正才算得到了自由。所謂離開小我爭取大我」。
由此，廚川的「自我犧牲精神」成了達到「完全的自我解放」所必要的精
神。確實來說，廚川用「自我犧牲」來表現戀愛的危險性，而且用了大量
篇幅來論戀愛。在廚川看來，戀愛終究應該是在觀念意義上的戀愛，而不
是作為根植於日常生活、已成為日常生活一部分的人的自然本性現象。但
是，在有著強烈儒教傳統的社會中，首先必須改變這個觀念。在此，能否
理解廚川作為嘗試改變觀念的途徑，即他所指出的「自我犧牲」的構成，
筆者認為這是能否讀懂廚川《近代的戀愛觀》的關鍵問題所在。確實來說，
當「自我犧牲精神」被人強制逼迫的時候，其結果有可能再現儒教的和傳
統的意識形態。而且，對於這種「自我犧牲精神」，廚川也是作了宗教性
的說明。即是跟「宗教認識尋求解脫或是大徹大悟，或是要達到神之國及
彌陀淨土的境地」一樣的。然而，任白濤評價《近代的戀愛觀》說「此書
是，骨子裡是愛倫・凱、卡彭特諸人的學說，有不少地方和愛倫・凱等人
的學說有衝突。我以為這很可能是由於他沒有仔細閱讀愛倫・凱等人的書
的緣故」。任白濤對於廚川的理解，是因為他過於偏重近代西洋知識並為
之介紹而做出了努力的結果。但在像愛倫・凱那樣的西洋戀愛觀極難生存
的儒教傳統裡，試圖通過和宗教的絕對精神融合完成獨自的戀愛觀，所
以，在這層意義上，和廚川白村的苦心、苦悶的思想脈絡有著微妙的不同。
對任白濤來說，像這樣的西洋近代中帶有的近代性意義、那裡所產生的近
代性戀愛觀，雖然有著作為表面現象的「近代」，但最終不過是被封建的
舊禁錮所困，真正意義上的近代自由戀愛不是一朝一夕就能實現的。近代
不等於西洋，為了摸索「日本式」的近代而苦悶、苦鬥，他沒有看出對廚
川白村而言「近代性」的不穩性。與其說沒有注意到，不如說是根本沒有
考慮過「近代」的意義。他認為此書「雜亂不成體統」的思想，是誤譯或

是淺薄的解釋，所以有意識地刪除了這部分。他解釋說：「在這裡，有衝突的部分——比如，他的主張與愛倫・凱相反的『自我犧牲』——我這次就完全刪除了這部分。」

而在當時尚未達成個人主義自我實現的日本，正在摸索何謂「近代」，不是那種西洋式的「近代」，而是試圖追求一種與佛教思想相融合的「個人解放」的廚川白村說道：「我先前說過，娜拉已經過時了。但是，日本婦女不會到像娜拉那個地步，如此將永遠被世間詛咒。嗚呼『娜拉已經過時了』，這在日本大概還是不應該說的話」。廚川在這裡，近似悲痛叫喊般地作了以上結論。

三、原作作為概說書的功用性——關於司湯達、卡彭特的「戀愛論」

廚川白村原作《近代的戀愛觀》中，有許多涉及西洋近代戀愛論的書籍及其作者的介紹，令渴望新知識的青年對西洋近代戀愛論產生興趣，起到了概說和指南性作用。關於這一點，我們可以以中國對司湯達和卡彭特的譯介為例，來看以廚川原著作為契機，轉向專門性學術專著引進的例證。

（一）關於司塔達

任白濤在 1924 年 4 月出版的「關於《戀愛論》的修正」中說：「所謂『譯訂』，是同我譯的《戀愛心理研究》一樣；訂的是書的形式，絕對不是訂的書的內容。」他把司塔達的《戀愛論》（1822・5）改題為《戀愛心理研究》（斯丹大爾原著，任白濤譯訂，上海亞東圖書館，1926 年 5 月初版）翻譯發行。任白濤翻譯所依據的底本實為司湯達著、井上勇譯的《司湯達戀愛論》（Ⅰ・Ⅱ，東京聚英閣，1923 年 6 月初版）。井上勇譯《司湯達戀愛論》全書共 60 章。底本第一部全部 39 章，任白濤以「第一　一般戀愛的心理研究」為小標題，縮短編成 26 章。第二部第 40 章到第 60 章以「第二　戀愛心理之國別研究」為題，縮短編成 10 章；以「第三　零篇——女子教育論、結婚論、維特與約翰、雜爾茲布爾的小樹枝子」為題作了整理。任白濤在《近代心理研究》初譯本的《戀愛論》「卷頭語」中說道：「至於重複之處，當然削去，以省篇幅和譯者，讀者的時間，我想這也是譯書的人對著書的人和譯文的讀者一個忠實的法子。」不難看出任

白濤為了便於讀者理解，有時大膽刪節、有時概說要旨、有時又逐字逐句翻譯的譯介風格。在《戀愛心理研究》「譯者導言」（1925 年 11 月）中，任白濤對如何得知司湯達著有《戀愛論》的經緯作了以下說明：

> 1922 年的春天，我讀日本廚川白村的近代戀愛觀，看見開卷第二章日本人的戀愛觀【註：這一章在我的近代戀愛觀的譯本—戀愛論—中刪去了。】的標題下面有一段說：『近來日本對於性的關係的著述和翻譯，很是盛行，我不能說這是壞事；但我是單只憂慮普及性慾學的知識而不闡明戀愛之人格的意義，恐怕人們的傳統的偏見和迷妄，還要更其加甚哩。西洋在從前論究戀愛的心理而申述它的靈肉兩方面的種種形相的書物甚多；那個小說地，批評地揮流麗暢達之筆，驚倒一世，而使泰尼，騷拉，尼采一流的近代文豪讚嘆不知所措的前世紀的才人斯丹大爾，有戀愛論之名著……』這我算把『斯丹大爾的戀愛論』深深地裝入腦海裡頭了。翌年從東京購得斯丹大爾的戀愛論的井上勇的譯本第一卷，細讀一遍，方知廚川氏的一句簡單而有力的介紹是一點也不差的了。

在這「譯者導言」之後，以司湯達的「結晶作用」為中心展開了對戀愛的解說，在此任白濤言及愛德華多・卡彭特、愛倫・凱的戀愛觀。當然在司湯達的《戀愛論》裡，不可能提到司湯達故世後才出生的卡彭特和愛倫・凱。這是任白濤在精讀和翻譯廚川白村《近代的戀愛觀》時，不難推測他通過廚川的著作來了解了司湯達（1783-1842）、愛德華多・卡彭特（1844-1929）和愛倫・凱（1849-1926）等人及其他們有關戀愛論的著作情況。在《近代的戀愛觀》中，就已經介紹了愛倫・凱[8]著有《戀愛與道德》和《戀愛與結婚》，卡彭特著有《戀愛的成熟期》（「Love's Coming-of-Age」的情況。

---

[8]　關於民國期間愛倫・凱影響的有關內容，詳見白水紀子「《婦女雜誌》中的新性道德論——以愛倫・凱為中心」（《橫濱國立大學人文紀要第二類　言語・文學》42，1995 年 10 月。）

　　白水論文中，對愛倫・凱在中國的影響是基於本間久雄的重大功績這一點進行了分析。並對章錫琛、周建人、周作人等知識分子在 1920 年代進行的戀愛論問題討論，即「新性道德論」的論爭作了考察。

（二）關於卡彭特

　　如【參考資料1】【參考資料5】所示，樊仲雲翻譯了廚川白村的《文藝思潮論》，並發行了單行本。此外，他還翻譯了廚川的「創作論」（收錄於《苦悶的象徵》）、「病的性慾和文學」（收錄於《小泉先生及其他》）、「有關勞動問題的文學」（收錄於《出了象牙之塔》）、「文藝與性慾」（收錄於《走向十字街頭》），分別刊登於《文學週報》和《小說月報》上，因此他是一位對廚川白村的著作密切關注的人物。當然，也能推測出他對《近代的戀愛觀》是非常注目的。1927年2月上海開明書店發行了「婦女問題研究會叢書」，其中一冊是樊仲雲翻譯的《卡彭特戀愛論》（「Love's Coming-of-Age」By Edward Carpenter ）。耐人尋味的是，此套叢書其實就是因「新性道德」論爭而丟掉《婦女雜誌》主編職位的章錫琛主持的「婦女問題研究會」所編的。因為書名也正好一致，所以精通日語的樊仲雲所利用的底本，很可能被認為是1921年5月東京大鎧閣出版的山川菊榮譯著《卡彭特戀愛論》，然而事實似乎並非如此。

　　在山川菊榮譯著《卡彭特戀愛論》的卷首中附有山川解說的「譯者的話」一文。文中作了以下的介紹：（1）本書是堺利彥曾以《自由社會的男女關係》為題而梗概介紹的卡彭特名著「Love's Coming-of-Age」的全譯本。（2）本書與貝倍爾的《婦女與社會主義》並稱為社會主義婦女論的雙璧。（3）雖說同時源於社會主義理論，但是卡彭特此書頗具詩情和理想主義的氣氛，並有纖細的至情至意的觀察力。換言之，又有常識和獨特的哲學背景，又富有自由感和人情味。（4）卡彭特是一個出身於宗教家庭、足登手編草鞋從事耕作的素食主義的田園詩人，頗帶有無政府主義思想色彩。而樊仲雲所譯《卡彭特戀愛論》中附有「代序」一文，譯自卡彭特的「My Days and Dreams」一文。「代序」中有4點有關自己作品介紹的內容。（1）1894年旨在普及社會主義思想的組織曼切斯特勞動印刷局發行出版了《戀愛論》、《女子論》和《婚姻論》，頗受歡迎。次年1895年6月，上述3種加之新材料以《未來的戀愛》「Love's Coming-of-Age」為題和費夏・安溫簽訂了出版合同。同年1月在英國勞動印刷局作為非賣品，印刷出版了公然討論中性問題的卡彭特的《同性戀》的第四本小冊子。（2）4月名叫奧斯卡・瓦爾德的人因男子同性愛遭逮捕。受此事件影響，

上述的出版合同成為泡影。結果，1896 年仍由曼切斯特勞動印刷局發行了此書的初版。（3）當時「正經的」出版家誰也不願意出版此書。20 年後的 1915 年的現在，此書已在短時間內非常普及了，教會也因時代的變化在作彌撒時介紹了此書的內容。（4）這樣內容的書籍本來應該由女性執筆，但在當時周圍沒有這樣的女性。而在今天，瑞典的愛倫・凱寫了有關戀愛・結婚和兒童的書籍，在西洋世界成了耀眼的存在。

　　另外，山川譯本中沒有涉及「中性」（原文：「The Intermediate Sex」）問題，即「同性戀」問題的章節，而在樊仲雲譯本《卡彭特戀愛論》中含有這一章節的內容。樊仲雲譯本中，出乎意料地沒有山川譯本中的「關於人為限制人口」的內容。對照日語譯本和中文譯本，內容相同，但表達的方式不同，兩者所依據的底本均為英文。然而根據國情，在譯介時對不必要的地方各自作了刪節。

四、國民性批判和對廚川風格隨筆的共鳴──夏丏尊翻譯的《近代的戀愛觀》

　　夏丏尊翻譯的《近代的戀愛觀》是「婦女問題研究會叢書」中的一冊，上海開明書店於 1928 年 8 月發行了初版。是通過章錫琛，吳覺農、樊仲雲、夏丏尊三人成為與廚川白村《近代的戀愛觀》的有關人物。至於吳、樊、夏三人的橫向聯繫，現在尚不明確。夏丏尊在出版於同年 4 月的「譯者序言」中明言，「原書尚附有短文四篇，非全論戀愛者，至其論戀愛的處所，論點亦與本文無甚差異。（其中有一篇曰《創作與宣傳》亦曾由任氏譯載某雜誌過。）所以割愛略去了。」夏丏尊所譯的內容至《三就了戀愛》為止，刪除了《評結婚儀式》（294-306 頁，共 13 頁）、《奧比德魯・司庫裡佈達》（307-339 頁，共 33 頁）、《一瞬間》（340-354 頁，共 15 頁）、《創作與宣傳》（355-368 頁，共 14 頁）4 篇計 75 頁的內容。所以，應該說夏丏尊翻譯的《近代的戀愛觀》不是原著的全譯，夏丏尊把《近代的戀愛觀》中涉及戀愛觀的主要部分《近代的戀愛觀》、《再說戀愛》和《三說戀愛》改題為《戀愛》，把原著中的這三篇共 293 頁，約 12 萬 3 千字的內容，以 207 頁約 8 萬 6 千字的篇幅完成了翻譯。所以從這個意義上來說，是戀愛部分的全譯版。

在前文中筆者已經闡述了以下觀點，即任白濤譯的《戀愛論》並不是忠實於廚川白村原著的譯本。那麼，夏丏尊又是憑什麼目的完成對《近代的戀愛觀》戀愛部分的全譯的呢？

夏丏尊在 1928 年 4 月出版的「譯者序言」中，就廚川白村批判日本人的戀愛觀內容作了如下的議論：

> 　　一方只喋喋於性慾，一方把戀愛視作劣情遊戲，這二語竟可移贈中國，作中國關於這部分的現狀的診斷。今年以來，青年對於淺薄的性書，趨之若鶩，肉的氣焰大張，而骨子裡對於兩性間任脫不了浮薄的遊戲態度，至於頑固守舊者的鄙視戀愛的迷執，不消說亦依然如故。在這時期中，把廚川氏本書加以介紹，也許可謂給同樣的病者以同一的藥，至少是一個很好的調劑。

從上面的引用部分可以看出民國十年末至二○年代掀起了戀愛熱的情況。僅翻閱上海圖書館現代文獻資料室的藏書目錄，我們就可以發現民國一○－二○年代出版的書名冠以「戀愛」的從歐美、蘇聯和日本翻譯過來的書籍不下二十多種。而且，我們還可以確認出像郭真的《戀愛論 ABC》（上海：ABC 叢書社，1929 年 5 月初版）、《結婚論 ABC》（同前，1929 年 7 月初版）為代表性的書籍也不下二十多種。這些都是基於蕭本哈維爾、司湯達、托爾斯泰、卡彭特、愛倫・凱、科隆太、貝倍爾、布拉克等人的戀愛・結婚觀而整理出版的中國人作家的著作。夏丏尊指出，在這樣的戀愛熱潮中，青年們憑興趣對「性書」表現出熱情，「對於兩性關係依舊持著淺薄的遊戲的態度」，而「頑固的保守派們也依然對戀愛持蔑視態度」，「在這樣的時期裡，廚川介紹這本書就好比是給同病相憐者開了一劑藥，並且是一劑良藥。」

任白濤也在 1923 年 4 月的初譯本的「卷頭語」中，提到原著《近代的戀愛觀》是「此書對禮教學家而言，是頂門一針；而對追求時代潮流的人而言，則是一帖心藥」。然而，任白濤的這種認識在譯作中卻沒有得到體現。他在 1926 年 4 月的改譯本「關於《戀愛論》」一文中，作了如下的說明：

　　　　廚川氏本是文藝批評家,「三句話不離本行」,所以他在這本《戀
　　愛論》裡處處提起近代文藝與戀愛的關係。我以為文藝與戀愛的關
　　係,恐怕是從開天闢地以來,就在密切著,決不限於近代,尤其是
　　不能——而且不必一一把它都一一地列舉到論戀愛的專書上做例
　　子;因此,關於談文藝的地方,我最初譯的時候,就刪掉了好多,
　　現在又刪掉了幾處。

　　任白濤完全刪除了作為批評家的廚川白村的關於「近代文藝與戀愛的
關係」的批評,並全部刪除了「日本人」的字眼。因此,廚川指名道姓批
判「日本人」的地方也就全部沒有了。但是把《近代的戀愛觀》中的戀
愛部分完全翻譯出來的夏丏尊,顯然是贊同廚川的主張的,即改造日本人
國民性是當務之急。因為夏丏尊認為中國人的國民性存在與日本人同樣的
病灶。

結語

　　在本章中,考察了民國時期《近代的戀愛觀》的翻譯者們,因各自不
同的翻譯意圖和目的,對民國文壇接受廚川著作產生了各自不同的影響。
其結論如下。
　　第一、筆者考察了以《朝日新聞》連載的「近代的戀愛觀」為底本,
由吳覺農翻譯,在《婦女雜誌》上刊登的「近代的戀愛觀」。受日本的影
響,1921 年 1 月《婦女雜誌》出現了改革的動向,把普及戀愛・結婚・貞
操觀念問題、女子教育・性教育問題、婦女的職業問題、婦女參政問題等
新知識作為編輯方針。1922 年 2 月刊載的廚川白村著・吳覺農譯「近代的
戀愛觀」就是新編輯方針的產物。
　　第二、筆者著眼與任白濤翻譯的兩種《戀愛論》,考察了他的翻譯目
的。廚川白村的原著《近代的戀愛觀》,以西洋近代的戀愛觀為基礎作了
論述,認為「在戀愛裡,否定自我是為了更大地肯定自己」,推出「自我
犧牲的精神」這一關鍵詞,試圖在日本把西洋近代的戀愛觀融入到有儒教
傳統的土壤中去。而任白濤在改譯本《戀愛論》中,刪除了最能體現廚川

白村戀愛觀特徵的「自我犧牲」的部分，而把廚川的《近代的戀愛觀》看成只是介紹愛倫‧凱、卡彭特諸氏西洋近代戀愛觀的「指南書」。

　　第三、筆者考察了廚川白村的《近代的戀愛觀》，在把當時文壇注意力轉向於西洋近代戀愛論中所起的作用。舉例任白濤翻譯的《戀愛心理研究》和樊仲雲翻譯的《卡彭特戀愛論》，論述了以下觀點，即譯者在閱讀翻譯廚川《近代的戀愛觀》的過程中，在了解到書中提到的許多有關西洋近代的戀愛觀的書籍後，就把很多戀愛論的原著譯介到了中國。由之可知，《近代的戀愛觀》這本書起到了本來應有的戀愛論指南書的作用，並發展成為專業性的書籍。

　　第四、筆者考察了夏丏尊所譯《近代的戀愛觀》揭示了其翻譯目的和翻譯文體之間的關係。其結論是，夏丏尊重譯《近代的戀愛觀》的目的在於希望準確的翻譯被任白濤刪除的廚川白村對國民性批評的內容。同時，夏譯本也在翻譯中體現出了廚川的思想內容在其隨筆風格的表現形式自身中能看到的價值。

範紫江　翻譯／吉田陽子　校對

第四章　魯迅譯‧豐子愷譯
《苦悶的象徵》的誕生及其周邊情況

引言

魯迅《苦悶的象徵》「序言」（1924.11.22）的結尾如下所述：

> 在這裡我還應該聲謝朋友們的非常的幫助，尤其是許季黻君之於英文；常維鈞君之於法文，他還從原文譯出一篇項鏈給我附在卷後，以便讀者的參看；陶璿卿君又特地為作一幅圖畫，使這本書被了淒艷的新裝。

以上魯迅說他翻譯的《苦悶的象徵》是得到了諸多友人的幫助才得以刊行的。協力者除了老友許壽山以外，特別提到了常惠和陶元慶兩位青年。《魯迅日記》（以下簡稱《日記》）中，「下午常維鈞來」，第一次提到常惠。「《有限中的無限》譯者附記」中寫道：因魯迅不懂法語，常惠幫他翻譯了望‧萊培格（Charls Van Lerberghe）的詩，並幫他改譯了波特來爾（Charles Baudelaire）的散文詩。

因此本章首先探討魯迅為了讓自己的譯著得到普及和獲得更多的讀者，花了哪些功夫。諸如闡述魯迅是非常講究書籍的構成和裝幀的。考察魯迅與常惠、陶元慶的關係，以及他們對魯迅的看法。

如 308 頁的【參考資料 5】和 297 頁的【參考資料 1】所示，魯迅譯《苦悶的象徵》從初版「新潮社」的一千五百冊，再版到第 12 版「北新書局」共發行了大約兩萬四千五百冊。魯迅譯《出了象牙之塔》，前 5 版為止「末名社」出了九千五百冊，後 5 版是「北新書局」出了一萬多冊，前後共 10 版發行了大約一萬九千五百冊。如此這般，魯迅譯著的普及以「北新書局」為中心，「新潮社」和「末名社」的出版社起到了很大作用。

因此，以下闡述以「北新書局」為中心的出版業界與魯迅的關係。

最後，從最近的豐子愷研究來闡明豐子愷對《苦悶的象徵》注入的莫大熱情。但雖幾乎同時發行的魯迅譯和豐子愷譯《苦悶的象徵》，可是對於當時文壇的實際影響力和實行力的差異，已經明顯地反映在各自譯著出版狀況的差異上了。魯迅非常有意識地在自己《苦悶的象徵》的裝幀和出版上注入了熱情。這一章將闡明豐子愷邂逅《苦悶的象徵》當時的情況，以助理解與魯迅的不同之處。

一、魯迅譯《苦悶的象徵》的誕生及其週邊情況

相浦杲對許欽文《魯迅和陶元慶》（《新文學史料》第二編，1979年）的研究[1]、學研版《魯迅全集》「譯註」許欽文的「《魯迅日記》中的我」[2]、《魯迅生平史料彙編》的「陶元慶」[3]等，根據這些研究，《日記》在 1924 年 12 月 3 日寫道：「午後陶璇卿、許欽文來」。這正是因著許欽文的推薦介紹，魯迅與陶元慶初次見面的那一天。

以下，從魯迅讀到《苦悶的象徵》之前後，到翻譯《苦悶的象徵》，直到 1925 年 3 月正式刊行為止的期間，參考《日記》和《魯迅年譜》第二卷（增訂本，魯迅博物館魯迅研究室編，人民文學出版社，2000.9），把《苦悶的象徵》的有關記述以及常惠、陶元慶的記述，整理排列如下：

[1] 浦杲在「魯迅と廚川白村」（《伊地智善継・辻本春彦両教授退官記念中國語學・文學論集》東方書店，1983.12。／《中國文學論考》未來社，1990.5。）中，經心細察了魯迅的《日記》、《年譜》及全部著述，詳細地論及了魯迅與白村的關係。筆者在本章中有很多部分是依據於其論述和研究的。

[2] 據學研版《魯迅全集》第 17 卷、譯註・許欽文「《魯迅日記》中的我」所述，在 1924 年 12 月 3 日的《日記》中，記有「晴。午後陶璇卿、許欽文來」，這是因為許欽文之妹許羨蘇曾經對魯迅說過：哥哥的友人中有一個叫陶元慶（璇卿）的擅長繪畫の人。魯迅還記得這些話，所以就托許欽文請陶元慶畫一幅正在校對的《苦悶の象徵》的封面畫。欽文與元慶是同鄉同學，兩人一起住在紹興會館。元慶一口答應了魯迅的要求。欽文把他畫的畫給魯迅看後，魯迅連連地讚好，並叫他們兩人有空來玩。就這樣這一天魯迅第一次跟元慶見了面。

[3] 薛綏之主編《魯迅生平史料彙編》第 3 輯（天津人民文學出版社，1983.4。）由於在專輯為「北京時代」第 3 輯中作為「在北京跟魯迅有關的人物」中有「陶元慶」與「常惠」的項目，因此將其文章為中心再補上其他的工具書的記載進行梳理。（選自學研版《魯迅全集》10 卷，「題《陶元慶出展作品》」釜屋修「譯注」。）

1923 年 8 月 8 日	下午常維鈞來並贈《歌謠》週刊一本。
9 月 11 日・11 月 30 日	寄常維鈞信。
12 月 12 日	贈螺舲、維鈞、季市、俞菜小姐、丸山以《小說史》各一本。
1923 年 12 月 28 日	還常維鈞前所見借小說二種。
1924 年 2 月 29 日	同常維鈞往北河沿國專門研究所（北京大學研究所國學門——「出自《全集》註解」）小憩。
3 月 15 日	下午寄常維鈞《歌謠》週刊封面圖案二枚。
4 月 4 日	午後往北京大學講。常維鈞贈《歌謠》週刊紀念刊二本。
8 日	往東亞公司買《文學原論》、《苦悶の象徵》《真實はかく佯る》各一部，共五圓五角。
5 月 15 日	下午訪常維鈞，以其將於 18 日結婚，致《太平樂府》一部為賀。
7 月 5 日	寄馬幼漁、常維鈞《小說史》下卷各一冊。
8 月 28 日	下午常維鈞來。
9 月 22 日	夜譯《苦悶的象徵》開手。
26 日	作《譯〈苦悶的象徵〉後三日序》。
10 月 1 日	作《〈自己發見的歡喜〉一節之後譯者附記》。
3 日	午後寄常維鈞信。
10 日	夜譯《苦悶的象徵》訖。
12 日	下午顧頡剛、常維鈞來。
27 日	晚 H 君來並交所代買《象牙の塔を出て》、《十字街頭を行ク》各一本，共泉四圓二角。
28 日	午後寄常維鈞信。
11 月 22 日	夜作《〈苦悶的象徵〉序言》。
12 月 3 日	午後陶璇卿、許欽文來。
4 日	（上午）寄常維鈞信。……（略）……校《苦悶的象徵》。
10 日	寄新潮社校正稿。
12 日	往東亞公司買……《文藝思潮論》一本……，共五圓二角。……（略）……夜校《苦徵》。
15 日	校《苦徵》稿。
30 日	校《苦徵》印稿。
31 日	下午伏園來，托其寄小峰信並校正稿去。
1925 年 1 月 6 日	夜校《苦徵》印稿。
7 日	下午寄新潮社校正稿。
9 日	復王鑄信。（以《關於〈苦悶の象徵〉》為題）。
10 日	寄常維鈞信。
12 日	下午寄李小峰以校正稿。
14 日	校《苦徵》印稿。
15 日	下午寄小峰信並稿。
17 日	在「忽然想到之二」（收錄於《華蓋集》）中，記有在校《苦悶的象徵》時對於中國書籍裝幀的不滿。
20 日	下午寄許欽文、陶璇卿信。

22 日	往東亞公司買《近代戀愛觀》一本，泉二。
25 日	星期休息。治午餐邀陶璇卿、許欽文、孫伏園。
28 日	寄李小峰信並校正稿及圖版（插画銅版──出自『全集』註解」
2 月 8 日	夜伏園來。托其以校正稿寄小峰。（想必是《苦悶的象徵》的最終校正稿。）
18 日	譯《出了象牙之塔》訖。
21 日	下午寄常維鈞信。
27 日	下午與維鈞、品青、衣萍、欽文入一小茶店閒話。
3 月 7 日	下午新潮社送《苦悶的象徵》10 本。
10 日	新潮社送來《苦悶的象徵》9 本。
16 日	作《〈陶元慶氏西洋繪畫展覽會目錄〉序》
18 日	有麟來，欽文、璇卿來，衣萍來，均未遇。
19 日	陶璇卿、許欽文來，少座即同往帝王廟觀陶君繪畫展覽會。
22 日	午後璇卿、欽文來。
28 日	新潮社送來《苦悶之象徵》10 本……《苦悶之象徵》四本分贈振鐸、堅瓠、雁冰、錫琛。

以上可以看出，魯迅譯《苦悶的象徵》，從翻譯到出版的過程中，與常惠和陶元慶保持了緊密的聯絡。特別是像請客吃午飯這樣，對陶元慶盡到了禮數。以下，來談談常惠譯《項鍊》以及陶元慶設計的封面。

（一）關於常惠所譯《項鍊》

想要確認魯迅寄給常惠的信件，但是包括最新版《魯迅全集》（全部 18 卷，人民文學出版社，2005.11），哪一版中都沒有收錄魯迅寫給常惠的信簡，所以沒有確認到魯迅開始著手翻譯《苦悶的象徵》後寫給常惠信件的內容。但是魯迅為了常惠不辭辛勞所作的工作，學研版《魯迅全集》第 17 卷《日記》（1924 年 3 月 15 日的譯註）中作了如下說明：

> 《歌謠》週刊為 1922 年創辦的北京大學研究所國學門中的組織之一「歌謠研究會」的機關報（編輯常惠，字維鈞），進行介紹各個地區的歌謠、民間故事、童話、風俗和方言等。魯迅設計的封面圖案被用於紀念北京大學創辦 25 週年的《歌謠》週刊紀念增刊號，此增刊號是一期有關月亮的歌集專刊。因此，魯迅描繪了一幅以天空為背景的月芽和少許被遮住的雲彩以及滿天閃鑠著星斗的

畫。題字由魯迅的指定請沈尹作，在封面左上角處用草體寫上了「月亮光光，打開城門洗衣裳，衣裳洗得白白淨，明天好去看姑娘」的童謠。由於北京大學的印刷所裡既無亞鉛版也無銅版，只好由手藝人用木刻製了版，所以做出來的跟魯迅的原畫要相差得很大。（胡從經《拓園草》等）

　　魯迅和常惠的關係是從常惠北京大學法文系在學期間開始的，常惠選修了魯迅的中國小說史的課。那時，魯迅為他編輯的雜誌提供了封面圖案，並且《日記》中寫有魯迅送了結婚禮物。以上交流可以看出魯迅相當信任他。因此，1924 年 9 月 22 日「夜譯《苦悶的象徵》開手」以後，魯迅想讀一讀廚川介紹的短篇小說《項鍊》，而且想讓譯書的讀者也能讀到，因此很容易想像得到，魯迅就拜託了精通法文的常惠。從此時也可以看出，魯迅一旦有了什麼想法，總是能在自己周圍找到得力的人才。
　　把魯迅譯版《苦悶的象徵》與豐子愷譯版相對照，其明顯的不同之處是，以紅與黑二色為基調的豐腴的裸婦圖案的封面，以及加上了甚至廚川原著中都沒有的常惠所譯莫泊桑短篇小說《項鍊》（常惠譯）。[4] 從以上可以感受到，魯迅悉心鑽研編輯與裝幀的意匠和對書籍製作的講究。

4　下面參考常惠所譯《項鍊》和前田晁所譯「頸飾」（收錄於《短篇十種　莫泊桑集》東京：博文館，1911.2）/（收錄於《莫泊桑全集》2 卷，東京：天佑社，1920 年），介紹莫泊桑《項鍊》的梗概。
美麗可愛的的馬底爾得嫁給了一個在教育部工作低薪的小書記路娃栽。她常夢想著自己能過上奢華的生活，穿戴漂亮的衣裳和寶石、寶玉，被人們愛戴、被女人仰慕、能迷惑人和被男人所追求。對自己無法辦到這些而感到憂愁和憤怒。有一天，她丈夫為了討妻子的歡心好不容易弄到了一張在教育總長府禮堂舉辦夜會的請柬而歸。雖然她用她丈夫存下的四百法郎買了一身合適的衣服，但是她仍撒嬌說不戴一枚寶石會被人看作帶有窮氣。由於家裡實在沒有買寶石的錢了，她就向她的朋友佛來思節夫人借了一個經由她自己經心挑選的精美的鑽石項鍊參加了夜會。在夜會上，路娃栽夫人的美貌、雅緻、風流和含笑的表情，包括部長在內所有的男人都被她迷住了。她沉醉的瘋狂的跳舞，在幸福之中忘記了一切，陶醉在一夜的勝利與歡樂之中。在夜會的歸途中路娃栽夫妻倆坐上了從路上過來的馬車，可能就是在那輛馬車上丟失了那串借來的項鍊。夫妻倆想方設法湊齊了三萬六千法郎的巨款買下了跟借來的那串項鍊頗相似的項鍊，未跟佛來思節夫人說明原委就還給了她。夫妻倆是用了丈夫的父親遺留下來的一万八千法郎的遺產，和從這處借的一千法郎、從那處借的五百法郎；從這處借的五路易、從那處借三路易，不用說是用從放高利貸和所有各種放債的人處籌措到的錢才買到新項鍊的。至此之後，路娃栽夫人真正體驗

在原作《苦悶的象徵》「第三　關於文藝的根本問題的考察」的「三　短篇《項鍊》中，首先在開頭花了兩百字左右介紹了小說梗概。是這樣一個故事，借項鍊的夫婦在遺失項鍊後為賠償而借了債，在辛苦而節儉地過了十年好不容易全部償還債務之後，竟得知原來那項鍊是不值錢的贗品。廚川在這第三章的第三節，以「直接體驗」與「無意識的心理」為關鍵詞，分析了莫泊桑的作品。他如下展開，①是編造也好是真事也好，是直接體驗也好間接體驗也好，複雜也好簡單也好，是現實的也好夢幻的也好，這些都不是文藝的本質問題。應視為問題的是，作為象徵究竟帶有多大刺激性暗示力量的這一點。②關於這一點，問題不在於莫泊桑從那裡得到了這麼個故事，而在於作者賦予描寫以驚人的現實性，巧妙地把讀者引入夢幻的意境之中，暗示那一剎那間生命現象的真實，這種技倆令人欽佩。莫泊桑「無意識」心理的苦惱，巧妙地在這裡得以象徵化，正因為如此《項鍊》作為一篇精彩而生動的藝術作品，使讀者感受到心靈深處生命的鼓動。③不是自己的直接體驗，就不能成為藝術品的心得，這是一種誤解。只要被描寫的事情成為出色的象徵，那麼那個作品就賦有偉大的藝術價值。這也是因為文藝與夢境一樣具有同樣的象徵性表現手法。④過著禁慾生活的和尚的戀歌，心理學者所說的雙重人格、人格分裂，酒後的失言等等，平素因為控制被關在無意識中，沒有出現在意識的表面上來。平素被壓抑的潛伏在無意識中的某種東西，只有在純粹創作的文藝創作時，才會躍出表面與自我意識相結合。

為了讓讀者體會以上分析的現實感覺，魯迅在自己譯的《苦悶的象徵》「附錄」中附上了常惠譯的《項鍊》。

到了貧困生活所帶來恐懼。她辭掉了女僕，搬了家，租了一間樓頂上的小屋，幹刷洗碟碗、洗衣服、提水的那些廚房活兒，買東西時討價還價。就這樣花了十年時間他們終於把債務全部還清了。路娃裁夫人完全見老了，成了一個窮家能幹的妻子。有一天她在樂田路上偶然遇見了佛來思節夫人。當她對由於自己已完全消失了當年的面影而未被認出自己的佛來思節夫人毫不隱瞞地說出了因丟失了那串項鍊才變成了現在的這付模樣時，佛來思節夫人告訴她，那是一串只值五百法郎的項鍊。

（二）關於陶元慶的封面畫

　　陶元慶的以紅黑二色（根據不同版本，為二色到四色）為基調的封面
畫，周國偉這樣解說道：一把鋼叉刺著少女的舌頭。這就是所謂的「人間
苦」的象徵。[5]魯迅在《苦悶的象徵》「序言」的結尾處寫道：「陶璇卿君
又特地為作一幅圖畫，使這書被了淒豔的新裝」。另外，對於陶元慶和他
的畫風如下所述：

陶元慶作《苦悶的象徵》封面畫

　　　　陶璇卿君是一個潛心研究了二十多年的畫家，為藝術上的修養
　　起見，去年才到這暗赭色的北京來的。到現在，就是有攜來的和新
　　作的作品二十餘種藏在他自己的臥室裡，誰也沒有知道，——但自
　　然除了幾個他熟識的人們。
　　　　在那黯然埋藏著的作品中，卻滿顯出作者個人的主觀和情緒，
　　尤可以看見他對於筆觸，色彩和趣味，是怎樣的盡力與經心，而且，
　　作者是夙擅中國畫的，於是固有的東方情調，又自然而然地從作品
　　中滲出，融成特別的豐神了，然而又並不由於故意的。將來，會當
　　更近於神化之域罷，（……以下略）。[6]

5　周國偉編「苦悶的象徵」（中國現代文學史資料叢書（甲種）《魯迅著譯版本研究
　　編目》，上海文藝出版社，1996.10。）

6　魯迅「《陶元慶氏西洋繪畫展覽會目錄》序」1925 年 3 月 16 日，《京報副刊》同
　　年 3 月 18 日，收錄於《集外集拾遺》。

　　　　陶元慶君繪畫的展覽，我在北京所見的是第一回。記得那時曾
　　經說過這樣意思的話：他以新的形，尤其是新的色來寫出他自己的
　　世界，而其中仍有中國向來的魂靈——要字面免得流於玄虛，則就
　　是：民族性。

　　　　我覺得我的話在上海也沒有改正的必要。[7]

　　接著以上引用，魯迅又說有這樣兩種桎梏，即以中國三千年來的歷史
和尺度作為價值衡量標準的「舊桎梏」，和以不與世界同時代思潮步調
一致的話就被視為落伍的「新桎梏」。而「陶元慶君的繪畫是沒有這兩重
桎梏的。就因為內外兩面，都和世界的思想合流，而又未桎亡中國的民族
性」[8]，如此高度評價了陶元慶的畫風。

　　另一方面，當時因為印刷費用和印刷技術問題，出版社在圖書出版
因彩色印刷或加了美術作品插圖而費用增大時，會有這樣的傾向，降低
畫質、或在目錄中有插畫的條目卻在實頁中漏印[9]。魯迅是怎樣對付這樣
的出版社和編輯的，或當出版社為重視營利而直接與畫家交涉時又是怎
樣與出版社交涉的，在 1926 年 10 月 22 日寫給陶元慶的書函中，他這樣
寫道：

　　　　《徬徨》的書面實在非常有力，看了使人感動。但聽說第二版
　　的顏色有點不對了，這使我很不舒服。上海北新的辦事人，於此等
　　事太不注意，真是無法可想。但第二版我還未見過，這是從通信裡
　　知道的。

---

[7]　魯迅「當陶元慶君的繪畫展時——我所要說的幾句話」（《時事新報》副刊「青光」
　　1927 年 12 月 19 日，收錄於『而已集』。）

[8]　同註 7。

[9]　筆者在拙稿「魯迅と唯美・頹廢主義——板垣鷹穗《近代美術史潮論》・本間久雄
　　《歐洲近代文藝思潮概論》と美術叢刊《藝苑朝華》を中心に」（大阪教育大學《學
　　大國文》46 號，2003.3）中作了如下的指摘：在中國，王爾德（Oscar Wide）「莎
　　樂美」譯本中有插畫的脫落傾向以及魯迅所指出的《近代美術史潮論》中「插畫」
　　的印刷狀況之粗劣和在與美術叢刊《藝苑朝華》中的《蕗谷虹兒畫選》原畫相比較，
　　就可以看出印刷技術還不夠熟練。

　　未名社以社的名義托畫，又須於幾日內畫成，我覺得實在不應
該，他們是研究文藝的，應當知道這道理，而做出來的事還是這樣，
真可嘆。……（中略）……近聞他們托司徒畫了一張。

　　兄如未動手，可以作罷，如已畫，則可寄與，因為其一可以用
在裡面的第一張上，使那書更其美觀。

　　我只是一批一批的索畫，實在抱歉而且感激。（11 月 22 日）

　　從以上的文章中，可以看出魯迅對陶元慶繪畫全面的信賴。而且，魯
迅譯《苦悶的象徵》用陶元慶的畫作封面，是為了得到更「淒豔」的美術
效果自信的圖書裝幀，出版社編輯是為了重視營利而願意用陶元慶的畫，
可以看出魯迅自身非常重視其翻譯出版的發行量。

（三）作為近代出版業社「北新書局」的成長──「新潮社」、「未名社」與「未名叢刊」的關聯

　　筆者曾多次指出，從《日記》「書帳」的變化中可以推斷出，魯迅以
《創造季刊》第 2 卷第 2 號（1924.2.28）刊登成仿吾「《吶喊》的評論」
為開端，頗有意識地加深了對西洋近代文藝思潮和文藝創作上流派的問題
意識[10]。從購買廚川白村遺稿《苦悶的象徵》（1924.4.8）→開始翻譯《苦
悶的象徵》（1924.9.22）→譯好《苦悶的象徵》（1924.10.10）→譯者《苦
悶的象徵》出版（1924.12）→《苦悶的象徵》真正上架開賣（1925.3）的
這個過程來看，可以看出從書到手到書出版不到一年的時間動作是非常迅
速的。

　　魯迅譯《苦悶的象徵》扉頁上印有「初版」二字，1924 年 12 月共 1500
冊以每冊 5 角上市流通。卷末魯迅寫道：「未名叢刊是什麼，要怎樣？」，
其中只寫本書是作為「未名叢刊」的一冊發行，而沒有出版、發行社的名

---

[10] 拙稿（「魯迅文學と西洋近代文藝思潮」大阪教育大學《日本アジア言語文化研究》
9 號，2003.2）、拙稿（「魯迅と自然・寫實主義──魯迅譯・片山孤村著「自然
主義の理論及び技巧」及び「劉大杰著〈《吶喊》と《彷徨》と《野草》」を中心
に（《愛知縣立大學外國語學部紀要》〈言語・文學編〉第 37 號，2005.3）和拙稿
（「魯迅と表現主義──轉換期のプロレタリア文藝論受容を越えて」《愛知縣立
大學外國語學部紀要》（言語・文學編）第 38 號，2006.3。）

字。不過，《〈苦悶的象徵〉廣告》（1925.3.10《京報副刊》初載，收錄
於《集外集拾遺補編》）中，寫著「初版」由「北大新潮社代售」。1926
年3月「再版」以後則明記為「北新書局印」。這些都在上海圖書館藏書
中得以確認。

　　而且，魯迅在1924年12月尚在校樣中，實際上「初版」發行是在1925
年3月。《日記》中也寫道：1925年3月7日「下午新潮社送《苦悶的象
徵》十本」，10日「新潮社送來《苦悶的象徵》九本」，28日新潮社送
來《苦悶之象徵》十本。新潮社、北新書局、未名社以及《未名叢刊》的
關係相當複雜，整理魯迅與這三家出版社的關係[11]，可以看出魯迅對中國
出版業界成長所作的貢獻和對其強大的影響力。

1.關於新潮社

　　從1917年到1918年秋，北京大學學生傅斯年、顧頡剛、羅家倫、潘
家洵和徐彥之等人，為宣揚新思想、展開文學運動，籌備創刊雜誌，多次
討論，因經濟上的困難長時間未能得以實現。後來，他們得到北京大學文
科系部長陳獨秀的支持，答應由學校負擔印刷費用，終於得到了進行創刊
的籌備活動。他們與眾多執筆者聯絡，在1918年10月13日第一次會議
上，請來胡適作顧問，正式決定創刊《新潮》雜誌，一年發行十期，每5
期為1卷。《新潮》創刊號於1919年元旦出版，刊載了李大釗、陳獨秀
等著名人士的文章。共發行到第5期為止。後來，因五‧四運動搞得轟轟
烈烈，大學也停了課，成員們忙著上街遊行，不能進行正常的編輯出版工
作而導致停刊。北京大學恢復上課後的10月1日第2卷第1期才得以復
刊。11月19日召開第一次全體社員大會，決定發行《新潮叢書》。1920
年8月15日第2次全體社員大會決議通過新潮社為正式學會。直到1922
年3月第3卷第2期發行後停刊。

---

[11] 有關「新潮社」「北新書局」「未名社」，參考了註釋（1）相浦氏的論述與研究，
　　以下面的資料為中心進行梳理：
　　‧薛綏之主編「魯迅與新潮社」「魯迅與未名社」（《魯迅生平史料彙編》第3輯，
　　　天津人民出版社，1983.4。）
　　‧範泉主編「新潮社」「未名社」（《中國現代文學社團流派辭典》上海書店，1993.6。）
　　‧周國偉編「中國小說史略」（《魯迅著譯版本研究編目》中國現代文學史資料叢
　　　書（甲種）上海文藝出版社，1996.10。）

後期新潮社在魯迅的指導下，試圖自力更生出版文藝書籍。1922 年冬季，前期新潮社成員中的孫伏園、李小峰和宗甄甫等人聚會，商量如何重建新潮社。同年 12 月，他們徵求了魯迅、周作人的意見，決定把重點放在文藝書籍的出版上。首先準備編輯「新潮文藝叢書」系列（魯迅譯‧愛羅先珂原著《桃花的雲》、魯迅的《吶喊》、《中國小說史略》和謝冰心的《春水》等）。因周作人原先就是新潮社主任編輯，所以請他擔任此叢書的主編，孫伏園為對原稿的委託，李小峰、宗甄甫主管出版和發行事務，所有計劃與企劃都會徵求魯迅的意見。經過簡單的商洽，選定魯迅、冰心和周作人等人翻譯作品共計六種。從 1923 年春季到 1924 年底，新潮社共出了十二種新書，這些都離不開魯迅的多方面協助。為解決經濟上的困難，魯迅自行墊付印刷費用兩千元。又為了書中的彩插，托周建人在上海商務印書館製作印刷原版，寄至北京以供使用等等。而且，率先預約訂購新潮社的書籍，有時一次就訂五冊。不僅提供原稿，還花功夫設計一系列叢書的封面與書籍裝幀。並為反復多次校稿而付出大量勞力與心血。給予後期新潮社以莫大的支持。

　　1924 年 11 月 17 口，魯迅支持《語絲》的創刊，因孫伏園等人也將關心轉移至《語絲》，漸淡出對新潮社出版業務的關心。1925 年 3 月，北新書局成立，新潮社的出版業務為北新書局所取代。

2. 關於「北新書局」

　　北新書局在 1925 年 3 月 15 日由李志雲、李小峰兄弟二人，在北京大學附近東城翠華胡同 12 號開設。也就是魯迅譯《苦悶的象徵》的出版發行日成為了開店之日。店鋪開設當初，只在門口掛上了取北京大學的「北」和新潮社「新」而起名「北新書局」的匾額，室內也只有幾個木製書箱，而陳列的賣品書籍也只有《吶喊》一種。而且「未名叢刊」也是在《苦悶的象徵》出版發行之際才正式成立的。開店後，也經常通過與魯迅交談得到很多指導。開設當初在魯迅的支持下，以新文藝書籍的出版為主，為新文化的傳播起到了積極的作用，在北新創設之初魯迅對其起到的作用是抱有好感的。因為店鋪就在北京大學的附近，所以北大教授魯迅、周作人、劉半農、林語堂和孫伏園等人都提供了稿件，其他還有錢玄同、江紹原、章衣萍、王品青、韋素園、馮沅君、俞平伯、顧頡剛、李霽野、張定璜和

章廷謙也投了稿。魯迅最早的研究書《中國小說史略》（合冊本，1925.9
再版）和《小說舊聞鈔》（1926.8 初版）等書接連出版發行，眾多著名作
家也紛紛給它稿子，北新書局的生意蒸蒸日上，得到了一定的發展。

　　但是，北新書局漸漸地傾向於以追求利潤為中心，不用說詩歌和戲
曲，連新譯者的翻譯都不太歡迎了。關於那時的狀況，魯迅在《憶韋素園
君》（編末附有日期 1934.7.16，《文學》月刊初載，3 卷 4 號，1934.10，
收錄於《且介亭雜文》）中回憶如下：

> 　　那時我正在編印兩種小叢書，一種是《烏合叢書》，專收創作，
> 一種是《未名叢刊》，專收翻譯，都由北新書局出版。出版者和讀
> 者的不喜歡翻譯書，那時和現在也並不兩樣，所以《未名叢刊》是
> 特別冷落的。恰巧，素園他們願意紹介外國文學到中國來，便和李
> 小峰商量，要將《未名叢刊》移出，由幾個同人自辦。小峰一口答
> 應了，於是這一種叢書便和北新書局脫離。稿子是我們自己的，另
> 籌了一筆印費，就算開始。

　　《日記》的 1925 年 10 月 18 日中寫道：「夜素園、靜農、霽野來、
付以印費二百」，作為《未名叢書》，未名社最初印刷出版的是魯迅譯·
廚川白村撰著的《出了象牙之塔》。

　　1926 年「3·18」事件後，北新書籍受到北洋軍閥的調查，在翌年 1927
年 10 月被查封的情況下，魯迅和北新書局都不得不離開北京（準確說來
是北平）南下。北新書局從北京轉移至上海的經過，筆者參考陳建樹《北
新書局與中國現代文學》[12]，整理如下：

　　1926 年 6 月，北新書局先從北京運來十二箱書籍，在上海寶山路寶山
里 77 號開設了分店。1927 年 1 月，把發行和編輯分開，發行所設在上海
中心部的四馬路（現福州路）中山東路西，編輯所先設在北河南路的富慶
里，2 月正式移至四馬路開始營業。1927 年 4 月，李小峰離開北京移住上
海，10 月魯迅也來到上海後，與魯迅有關的斡旋基本都由他做。11 月北
新書局把上海分店改為上海總店。因出版魯迅書籍營業額也順利增長，銷

---

[12]　陳樹萍「從新潮社到北新書局」（《北新書局與中國現代文學》上海三聯書店，2008.3。）

售得到很大發展。1928 年 3 月，隨著四馬路店鋪的改建，銷售所移至五馬路棋盤街口的豫豐菜館樓下，編輯所移至新聞路仁里。10 月改建完成後搬回四馬路。1929 年 4 月編輯所移至北河南路七浦路 288 號。在 1933 年 4 月時，北新書局工作人員有五十多名，營業總額增長到 31 萬數千圓，1934 年店鋪移至四馬路 353 號含化樓酒家，把杏花樓西面四馬路 369 號的樓房整個租了下來，一樓作小賣部，二樓是批發・郵購部和編輯部。還在西寶興路源源里設了倉庫和職員宿舍。在商務印書局、中華書局和世界書局等大型出版社相互競爭的上海，終於擺好了一副出版業的姿態。

按照陳樹萍的說法，北新書局從 1925 年 3 月 15 日開店到 1927 年 10 月 27 日被查封為止是北京時期。1927 年 11 月 16 日發行的《北新》第 2 卷第 2 期，刊登了題為「北新書局緊急啟示」，告知北京的北新書局被封，《語絲》被禁發。11 月 20 日《語絲》155 期於上海：北新書局發行，與此同時上海分店升格為上海總店。從那一天開始，到 1937 年 7 月 7 日中日戰爭爆發而停業為止，區分為上海時期。

北京：北新書局在東城翠華胡同 12 號開設以後，1926 年秋搬至翠花胡同西口南首，1927 年春移至東廠胡同西口，被封以後把店鋪移至楊梅竹斜街開了一個分店。北京分店以後雖然搬至琉璃廠，又搬至東皇帝城根，但是一直繼續營業。

3. 版稅未付問題

魯迅 1927 年 10 月 3 日到達上海。以後就定居上海，為北新書局編輯《語絲》和《奔流》。1929 年夏季。魯迅為了向北新書局討要版稅，多次向法庭上訴，卻沒有效果。《日記》中寫道：8 月 12 日「下午訪友松、家斌，邀其同訪律師楊鏗」，13 日寫道：「友松、家斌來，晚托其訪楊律師，委以向北新書局索取版稅之權，並付公費二百。」在其之後的 14 日、15 日、16 日、23 日、24 日裡都記載著為討要版稅的交涉而與楊律師之間的談話。25 日寫道：「星期。晴，熱。午後同修甫（黨家斌的別名──筆者）往楊律師寓，下午即在其寓開會，商議版稅事，大體俱定，列席者為李志雲、小峰、郁達夫，共五人。雨。」並且 28 日記著，在南雲樓共進晚餐時「席將終，林語堂語含譏刺，直斥之，彼亦爭持，鄙相悉現。」

　　有關這件事，郁達夫回憶道，他認為這次因版稅問題而對簿公堂的起因，是北新方面 1928 年設立春潮書局的魯迅過去的學生張友松，和友松中學時代的同學黨家斌所挑起的是非。因為林語堂在被問起此事時提到了張友松的名字，魯迅和林語堂的關係變得緊張。他致函周作人，告知這件事是魯迅的誤解。（郁達夫《回憶魯迅》）。

　　最後，楊鏗律師根據 1928 年前後發佈的《中華民國著作權法》和《著作權實行細則》，為雙方作了調停，達成以下協議。

（1）北新書局還給魯迅圖書的印刷用版。〔郁達夫、章廷謙（字矛塵、筆名・川島等）為證人〕。

（2）北新書局多年來拖欠魯迅的版稅，分 11 次償還。（由楊鏗律師負責）

（3）雙方重簽合同，根據《著作權實行細則》，印刷出版之際，添附版稅印花稅。

　　協議第 1 項於 8 月 28 日實行。李小峰帶來紙樣，郁達夫和章廷謙作證人，回收費算作五百四十八圓五角。第 2 項，北新書局在當年所剩的 4 個月中，償還長期拖欠魯迅的債務大約八千三百圓（1999 年，折合人民幣二十九萬圓）。並且，直到三十年共償還未付版稅大約一萬多圓（同於前，相當於四十多萬圓）。順便提一句，楊鏗律師的報酬前後共支付了大約兩千圓[13]。

4.關於未名社和《未名叢刊》

　　1925 年夏（8 月 30 日──《日記》），魯迅向來訪的韋素園、李霽野、台農靜和韋叢蕪（素園的弟弟）等人提議，成立未名社。10 月 18 日魯迅出資運營資金的印刷費兩百元（魯迅計四百六十六元一角六分，其他 5 人韋素園、李霽野、台農靜、韋叢蕪和曹靖華各出資印刷費五十元）共同創設了未名社，把北京新開路 5 號韋素園公寓的一室作為事務室，開始了活動。「未名」是還沒有想好名字的意思，未名社也沒有任何宣言、綱

13　陳明遠「魯迅生活的經濟背景──魯迅為版稅而奮鬥」《文化人與錢》天津百花文藝出版社，2001.1。)

　　魯湘元「為版權而鬥爭的作家──魯迅為版稅之權而對簿公堂」《稿酬怎樣攪動文壇──市場經濟與中國近現代文學》北京紅旗出版社，1998.1。)

領、規定，魯迅在「《中國新文學大系‧小說二集》導言」中，說未名社以翻譯介紹外國文學作品為中心事業。未名社最早印刷發行的是 1925 年 12 月初版、魯迅譯‧廚川白村著《出了象牙之塔》。其他的魯迅著作和翻譯還有《墳》、《朝花夕拾》和《小約翰》。

1926 年 1 月 10 日創刊了《莽原》半月刊，就在這一年遷至馬神廟西老胡同 1 號。《莽原》共刊行計 2 卷 46 期，1927 年 11 月 25 日停刊。《莽原》發表了魯迅的雜文「論「費厄潑賴」應該緩行」、小說「眉間尺」等作品與翻譯作品共 40 篇。

1926 年 8 月魯迅離開北京南下之前，擔當了未名社的審稿和編輯工作。南下以後，這些工作由韋素園和李霽野等人承擔。1928 年 1 月 10 日，《未名》半月刊創刊，共刊行計 2 卷 24 期，1930 年 4 月 30 日終刊。

1928 年，印刷發行了李霽野翻譯的蘇聯文藝理論著作《文學與革命》（托洛茨基著），其中一部分寄往濟南第一師範未名社書籍刊物代理販賣所。因此，山東軍閥張宗昌打電報向北京軍閥張作霖報告，張作霖在北京行動，兩軍閥勾結起來於 4 月 7 日清晨查封未名社，逮捕了李霽野和韋素園等人。一週後韋素園因病出獄，而李霽野等人在有關人員的斡旋營救下 50 天被釋放。7 月魯迅為鼓勵同人進一步發展未名社的文學事業，把改訂版《墳》的再版和韋素園譯著《黃花集》的準備材料寄往北京。10 月未名社在北京景山東街開設出版部和書籍販賣所。並且接受了當局通緝的王青士和李何林，請他們加入到未名社的事業中來。以後，那裡的書籍銷售所讓未名社擁有了作保人的資格，負責保釋了被當局逮捕的共產黨員和青年人十多名。

1925 年 5 月，魯迅從上海到北京看望母親，三次登門未名社與諸同人進行了工作上的商洽，還探望了因肺病在西山福壽嶺療養院的韋素園。1930 年以後，李霽野到天津河北女子師範大學執教，韋素園繼續養病，魯迅和曹靖華都遠離了北京，其結果是出版事業的管理混亂起來，經濟上產生了嚴重的虧損。8 月中旬以後，未名社由韋叢蕪負責運營。

魯迅 1926 年 8 月 26 日離開北京，在過了大約兩個月以後的 10 月 4 日，致函三人，在《韋素園、韋叢蕪、李霽野宛》中如下寫道：

在上海時看見章雪村，他說想專賣《未名叢書》（大約只是上
海方面），我沒有答應他，說須得大家商量，以後就不提了。近來
不知道他可曾又來信？他的書店，大概是比較可靠的。但應否答應
他，應仍由北京方面定奪。

因為魯迅與「開明書店」的章錫琛有來往，所以韋叢蕪也就跟開明書
店有著很深的關係。韋叢蕪曾私自流用過未名社的資金，也曾暗暗把幾本
書的版權給了開明書店，和其他同人的意見和行動也越來越不一致。在這
樣的情況下，韋叢蕪就以未名社的名義跟開明書店簽下合同，把同人著作
翻譯的印刷、發行等有關業務委託給開明書店。魯迅也收到信，內容是得
要遵守這份與開明簽的合同。因此魯迅在 1931 年 5 月 1 日寫道：「下午
得韋叢蕪信，即復，並申明退出未名社」。後來，其他成員也相繼退出，
未名社就這樣解體了。

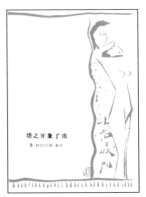

未名社版《出了象牙之塔》未名叢書

按照上述內容，加上【資料】《苦悶的象徵》和《出了象牙之塔》的
出版年月、出版社、發行部數，以魯迅與新潮社、北新書局、未名社以及
《未名叢刊》的關係為中心整理如下：
①魯迅的第一創作集《吶喊》，1923 年 8 月初版、12 月再版，由北
京大學第一院新潮社出版。另外，魯迅從 1920 年 8 月在北京大學、北京
高等師範學校（後來的北京師範大學）、世界語專門學校、北京女子高等

師範學校（後來的北京女子師範大學），擔任題為「中國小說史大略」的講義，向學生發了謄寫講稿的油印、鉛印件。因為活字印刷更省事，所以「新潮社」就以上、下冊刊行了《中國小說史略》。《中國小說史略》上冊初版 1922 年 12 月，下冊初版 1924 年 6 月刊行。新潮社也在 1925 年 2 月發行「上冊」的再版後停止經營。

　　②關於魯迅在金錢、企劃、編輯等進行全面支援的後期新潮社，是前期成員孫伏園、李小峰、宗甄甫等人討論再起新潮社後，於 1925 年 3 月北平‧北新書局正式開店，第一部著手出版的書籍就是魯迅翻譯的《苦悶的象徵》。《苦悶的象徵》初版本上印有 1924 年 12 月發行。但其實此時魯迅尚在校樣中。真正完成印刷，開始發行出版是要到了 1925 年的 3 月。因此，一邊進行翻譯校樣的校對工作，一邊著手印刷的是在 1925 年 2 月期間尚存在著的新潮社。

　　「初版」印行就是北京大學「新潮社」。只是魯迅的「《苦悶的象徵》廣告」中寫有：「初版」由「北大新潮社代售」。這裡的「新潮社代售」的記載和「北新書局」正式開店的日期尚留有疑問。「新潮社代售」是否代替魯迅銷售的意思？另外，北新書局正式開店的 1925 年 3 月，《吶喊》第三版作為「烏合叢書之一」，北新書局共計發行了從第 4501 冊至第 7500 冊的 3000 冊。這就說明起名時各取北京大學和新潮社一個字的「北新書局」，其實是取代了當時已經有名無實的新潮社。《苦悶的象徵》初版記載著發行年月為 1924 年 12 月，雖然出版與發行所沒有記載，但「初版」的出版與發行所應為北平：北新書局。然而拙作尊重魯迅「《苦悶的象徵》廣告」中所寫的「初版」為「北大新潮社代售」的說法，所以初版記作由北京大學「新潮社」代售。

　　③北新書局出版發行魯迅《中國小說史略》（合冊本、1925 年 9 月再版、1926 年 11 月 3 版、1927 年 8 月 4 版、1929 年 1 月 5 版、1931 年 7 月訂正版初版、1932 年 7 月 8 版、1933 年 3 月 9 版、1935 年 6 月 10 版、1936 年 10 月 11 版），《小說舊聞鈔》（1926 年 8 月初版、1928 年再版）等，還有《吶喊》（烏合叢書、從 1924 年 5 月 3 版至 1930 年 7 月 14 版共發行 44000 冊，至 1937 年 6 月發行 24 版），《徬徨》（烏合叢書、從 1926 年 8 月初版至 1931 年 7 月 10 版為止共發行 40000 冊，至 1935 年 10 月為止發行 15 版）、《野草》（烏合叢書、從 1927 年初版至 1936 年 11

月 11 版為止共發行 29000 冊）、《熱風》（從 1925 年 11 月初版，發行
至 10 版，不過所有的版本都未記載發行年月和發行部數），《華蓋集》
（從 1926 年初版至 1933 年 3 月為止發行 8 版），《華蓋集續集》（從 1927
年 5 月初版至 1935 年 9 月為止發行 6 版），《而已集》（從 1928 年 10
月初版至 1931 年 4 月 3 版為止，共發行 12000 冊、1935 年 10 月為止發行
5 版），《三閒集》（從 1932 年 9 月初版開始，發行 4 版，不過所有的版
本都未記載發行年月和發行部數）。這樣接二連三地出版發行，使魯迅確
立了在文壇的地位。與此同時，北新書局的營業活動得到了很大的發展。
魯迅和北新書局之間發生了前述的「版稅未付問題」。北新書局和「未名
書局」有同樣的傾向，即，此後盡量避開沒有什麼利潤的譯著。但《苦悶
的象徵》是個例外，實際上從初版的印刷發行至第 12 版為止，其中確切
的數據是到第 8 版為止發行 18000 冊，加上以後的 4 版，至少可以斷定發
行了約 26000 冊以上。這在當時作為譯著可算是破格的發行量了。

　　④未名社與其說是出版社，不如說它帶有學院派學者的純文學支援團
體傾向。他們自己集資準備發行以介紹翻譯世界文學為主的「未名叢刊」。
而未名社最早印刷發行的是 1925 年 12 月初版魯迅的《出了象牙之塔》。
另外，《出了象牙之塔》作為「未名叢刊」，從 1925 年 12 月初版至 1930
年 1 月 5 版為止發行 9500 冊。後來北新書局看到發行量好，就去掉「未
名叢刊」的招牌，於 1931 年 8 月再次初版，至 1937 年 5 月發行五版，《出
了象牙之塔》發行至少超過 19500 冊。其他還有未名社作為「未名叢刊」
發行的有：弗雷德里克・凡・伊登（Frederik van Eeden）著、魯迅譯《小
約翰》。《小約翰》1928 年 1 月初版發行 1000 冊，1929 年 5 月再版發行
1500 冊。而且，未名社出版的魯迅著作《墳》，1927 年 3 月初版發行 2000
冊，1929 年再版發行 1000 冊，1930 年 4 月 3 版北新書局接著發行 1500
冊。同樣《朝花夕拾》作為「未名新集」從 1928 年 9 月初版至 1929 年 7
月 3 版為止由未名社發行 4000 冊，從 1932 年 8 月 3 版至 1933 年 11 月 5
版為止由北新書局發行 6000 冊。

　　從上述的狀況可以看出，魯迅譯《苦悶的象徵》和《出了象牙之塔》
的發行冊數，前者至少發行 26000 冊、後者也在 19500 冊以上，這兩部譯
著大為暢銷的事實可見一斑。而且也可以看出，北新書局在作為近代出版
業得到的發展過程中魯迅著作所作的巨大貢獻。這裡，作為北新書局是意

在出版暢銷書，而魯迅意在為讀者提供裝幀精美、具有美工意匠的書籍，由於兩者的目的一致，所以魯迅的《苦悶的象徵》和《出了象牙之塔》在民國文壇得到了普及。

二、從豐子愷初見《苦悶的象徵》，到翻譯‧出版的背景

　　魯迅《集外集拾遺》「1925 年」的項目中，載有《給魯迅先生的一封信（王濤）》（備考）和魯迅的回信《關於〈苦悶的象徵〉》。魯迅從 1924 年 10 月 1 日在《晨報》副刊上連載《苦悶的象徵》的翻譯（10 月 31 日為止）。連載初日 1 日刊載的「《苦悶的象徵》譯後三日序」中寫道：「本來沒有書名，由編者（山本修二──筆者註）定名為《苦悶的象徵》。」而王濤的書簡中向魯迅彙報的是，《學燈》上已經連載了明權譯的《苦悶的象徵》，那是《苦悶的象徵》的《創作論》和《鑑賞論》部分。另外，廚川生前自己已經發表了《苦悶的象徵》的題目，並且死後刊行的《苦悶的象徵》中加上了《有關文藝的根本問題的考察》和《文學的根源》。收到信後魯迅在 25 年 1 月 9 日的回信中寫道：「我看見廚川氏關於文學的著作的時候，已在地震之後，《苦悶的象徵》是第一部，以前竟沒有留心他。」並且在整理王濤所寫內容後，如下寫道：

　　　　我翻譯的時候，聽得豐子愷先生也有譯本，現則聞已付印，為《文學研究會叢書》之一；上月看見《東方雜誌》第二十號，有仲雲先生譯的廚川氏一篇文章，就是《苦悶的象徵》的第三篇；現得先生來信，才知道《學燈》上也早經登載過，這之書為我國人所愛重，居然可知。現在我所譯的也已經付印，中國就有兩種全譯本了。

　　魯迅在 1925 年 1 月 9 日之時期已經得知《苦悶的象徵》，有翻譯了《苦悶的象徵》第一章《創作論》‧第二章《鑑賞論》（單行本所收的一部分）的明權本[14]，還有翻譯了第三章《有關文藝的根本問題的考察》的

---

[14]　王成「《苦悶的象徵》在中國的翻譯與傳播」（《日語學習與研究》2002.1 期，3 月）中指出：所謂明權為孔昭綬之字。據王氏所說，孔昭綬（1876-1929）是一個教育家，字為明權，號為競成，長沙府瀏陽人。1910 年畢業於湖南優級師範，在日本

樊仲雲本，並有當時正在印刷中的豐子愷和自己的兩種全譯本版本。可以推斷對於同時付印的豐子愷版是相當介意的。

　　廚川白村所著《苦悶的象徵》於 1924 年 2 月 4 日由改造社發行初版，在廚川故世後以單行本發行以來非常普及。魯迅是於 1924 年 4 月 8 日在東亞公司購買的，這已在《魯迅藏書目錄》中得到確認，推測是 1924 年 3 月 24 的第 50 版。但是與魯迅相比，豐子愷可能早就讀到了《苦悶的象徵》。這是因為《苦悶的象徵》首先是刊載在《改造》第 3 卷第 1 號上，這篇《苦悶的象徵》（全部 8 節。包含單行本《苦悶的象徵》第一章「創作論」的全部 6 節，第二章「鑑賞論」中缺的「四 有限中的無限」、「五 文藝鑑賞的四個階段」、「六 共鳴的創作」）部分，合成第 7 節「鑑賞論」。另外，把第三章「有關文藝的根本問題的考察」的「三 短篇《項鍊》放入第 8 節的「餘論」中）。刊行的時期正是豐子愷從 1922 年早春至冬季 10 個月的日本留學期間。例如，明權（孔昭綬）從 1921 年 1 月 16 日至 1922 日在《時事新報》副刊《學燈》連載的「苦悶的象徵」翻譯，其手中所有的翻譯底本就是《改造》第 3 卷第 1 號上的這篇「苦悶的象徵」。還有 7 月創造社成立，郭沫若、田漢、鄭伯奇和郁達夫等成員都知道這篇《改造》版「苦悶的象徵」的內容。所以，當時旅居日本，只要是關心文藝問題的中國留學生，當然誰都知道這篇話題性的文章。這樣考慮的話，豐子愷很有可能當時已經讀到了這篇《苦悶的象徵》（《改造》1921 年 1 月）。從那時算起，到豐子愷譯《苦悶的象徵》初版刊行（1925 年 3 月），整整有 4 年時間。那麼，豐子愷在日本留學期間是否已經知道「苦悶的象徵」了呢？

　　根據豐子愷日本留學意義的分析考證，總結整理如下：[15]

法政大學留學，獲得法學士學位，1913 年被任命為湖南第一師範校長，以「明恥」為校訓進行愛國主義教育，被讚揚為「民主教育之先驅」。

[15] 豐子愷的日本留學，跟竹久夢二的相遇使他以後的藝術觀受到了很大的影響。對這個論述與研究如下第①、②、③項內容所示，筆者梳理的部分幾乎通用於三者。
①西槙偉「漫畫と文化——豐子愷と竹久夢二をめぐって」日本比較文學會《比較文學》第 36 號.1994.3。
②楊曉文「竹久夢二の影を出て——豐子愷と竹久夢二」東方學會《東方學》第 88 號.1994.7。
③陸偉榮「豐子愷と竹久夢二——模倣から生まれた獨特の繪畫世界」《月刊しにか》第 12 卷第 6 號（通卷 136 號）2001.6。

　　在上海專科師範學校擔任美術教師的豐子愷，感受到教學上的能力不足而決定留學日本。豐子愷留學日本的目的是學習西洋美術，特別是油畫的學習。但是，在日本給他留下深刻印象的、深深的打動他，使他難以忘懷的是，在東京的舊書店看到的竹久夢二最早的著作集《夢二畫集‧春之卷》（東京：洛陽堂，1909.12）。這部《春之卷》中收錄的簡筆畫，豐子愷這樣描寫道：「不僅以造型的美感動了我的眼，又以詩的意味感動我的心。」（《繪畫與文學》1933 年 12 月作）。看到這樣的簡筆畫（寥寥幾筆的毛筆 sketch 速寫），成了豐子愷從西洋繪畫（model 和 canvas）轉向東洋繪畫（詩趣與氣韻「rhythm 和 harmony」）方向的契機。豐子愷看出了夢二畫中的把「西洋的構圖」用「東方的筆致」來畫「無聲的詩」。他一邊模仿《春的卷》中收錄於「同窗」和「春雨」等簡筆畫的構圖和筆致，一邊成功地畫出了帶有強烈中國傳統人文畫要素的獨特的畫風，即所謂的「子愷漫畫」，直至被譽為中國近代漫畫的鼻祖。

　　另外，豐子愷分三階段接受《苦悶的象徵》影響的論證，其分析也令人饒有興趣[16]。

　　第一階段，《藝術的創作與鑑賞》（1924 年 6 月 21 日作，初載《春暉》浙江上虞春暉中學校刊第 32 期，1924 年 9 月 16 日，收錄於《豐子愷文集》藝術卷 1、浙江文藝出版社‧浙江教育出版社，1990‧9）中，跟廚川白村為說明藝術鑑賞論所作圖說一樣，也加以「圖說」。這時也被認為是正在翻譯時期。把竹久夢二繪畫中發自無意識心理的共鳴共感的意思，

---

④西槙偉《中國文人畫家の近代──豐之愷の西洋美術受容と日本》思文閣出版，2005.4。

三者的不同之處為：西槙氏著眼於豐之愷所具有的擅長繪画、文學與音樂等傳統的文人氣質，找出了夢二的小插圖中西洋和東洋相融合的「詩趣」性，在第④項的著述中論說著重於「氣韻生動」，將夢二的作品定位於形成了傾倒中國美術優越論的文人畫家的開端。楊氏論述為：豐子愷不僅受到了夢二的「詩畫合一」的筆觸、構圖和含蓄妙味等表現手法的影響，而且以中國文人的那種「詩中有畫、畫中有詩」等傳統性審美理念以及「氣韻」等傳統畫論構築成了「子愷漫画」，更進一步地以講究「童心」和「佛教的思索」，跳出了夢二之影。陸氏指出：豐子愷接受的是：並非夢二的那種以美女畫作為代表的畫風，而是在參與社會主義運動時刊登在這個運動機關報《直言》上的「白衣之骸骨與女人」，即，那種收錄於初期夢二作品《春之卷》中所代表的風格。

[16] 楊曉文「豐子愷と廚川白村──《苦悶的象徵》の受容をめぐって」日本中國學會《日本中國學會報》第 57 集，2005.10。）

用白村理論進行了理論說明，接受夢二的影響導致了接受廚川的影響，接受白村決定了對夢二的接受。這個接受階段是從繪畫擴展到文學、音樂等興趣上去的時期。

第二階段、谷崎潤一郎著，夏丏尊譯「讀《緣緣堂隨筆》」的「讀後感」（1946.4.11，初載《中學生》戰時半月刊，收錄於《豐子愷文集》文學卷 2）中說道：「我的文章正是我的雙重人格的苦悶的象徵」，是通過自己內心的矛盾，對白村理論產生強烈同感的接受階段時期。

第三階段、對於抗戰時期懷疑是否需要《護身畫集》這樣的藝術，感受到廚川所說的「新時代的預言者」的使命感，不僅是「眼前的事實」，而是為了「未來」「將來」，對護身不要論進行反駁。這是以廚川理論為理論依據的接受階段。

從跟以上考證的關係出發，在此分兩點考察豐子愷跟《苦悶的象徵》的關係。第一、楊曉文分析道：「接受夢二的影響導致了接受廚川的影響，接受白村決定了對夢二的接受。」但是這裡就存在一個問題，是在日本留學期間豐子愷接觸到了《改造》版《苦悶的象徵》，還是回國以後才接觸到的呢？第二、魯迅說「我翻譯的時候，聽得豐子愷先生也有譯本，現則聞已付印，為《文學研究會叢書》之一」，魯迅很在意豐子愷翻譯發行的《苦悶的象徵》。而另一方的豐子愷又是如何看待魯迅所譯《苦悶的象徵》的呢？問題是在得知這個情況後，對自己的翻譯出版又有何考慮呢？

關於第一點，雜誌《改造》版的「苦悶的象徵」，第二章「鑑賞論」中缺了第 6 節「共鳴的創作」。楊氏所分析的對《苦悶的象徵》接受的第一階段，對作品產生共鳴，其心路的「圖說」，就收在這第 6 節的「共鳴的創作」之中。而寫於 1924 年 6 月 21 日的《藝術的創作與鑑賞》載有心路的「圖說」[17]。在此之前，在豐子愷的其他著述中沒有提到過《苦悶的象徵》。因此，還是這樣認為比較妥當。豐子愷首次讀到的是廚川白村故世後發行的《苦悶的象徵》，所以接受廚川影響也從那時開始考慮是比較妥當的。

---

[17] 盛興軍主編《豐子愷年譜》（青島出版社，2005.9。）
在『豐子愷年譜』中記有：《苦悶的象徵》的譯文曾在《上海時報》上連續刊載過，之後作為文學研究會叢書之一，1925 年 3 月由商務印書館出版過，但目前《上海時報》只有 1941 年後出版的，因此無法得以確認。

　　關於第二點問題的考察，參考《豐子愷年譜》[18]，把歸國後豐子愷的住址變遷和到出版《苦悶的象徵》處女作為止的足跡整理如下：

　　回國後，豐子愷經常去「虹口的日本店裡」，當然包括 1917 年開張，至 1927 年為止在北四川路魏盛里 169 號的弄堂裡的，從 1929 年把新店鋪開到四川路大馬路上去的「內山書店」。但是，回國後在上海的居住時期，到手尚未刊行的《苦悶的象徵》是不可能的。從單行本《苦悶的象徵》初版發行的 1924 年 2 月 4 日以後，到前述寫「圖說」的 6 月 24 日為止，豐子愷儘管住在不可能買到日本書的白馬湖畔，但還是得到了《苦悶的象徵》的日文版，這和內山書店的存在，以及夏丏尊、朱自清、朱光潛和王任叔這些同仁的存在和協助也是分不開的。然後，關於第二點問題，從《年譜》中對豐子愷足跡的追蹤來看，完全沒有提到魯迅或魯迅所譯《苦悶的象徵》。大概，作為「文學研究會」一員的豐子愷，能由大出版社的上海商務印書館，使用為刊載外國文學的翻譯作品而存在的「文學研究會叢書」的名義，而為自己發行初版處女作，可以想像他對此已經非常滿意，所以對書的裝幀以及後來是否暢銷已不太關心了。而且，這個時期正是他把興趣和關心從繪畫轉向文學的擴展時期，所以他沒有考慮像魯迅那樣，給自己的書添加「淒艷的新裝」的插畫。

結語

　　本章以魯迅譯《苦悶的象徵》在一九二〇、三〇年代民國文壇得以普及的構造為中心，展開了論證。其結論如下：

　　第一、關於附加常惠譯《項鍊》、以陶元慶的畫作封面這一點。判明了在魯迅周圍有一批得力的朋友，像精通法語的北京大學學生常惠和經許欽文介紹認識的陶元慶，他們都能立即回應魯迅的企劃和設想。而且，添加莫伯桑的短篇《項鍊》、啟用陶元慶所畫的肉感帶有淒艷美的裸婦畫作封面，以上可以說明魯迅自身也非常在意美術效果。還有，出版社編輯出於重視營利的觀點，想要陶元慶的封面畫。魯迅自身也相當關心譯著能否吸引讀者，能否成為暢銷書。

---

[18] 同註 17。

　　第二、魯迅對新潮社、北新書局、未名社的企劃・編輯・資金方面作出了極大貢獻，這是之所以魯迅在出版界舉足輕重的原因。對這一點也進行了考察。當然，作為草創時期支持新文學的名人，也許也因為他的知名度，魯迅的著書都賣得很好。其中，魯迅譯《苦悶的象徵》至少發行了兩萬六千冊，《出了象牙之塔》至少發行了一萬九千五百冊，這些書流通在民國文壇，說明了這兩本譯作是暢銷好書。在這裡出版社的北新書局重視營利的想法，與魯迅想向讀者推出具有美術意匠的文藝好書的意圖一致。隨著北新書局在出版業界的成長，使魯迅譯著的《苦悶的象徵》和《出了象牙之塔》在民國文壇有了得以普及的可能性。

　　第三、判明中國漫畫的開山鼻祖，知名文人畫家豐子愷手中翻譯底本不是初版的《改造》「苦悶的象徵」（1921.1），而是單行本《苦悶的象徵》（1924・2）。而且，較晚著手翻譯的魯迅相當在意豐子愷所譯《苦悶的象徵》，與此相反，豐子愷似乎從來沒有在意過魯迅。而豐子愷在翻譯以外，對《苦悶的象徵》沒有下過別的功夫。他的這部處女作得到在中國最大的出版社商務印書館發行，這件事本身對他來說已經相當滿意，因為這是他走上文壇邁出的第一步。

範紫江　翻譯／吉田陽子　校對

第五章　翻譯作品中的廚川白村
——以魯迅譯・豐子愷譯
《苦悶的象徵》為中心

引言

　　葉靈鳳（1905.4.9-1975.11.23）在「我的散文作家——文藝隨筆之二」
（1930.12.29 收錄於《靈鳳小品集》）中，如下所述：

> 　　日本廚川白村氏的集中隨筆集，自從介紹到中國以後，頗能流
> 行一時，然而對於中國新文藝所生的影響，是其中關於文藝的見解
> 而不是那輕快的風格和 Essay 式的文體。這很奇怪。聰明人固然要
> 買珠還櫝，然而有時未嘗不可以買櫝還珠。
> 　　魯迅的短文，正如廚川白村所說：「剛以為正在從正面罵人，
> 而卻向著那邊獨自莞爾笑了。裝著隨便的塗鴉模樣，其實卻是用了
> 雕心刻骨的苦心文章。（白村原文：貴い文字）」
> 　　這正是魯迅短文的長處。

　　首段引用部分已在第二章中也提及過，由於葉靈鳳的令人深思的啟示
再次提示一下。不懂日語的葉靈鳳卻對廚川白村高度評價為「輕快的風格
和 Essay 式的文體」，簡直是買櫝還珠。第二段的引用是解說了廚川白村
的《出了象牙之塔》中收錄的「散文和新聞雜誌」的一節以及通過魯迅的
譯文，在魯迅的雜文裡看到了廚川所主張的散文的優點。
　　一方面在第六章中也將論述的，民國文壇時無名中學教師王耘莊在
1927 年 7 月左右到 1929 年 6 月為止大約兩年之間，作為在浙江省立第十
中學擔任「文學概論」課時用的講義重編的《文學概論》（杭州非社出版
部，1929.9 初版）是以本間久雄《新文學概論》（新潮社，1917.11 初版）
的章節構成為主軸，在對廚川白村的《苦悶的象徵》、《出了象牙之塔》

產生共鳴的基礎上編制而成的。文本的形式是依照本間久雄的著作，而實
際內容上則是受其好評的廚川白村的著作。這裡使用的也是魯迅譯的《苦
悶的象徵》。有關此點，王耘莊在他的《文學概論》中解釋道：「本間久
雄的著作《新文學概論》是用的章錫琛譯的《新文學概論》（文學研究會
叢書，前・後編，上海：商務印書館，1925.8 初版），廚川白村著作《苦
悶的象徵》是魯迅譯的《苦悶的象徵》（未名叢刊，新潮社代售，1924.12
初版）。[1]」

　　以葉靈鳳為代表的不懂日語的知識分子也對廚川風格的散文體高度
評價為著眼點來考察他們之中大多數民國文壇的知識分子儘管閱讀的是
翻譯文體，為什麼看到了其中值得讚賞的表現手法。換句話說，廚川白村
的文章是被怎樣翻譯過來的呢。本章就此點進行考察。

　　邊以一九二〇、三〇年代的普及版魯迅譯的《苦悶的象徵》[2]的翻譯文
體為中心，邊對照豐子愷的翻譯文體的特徵作考察。首先，通過驗證魯迅
在翻譯《苦悶的象徵》時自己說明過的「直譯」「連語句的前後順序也幾
乎保持一致」「儘量保持原文語調」來提示魯迅翻譯文體的特徵。其次，
將魯迅的翻譯文體和其他的譯者，特別是豐子愷的《苦悶的象徵》和八〇
年代後臺灣的普及版的林文瑞的《苦悶的象徵》的翻譯文體做對比來表明
魯迅和豐子愷的翻譯文體的特徵。為比較而列示的引用，是由於王耘莊在
他的《文學概論》中一共從魯迅翻譯廚川白村的《苦悶的象徵》、《出了
象牙之塔》引用了十六處，其中《苦悶的象徵》中的引用有十二處（圖一
張）之多，故採用他的引用部分。

　　最後，言及梁實秋（1901.12.8-1987.11.3）對魯迅翻譯的廚川文體的評
價。從全體上試以檢證廚川白村的文章是被如何翻譯的。

---

[1]　拙稿「ある中學教師の《文學概論》（上）民國期における西洋の近代文藝概說書
　　の波及と受容」（《大阪教育大學紀要》第Ⅰ部門 51 卷 1 號，2002.9。）／拙稿「あ
　　る中學教師の《文學概論》（下）——本間久雄・廚川白村・小泉八雲の文藝論の
　　受容と役割」（《大阪教育大學紀要》第Ⅰ部門 51

[2]　本章中使用了魯迅和豐子愷的翻譯以外，還使用了逐次被刊登出來的《苦悶的象徵》
　　的部分翻譯。內容如下所示：
　　①明權譯「創作論與鑑賞論」（《時事新報》副刊《學燈》1921.1，16-22 頁。）
　　②樊仲雲譯「文藝上幾個根本問題的考察」（《東方雜誌》21 卷 20 號，1924.10。）

一、廚川白村文體的認知背景

在本章的開始部分提示的葉靈鳳對廚川文體的認識是民國文壇的廚川作品翻譯者們所持有的觀點。已經在第二章中敘述過的《近代的戀愛觀》的譯者任白濤在《戀愛論》「卷頭語」（1923·4）中對廚川文體作出了如下的高度評價：「大部分是優美熱烈的情感文」「像詩一樣的散文」「像我這樣不善文章的人是絕對沒有自信把他的文章的美感完全傳達出來的。但作者的豐富的情感我敢說毫無遺漏地表達了。」還有，在第二章提到的同樣是《近代的戀愛觀》的譯者夏丏尊在《近代的戀愛觀》「譯者序言」（1928.8）中寫道：「我愛讀的原因不僅是他的思想的魅力還有他的文章的魅力」「廚川擅長散文」「廚川的散文非常優秀，很遺憾，我的譯文沒有準確無誤地傳達出其原有的風格」來表明如果沒有傳達廚川散文的優點的話，是自己譯文的過失。劉大杰也在《小泉八雲及其他》「譯者序言」（1829.9）中寫道：「他對英文學造詣頗深，文章像流水一樣通暢優美，我國青年完全看到了他作為散文家是怎麼牽動人心的」「他的著作……（中略）……都非常適合我國人民的嗜好。」敘述了他那符合中國人嗜好的內容和優美的文體抓住了青年們的口味。

一方面在臺灣，即，「持續著的民國文壇」，繼著一九二〇、三〇年代廚川的作品被持續翻譯著[3]。1980 年以後，臺灣的《苦悶的象徵》的普及版的翻譯者林文瑞在「有關廚川白村及其作品·代譯序」（1979.9，收錄於林文瑞譯《苦悶的象徵》臺北市：志文出版社，1979.11 初版）中作了如下的評價：

> 廚川白村是位學者，但他精通多國外語，博學強記，閱覽百家，掌握世界潮流，根據社會環境和需要，加以評論，謀求改革之路。可以說，他給當時及後世留下了的重大影響是貴重財富。他的作品至今受到眾多讀者的支持，他的思想長期影響著文藝界也絕不是偶然的。

---

[3] 關於在臺灣出版的廚川白村著作的單行本將在第 8 章詳細揭示。

在這一個林文瑞對廚川白村的評價中值得關注的是：將廚川評論為「他給當時及後世留下了的重大影響是貴重財富」「他的作品至今受到眾多讀者的支持，他的思想長期影響著文藝界也絕不是偶然的。」

1986 年，在蔣經國宣佈解除戒嚴令後（1987.7.15 解除），漸漸地魯迅的著作被解禁了，魯迅譯的《苦悶的象徵》被列入「輕經典」並作如下介紹：

> 廚川白村用平易近人的筆觸從深處挖掘著文藝思潮簡單明瞭地進行探究。加上近代文學第一人魯迅準確精緻的譯文，本書受到了廣範圍的歡迎。由於譯文忠於原文我們把選用魯迅文本的用詞的文章保存了下來。（陳莉苓「讓苦悶的音符跳躍起來」〈魯迅譯的《苦悶的象徵》〉臺北縣新店市：正中書局，2002.12。）

在這個以「讓苦悶的音符跳躍起來」為題的陳莉苓的序文中，她對魯迅翻譯文體的評價為：「廚川白村用平易近人的筆觸」「魯迅準確精緻的譯文」正是射得鵠的般的正確。「從深處挖掘著文藝思潮簡單明瞭地進行探究」也是包括臺灣在內的中國語境的知識分子的共識。

而且，這樣的評價和以下魯迅譯的《苦悶的象徵》「序言」（1924.11.22）中的評價相呼應，大大地影響了中國大陸和臺灣民國文壇的知識分子。

> 作者據伯格森一流的哲學，以進行不息的生命力為人類生活的根本，又從弗羅特一流的科學，尋出生命力的根柢來。即用以解釋文藝，──尤其是文學。然與舊說又小有不同，伯格森以未來為不可測，作者則以詩人為先知，弗羅特歸生命力的根柢於性慾，作者則雲即其力的突進和跳躍。在這目下同類的群書中，殆可以說，既異於科學家似的專斷和哲學家似的玄虛，而且也並無一般文學論者的繁碎。作者就是很有獨創力的，於是此書也就成為一種創作，而對於文藝，即多有獨到的見地和深切的會心。

魯迅引證弗洛伊德、柏格森向讀者傳達《苦悶的象徵》中「生命力」的根本是什麼？什麼是預測未來？並高度評價廚川白村為「非常具有獨創力」「對文藝有著獨到的見地和深刻的理解。」

　　而且，有意識地將廚川的《苦悶的象徵》中的思想和他的優秀的文體用中文來傳達的是魯迅。但，不僅僅是魯迅一個人傳達了廚川文體的優秀之處，在其他的譯者翻譯他的著作時，在文體裡面也都明顯留下了儘量突顯廚川文體閃光之處的苦心印跡。接下來，以魯迅譯・豐子愷譯《苦悶的象徵》為中心，邊參考下列文本的翻譯文體，邊來驗證他們的翻譯文體的特徵。

　　【使用文本】
（1）魯迅譯《苦悶的象徵》未名社，未名叢刊，1924.12 初版。
（2）豐子愷譯《苦悶的象徵》上海商務印書館，文學研究會叢書，1925.3 初版。
（3）徐雲濤譯《苦悶的象徵》臺南市：經緯書局，1957.12（民國46 年）初版。
（4）琥珀出版部編譯《苦悶的象徵》（世界文學名著）臺北縣板橋市，1972.5（民國61 年）初版。
（5）德華出版社編輯部編譯《苦悶的象徵》臺南市：1975.2（民國64 年）初版。
（6）林文瑞譯《苦悶的象徵》新潮文庫213，雜文系列，臺北市：志文出版社，1979.11（民國68 年）初版。

二、《苦悶的象徵》的翻譯文體──比較魯迅譯本的特點和豐子愷的譯本

　　廚川的文體被評論為如流水一般通暢美麗典雅，或像詩一般優美，即以尊重「自我」為第一的藝術至上主義的典雅文體[4]。但是，廚川故世後，時代急速地轉向於嗜好在城市做工的均質性的勞動人民的那種簡單易懂、率直潑辣的寫實和現實主義風格的傾向。像廚川那樣繼承著江戶時代的和式文體中夾著漢文訓讀體的古雅文體已經失去了時代的前衛性。但是，魯迅、任白濤、夏丏尊、葉靈鳳等不少民國文壇的知識分子認同了廚川文體的優美性。

---

[4]　昭和女子大學近代文學研究室「廚川白村」(《近代文學研究叢書》第 22 卷，1964.12。)

　　魯迅在《苦悶的象徵》「序言」和《出了象牙之塔》「後記」（1925.3.3）
中對二作的翻譯作了如下說明：

　　　　文句大概是直譯的，也極願意一併保存原文的口吻。但我於國
　　語文法是外行，想必很有不合規範的句子在裡面。
　　　　文句仍然是直譯，和我歷來所取的方法一樣；也竭力想保存原
　　書的口吻，大抵連語句的前後次序也不甚顛倒。

　　魯迅直譯了《苦悶的象徵》和《出了象牙之塔》，還解釋說：「大抵
連語句的前後次序也不甚顛倒」「也竭力想保存原書的口吻」「但我於國
語文法是外行」「想必很有不和規範的句子在裡面」。
　　這裡例示了「不合規範是指什麼？」「什麼是語句的前後次序也不甚
顛倒？」以及使用了什麼詞彙作翻譯用語。下面，同時比較一下魯迅和豐
子愷翻譯文體的特徵。

（一）何謂不合中文的規範

　　試舉幾個魯迅自己承認明顯不合中文規範之例（下線、網狀線為筆者
所加）

　　　　（廚川原文）①潛在意識の海の底の深い深いところに伏在して
　　いる苦悶、即ち心的傷害が象徵化せられたものでなければ、大芸術
　　はない。浅い上つらの描写は、如何にそれが巧妙な技巧に秀でてい
　　ても真の生命の芸術のように人を動かさないのだ。突込んだ描写と
　　は風俗壊乱の事象なぞを、事も細やかただ外面的に精写するの謂で
　　はない。作家が自己の胸奥を深く、またより深く掘り下げて行って、
　　②自己の内容の底の底にある苦悶に達して、そこから芸術を生み出
　　すと云う意味である。自己を探ること深ければ深いほど、その作は
　　より高く、より大に、より強くあらねばならぬ。③描かれたる客観
　　的事象の底まで突込んで書いていると見えるのは、実は何ぞ知ら
　　ん、それは作家が自己そのものの心胸を深くえぐり深く深く探って

いるに他ならない。（《苦悶の象徵》「第一創作論・六　苦悶の象徵」改造社，169-169 頁。）

　　　（魯迅譯）倘不是將①伏藏在<u>潛在意識的海的底裡</u>的苦腦即<u>精神底傷害</u>，象徵化了的東西，即非大藝術。淺薄的浮面描寫，縱使巧妙技倆怎樣秀出，也不能如真的生命的藝術似的動人。所謂深入的描寫者，並非將敗壞風俗的事象之類，詳細地，單是<u>外面底</u>地細細寫出之謂；乃是作家將自己的心底的深處，深深地而且更深深地穿掘下去，②<u>到了自己的內容的底的底裡</u>，從那裡生出藝術來的意思。探檢自己愈深，便比照著這深，那作品也愈高，愈大，愈強。人覺得③<u>深入了所描寫的客觀底事象的底裡者</u>，豈知這其實是作家就將這自己的心底極深地抉別著，探檢著呢。（魯迅訳《苦悶的象徵》「第一創作論，六　苦悶の象徵」未名叢刊，北平新潮社代售，1924.12 初版，39 頁。）

　　在《苦悶的象徵》「序言」和《出了象牙塔》「後記」末尾處都進行了如下解釋：

　　　　　其中尤須聲明的，是幾處不用「的」字，而特用「底」字的緣故。即凡形容詞與名詞相連成一名詞者，其間用「底」字。例如 social being 為社會底存在物。Psychische Trauma 為精神底傷害等。又，形容詞之由別種品詞轉來，誤尾有 tive，tie 之類者，於下也用「底」字，例如 speculativeromantic，就寫為思索底，羅曼底。

　　將以上說明回到譯文去的話，很清楚地看到魯迅將「心的」譯成「精神底」，將「外面的」譯成「外面底」和「客觀的」譯成「客觀底」（以上的雙橫線部分）。豐子愷的譯文中「底」和「的」沒有一貫性。在修飾的名詞前用「的」、「底」、在連用修飾語前用「的」。和現代中文不同，當時並沒有把「的」「地」「得」或「底」區別使用。魯迅解釋了使用方法是很合理的，可說是站在時代前沿，意圖明確。
　　這裡，魯迅所說的「不合中文的規範」可能是上記引用部分劃線處，①「潛在意識的海的底裡」、②「自己的內容的底的底裡」、③「客觀的事象の底」中的「底」日語的意思是：「底裡」（中文指內情、實情）吧。

「海的底裡」、「內容的底的底裡」和「客觀底事象的底裡」，即使可以從文章脈絡裡明白其意，中國的一般讀者不能立即理解。特別是「底的底裡」意思不清。這是一種因為盡量使用廚川精挑細選的詞彙的傾向。通過上下文大體上是可以理解的譯句。例如，就以下《苦悶的象徵》的五種單行本的譯著，試比較上述例示之處[5]。

（豐子愷譯）所以若不是①<u>隱伏於潛在意識的海底極深處</u>的苦腦——即心的<u>傷害底</u>象徵化物，就不是大藝術。淺薄的描寫，技巧上無論何等的巧妙秀麗，總不能像真的生命的藝術似地動人。所謂深入的描寫，不是單就傷風敗俗的事象一情一節地精寫<u>外面</u>的部分之謂，是作家深而又深地向自己底胸奧裡掘下去，②<u>達到了自己底內容底底裡</u>，然後在那裡生出藝術來的意思。應該是自己掘下越深，作品越高，越大，越強。看來是③<u>深入被描寫的客觀事象之底裡</u>而作的，其實正是深深地探掘作家自己底心胸。（豐子愷譯《苦悶的象徵》上海商務印書館，文學研究會叢書，1925.3 初版，32-33頁。）

（徐雲濤譯）如果不是把①<u>潛藏在無意識海底深處</u>的苦悶象徵化，即把心的傷害象徵化，那就不是偉大的藝術。淺薄的浮面描寫，無論是如何美妙優秀的技巧，總不能像真生命的藝術那樣來得動人。所謂深入的描寫，並非祇是把那種敗壞風俗的事象，細膩而表面地描寫出來之謂；而是說，要把作家自己的胸奧深而又深地發掘下去，②<u>達到自己的內容之底而又底</u>的苦悶所在之處，而從這裡面產生出藝術來。探索自己愈深入，這作品也就愈崇高愈偉大。雖然有時好像可以看作這是③<u>深入客觀事象之底</u>所寫成的，但是其實，這除了是由於深掘深探作家自己的內心所寫成此外沒有別的。（徐雲濤譯《苦悶的象徵》臺南市：經緯書局，1957.12 初版，26 頁。）

5　王成在「《苦悶的象徵》在中國的翻譯與傳播」（《日語學習與研究》2002.3）中對魯迅、豐子愷和樊從予《苦悶的象徵》的文體進行了比較。魯迅譯文考慮到原文的語意和文體，即使多少和原文有些出入還是採用了忠實於原文的直譯體。豐子愷雖然遵守直譯原則，徹底理解後在重視原文的前提下用正確的中文表現來翻譯的。樊從予則是考慮了中文的表現方法，但並沒有十分注重原文的文體和結構的意譯。

（琥珀出版部編譯）倘不是將伏藏在潛在意識的海的底裡的苦腦，即精神的傷害，象徵化了的東西，即非大藝術。淺薄的浮面描寫，縱使巧妙技倆怎樣秀出，也不能如真的生命的藝術一般動人。所謂深入的描寫（者），並非將敗壞風俗的事象之類，詳細地，單是外面（底）地細細寫出（之謂）；乃是作家將自己的心底的深處，深深地而且更深深地穿掘下去，到了自己的內容的底的底裡，從那裡生出藝術來（的意思）。探檢自己愈深，便比照著這深，那作品也愈高明、愈偉大、愈強盛。人覺得深入了所描寫的客觀（底）事象的底裡（者），（豈知）其實這就是作家就將這自己的心（底）極深地抉別著，探檢著（呢）。（琥珀出版部編譯『苦悶的象徵』世界文學名著，臺北縣板橋市：1972.5 出版，39-40 頁。）

（德華出版社編輯部編譯）所以若不是隱伏於潛在意識的海底極深處的苦腦──即心的傷害底象徵化物，就不是大藝術。淺薄的描寫，技巧上無論何等的巧妙秀麗，總不能像真的生命的藝術似地動人。所謂深入的描寫，不是單就傷風敗俗的事象　情　節地精寫外面的部分之謂，是作家深而又深地向自己底胸奧裡掘下去，達到了自己底內容的底裡，然後在那裡生出藝術來的意思。應該是自己掘下越深，作品越高，越大，越強。看來是深入被描寫的客觀事象之底裡而作的，其實正是深深地探掘作家自己底心胸。（德華出版社編輯部編譯《苦悶的象徵》臺南市：1975.2 初版，32 頁。）

（林文瑞譯）所以如果不是①隱伏在潛意識深處的苦腦──即心靈傷害的象徵化作品，就不是偉大的藝術。膚淺的描寫，無論技巧是何等的奇特秀麗，總無法像具有真實生命的藝術般地動人。所謂深入的描寫，並不是單就傷風敗俗之類的事物，給予詳細描寫外表，而是作家深入自己的心靈深處挖掘，②達到自己心靈的深處，然後在那裡生出藝術來。掘得越深，作品便越崇高、越偉大、越有力，看來像事③被深入描寫的客觀事象之內部，其實正是深深地探掘作家自己的心靈深處。（林文瑞譯《苦悶的象徵》新潮文庫213，雜文系列，臺北市：志文出版社，1979 年 11 月初版，30、31 頁。）

　　在以上例文中，豐子愷也把「底」譯成「底裡」，徐雲濤也把「底」譯成「底裡」。但是，林文瑞把「底」譯成了「深部」和「內部」。包括魯迅在內三人以上的文學知識分子既然這樣翻譯，雖然有些「不合中文的規範」，但是完全傳達了原文的意思。而且值得注意的是，以上括號（琥珀版省略了括號部分）、網線部分是有細微變化的，但是臺灣一九七〇年代「琥珀出版社編輯部編」出版的「世界文學名著」《苦悶的象徵》是魯迅的翻譯本，「德華出版社編輯部」編譯的《苦悶的象徵》是豐子愷的翻譯本這一事實。雖說翻譯者並沒被一般讀者所知曉，但在一九七〇年代以後，這兩種譯本在臺灣一般讀者之間流通起來了。

　　接下來，驗證魯迅是怎樣「竭力想保存原書的口吻」「語句的前後次序也不甚顛倒」的。在此，為了客觀性地保證魯迅譯本和豐子愷譯本之間的差異，再加上一九八〇年代以後成為普及版的林文瑞所譯《苦悶的象徵》加以辨認。戰後由於國民國家的言論有意識地實行了將北京話作為標準語這一語言政策，從現在在臺灣通用的中文可以確認到標準普通話（現代中文）的規範。也就是說，通過加上林文瑞的翻譯可以證明魯迅和豐子愷的翻譯，誰最體現了標準語的規範。以下，使用三種譯本來比較魯迅和豐子愷的翻譯。

（二）所謂不更換語序——主語・修飾詞・連詞的位置

A

　　そういう苦悶を経験しつつ、多くの悲惨な戦を戦いつつ人生の行路を進み行くとき、われわれは或は呻き或は叫び、怨嗟し号泣すると共に、時にまた戦勝の光栄を歌う歓楽と賛美とに自ら酔うことさえ稀ではない。その放つ声こそ即ち文芸である。（『苦悶の象徴』「第一　創作論・五人間苦と文芸」改造社，150頁。）

　　（魯　迅譯）一面經驗著這樣的苦悶，一面參與著悲慘的戰鬥，向人生的道路進行的時候，我們就或呻，或叫，或怨嗟，或號泣，而同時也常有自己陶醉在奏凱的歡樂和讚美裡的事。這發出來的聲音，就是文藝。（26頁）

　　（豐子愷譯）我們歷嘗這苦悶，歷逢這悲慘的戰鬥，而向人生
的路上進行，有時呻吟呼叫，有時嗟嘆號泣；又有時歌唱戰勝的光
榮而沈醉於歡樂和贊美中，這等時侯的放聲就是文藝。（22 頁）

　　（林文瑞譯）我們遍嘗些這苦悶，歷經這些悲慘的戰鬥，而向
人生的路上進行，有時呻吟呼叫，有時嘆息哭泣，有時歌頌勝利的
光榮，有時沈醉於歡樂和贊美中，這些時侯發出的聲音就是文藝。
（22 頁）

　　例文 A 明顯地顯示了魯迅將原文語序的變更降到最小限度，「竭力想
保存原書的口吻」的意圖。和「経験しつつ」「戦いつつ」「進み行くと
き」呼應的語序，翻譯成「一面經驗著」「一面參與著」「進行的時候」，
後面再放土語「われわれ」「我們」，有韻律地反復著「或は」「或」，
接著是「時にまた」「而同時也」，和原文都是一樣的。因此，魯迅的翻
譯將廚川文體的節奏感表達了出來。豐子愷和林文端的翻譯是非常相似
的。整體上將主語的位置、「或は」等譯成「有時」，林譯本是「億華出
版社編輯部的編譯」或是直接很有可能參照了豐子愷版《苦悶的象徵》。
根據現代中文的規範，豐子愷和林文端的翻譯是簡明易懂的正規中文。

B

　　酒と女とは主として肉感的に、また歌（即ち文学）は精神的
に、いずれも皆生命の自由解放と昂奮跳躍を得るところに、愉悦
と歡楽を与えるものである。もとを尋ぬれば、日常生活に於ける
抑圧作用を離れ、これによって意識的にも無意識的にもしばした
りとも人間苦を離脱しようとする痛切なる欲求から出たもの
だ。アルコール陶酔と性欲満足とはともに、文芸の創作鑑賞と同
じく、人をして抑圧から離れしむることによって、暢然たる「生
の喜び」を味わしめ、「夢」の心的状態を経験せしむるものに他
ならぬ。(『苦悶の象徴』「第 3　文芸の根本問題に関する考察・6
酒と女と歌」改造社，229-150 頁。)

（**魯　迅譯**）即酒和女人是<u>肉感底地</u>，歌即文學是<u>精神底地</u>，都是<u>在得了</u>生命的自由解放和昂奮跳躍<u>的時侯</u>，給與愉悅和歡樂<u>的東西</u>。尋起那根柢來，也就是出於離了日常生活的壓抑作用的時侯，<u>意識地或無意識地</u>，<u>即使暫時，也</u>想藉此脫離人間苦的一種痛切的欲求。也無非是酒精陶醉和性欲滿足，都與文藝的創作鑒賞相同，能使人離了壓抑，因而嘗得暢然的「生的歡喜」，經驗著「夢」的心底狀態<u>的緣故</u>。（116 頁）

（**豐子愷譯**）即酒與女主在肉感<u>方面</u>，歌（即文學）在精神<u>方面</u>，都能在生命得自由解放，昂奮跳躍的時侯給與愉悅和歡樂。探求其源，都是從離去日常生活中的壓抑作用，因而<u>意識的地無意識的地</u>都想脫離人間苦的束縛的痛切的欲求上出發的。Alcohol 的陶醉和性欲滿足，與文藝的創作鑒賞同樣，都不外乎是使人因脫離壓抑而嘗到暢然的「生的歡喜」，經驗到「夢」的心狀的。（89 頁）

（**林文瑞譯**）酒與女人指肉體<u>方面</u>，歌（即文學）指精神<u>方面</u>，二者都能在生命中得到自由解放、興奮跳躍的時侯，給與愉悅和歡樂。探求其源，都是從脫離日常生活中的壓抑作用，因而<u>意識地或無意識地</u>，都在想脫離人類苦悶的束縛的痛切欲求上出發的。酒精的陶醉和性欲的滿足與文藝的創作鑒賞同樣，都不外乎是使人脫離壓抑而嘗到暢然的「生的喜悅」，經驗到「夢」的心態。（82、83 頁）

例文 B 魯迅重視原文調子的的直譯，而把原文語序的變換到最小限度，「竭力想保存原書的口吻」，都按照副詞修飾動詞來翻，將「肉感的に」「精神的に」「得るところに」翻成「肉感底地」「精神底地」「得了～的時候」。還有，原文中的「（與える）ものである」「しばしたりとも」，魯迅也準確地翻譯了出來。對中國讀者來說，有了「給與」「東西」的「東西」可以不要。但是，魯迅沒有把「意識的にも無意識的にも」「離脫しようとする」中的「～的に」翻成「底」，豐子愷卻譯成了「的」，從這一點可以看出當時現代中文還沒有規範化。

C

　　未だ曾て日本の桜の花を見た経験を持たない西洋人には、桜
を詠じた日本詩人の名歌を読んでも、われらがその歌から得る<u>詩
興の十分の一をすらも得ることは難い</u>であろう。未だ曾て雪を見
た事のない熱帯国の人にとっては、雪の歌は寧ろ感興少き索漠た
る文字として終るであろう。(『苦悶的象徴』「第二　鑑賞論・一　生
命の共感」改造社，182 頁。)

　　(魯　　迅譯) 在毫沒有見過日本的櫻花的經驗的西洋人，即使
讀了詠櫻花的日本詩人的名歌，較之我們從歌詠上得來的<u>詩興，怕
連十分之一也得不到罷</u>。在未嘗見雪的熱帶國的人，雪歌怕不過是
感興很少的索然的文字罷。(56 頁)

　　(豐子愷譯) 在全然沒有看日本的櫻花的經驗的西洋人，雖讀
詠櫻花的，日本詩人底名歌，恐怕<u>難於得到</u>我們從這歌中所得的<u>詩
興底十分之一</u>。在沒有看見過雪的熱帶國的人看來，雪的歌不過是
少感興的枯燥的文字罷了。(47 頁)

　　(林文瑞譯) 在完全沒有欣賞過日本櫻花的經驗的西洋人，雖
然讀著歌詠櫻花的日本詩人的名歌，恐怕也<u>難於得到</u>我們從這歌中
所得到的<u>詩興的十分之一</u>。在沒有看見過雪的熱帶國的人看來，雪
之歌不過是毫無趣味的枯燥的文字罷了。(42 頁)

　　例文 C，魯迅譯本是意識到「詩興の十分の一をすらも得ることは難
い」的語序的直譯體。而且，翻譯得既有節奏感又是恰到好處。相反，豐
譯和林譯都為了簡明易懂，變換了語序。

D

　　<u>才人往くとして可ならざるなく</u>、政治科学文芸のすべてに於
て超凡の才能を発揮し、<u>他人</u>目には極めて幸福な得意の生涯だと
見えた<u>ゲーテ</u>の閲歴にも、苦悶は絶えなかったのだ。(《苦悶の象
徴》「第一　創作論・六　苦悶の象徴」改造社，170 頁。)

（魯　迅譯）才子<u>無所往而不可</u>，在政治科學文藝一切上都發揮出超凡的才能，在別人的眼裡，見得是十分幸福的生涯的<u>瞿提</u>的閱歷中，苦悶也沒有歇。（41 頁）

（豐子愷譯）那多方面的<u>才子</u>，在政治，科學，文藝上都發揮超凡的才能而在他人眼中以為是極幸福的得意的生涯的<u>歌德</u>底閱歷中，也有不絕的苦惱。（34 頁）

（林文瑞譯）在政治、科學、文藝上都發揮脫俗的才能，在他人眼中看來是極幸福極得意的一代才人<u>歌德</u>，在其一生中也有他不絕的苦悶。（32 頁）

　　例文 D 是仁者見仁的翻譯，各有特色。但是，廚川文體中「才能」和「歌德」之間夾著很長很長的修飾語，魯迅和豐子愷都按照原文翻譯。唯一不同的是，豐譯和林譯都欠缺了原文「往くとして可ならざるなく」，魯迅把這個漢語句子翻成了古文體「無所往而不可」。

（三）翻譯用詞的詞語

E

　　だから生きるということは<u>何等かの意味に於ての創造</u>であり創作である。工場に働くのも、事務所で計算をするのも、野に耕すのも、市に売るのも、みな等しく自己の生命力の發現である以上、それが勿論ある程度の<u>創造生活</u>であることは<u>否定せられない</u>。しかしながらそれは純粹な創造生活であるべく余りに<u>多くの抑圧制御を受けている</u>。（《苦悶の象徵》「第 1 一　創作論・三　強制抑圧の力」改造社，148 頁。）

（魯　迅譯）所以單是「活著」這事，也就是在或一意義上的創造，創作。無論在工廠裡做工，在帳房裡算帳，在田裡耕種，在市裡買賣，既然無非是自己的生活力的發現，說這是<u>或一程度</u>的創

造生活，<u>那自然是不能否定的</u>。然而要將這些作為純粹的創造生活，卻還<u>受著太多的壓抑和制馭</u>。（12頁）

（<u>豐子愷譯</u>）因這理由，所謂「生」的一事在<u>某種意義</u>上是創造，是創作。在工場裡勞動的，在事務所裡計算的，在田野裡耕種的，在巾街裡買賣的，倘然同樣是發見自己底生命力的，<u>就當然是某種程度</u>的創造生活。然而若說是純粹的創造生活，<u>所受的壓抑制御畢竟太多了</u>。（10頁）

（<u>林文瑞譯</u>）因此，所謂「生」，在<u>某種意義</u>來說即是創造。在工廠裡勞動，在公司裡計劃，在田野裡耕種，在商店裡作生意，如果同樣是自我生命的表現，<u>當然就是某種程度</u>的創造生活。然而這還不能說就是純粹的創造生活，因為<u>所受的壓抑畢竟太多了</u>。（12頁）

例文E中豐譯和林譯都翻譯了「それが勿論……創造生活である」，而沒有把「否定せられない」譯出來。然而，魯迅的譯文在考慮重視原文「それが……創造生活である」「勿論」「否定せられない」後，譯成「那自然是不能否定的」。還有，只有魯迅按照原文用動詞句「受著太多的壓抑和制馭」，豐譯和林譯都翻成了形容詞句「受的壓抑制御畢竟太多了」。

F

　　換言すれば人間が一切の虛偽や胡魔化しを棄てて、純真に真剣に生きることの出来る唯一の生活だ。文芸が人間の文化生活の最高位を占め得る所以もまたこの点に在る。これに較べると他の総ての人間活動は皆われわれの個性表現のはたらきを減殺し破壊し蹂躙するものだ<u>といっても差支ない</u>。（『苦悶の象徴』「第一創作論・三　強制圧抑の力」改造社，149頁。）

（<u>魯　迅譯</u>）換句話說，就是人類得以拋棄了一切虛偽和<u>敷衍</u>，認真地誠實地活下去的唯一的生活。文藝的所以能占人類的文化生活的最高位，那緣故也就在此。和這一比較，<u>便也不妨說</u>，此外的一切人類活動，全是將我們的個性表現的作為加以減削，破壞，蹂躪的了。（12、13頁）

　　（豐子愷譯）換言之，這是人間捨棄一切的虛偽和欺詐，而能
純正地真率地做人的，唯一的生活。文藝所以能占人間底文化生活
底最高位，也是為此。與這比較起來，別的一切人間活動都可說是
減殺，破壞，且蹂躪我們底個性表現的舉動的。（10、11頁）
　　（林文瑞譯）換句話說，這是人類捨棄一切虛偽和欺詐，而能
純正、率真地做人的唯一生活。文藝之所以能居人類文化生活中的
最高位，因為即在此。與這相比，其他一切人類活動都可說是扼殺、
破壞或蹂躪我們個性表現的舉動。（12、13頁）

　　例文F的「といっても差支ない」，魯迅翻成「便也不妨說」，比豐、
林譯的「可說」更細緻地表達了原文。
　　接下來，由於篇幅關係包括無法例示的文章，舉幾個魯迅、豐子愷、
林文端的翻譯用詞的例子來比較一下。

（四）翻譯用語例

（廚川原文）　　他人、ある程度、或は、人間活動、人間の文化生活、人
　　　　　　　　間の種々な生活活動、人間苦、はたらき

（魯　迅譯）　　別人、或一程度、或、人類活動、人類的文化生活、人類
　　　　　　　　的種種生活活動、人間苦、作為

（豐子愷譯）　　他人、某種程度、有時、人間活動、人間底文化生活、人
　　　　　　　　類底種種生活活動、人間苦、舉動

（林文瑞譯）　　他人、某種程度、有時、人類活動、人類文化生活、各種
　　　　　　　　生存活動、人類的苦悶、舉動

（廚川原文）　　胡魔化し、馬鹿馬鹿しい謬見だ、文士生活の楽屋落、と
　　　　　　　　いっても差支ない、換言すれば

（魯　迅譯）　　敷衍、糊塗之至的謬見而已、文士生活的票友化、也不妨
　　　　　　　　說、換句話說

（豐子愷譯）　　欺詐、這真是可笑的謬見、文士生活底游戲談、可說、換
　　　　　　　　言之

（林文瑞譯）　　欺詐、這真是可笑的謬見、文人生活的游戲閑談、可說、
　　　　　　　　換句話說

　　以上，示例了一些較有特色的詞彙。比如，魯迅將難解的「樂屋落」（只限某個圈內通用的意義，一般人無法了解）譯成「票友化」，豐子愷和林文端都譯成「遊戲談」「遊戲閒談」，但是魯迅的譯文才是抓住了原文意思。中文的「人間」的意思是「人世間」「人類生活著的現實世界」，並不是指人。口語裡，讀「jinkan」時才和中义是同一意思，一般讀「ningen」時是指「人類」和「人」。從全體上看，譯成中文時，他們都儘量保留沿用廚川精挑細選的詞彙，在意思同樣的基礎上照舊使用日語漢字。但是，有關「人間」的翻譯，根據文脈可分別譯成「人」「人類」「人間」三種意思，對於這種區分在魯迅的翻譯中顯而易見，即，除了「人間苦」以外都將「人間」譯成了「人類」。從所有翻譯者的用詞的選擇上看也並非只有魯迅受用獨具匠心的詞彙。但在魯迅譯义裡像「糊塗之全的謬見而已」，為了有韻律感，用古文表達了出來。然而，也同時使用像「換句話說」這樣簡易的口語。從這裡可以看到魯迅特意為了表達廚川文體的節奏感而煞費苦心。

　　而且，魯迅譯文的一個顯著特徵是為了體現廚川文體的古雅流暢，使用副詞修飾關係或有連詞的連語關係，盡可能維持日語的修飾關係，避開語序的調換。但是做到了用中文的韻律感來接近廚川文體的筆調。這正是魯迅所說的「語句的前後次序也不甚顛倒」「竭力想保存原書的口吻」。

　　在此，再想整理一下重點。本章例舉的《苦悶的象徵》翻譯版本，有魯迅譯、豐子愷譯、徐雲濤譯、琥珀出版部編譯、德華出版社編輯部編譯和林文瑞譯的《苦悶的象徵》共6種。比較了翻譯文本以後得知，琥珀出版部編譯的《苦悶的象徵》是魯迅的譯本，德華出版社編輯部編譯的《苦悶的象徵》是豐子愷的譯本。臺灣七〇年代後，魯迅和豐子愷的譯本在蒙頭蓋面之下已普及開來。即，在持續的民國文壇的臺灣，廚川白村的著作繼續被翻譯介紹，琥珀出版部編譯的《苦悶的象徵》是魯迅的譯本，但是一般讀者並不知自己讀的乃是魯迅所譯的這一實情。

　　筆者以前比較過《近代的戀愛觀》的譯者任白濤和夏丐尊的翻譯文體[6]。其中是這麼說明的。任白濤譯《戀愛論》時頭腦裡被西洋近代戀愛觀

---

[6]　拙稿「任白濤《戀愛論》と夏丐尊《近代の戀愛觀》について」（《大阪教育大學紀要》（第I部門50卷1號，2001.8。）

所佔據，所以傾向一般戀愛論。作為翻譯家不拘細節、肆意改竄章節、刪除原文。但他所翻譯的部分和原文對照看，簡單地概括了原文的文章表現，或是增添、潤色，更有接近原文的逐字逐譯，將廚川的散文氣息也傳神地傳達了出來。一方面，夏丏尊的譯文是逐字翻譯，且以修飾語與被修飾語的語序關係為基軸，盡可能保持原文的語序來釀造廚川散文的氣息。同時，並沒有因此而產生什麼不協調感。

　　而且，這次例示的魯迅、豐子愷、徐雲濤、林文瑞的翻譯文體有一個共同點。即，魯迅的「竭力想保存原書的口吻」、「語句的前後次序也不甚顛倒」的方針在其他幾位的譯文裡也同樣體現了出來。「竭力想保存原書的口吻」基於這一點，魯迅的譯文中有廚川文體的節奏感，而豐子愷的譯文裡面我們看到的是接近現代中文規範而簡明易懂。也就是說，從這點可看出文壇的知識分子是怎樣精確傳達廚川文體的。

三、梁實秋對魯迅譯的廚川文體的承認

　　大家都知道魯迅和梁實秋曾經對文學中的階級性問題有過激烈的論爭。梁實秋被馮乃超在《拓荒者》第 2 期（1930 年 2 月「文藝理論講座（第二回）」）上批判為在文學階級上是「資本家的走狗」。原因是梁實秋在《新月》上議論過「文學裡有階級性嗎？」（《新月》月刊第 2 卷 6．7 合併號，1929.9）。在本刊上還有一篇梁實秋寫的「魯迅先生的「硬譯」」，魯迅為此發表了「「硬譯」和「文學的階級性」」（《萌芽》月刊第 1 卷第 3 期，1930．3）作回答。於是，梁實秋回應道，不知道魯迅和自稱無產階級文學家之間有什麼樣的「聯合戰線」。然後發表了一系列題為「答魯迅先生」、「資本家的走狗」、「無產階級文學」（《新月》月刊第 2 卷第 9 號，1929.11—梁的執筆是 1930.3.2 的「左聯」成立之前吧，實際出售是在《萌芽》第 1 卷第 3 期和第 5 期之間）的文章。接著，魯迅對應著發表了「無家可歸的可憐的資本主義的走狗」（《萌芽》月刊第 1 卷第 5 期，1930.5。）以上就是兩人論爭的主要經過。

　　論爭漸漸地發展到了雙方主觀上的糾紛。這裡不想討論他們的爭論，而是認為在這個時候魯迅決定結束評論廚川文藝論的重要時期。這個論爭是在 1930 年 3 月 2 日的「左聯」成立前後進行的。在 1929 年 4 月的《壁

下譯叢》中魯迅指出廚川文藝論已經是「落後的論據」。在 1931 年 7 月 20 日的「上海文藝一瞥」（在社會科學研究會的講演，收錄於《二心集》）中寫道：「他對此前無關的無產階級的情況和人士毫不干預或是可能錯誤描寫」以及在「新興文藝」中的廚川文藝論表示出了懷疑。這個論考裡的重要依據是梁實秋的「魯迅先生的『硬譯』」和「答魯迅先生」，特別是在前者之中。梁實秋指出「死譯」一詞是周作人的造語，在「魯迅先生的『硬譯』」中如下論述道：

> 死譯的例子多得很，我現在單舉出魯迅先生的翻譯來作個例子，因為我們人人知道魯迅先生的小說和雜感的文筆是何等的簡煉流利，沒有人能說魯迅先生的文筆不濟，但是他的翻譯卻離「死譯」不遠了。魯迅先生前些年翻譯的文字，例如廚川白村的苦悶的象徵，還不是令人看不懂的東西，但是最近翻譯的書似乎改變風格了。今年六月十五大江書舖出版的盧那卡爾斯基：藝術論，今年十月水沫書店出版的盧那卡爾斯基：文藝與批評這兩部書都是魯迅先生的近譯，我現在隨便撿幾句極端難懂的句子寫在卜曲，讓大家知道文筆矯健的魯迅先生者卻不能免於「死譯」：

魯迅自己在《文藝和批評》「譯者附記」（1929.8.16）（收錄於盧那察爾斯基著・魯迅譯《文藝和批評》科學的藝術論叢書之六，上海水沫書店，1929.10 初版）中提到的「由於譯者能力不足和中文水平有所欠缺，譯文晦澀，難於理解的地方有很多。但主謂語一分離，精悍的語調亦有損壞。因此，我只能『不得已』用『硬譯』」。梁實秋對此加以批評反駁道：「中文有『不足』嗎？」「『硬譯』能否保證精悍的語調」「『硬譯』和『死譯』有否區別」。進而還表明對魯迅翻譯文體的不滿，「魯迅先生最近的翻譯作品極其晦澀難解，我可以舉例證明。」可能對梁實秋來說，把和自己完全不同的價值觀，兩個世界的無產階級文學家（新興文學家）的文藝理論，而且是使用昇曙夢、尾瀨敬止、金田常三郎、藏原惟人、茂森唯士、杉本良吉的日語的間接版本進行的翻譯，還說「把本來的精悍語調翻了出來」，對這一點非常不滿吧。確實，魯迅間接地從日語譯本翻譯過來說「有失精悍語調」，梁實秋對此表示疑問是有一定正當性的。被毛澤

東利用的魯迅跟梁實秋是論敵關係的二人。後來，梁實秋對魯迅的批評有
所讓步，「魯迅先生幾年前譯的《苦悶的象徵》等並非是不可理解的作品」，
這一點值得關注。因為梁實秋認同了魯迅所譯廚川著作的中文。

結語

　　本章分析了為什麼像葉靈鳳那樣不理解日語的知識分子對廚川文體
給予了很高的評價。魯迅在譯著序文裡提到以「直譯」為基準，「竭力想
保存原書的口吻」「語句的前後次序也不甚顛倒」。筆者對這幾點進行了
考察。

　　其結果得出了以下結論：

　　第一、中國的譯者在翻譯以《苦悶的象徵》為代表的廚川著作時，有
一種儘量照舊使用廚川精挑細選的詞彙翻譯成中文的傾向。其中之一為：
在不影響其意的前提下，不更改其中文的詞彙。但是，有時也會產生誤譯。
比如：把日語的「底の底」譯成「底的底里」，把「人間」絲毫不變照舊
使用「人間」等明顯錯誤的地方。

　　第二、魯迅所譯《苦悶的象徵》的顯著特徵是為了體現廚川文體的古
雅流暢，使用副詞性修飾關係或有連詞的連語關係，盡可能維持日語的修
飾關係，避開語序的調換，但是都做到了用中文的韻律感的優點來接近廚
川文體的筆調。特別是為了顯示出中文的節奏感，有幾處還用了古文的韻
律。從全體來看，魯迅的譯文具有體現簡易的表現和廚川文體的節奏感的
傾向。

　　第三、魯迅的譯文裡見到的極力避免「語句的前後次序的顛倒」，並
「保存原文的口吻」，將廚川原文的優美性傳達給讀者的特徵是在豐子愷
等其他幾位譯者的作品裡也能見到這種共同之處。證明了為何以葉靈鳳為
代表的不理解日語的知識分子也能直接感受到廚川文體的優美性。

　　第四、在臺灣，即，「持續的民國文壇」首次將「魯迅」作為譯者出
版公開的魯迅譯《苦悶的象徵》的編輯陳莉苓評論道：廚川白村的「平易
近人的筆調」被「魯迅譯成了忠實於原文的精緻譯文。」廚川所說的「深
入研究文藝思潮簡明易懂地解析」正是中國語境的知識分子對他的作品所
下的普遍性的評價吧。同時，本論也揭開了從 1972 年 5 月開始普及的琥

珀出版部編譯的《苦悶的象徵》是掩蓋了譯者魯迅大名而普及了魯迅所譯
《苦悶的象徵》的這一事實。

張靜　翻譯／吉田陽子　校對

第六章　一個中學教師的《文學概論》

——本間久雄《新文學概論》和 廚川白村《苦悶的象徵》、 《出了象牙之塔》的普及

引言

　　中華民國時期，有關文藝作品的翻譯和介紹，在日本人的著作中，廚川白村、本間久雄（1886.10.11-1981.6.11）、小泉八雲（1850.6.27—1904.9.26）的著作跟其他日本著名作家和文藝評論家等作品相比，相當系統並反復再版。整個二〇年代廚川和本間的作品都在被翻譯和以單行本出版。小泉的作品先是在歐美出版了英文版，從 1926 年 7 月開始到 1928 年 1 月由第一書房版每月出版一冊《小泉八雲全集》，全部十八卷。可能是因為日文版出來的緣故吧，一到三〇年代，他的作品在中國也被集中翻譯出版。本章準備對在二〇年代的中國得到普及的本間久雄著作《新文學概論》和廚川白村著作《苦悶的象徵》、《出了象牙之塔》進行考察和論述。

　　本間久雄著作《新文學概論》（新潮社，1917.11.10 初版）是由汪馥泉《新文學概論》（前、後篇，上海書店，1925.5 初版，前篇 92 頁、後篇 54 頁）和章錫琛《新文學概論》（文學研究會叢書，前、後篇，上海：商務印書館，1925.8 初版，134 頁）的翻譯，作為介紹西洋近代文藝論的著作在民國時期的知識分子中間得到普及。而且，本間《新文學概論》的增訂版《文學概論》（東京堂書店，1926.11.25 初版）出版，章錫琛也譯介了這本《文學概論》（上海：開明書店，1930.3 初版，250 頁）。另外，作為民國翻譯史的寵兒得到普及的還有廚川白村的《苦悶的象徵》。

　　本章以民國文壇的一介無名中學教師王耘莊在擔任浙江省立第十中學的「文學概論」課時，作為教材整理的《文學概論》（上、下卷，杭州非社出版部，1929.9 初版，上卷 106 頁、下卷 42 頁）為資料，來研究本

間久雄《新文學概論》和廚川白村《苦悶的象徵》、《出了象牙之塔》的
文藝論的具體接受狀況。

一、王耘莊《文學概論》的出版經緯和「文學概論」的聽講生

　　王耘莊在 1929 年 6 月 3 日的《文學概論》「自序」中如下敘述到此
作品問世的經緯和出版的動機。

　　　　十六年（即 1927 年－筆者）下半年起，我在浙江省立第十中
學擔任文學概論這門功課，因為找不出相當的課本，於是就著手自
己編講義。十六年下半年，僅編了卷上的前四章；十七年上半年，
則我因為父喪到校得較遲，而學生又因為制服問題，鬧了一會罷課
的玩意兒，又是因為畢業的班次，停課得較早，所以只編了卷上的
第五、六、七那麼三章。十七年下半年再擔任這門功課，頗不滿意
於以前所編的講義，很想修改一下；但是結果，前四章並沒有修改
什麼，只是後三章稍微修改了一下。十七年度總算進行得快些，上
學期編到卷上第八章的二分之一（因為發生了學潮停課了），下學
期因為減少了卷下的預定的章數，總算把她結束了。這是這本文藝
概論生產的經過。
　　　　我不是專門研究文學的人，不過喜歡她罷了。──我能說專門
研究什麼呢？還不是都不過是喜歡罷了嗎？──因了喜歡，便有人
以為我是研究文學的，於是有人要我擔任文學概論，於是出產了這
一本書。
　　　　編講義和潛心著作不同：潛心著作可以慢慢地，細細地來，一
直等到計劃周到了再動筆；編講義卻由不得你，鐘點到了你就得
編，而鐘點未到時，也許還懶得動手的。這是有過這兩種經驗的人，
想來都知道的。這本文學概論，便是在這樣匆匆促促中，斷斷續讀
中，催生出來的，其不當人意，恐怕也正和別人的不當我意一樣。
那末為什麼要把她印出來呢？我覺得這本書雖不能斷定對於喜歡
文學的人有怎樣的幫助，但也不見得會災梨禍棗；因為災梨禍棗也
是一件難事，我似乎還沒有那麼大的能力。

　　我所以要把她付印，為的是以後再擔任這門功課時，可以免去書記抄寫之勞。——不，這是不對的，書記總得抄寫，若沒有東西要抄寫，就不要書記了。所以真原因是：一則可以免去一會一會地校對的麻煩，原點東西老是這樣一會一會地校對下去，不但耗費光陰，而且也乏味。二則印出來若是有人買的話，也許可以賺得幾個酒錢；在這個年頭兒，若是能夠不愁買酒無錢，不愁為塵事所纏，可以常常喝酒，而且喝醉他，喝得人事不知，確是幸福的人啊！

　　　　　　　　　　　王耘莊 1929 年 6 月 3 日　於永嘉鐵井欄 3 號

　　目前，有關王耘莊這個人物只能從他的「自序」裡了解一二，因此引用較長。從中我們得知王耘莊以浙江省立第十中學畢業生為對象擔任了「文學概論」的課，為了省去今後備課，他將 1927 年 7 月到 1929 年 6 月約兩年中使用的講義進行了整理，並將這個《文學概論》作為課本而出版了。而且，《文學概論》的書後還記有實價為大洋「五角五分」，出版兼發行者是「杭州平海路長春里二號」的「杭州非社出版部」，在各省各大書坊銷售，初版為「1929 年 9 月」。

　　「浙江省第十中學」和其教育課程需要現地調查。但為了確認王耘莊擔當的畢業生的年齡，看一下民國時期的學制概況。

　　民國元年（壬子・1912）9 月 4 日發佈了以融入日本教育制度、新教育方針為基礎的「壬子學制」。此後頒發了各種學校令。根據此條例，初等教育為滿 6 歲開始入學的初等小學 4 年義務教育。畢業後昇入 3 年制高等小學校，或是昇入學習簡易技術的 3 年制乙種技術學校，或是進初等小學補習班學習兩年。

　　中等教育是指從實業教育中分離出來的中等普通教育機關的 4 年制中學、5 年制師範學校和完全為技術教育的 4 年制甲種實業學校。

　　高等教育是指中學 4 年修完以後進大學（預科 3 年、本科 3 至 4 年）和 4、5 年制的專門學校，或是進 4 年制的高等師範學校（預科 1 年）。而且，高等師範學校的畢業生可以免除 1 年預科直接昇入研究科 2 年級。

順利的話，6 歲入小學，22 歲專門學校畢業，23 歲研究科畢業，滿 24 歲可以從大學畢業。

　　民國 4 年（1915），在助長袁世凱政治野心的保守教育政策的主導下，7 月公佈了「國民學校令」，11 月公佈了「預備學校令」。而且對「壬子學制」加以修改，將它制定的初等小學被分成學習生活必需技能的國民學校（4 年）、高等小學（3 年）和中學預備班（前期 4 年、後期 3 年）。袁世凱民國 5 年 6 月病故，所以並沒有看到「預備學校令」的實施。將學齡定在滿 6 歲至 13 歲的 7 年之間，學齡兒童的父母或家長有責擔負起讓兒童上學的義務，這個國民學校 4 年制的義務教育制度的「國民學校令」是中國義務教育史上劃時代的制度，並成為其後全國小學的標準。但是，義務教育制度的實施由於各省的政治不統一、財政貧困和文化水準的低下等導致無法理想推進。除了廣州市、上海楊思鄉和無錫開原鄉等地相對建設了較多的小學以外幾乎沒有什麼成果。到了民國 17 年（1928）未能就學的兒童達到了八成。

　　日本的教育制度本來是從德國學來的，平民子弟和富裕上層階級子弟上的教育機關是不同體系的，因此模仿日本的中國也採用了不同的教育體系。對這樣的教育體制需要改革的呼聲在留美歸來的一群人士中響了起來。他們主要在各大名牌大學、高等師範大學、教育行政指導機關高就，加上杜威（1859.10.20-1952.6.1）於民國 8 年（1919）4 月 30 日受到北京大學校長蔡元培的邀請在中國 11 省市進行了為期兩年兩個月的實驗主義新教育理論、方法和技術的講演旅行（由他所在的哥倫比亞大學的留學生弟子—胡適、陶行知和蔣夢麟等人擔任翻譯），這與學制再研討的時期是相呼應的。民國 10 年（1921）在廣東召開的第 7 屆全國教育會聯合會上提出了「新學制系統草案」。民國 11 年（壬戌·1922）10 月在濟南召開的第八屆全國教育聯合會時組成的新學制課程基準起草委員會提出了「學校系統改革案」，11 月 1 日以大總統的名義公佈了「學校系統改革令」。這就是所謂採用了民主性的美國教育制度的「壬戌學制」。下面考察在中國六·三·三制的成立。

　　初等教育是年滿 6 歲為入學年齡，由初級小學 4 年（義務教育年限）和高級小學 2 年，根據地方的具體情況，可以分開也可以合併設置，入學年齡也可以根據各省區地方的具體情況自己決定。其實，據民國 20（1931）

年度的「全國初等教育統計」中顯示，小學入學的兒童 10 歲以下的兒童
只有21.8%，這表明實際上義務教育制度並沒有被普及。

　　中等教育是指中學修業年限為 6 年，分初級 3 年和高級 3 年。即，將
小學6年連貫起來的所謂的六‧三‧三制了。基本上初級中學和高級中學
是並設的，但根據地方上的情況，也有只設初級中學的。

　　初級中學原則上是實施普通教育，高級中學分普通、農、工、商、師
範和家政等課程，根據地方的具體情況可只設一個課程，也可並設數個課
程。而且，中等教育採用了選課制。

　　職校的年限和程度可以根據各地實情自己決定，師範學校的課程是 6
年，也可以單設後期兩年或 3 年，初中畢業生可以報考。

　　高等教育的大學分單科和綜合，4 至 6 年課程，根據各系的性質制定
年數。而且，大學也採用了選課制。

　　專門學校根據學科和地方的具體情況制定，修業年限為 3 年以上。順
利的話，6 周歲入小學，22 周歲至 24 周歲大學畢業。民國 1921 年（1932）
11 月，教育部公佈了「中學課程標準」，進行了廢除單位制，採用時間制，
廢除選課制採用必修課制等一系列大幅度的改革[1]。

　　以上，略述了民國時期的學制情況。王耘莊擔任「文學概論」的課是
從 1927 年 7 月到 1929 年 6 月，正趕上「壬戌學制」時期，浙江省第十中
學是一所初高中合併型的學校還是僅僅初中的單設型的學校，現在還不清
楚。但是聽過他講義的學生初中畢業時應該是十四、五周歲以上，高中畢
業時應該是十七、八周歲以上。由於教材《文學概論》是高深理論可能是
高中的講義。重要的是，對成長為三〇年代文學的發信者或是接受者的年
輕一代，王耘莊進行了《文學概論》的講義這一事實。

　　接下來，看看學生們聽的講義到底是什麼樣的內容。

---

[1]　關於學制參考了以下書籍：
　　‧周予同著‧山本正一譯《學制を中心とせる支那教育史》「現代篇：三　民國新
　　　學制の頒布と修正」（東京：開成館，1943.12。）
　　‧多賀秋五郎《中國教育史》「第二章近代學校の教育‧第二節民國の教育」（岩
　　　崎書店，1955.5。）
　　‧齊藤秋男‧新島淳良《中國現代教育史》「第Ⅲ章國民革命と教育‧三「新學制」
　　　とプラグマティズム教育」（國土社，1962.6。）
　　‧何國華《民國時期的教育》（廣東人民出版社，1996.12。）

二、近代文藝概論書波及的背景

　　王耘莊《文學概論》的特徵是結構上用本間久雄的《新文學概論》立章節，以敘述西洋近代文藝論為主要框架。內容上是將廚川白村的《苦悶的象徵》和《出了象牙之塔》的文藝論潤色加筆。當時，王耘莊使用的《新文學概論》不是汪馥泉譯的《新文學概論》，而是章錫琛譯的《新文學概論》，《苦悶的象徵》也不是豐子愷而是魯迅譯本。這在王耘莊自己的書中有所說明，當然《出了象牙之塔》也是魯迅的譯本。

　　但是王耘莊在編《文學概論》時顧及了使用的魯迅所譯《苦悶的象徵》、《出了象牙之塔》和章錫琛所譯《新文學概論》其翻譯文體的統一性。這些可以從章錫琛在《新文學概論》「譯者序」（1925.3）的一段話中略知一二。

> 　　還有，本書使用的「底」字是模仿了魯迅先生譯《苦悶的象徵》中的例子。魯迅先生進行了如下說明。
>
> 　　即凡形容詞與名詞相連成一名詞者，其間用「底」字。例如 social being 為社會底存在物，Psychische Trauma 為精神底傷害等。又，形容詞之由別種品詞轉來，語尾有-tive, -tie 之類者，於末尾也用「底」字，例如 speculative，romantic，就寫為思索底，羅曼底。（章錫琛譯《新文學概論》「譯者序」2 頁）

　　如上所示，正因有了魯迅和章錫琛的翻譯文體之統一性，才使王耘莊能夠看懂《新文學概論》、《苦悶的象徵》和《出了象牙之塔》等有關的近代文藝論的翻譯書籍。

　　王耘莊在第一章「文學的定義」的開頭部分如下所述：

> 　　世人往往隨隨便便使用文學這個名詞，這也文學，那也文學，一若對於這名詞毫無疑義似的。假使你們覺得奇怪，隨便找幾個人去問問：『究竟怎麼樣的東西叫做文學？』那末在驟然間，他們一定要瞠目結舌無以應，因為細意考察起來，再也沒有文學這個詞兒

那樣曖昧無定的了。差不多是十人十樣，百人百樣，從來沒有一個文學的定義，為大眾所普遍的承認的。(「王耘莊『文學概論』1-2 頁」記作「王：1-2 頁」，同下。)

以下的文章是使用了本間久雄《新文學概論》中第一章「文學的定義」的開頭部分：

　　說到文學研究的出發點，首先我們要談談文學的定義。什麼樣的東西叫文學，何謂文學是一般的概念。生活中我們不加思考想當然地使用著文學一詞，但是仔細一思考，我們就會發現沒有比這個詞更曖昧的了。(本間久雄的原文摘自《新文學概論》新潮社，1922 年 1 月版。本間：4 頁，同下。)

我們可以看到王耘莊在開頭部分提出的問題是和本間相呼應的。那麼為什麼在一九二〇年代的民國文壇上出現了像王耘莊那樣的無名中學老師都在編輯定義何謂「文學」的這種「文學概論」書籍的風潮呢？試看剛才已經引用過的章錫琛譯《新文學概論》「譯者序」裡有如下的一段話：

　　我國研究文學的風氣，近來可說大盛，但關於文學概論這一類文學研究的入門書籍，幾乎可說沒有。這實在很可奇異的。本書據著者在序文上說，是從社會學底研究一點，為初學者解說文學構成及文學存在的基本條件和理由。書的分量雖然不多，但引證的賅博，條理的整齊，裁斷的謹嚴，使讀者容易明白了解，實在是本書唯一的優點，也可以說是著者本間先生的特長——去年我曾譯過他的婦女問題十講，也一樣有這長處。
　　從我國文學論這類書籍的缺乏上看，從本書的優點上看，本書的翻譯，對於我國研究及鑑賞文學的人，實在不能不說是必要的。(章錫琛譯《新文學概論》「譯者序」1-2 頁)

論述了「幾乎還沒有有關文學概論那樣的文學研究入門書」的狀況、「文學論書籍的缺乏」的這篇文章，如實地說明了幾乎在同時期的民國文

壇上許多有名的知識分子為什麼各自推出了以西洋近代文藝論為基礎的
文學概論和文學概說等書籍的社會背景。比如說，以下例子反映了這一狀
況。郁達夫編輯了《文學概說》（上海：商務印書館，1927.8 初版）、田
漢編輯了《文學概論》（上海：中華書局，1927.11 初版）、夏丏尊編輯
了《文藝論 ABC》（上海：世界書局，1928.9 初版）。

三、對本間久雄《新文學概論》的接受

　　王耘莊著作《文學概論》和本間久雄著作《新文學概論》各章標題將
在如下表中提示。用「文學的定義」、「文學的要素」和「文學的特質」
來分析王耘莊是怎樣受到本間久雄文學論的影響並怎樣建立起自己的文
學論的。

王耘莊《文學概論》 （杭州非社出版部，**1929.9** 初版）	本間久雄著《新文學概論》 （東京：新潮社，**1917.11** 初版）
序	譯者序
〈目錄〉	〈目次〉
卷上	前編　文學通論
第一章　文學的定義	第一章　文學的定義
第二章　文學的要素	第二章　文學的特質
第三章　文學的產生	第三章　文學的起源
第四章　文學的特質	第四章　文學的要素
第五章　文學的鑑賞	第五章　文學與言語
第六章　文學的真實	第六章　文學與形式
第七章　文學的分類	第七章　文學與個性
第八章　文學的方法上	第八章　文學與國民性
第九章　文學的方法下	第九章　文學與時代
第十章　文學與夢、酒、情人	第十章　文學與道德
卷下	後編　文學批評論
第一章　文學與道德	第一章　文學批評的意義・種類・目的
第二章　文學與革命	第二章　客觀底批評與主觀底批評
第三章　研究文學之方法	第三章　科學底批評
第四章　創作家之修養	第四章　倫理底批評
	第五章　鑑賞批評與快樂批評（附、結論）

（一）「文學的定義」

王耘莊借用了本間久雄從頗斯耐脫（Posnett）所著《比較文學》中引用的四個原因，用以論述了文學概念為何是曖昧的。

> 這是什麼緣故呢？據頗斯耐脫（Posnett）說，有四個原因。（王：3頁）
> 第一，所謂文學這詞的出處的不同；第二，由於輕視了文學這詞的歷史底意義而生的；第三，文學製作的諸方法的微細的變遷，第四，文學製作的諸目的的變遷。這四項是使文學的概念愈加紛歧複雜的重要原因。（本間：6頁，王：3頁）

接著，王耘莊就文學定義的多歧化進行了研究分析，通過引用蕭統《文選》「序」、章柄麟《國故論衡》「文學總略」的文章、阮元的文言說、刊登在羅家倫的雜誌《新潮》上的「何謂文學」、馬宗霍《文學概論》的例了，來看他們每個人對文學一詞的定義以及分析定義混亂的原因。而且，王耘莊還為了調查「西洋文學家們定義的文學概念」，介紹了本間久雄引用的阿諾德（Matthew Arnold）、伍斯特（Worcester）、勃魯克（Brooke）、西奧多・亨特（Theodore W・Hunt）、托爾斯泰（Tolstoy）等人所述的定義。最後，以「我們比較滿意的文學定義如下所示」，顯示出了艾瑪遜（Emerson）、哈德森（Hudoson）、波士耐特（Posnett）、亨特（Hunt）、蕭子顯五人的各種學說。總結如下：

> 茲綜合上述五家的意見，為立文學的定義如次：
> 文學是用藝術的組織的文字，訴說人類的感情，是人類的苦悶的象徵，有永久性和普遍性的，讀者與作者間會發生共鳴。（王：10頁）

這裡顯示的王耘莊的「文學的定義」，既是亨特所說的文學是「被描寫的表現」，又是以本間第二章「文學的特質」中引用的溫切斯特（C.T.Winchester）的《文學評論的原理》中的、具有「感情的永久性」和

「作品價值的普遍性」的理論為基礎，依據廚川白村《苦悶的象徵》的「人類苦悶的象徵」和「能使讀者和作者之間產生共鳴」的文藝論而得出的結論。

（二）「文學的要素」

王耘莊在第二章的開頭部分論述道：「文學是用有藝術的組織的文字，訴說人類的感情」（王：13頁），並展開了如下論述：

> 首先要說明的是：文學是以文字表現的。文學是藝術之一，藝術中有雕刻圖畫音樂舞蹈等，文學是與這些東西並立的。雕刻用立體表現，圖畫以色線，音樂以聲音，舞蹈以動作，而文學是用文字表現的。
>
> 然而用文字表現的東西未必就是文學，如圖譜簿記之類，或政治法律之專門論文，決非文學。必定要有下面所說兩個因素的，才算是文學：
>
> 第一，有藝術的組織——外表——形式。
>
> 第二，訴說人類的感情——內容——感情。
>
> 這兩項——形式與感情——是文學的要素，缺一不可的。形式是表現出感情來的，而感情則正是所表現的。假使不能把感情表現出來，那末感情等於沒有；假使沒有可表現的感情，則形式便無所用。所以這兩者是缺一不可的，相連貫的。（王：13-14頁）

王耘莊其後引用了劉枋在《文心雕龍》「情採篇」裡用水和木頭作的例子，說明裝飾附隨本質，以虎、豹和狗、羊、犀、㹱之皮為例說明本質也需要伴隨裝飾，從而得出了「形式的要素是美。不美不足以感人，引起讀者共鳴」這一結論。而且，還舉了《紅樓夢》第96回中一個叫「謬寄純」的丫鬟「蒁游」（女傭）不僅粗暴而且是個醜女的例子、《西廂記》裡張生對鶯鶯一見鍾情的例子、但丁（Dante）對在法洛林斯街上邂逅了的女子比特麗斯（Beatrice）魂不守舍的例子言及了「若形式不美，則無論有怎樣的深情，也不足動人」的文學形式和感情的問題。但是為什麼王耘莊談到了「文學要素」的「形式」和「感情」呢？那是因為在《新

文學概論》的第四章「文學的要素」的開頭部分本間說：在威切斯特的
《文學批評的原理》裡文學構成要素有「一、情緒（emotion）、二、想
像（imagination）、三、思想（thought）、四、形式（form）」四種。威
切斯特所說的這四種要素中王耘莊只採用了情緒（即，感情：本間久雄在
「文學的要素」中說在文學構成原理中說道：「『感情』是第一要素這一
點恐怕是無需再說的。在此所指的『情緒』即指『感情』」。而且，王耘
莊的「形式」主要是指本間在第六章「文學與形式」中舉的各種例子用以
介紹在「形式」中，是以「法蘭西自然主義先驅者居斯塔夫·福樓拜（Gustave
Flaubert，（1820-1880）所尊重的『形式』為主體的『文體』」（本間：
71-72頁）如下的內容為基礎的。

> 福樓拜所說的有名的一段話「沒有美麗的形式就沒有美麗的思
> 想。而且反過來也是不可能的。如果無法將組成肉體的各種性質──
> 色彩，大小等回歸於抽象。換句話說，如果無法破壞他們的話，就
> 像無法從肉體抽出來一樣無法將形式從內容分離出來。不管怎樣，
> 有了形式後才會有內容的存在」。這種情況的形式是指狹義上的，
> 即「文體」。（本間：72頁）

王耘莊在「文學的要素」一章裡接受了本間第六章「文學與形式」中
的理論，還從《文心雕龍》等引用「形式的要素」中以要有美作前提，就
「美」和「形式」作了如下說明：

> 第一，所謂『美』究竟是什麼意義呢？……（中略）……文學
> 上之所謂美，是拿什麼標準來評判呢？文學上之所謂美，是看作品
> 能否動人，即能否喚起讀者的共鳴。能的那便是美的；否則便是不
> 美的。愈能動人，能喚起多數人的共鳴，那便是愈美。
> 　　第二，求文學之形式的美，並不是犧牲內容，去遷就辭章。所
> 謂形式的美者，乃是把表現內容的方法美化，並不是戕賊了內容以
> 求形式之美。
> 　　第三，形式之美只能增加內容的力量，若內容根本不佳，則形
> 式亦無能為力。形式雖然很美，然內容並非人類的感情的不是文學。

　　　第四，形式雖然很美，然內容並非述人類的感情的不是文學。
（王：16-18頁）

　　在此表示的定義是福樓拜說的「形式」是指狹義上的「文體」，如果
不知道王耘莊受了他影響的話，王耘莊的說明是很難被理解的。王耘莊《文
學概論》的讀者應該理解了「文學的要素」裡有「外觀」即「形式」，「形
式」應該是要有美感的。但是，「形式」的定義終究沒有出現，「形式」
的概念就由讀者各自自行理解，因此變得含糊其詞。這裡的「形式」並非
指小說、戲曲和詩歌等類別，而正是如上所述福樓拜說的「文體」的意思。
「形式的美」是指「文體的美」，這一點也沒有提示給讀者。
　　接著，王耘莊如下定義了感情：

　　　論次感情。其內容是敘述以往的事實，意在使人明瞭人類之過
　　去的真相，那是歷史學的事情；其內容是說行為之善惡的標準，意
　　在使人明瞭行為應當如何的，那是道德學的事情；……只有她的內
　　容是訴說人間的喜怒哀樂悲歡離合的，才是文學，所謂喜怒哀
　　樂，……乃是感情的表現。
　　　緊接著發生的問題，是：還是無論什麼感情都可以成為文學
　　呢？還是有限制的呢？托爾斯泰在他的藝術論中說無論什麼感情
　　都可以成為文學。但他實以宗教為限制，因為他拿宗教來做評判感
　　情的好壞的標準。（王：19頁）

　　這裡提到的宗教和本間《新文學概論》的第四章「文學的要素」中的
「思想」相關連。關於「思想」，本間說道：「農耕之人或欣賞作品之人
都應該注意不要被『思想』所牽住。（本間：58頁）「受了某種思想後看
事物時，看到的也是和這種思想類似的或由於產生不了共鳴而評價極低，
這都是很自然的。」（本間：60頁）關於這一點還說道：托爾斯泰評定莫
泊桑的某個作品是毫無價值的。原因是托爾斯泰晚年時與其說是個藝術家
還不如說是個宗教家，他的《藝術論》（本間久雄的原典是《何謂藝術》、
耿濟之譯《藝術論》上海：商務印書館，1921.3 初版）有如為了便於宣傳
原始基督教的教義一樣「成了宗教這一個思想的俘虜」。

　　本間論述道：「思想是一個人的人生觀」、「這個『思想』是人的『個性』也是受了時代思潮各方面影響的複雜的東西」（本間：58頁），「受思想禁錮」的狀態如同受「宗教」左右。「文學的要素」中本來略去了「思想」，王耘莊舉了一個被「思想」囚禁的托爾斯泰的惡例來說明「宗教」是「評判感情的好壞的基準」（王：19頁）。但是，本間從托爾斯泰的《藝術論》中引用的作為文學構成要素的重要的「感情」的定義本來應是如下內容：

　　　　無論怎樣的情緒、感情都付諸於文學。
　　　　但是，無論怎樣的情緒，文學都無法直接變成文學情緒；即文學的要素。天然的情緒，感情轉換文學的情緒時必須要有一種特殊的途徑。沒有這種特殊的途徑無論怎樣的情緒，文學都無法直接變成文學的要素。（著重點符號為原文所有。本間：46頁。）

　　本間在此特地加了著重符號作了強調。而且還引用島村抱月的話說道：「用回顧冥想的情緒來營造白己」叫「觀照（Contemplation）」，這是藝術性情緒的根本條件。另外還引用了美國美學者桑塔亞娜（Santayana）的「離開自我（to project）」「被客觀化（to be objectified）」來說明「通過一種特殊的途徑足以成為文學的要素的文學情緒」是什麼？「情緒」即「感情」的定義如下所示：

　　　　不僅是快感痛苦也和其他一切情緒一樣最終脫離自我才使其客觀化，成為島村所謂的「觀照」。因此，概括地說是客觀化了的情緒。即作為文學的要素的情緒是被完全客觀化了的東西。無論怎樣的情緒如果沒有被客觀化，是成不了文學的要素的。（著重點符號為原文所有。本間：48-49頁）

　　為了敘述文學的「情緒」「感情」的定義，雖然沒有「脫離自我」「使其客觀化」這二個條件，王耘莊對本間的《新文學概論》中威切斯塔的《文學評論的原理》提到的「五項做批評文學的感情的效果有無不朽的標準」展開了如下的論述：

　　<u>文卻斯德</u>（Winchester）在<u>文學評論之原理</u>裡，說有二種感情
——自私之情與痛苦之情——是不適合於文學的。他的所謂自私之
情，是指藉文學以獲得金錢或貪欲，或避免危險，或為復仇，或為
報恩；痛苦之情，是指嫌惡，羞辱，猜忌，憤怒之類而言。他又舉
了五項做批評文學的感情的效果有無不朽的價值的標準。五項如下：
　　一、感情的正直或適宜；
　　二、感情的生動或有力；
　　三、感情的持續或恆久；
　　四、感情的範圍或變化；
　　五、感情的階級或性質。（王：20頁）

　　王耘莊提到的「不適合文學的兩種感情」並沒有在本間的《新文學概
論》中出現，王耘莊自己借用了威切斯塔後敘述了自己的想法和感慨吧。
甚至還說道：「至於說怎樣能得到多數人的共鳴，那全在描寫得深刻不深
刻，」（王：21頁）在此引用了如下魯迅翻譯的廚川《出了象牙之塔》「觀
照享樂的生活‧一 社會新聞」的內容：

　　廚川白村說得好：
　　日常，給新聞紙的社會欄添些熱鬧的那些砍了削了的慘話不消
說了；從自命聰明的人們冷冷地嘲笑一句「又是癡情的結果麼」的
那男女關係起，以致欺詐偷盜的小案件為止，許多人們都當作極無
聊的消閒東西看。但倘若我們從事情的表面，更深地踏進一步去，
將這些當作人間生活上有意義的現象，看作思索觀照的對鏡，那就
會覺得，其中很有著足夠使人戰慄，使人驚嘆，使人憤激的許多問
題的暗示罷。假使借了梭孚克理斯（Sophokles）　，莎士比亞，瞿
提，伊孛生所用的那絕大的表現力，則這些市井細故的一件一件，
便無不成為藝術上的大著作，而在自然和人生之前，掛起很大的明
鏡來。〔在此揭示的頁碼為魯迅所譯《出了象牙之塔》的頁碼，（下面
省略為魯譯《出》），使用的文章為廚川的原文。魯譯《出》75-76頁，
下同。〕

所以能將社會的情形作進一步的觀察，實在是文學者不可少的技能。（王：22頁）

通過第二章「文學的要素」可以這麼說吧。即，對熟悉本間和廚川理論的人來說，王耘莊展開的斷斷續續的文藝論的字裡行間穿插本間和廚川的理論，雖然前後貫通，但是無法否認理論展開上的他獨自的深信和比較唐突的飛躍。這種飛躍可能是受了上述廚川的那段話的影響吧。也可以從下面這種結尾處看出來。

感情的要素是真實。不真實的感情，是不能用之於文學的，究實說起來，不真實的，根本就不能說是感情。然而感情的真實與理智的真實是不同的。究竟怎樣是感情的真實，到第六章文學的真實裡去說。（王：22頁）

（三）「文學的特質」

王耘莊的第四章「文學的特質」是接著第二章「文學的要素」，以《新文學概論》第二章「文學的特質」中提到的威切斯塔的《文學批評的原理》為中心展開論述的。

將威切斯塔的解釋概括地說，文學是通過感情來訴諸於感情的東西。感情是瞬間性的所以帶有永久性。而且，感情是因人、場合而異產生千差萬別、「感情的大洋不因時代而改變」含有共通於萬人的普遍要素，所以文學的特質是感情傳遞感情的永久性和普遍性。文學越是發揮其特質，也就是說越是能傳達感情的永久性和普遍性的文學就是優秀的文學。（本間：26-27頁）

如上所示，《新文學概論》第二章「文學的特質」引用威切斯塔《文學批評的原理》來說明「文學的特質」在於表現感情瞬間性的有永久價值的文章中，帶有超越時空之時人類一般共同的普遍性。而且整理了「永久性」和「普遍性」的關係。

那麼王耘莊又是怎樣將本間和威切斯塔的理論反映在自著裡的呢？

1. 文學「永久的價值」

　　威切斯塔如此闡述文學的特質「作品不僅含有永久價值的真理，作品本身就有永恆的價值」。根據他的說明可知，除了文學還有很多東西有著永恆的價值。比如日曆、國家慈善事業的報告、填滿了律師書房的書籍都有著永恆的價值。因為日曆對我們來說，記載了星辰日月的變化和人類的真理。但是我們誰都不會為此稱之為文學。「雖然這些書物中的事實和真理中存在著不朽的價值，但是還是不能成為文學是由於這些事實可以以各種方法適用於其他事物，更可以以各種形式顯現出來。最初記載著這些真理事實的書物即使不存在的話，真理是不會消滅的。今天我們研究引力的根本原理時沒有必要讀牛頓的原理。因為這已經是被公認的物理學上的知識，已經沒必要再讀牛頓了。從文學的正當的意義看，無論怎樣的文學到了次年，下世紀還是同樣的東西的話再精緻也趕不上新時代了。文學本身擁有不朽特質琑憶並非是用來傳達真理的一時的容器。即文學不是不朽意義的真理的負載體，它本身就有本質上永恆的吸引人的魅力著作。威切斯塔這麼認為。（著重點號為原文所有。本間：16-18頁。）

　　為什麼有許多印刷物如歷書新聞紙之類我們不稱之為文學呢？不消說是因為那些東西，時效一過就完了，並沒有永久的價值；而文學卻是有永久的價值的。我們此刻翻讀起二千數百年前的離騷，一千數百年前的杜詩來，仍舊覺得纏綿悱惻，熱情澎湃。所以必須有永久的價值的才算是文學。……（中略）……譬如今日欲明萬有引力之說，無需讀牛頓之書，因為他的原理，早已含在今日之物理學之中；欲明地圓之說，無須讀哥白尼之書，因為他的原理，早已含在今日之天文學書中。而文學卻決不會如此，因為其中所傳的情感，絕對不能由別一人或別一方式傳達出來。（王：36-37頁）

　　這裡比較了本間久雄的威切斯塔的「永久性的價值」和王耘莊的文章可得知，王耘莊的理論是以本間的解說為基礎的。王耘莊還舉了古詩十九首《孔雀東南飛》《石頭記》《西廂記》《桃花扇》的例子來說明「不讀原詩是怎麼也不能體會到讀原詩時的情趣的」、「即使讀完了當我們再想感受其中的情趣時，我們不得不再讀一遍，文學是我們百讀不厭的東西。」（王：38頁）由此得出文學的永久性這一結論。

2.感情的「瞬間性」和文學的「普遍性」

　　如果是那樣的話，為何文學有著不滅的魅力呢。換句話說，有著不滅魅力的文學為何能感動人呢。更接近最根本的問題了。威切斯塔如下說：

　　文學本質上帶有的不滅的魅力、「感人」這些特點都是取決於「表達感情的力量」。那麼具有「表達感情的力量」的文學為何有賦予著不滅性和永續性呢。他用富有深意的立論進行了有意思的說明。「知識和感情根本的區別在於知識是永續的，感情是存在於消亡之時。我們如果熟知某一事實，經常使用的話，作為知識就會存續下來。因此，如果將敘述某一知識點的論文精讀一次理解後不會再讀了。因為論文中的內容已經成為讀者所有當然讀者不會再讀。但是感情與之根本不同，原本就是瞬間性的。知識是永續性的，感情是經常變化著的經驗的連續。……（中略）……而且如果有文學價值的話讀者必定會再讀，如果是大作百讀不厭。因此文學是不朽之作」。這是從感情的瞬間性逆說感情的永久性的一段話。正好有趣的說明了感請永久性的問題。（著重點符號為原文所有。本間：18-22頁。）

　　然而文學以何種理由獲得她的永久性的呢？荷馬時代的學術是早已廢了，然而荷馬卻至今沒有老，這是什麼緣故呢？這是因為文學是訴之於感情的緣故。

　　如今把『感情』來加以說明一下。感情與知識的根本差異點，就是知識是永續的，感情瞬間的。我們熟知了某種知識，記牢了不

忘，知識便能增加。而感情卻並不如此，讀一首詩，或一部小說，當讀時所生的情感，過了些時就沒有了。所以一篇訴於知識的論文，我們明瞭了之後，這知識便為我們的所得物，便無須再讀該文。文學卻不然，感情並不能為我們的所得物，時間過了，感情也就消失了。正因為如此，所以一首詩或一部小說，我們可以再三再四的去賞鑑她，真有文學價值的東西，一定能使我們十遍二十遍的讀不厭。如<u>連昌宮辭</u><u>琵琶行</u>這些詩，我們不是讀一遍有一遍的意味嗎？因為感情的瞬間性遂成立了文學的永久性。（王：38頁）

　　這裡的兩段文字是本間的原文和使用這個原文概括的王耘莊的文章。兩人的說明需要對照「文學的普遍性」的說明進行比較。之後包括本間的「荷馬時代的學術早已廢棄但荷馬至今沒有過時」的觀點，王氏說明的「感情的瞬間性」的理論都是借用了本間引用說明的威切斯塔的內容的。

　　　接下來，作為文學特質現在應該舉的例子是文學的「普遍性」。這也是從文學訴諸於感情這一特質來的。關於這一點，威切斯塔在說明了文學的「永久性」後，還指出「比如說，荷馬時代的學術早已廢棄但荷馬至今沒有過時。為什麼荷馬還沒有過時呢？因為他的文學是講述了古今不滅的人情。即各個的感情是瞬間的，人類一般感情存在著共通之點。各個感情之汪洋大海在各個時代裡是不變的。」來說明文學的普遍性。即威切斯塔氏認同：個人感情是瞬間的、個人的；但人類一般感情裡有共通性。這個共通性裡有著超脫時空都可以感受、共有的東西。從這一點推論出文學的普遍性。無需多言，這是妥當合理的見解。（著重點號為原文所有。本間：21-23頁。）

　　　第一，從作者的目的方面說：科學論文是專為治科學者讀而作的；文學作品並不專為治文學者讀而作。第二，從讀者的能力方面說：一般人是決不能看懂科學上的專門論文的；然而一個完全不懂詞史詞調的人，也能領略一首小詞的情感，一個完全不懂小說

的構造人物等的人，他看一部小說到悲傷處，也會落淚。第三，從
讀者的嗜好方面說：一個不是學代數幾何的人，決不願去找本代數
幾何來看下子；可是在文學方面卻不然，不是無論什麼人都愛找一
本小說看看嗎？不是田夫匠人，在工作疲勞時，也喜歡看看唱本寶
卷之類子的東西嗎？（參考第一章所引赫特生，頗斯耐脫，亨德諸
氏言。）

　　這就是文學的普遍性。（王：39-40頁。）

　　這裡說的「文學的普遍性」理論，王耘莊附言說「參考第一章所引哈
德森、波士耐特、亨特氏言」，但本間原文裡並沒有這樣的話。王耘莊基
本上是以本間論為中心，簡單易明地逐條整理了「文學的普遍性」。由此
可見，包括王耘莊在內的中國的學問的特點是：從各個方面謀取各種信息
後概括的能力高人一等。

　　王耘莊利用了哈德森諸氏導出的「文學的普遍性」，首先是以「一篇
文學作品，我們固然可以再三再四的去賞鑑她，但是我們第二次讀該書時
所興起的情感，決不會和第一次完全相同。這是因為感情——喜怒哀樂，
也是我們的行為，而行為是情境（Situation）——其意義與刺激（Stimulus）
同。——所喚起的反應，情境不同了，所喚起的反應，也一定不同了；」
（王：38-39頁）加以了說明。其次是以「同是李白的夜思，同是成仿吾
的一個流浪人的新年，在作客的時候讀，和在回家的時候讀，所感到的情
緒，是決不會不一樣的。」（王：39頁）展開了論證。「而一首詩或一部
小說，卻無論什麼人都願意讀，不管是不是專攻文學的。」（王：39頁）
其結果，總結出了文學裡有著普遍性。而且，王耘莊的論證裡還提出了
自己的文學的「普遍性」的見解，這裡省略。最後，王氏總結出「文學的
定義裡所說的永久性和普通性，便是文學的特質」來結束這一章。（王：
44頁）

四、對廚川白村《苦悶的象徵》《出了象牙之塔》的接受

　　本來王耘莊《文學概論》的構成是第三章「文學的產生」（和本間的
「文學的起源」屬同義）放在前面，但是「文學的產生」裡顯示了展開廚

川白村《苦悶的象徵》的引用的理論，因此，包括「文學的產生」，通過
「文學的鑑賞」、「文學的真實」、「文學的分類」、「文學的方法」上・
下、「文學與夢、酒、情人」來探討王耘莊是怎樣接受廚川的文學論的、
又是怎樣構築自己的文學論的。王耘莊引用和援用的《苦悶的象徵》有十
四處，《走出象牙之塔》有兩處，共有十六處。在此依次標記王耘莊引用
的序號和魯迅譯本的章節和頁碼。

（一）「文學的產生」

王耘莊在此章冒頭敘述到，事物的發生有其必然的原因。考慮文學是
怎麼產生的就會考慮到「文學的起源」「文學的衝動」「文學的刺激」的
一系列問題。關於「文學的起源」援用了本間《新文學概論》的第三章「文
學的起源」，並進行了如下解說：

> 本間久雄在他的新文學概論（第三章）裡說文學的起源問題，
> 可以從兩方面說明：一方面是從心理學的方面，即所謂藝術衝動
> （Art-impulse）的研究，一方面是從藝術發生學上的實際方面的研
> 究。心理學底地研究藝術衝動的學說有數種：如遊戲本能
> （Play-impulse）說，模仿本能，（Imitative-impulse）說，吸引本能
> （Instinct to attract By pleasing）說，及自己表現本能（Self-exhibiting
> impulse）說等。現在我們對於本能之有無，根本懷疑；且本間久雄
> 已說藝術衝動的說明，單用了心理學的說明，到底不能給與滿足的
> 解決的；所以我們可以把這種說法擱下不提。
>
> 從藝術發生學上的實際方面的研究，本間久雄引希倫（Hirn）
> 所著藝術的起源之說，以為藝術是從最實際的非審美的目的而生的
> 東西。本間久雄道：希倫的見解，不用說是廣及於一般藝術的全部
> 的見解，但專就文學說，當然也是同一樣的。就是文學也與別的藝
> 術一樣，可以說是從那與實人生最密接的關係而生的。在悠久的文
> 學的歷史上的事實，其與實生活密接的程度雖有強弱的不同，然而
> 文學對於人生的本來的關係，確是一種功利的密接的東西，誰也不
> 能否認的。（王：24-25頁、本間：36-37頁。）

　　王耘莊評論道：「他的話當然是不錯的。不過我們認為不滿足的是：
（一）與實生活相密接的東西不止是文學；（二）因實生活的要求，不
但會產生文學，也會產生別的東西。（王：25 頁）」。接著展開了對「文
學的衝動」的論述。

　　在「文學的衝動」中引用了哈德森的《文學研究導言》（An Introduction
to the Study of Literature）的言論，並沒有採用本間的《新文學概論》。作
為「文學的衝動」列舉了「我們的自己表現的慾望」；「我們對於人民和
他們的行為的興味」；「我們對於我們所居住的實在的世界及我們所祈禱
他實現的想像的世界的興味」；「我們對於諸般形式的愛好」這四點（王：
25 頁）。王耘莊評論道：「他的話，自然也有他的理由，可是我們總覺得
沒有把文學產生的總原因說出來」（王：25-26 頁）。還進一步作出了如
下見解：

> 　　自有人類以來，人類是日日在悲苦的命運中奮鬥，在壓迫中求
> 解放，在死道上求生路。起初人與獸鬥，後來人與人鬥，說到人
> 與人鬥，先是這一族與那一族鬥，以後是本族間的這一階級與那一
> 階級的鬥爭，一直到現在，還是如此。雖然人類的文明是日新月異
> 的演進，可是一方面還是有大多數人受著壓迫，在重重的鎖練之下
> 掙扎，求解放。不但此也，一方面還要和自然界鬥爭，設法解除自
> 然界的困阨以求生存。人類生活於此苦悶的空氣之中，不知不覺便
> 發出呻吟聲來，這種呻吟聲表現於文字上，便是文學。文學的起源
> 是由於苦悶，一切文學作品的產生是由於文學家的苦悶，苦悶是文
> 學的推動機，是文學的刺激物。所以第一章所下文學的定義裡，說
> 文學是人類的苦悶的象徵。（王：26 頁）

王耘莊的理論以這篇文章為契機開始傾斜於廚川的文藝論。

> 　　人類受了苦悶，就不知不覺發出呻吟聲來，所以安麥生的話是
> 不錯的：『文學是人類為補償他的境遇的惡劣的努力。』韓愈送孟東
> 野序說物不得其平則鳴，屈原 司馬遷 相如楊雄 李白 杜甫之作，
> 都是不平鳴。這話是不錯的。文學便是人類的不平鳴。（王：27 頁）

　　王耘莊認為「廚川白村解釋文學的起源，最為合理。他以為文學與宗教同源，是起於人間的苦悶。」（王：27頁）此後，全部從《苦悶的象徵》尋求「文學的起源」的回答。

第一之引用──魯迅譯《苦悶的象徵》「第四　文學的起源・二　原人的夢」

　　　　倘將那因為欲求受了限制壓抑而生的人間苦，和原始宗教，更和夢和象徵，加了聯絡，思索起來，則聰明的讀者，就該明白文藝起源，就在那裡的罷。在原始時代的宗教的祭儀和文藝的關係，誠然是姊妹，是兄弟。所謂「一切藝術生於宗教的祭壇」這句話的意思，也就可以明白了。〔這裡表示的頁碼是魯迅譯《苦悶的象徵》的頁碼，（下面省略為：魯譯《苦》），使用的文章是廚川的原文。魯譯《苦》120頁，同下註。〕

第二之引用──魯迅譯《苦悶的象徵》「第一　創作論・五　人間苦與文藝」

　　　　一面經驗著這樣的苦悶，一面參與著悲慘的戰鬥，向人生的道路進行的時候，我們就或呻，或叫，或怨嗟，或號泣，而同時也常有自己陶醉在奏凱的歡樂和讚美裡的事。這發出來的聲音，就是文藝。對於人生，有著極強的愛慕和執著，至於雖然負了重傷，流著血，苦悶著，悲哀著，然而放不下，忘不掉的時候，在這時候，人類所發出來的詛咒，憤激，讚歎，企慕，歡呼的聲音，不就是文藝麼？（魯譯《苦》：26-27頁。）

第三之引用──魯迅譯《苦悶的象徵》「第一　創作論・六　苦悶的象徵」

　　　　才子無所往而不可，在政治科學文藝一切上都發揮出超凡的才能，在別人的眼裡，見得是十分幸福的生涯的瞿提的閱歷中，苦悶也沒有歇。他自己說，「世人說我是幸福的人，但我卻送了苦惱的一生。我的生涯，都獻給了一塊一塊疊起永久的基礎來這件事了。」從這苦惱，他的大作孚司德（Faust），威綏德煩惱（Werthers Leiden），

威廉瑪思台爾（Wilheim Meister），便都成為夢而出現。投身於事的
混亂裡，別妻著幾回，自己又苦惱於盲目的悲劇的密耳敦，做了失
掉的樂園。也做了復得的樂園（Paradise Regained）。失了和畢阿德
里契（Beatrice）的戀，又為流放之身的但丁，則在神曲中，夢見地
獄界，淨罪界和天堂界的幻想。誰能說失戀喪妻的勃朗寧的剛健樂
天詩觀，並不是他那苦惱的變形轉換呢？若在大陸近代文學中，則
如左拉和陀思妥夫斯奇的小說，斯忒林培克和伊勃生的戲曲，不就
可以聽作被世界苦惱的惡夢所魘的人的呻吟聲麼？不是夢魘使他
叫喚出來的可怕的詛咒聲麼？（魯譯《苦》：41-42 頁。）

　　王耘莊在第一之引用後提出了「有關宗教引起的人間苦的問題」，然
後說：「如今最好引司馬遷史記屈原列傳的話，更可以證明文學與宗教都
是起於人世的苦悶」（王：28 頁）。在第二引用之後，對於「上文已將文
學是苦悶的象徵這一層，說得很明白，以下舉例來證明這層：」（王：29
頁），以屈原《離騷》、司馬遷《史記屈原列傳》、杜甫、李白的詩進行
了實證。第二之引用在說明了「廚川白村在說明文學是苦悶的象徵的時
候，也曾舉了些例，現在不妨把他的話引來。」（王：31 頁）說明之後顯
示出來的。最後評論說：「所以我們從文學家的境遇上考察起來，也實在
使我們不得不相信『文學是人類的苦悶的象徵』這句話」，「茲錄郭沫若
之言，以為本章之結束」。郭沫若在「《西廂記》的藝術上的批評和作者
的性格」（《西廂》「序文」上海：泰東圖書局，1921.9）的開頭部分有
如下一段文章：

　　文學是反抗精神的象徵，是生命窮促時叫出來的一種革命。屈
子底離騷是這麼生出來的，蔡文姬底胡笳十八拍是這麼生出來的，
丹丁底「神曲」彌爾敦的「失樂園」都是這麼生出來的。周詩之變
雅生於幽厲時期，先秦諸子之文章煥發乎周末，哥德 許雷出於德
國陵夷之時，托爾斯泰 多世陀奕夫士克產於俄國專制之下，便是
我國最近文壇頗有生氣勃勃之概者，亦由於內之武人外之強鄰所醞
釀。（王：33 頁）

（二）「文學的鑑賞」

這個標題在《新文學概論》裡沒有，是借用了《苦悶的象徵》的「鑑賞論」。王耘莊在本章冒頭部分說明道：鑑賞是根據個人愛好來評作品的良好，評論是超越個人愛好的評價。並且用簡單的文字和例子做了介紹。

王耘莊敘述道：「本章所討論的，是賞鑑時的心情，讀者與作品作者的關係，讀者的修養，賞鑑的方法，……等等問題」，並以「現在我們先把賞鑑文學時的心情來分析一下。我們為便於說明起見，簡單的把文學分成這樣三類：一是描寫景物的，一是直抒挹鬱的，一是記載故事的。」（王：46 頁）接下來解說這三類的內容。

1. 描寫景物的文學

王耘莊如下概括：

> 但這些（指，讀柳宗元的《遊黃溪記》、張志和的《漁父》、無名氏的《菩薩蠻》時──筆者）與讀者的閱歷也有關係，如某種情景為讀者所從未見聞的，那就很不容易了解了。如令山居未出的人讀描寫水景的詩，令永居熱帶的人讀描寫雪花飛舞的詩，那不容易領略詩的美趣了。所以厨川白村說……」（王：47 頁）

第四之引用──魯迅譯《苦悶的象徵》「第二 鑑賞論・一 生命的共感」

> 在毫沒有見過日本的櫻花的經驗的西洋人，即使讀了詠櫻花的日本詩人的名歌，較之我們從歌詠上得來的詩典，怕連十分之一也得不到罷。在未嘗見雪的熱帶國的人，雪歌怕不過是感興很少的索然得文字罷。（魯譯《苦》：56 頁。）

2. 直抒挹鬱的文學

王耘莊在這裡舉了杜嚴「客中作一首」、杜甫「春望」等詩。「使我們讀了後，也發生同樣的悒鬱和作者一樣，幾乎忘記了自己是讀者。」（王：

47頁）「但這也要看讀者與作者的經歷如何，經歷有相同的，自然容易了解，經歷了不相合，自然不易領悟。」（王：48頁）

3.記載故事的文學

王耘莊以「將我們自己陶醉在作品裡，好像自己就是那裡面的　員，發生與裡面的人物同樣的情調」（王：48頁），舉了《水滸傳》《紅樓夢》等例子得出如下結論：

> 這種文學的賞鑑之所以成立，是以上章所說的感情的共通性為基礎的。當賞鑑成立時，讀者與作者的心情，完全相同，所以我們讀到愛好的小說與詩歌時，常有『如我所欲言』的感想。這時候，就是讀者與作者間，起了共鳴作用，換言之，就是起了生命的共感。生命的共感既依賴感情的共通性而成立，所以正如前文所說，讀者所曾經感到過，想過，或者見過，聽過，做過的一切事情，即所經驗過──無論是直接經驗或間接經驗──的一切，有與作者的相同的地方的時候，格外容易成立。（王：49頁）。

第五之引用──魯迅譯《苦悶的象徵》「第二　鑑賞論・一　生命的共感」

> 「對於和作家並無可以共通共感的生命的那些俗惡無趣味無理解的低級讀者，則從有怎樣的大著傑作，也不能給與什麼銘感」──這完全就像廚川所說的。（魯譯《苦》52頁）

王耘莊對前述的三分類中的讀者和作者的關係如下圖所示進行整理：

第六之引用──魯迅譯《苦悶的象徵》「第二　鑑賞論・六　共鳴的創作」

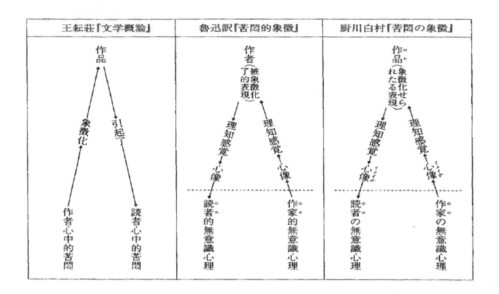

　　上圖中魯迅作為翻譯者將廚川論照原文搬了過來，　然而王耘莊沒有使用弗洛伊德精神分析學來說明「意識」「前意識」「無意識」，而是用圖簡明易懂地顯示了出來。

　　王耘莊最後根據廚川的第七之引用作如下整理：

第七之引用——魯迅譯《苦悶的象徵》「第二 鑑賞論·一 生命的共感」

　　　　縱使怎樣的大天才大作家，對於這樣的俗漢也就無法可施。要而言之，從藝術上說，這種俗漢乃是無緣的眾生，難於超度之輩。這樣的時候，鑑賞即全不成立。（魯譯《苦》52）

　　　　賞鑑文學要讀到「海」字，如見蒼碧的汪洋；讀到「山」字，如見峻峭的山峯：不要簡簡單單的只是一個『海』字，一個『山』字。廚川白村所說的『無緣的眾生，難於超度』的『低級讀者』的賞鑑文學，是只能對於作品所敘述的事情或作品的形式——如音節之類感到興味；較高一點的，則能幻想出所描寫的形象來，卻不能

喚起什麼情緒。而文學的賞鑑，卻必定要到燃燒起蘊藏在讀者心底裡的苦悶來的時候，才算是成功。（王：53-54頁）

（三）「文學的真實」

這章的標題沒有在《新文學概論》裡出現，而是整理了《出了象牙之塔》「藝術的表現」後得出的。王耘莊在開頭部分說道：「在第二章文學的要素裡說形式與感情二者，為文學的要素，而感情的要素，則為真實，本章所欲解釋者，即為此種真實」（王：57頁）。真實即真，可分為兩種，一種是科學的真，另一種是藝術的真。本章的要旨是文學是藝術表現的真實，藝術的真是感情的真，主觀的真，永遠存在於表現個人感情的語言中。但科學的真實是理智的真實，客觀的真實。比如將水分析成 H_2O，無論怎樣的水都是一樣的，無生命的，死的。但是二種真是不會衝突的，因為藝術家也不會否認水是 H_2O，科學家也會將在炎天之下喝的水比作甘露吧。甚而說明，因為文學要傳達的是被人格化了的感情的真。

這個內容是引用了 1919 年秋季在大阪市中央公會堂舉行的藝術演講會上廚川白村的演講筆記「藝術的表現」（收錄於《出了象牙之塔》）。其中廚川說道：「向來就有『繪空事』這一句成語，說是早已定局，說繪畫所描出來的是虛假。」而引起了社會的議論。作為王耘莊的理論基礎這個廚川的原典如下所示：

第八之引用——魯迅譯《出了象牙之塔》「藝術的表現」（129-144頁）

真有兩種，一種是科學的真，解剖分析水是 H_2O 這樣的真，假使將其外面地描寫起來那也就成為 impersonal，非個人的了。另一個是藝術的真，如白髮三千丈這樣出於我們的直感作用的表現的真。科學和藝術的真是有差距的。「作為科學的真的時候，被寫出的真是死掉了的，沒有生命，已經被殺掉了。在被解剖，被分析的剎那間那東西就失卻生命了。」「至於作為藝術上的表現的真的時候，卻活著。將生命賦給所描寫的東西，活躍著的。」接著解說道：「將水分析說是 H_2O 的剎那間，水是死了；但是，倘若用了不息的川流呀，或者甘露似的水呀，或者別的更其巧妙的話來表現，則那

時候，活著的特殊的水，便端底地浮上自己的腦裡來。」白村繼續
說道：「通過了作家所有的生命的內容而表現。倘不是將作家所有
的生命的內容，即生命力這東西，移附在所描寫的東西裡，就不
成其為藝術底表現。」廚川總結為：藝術的表現需要人的內在的
經驗的總量的個性或是人格。藝術是那人自身的生命即賦予個性的
極度的個人活動。（著重點及括號內的為魯譯《出》所有。138-139
頁。）

（四）「文學的分類」

　　本章分成王耘莊對從文學革命到革命文學論的十年間展開的文學論
所論述的自己獨自的見解，以及用《新文學概論》第六章「文學的形式」
分類文學的兩個部分。成為王耘莊論的論據是《苦悶的象徵》的「創作論」。
以下，展示本章中的文學論和支持其論點的廚川論。

　　王耘莊接著章題記載了有如以下的一些關鍵詞：「不當的分類法之一：
貴族文學和平民文學」、「不當的分類法之二：無產階級文學和資產階級
文學」、「不當的分類法之三：革命文學和反革命文學」、「不當的分類
法之四：各種主義」（王：67頁），在本章的開頭部分作了如下的論述：

　　　　文學的分類，因各個人對於文學的定義的意見不同，及分類時
　　的觀點之異，所以意見非常紛歧。現在先略述幾種別的分類法，再
　　說我們的分類法。近數年來最流行的文學分類法，是把文學分做貴
　　族文學和平民文學兩類，拿這兩個名詞來代表一時的趨勢，也許是
　　可以的；但是要把文學這樣截然的分做兩個營壘，恐怕是不可能的
　　事罷。現在把普通分別貴族文學和平民文學的標準，擇其要者拿來
　　討論下子看。（王：67-68頁）

　　很清楚，以上王耘莊揭示出的一系列問題是針對 1917 年 2 月 1 日的
《新青年》第 2 卷第 6 號中刊載的陳獨秀「文學革命論」而提的。王耘莊
對「第一、貴族文學是取材於宮廷和貴族社會、民間文學取材於民間故
事」、「第二、貴族文學由一定的規定樣式、民間文學有絕對自由」、「第
三、作者不同、一個是貴族、一個是平民」的三點做了反駁總結如下：

　　有此看來，可知嚴格的把文學分做貴族的和平民的兩類，是不對的。最近，又有所謂無產階級的文學這個名詞出現，這明明是對有產階級的文學而言，雖然沒有看到有產階級的文學這個名詞。從思想的傾向上言，我們也承認是可以這樣說的，但是要嚴格的區分，我們仍認為不可能。如果說，為無產階級的文學，便是無產階級的文學，那末老實說罷，文學家絕不為誰而作文學，只不過訴說他心間的苦悶。如果說，生長於資產階級之門的作者的作品，就非無產階級的，那末資產階級或小資產階級的人，傾心於無產階級而革命而犧牲的人儘有著，尤其是在工業不發達的國家。如果說，出身在無產階級的作者的作品，是無產階級的，那也未必然，賣階級的賊是到處有的。（王：69頁）

王耘莊進一步引用革命文學論爭中的話作如下論述：

　　最近又有革命文學之名喧騰於所謂文壇之上，不消說，是以為另外還有一種反革命文學。其實凡是文學，都含有反抗性，正如郭沫若所說：『文學是永遠革命的，真正的文學是只有革命文學的一種。』（革命與文學──創造月刊第一卷第三期）文學是苦悶的象徵，那得不含反抗性呢？廚川白村說。（王：70頁）

第九之引用──魯迅譯《苦悶的象徵》「第一　創作論・五　人間苦與文藝」

　　「情話式的遊蕩紀錄不良少年的胡鬧日記，文士生活的票友化，如果全是那樣的東西，在我們文壇上橫行，那毫不容疑，是我們的文化生活的災禍。因為文藝絕不是給俗眾的玩弄物，乃是該嚴肅而且沈痛的人間苦的象徵。」（魯譯《苦》29頁）

　　至於立起什麼主義之類的名目，來把文學來分類，招文學按納到各種主義之下，也是不對的事情，仍引廚川白村說如次。（王：70-71頁）

第十之引用——魯迅譯《苦悶的象徵》「第一 創作論・六 苦悶的象徵」

> 在文藝上設立起什麼樂天觀，厭生觀，或什麼現實主義，理想
> 主義等類的分別者，要之，就是還沒有觸到生命的根底的，表面底
> 皮相底的議論，豈不是正因為有現實的苦惱，所以我們做樂的夢，
> 而一起也做苦的夢麼？豈不是正因為有不滿於現在的那不斷的慾
> 求，所以既能為夢見天國那樣具足圓滿的境地的理想家，也能夢想
> 地獄那樣大苦患大懊惱的世界的嗎？（魯譯《苦》41 頁）

王耘莊引用的郭沫若的文章的篇末有「民國 15 年 4 月 13 日」，但是在 1926 年 5 月 16 日的《創造月刊》上被刊登的，和《文學概論》的執筆幾乎是同期。王耘莊舉出「貴族文學和平民文學」、「無產階級文學和資產階級文學」、「革命文學和反革命文學」、「各種主義」的不當分類法，但使用廚川白村的言論來反證在當時中國成為中心的文學分類法。

從本章的中間部分開始提出了「那麼，以什麼作為分類文學的基準呢」的問題，王耘莊整理說明了為「在第二章，文學的要素是形式和感情」，以「形式即文體」將文學分類成「詩歌、小說、戲曲」三類，並對其加以了說明。這和第二章「文學的要素」的說明相同，參照了本間的《新文學概論》。

（五）「文學的方法」上

本章的標題在《新文學概論》的題目和內容中並沒有的，而是以《苦悶的象徵》「鑑賞論」和「關於文藝的根本問題的考察」中的論據為中心王耘莊自己展開的論述。

開頭就從廚川的引用開始。

第十一之引用——魯迅譯《苦悶的象徵》「第三 關於文藝的根本問題的考察・三 短篇《項鍊》」

> 有些小說家，似乎竟以為倘不是自己的直接經驗，便不能作為
> 藝術品的材料。糊塗之至的謬見而已。設使如此，則為要描寫竊賊，

作者使該自己去做賊，為要描寫害命，作家便該親手去殺人了。像
莎士比亞那樣，從王侯到細民，從弒逆，從戀愛，從見鬼，從戰爭，
從重利盤剝者，從什麼到什麼，都曾描寫了的人，如果一一都用自
己去直接經驗來去做，則人生五十年不消說，即使活到一百年一千
年，也不是做得到的事。倘有描寫了姦情的作家，能說那小說家是
一定自己犯了姦的麼？只要描出的事像，儼然成功了一個象徵，只
要雖是間接經驗，卻也如直接經驗一般描寫著，只要雖是嚮壁虛造
的杜撰，卻也並不像嚮壁虛造的杜撰一般描寫看，則這作品就有偉
大的藝術底價值。因為文藝者，和夢一樣，是取象徵底表現法的。
（魯譯《苦》101頁）

　　右邊所引廚川白村的話是不錯的，文學的材料，不一定要作者
的直接經驗，而且樣樣要直接經驗，事實上也是辦不到的事情。並
且還有下列種種情形：有時雖是直接經驗過，文學家也不見得那樣
老實，肯如所經驗的實在寫出來；經驗只能經驗到自己的方面，不
能經驗別人的方面，只能知道別人行動的始末，不能知道別人心理
的過程；即使是實在的寫著過去的事情，可是記憶中的過去，已不
是實在的過去了；事情還有無從經驗的，如尚未發生的事情，理想
中的世界，草木鳥獸的心理等。所以文學家的取材，並不一定需要
自己的直接經驗，那末用什麼方法取得材料呢？故紙堆裡，新聞紙
上，朋友的閒談中，固然都是採取材料的地方，但是那材料是死的，
能夠給這些死材料以生命的，能夠供給活的材料的，那便是想像
（The imagination），想像是創作文學最重要的，最根本的方法。
（王：77-79頁）

　　王耘莊然後說文學作品能不能感動人和經驗沒有關係，還繼續引用了
廚川白村的下面的文章。

　　波特萊爾（Bandelaire）的散文詩窗戶，很可以那來當文學家這
樣纂故事的自白：（王：80頁）

第十二之引用——魯迅譯《苦悶的象徵》「第二 鑑賞論‧二 自己發現的歡喜」（波特萊爾《窗戶》）

> 從一個開著的窗戶外面看進去的人，決不如那看一個關著的窗戶的見得事情多。再沒有東西能更深邃，更神祕，更豐富，更陰晦，更眩惑，勝於一支蠟燭所照的窗戶了。日光底下所能看見的總是比玻璃窗戶後面所映出的趣味少。在這黑暗或光明的隙孔裡，生命活著，生命夢著，生命苦著。
>
> 在波浪似的房頂那邊，我望見一個已有皺紋的，窮苦的，中年的婦人，常常低頭做些什麼，並且永不出門。從她的面貌，從她的服裝，從她的動作，從幾乎無一，我纂出這個婦人的歷史，或者說是她的歷史，或者說是她的故事，還有時我哭著給我自己述說她。
>
> 倘若這是個窮苦的老頭子，我也能一樣容易地纂出他的故事來。
>
> 於是我躺下，滿足於我自己已經在旁人的生命裡活過了，苦過了。
>
> 恐怕你要對我說： 你確信這故事是真的嗎？在我以外的事實，無論如何又有什麼關係呢，只要它幫助了我生活，感到我存在和我是怎樣？（魯譯《苦》63-64頁）

> 文學家的做小說，編劇本，往往如此，不過不作如波特萊爾這樣的說明罷了。這種方法便叫作想像。（王：81頁）

以下王耘莊一邊解說歌德的《少年維特之煩惱》、屠格涅夫的《前夜》、左拉的《失業》《貓的天國》，一邊得出「想像是創造」的結論。

（六）「文學的方法」下

本章和前章一樣，一邊繼續引用廚川的言論，一邊解說「文學具不具備表現令人感動的事和現象等的具體性」要看「是不是深入到事物內部的深刻描寫」。本章舉例介紹魯迅的《一件小事》、武者小路實篤的《一個青年的夢》等作品，再次引用廚川白村的以下文章來整理「深刻性」的必要性。

在第二章文學的要素裡，曾經引過廚川白村氏的如下一段話。
（王：99頁）

第十三之引用——魯迅譯《出了象牙之塔》「觀照享樂的生活‧一　社會新聞」

日常，給新聞紙的社會欄添些熱鬧的那些砍了削了的慘話不消說了；從自命聰明的人們冷冷地嘲笑一句「又是癡情的結果麼」的男女關係起，以致欺詐偷盜的小案件為止，許多人們當作極無聊的消閒東西看。但倘若我們從事情的表面，更深地踏進一步去，將這些當做人間生活上有意義的現象，看作思索觀照的對境，那就會覺得，其中很有著足夠使人戰慄，使人驚嘆，使人憤激的許多問題的暗示罷。假使借了梭孚克理斯（Spokes），莎士比亞，瞿提，伊孛生所用的那絕大的表現力，則這些市井細故的一件一件，便無不成為藝術上的大著作，而在自然和人生之前，掛起很大的明鏡來。（魯譯《出》75-76頁）

同一事件，在新聞紙上看到的，只能作為消閒的資料，一到文人的筆下，便成為深感人心的作品，這是什麼緣故呢？就是新聞紙只告訴我們表面的事實，而文人卻是走進了事實地裡面，把它的核心顯示給我們看了；換言之，即一是浮泛的，一是深刻的。（王：95頁）

王耘莊以這裡廚川的「第十三之引用」為基礎，論述了「文學要素」的「深入人心」的理論之後，分析魯迅小說的成功之處在於「以小示大，以局部示全體，描寫的僅僅是魯鎮，卻讓我們知道大半的中國人的思想和生活。」（王：96頁）因此得出了「描寫必須深刻」的結論。

（七）「文學與夢、酒、情人」

本章的標題是參照《苦悶的象徵》「有關文藝的根本問題的考察」裡的「白日夢」「酒和女人和歌」而改寫的，論點是依據了「白日夢」「酒和女人和歌」和《出了象牙之塔》中的「藝術的表現」的。

如王耘莊在概略此章內容的關鍵詞中，如「文學與夢的同點」、「文學與酒的同點」、「文學與戀人的同點」所示，試圖力證文學中存在著相同的心理狀態。而且更值得注意的是，王耘莊在說明「文學與夢的同點」時，談及到文人是否用夢想來逃避現實，還引用了魯迅譯的鶴見祐輔（1885.1.3~1973.11.7）的文章。王耘莊使用的是鶴見祐輔著・魯迅譯《思想・山水・人物》（上海：北新書局，1928.5 初版）。就此點，王耘莊在自己的《文學概論》裡表明系統地使用了魯迅的譯文版。但是與其說王耘莊有意選擇了魯迅的譯文，毋寧說中國在接受近代文藝理論時，重要的是應該認識到魯迅譯文的存在。

1. 文學與夢

王耘莊從夢與文學表現出來的一個個感性的交錯之處找到了共同點，「人類因為生活在矛盾的，酷毒的社會裡長久了，便淡漠了，麻木了，對於人世的悲哀，不能深刻地感覺了。」「可是有一種東西，使我們正視人生，使我們深切地感到人世的悲哀，使生命的火花在我們面前發射，使我們的生活力緊張，活躍，那就是『夢』。我們不是做著樂的夢，一般也不是做著悲的夢嗎？這一點上，文學和夢也正一樣。」「又如魯迅的<u>小雜感</u>說：每一個破衣服人走過，叭兒狗就叫起來，其實並非都是狗主人的意旨或使嗾。叭兒狗往往比牠的主人更厲害。這不是社會上所習見的事情嗎？可是我們看了這之後，所感到的意味就不同了。」接著，引出了廚川論。

> 夢中的情景，往往錯亂得無可理解，這一點，文學也有和夢相同的地方。在第六章文學的真實裡，不是說過文學表現於紙上時，是已經錯綜變化過了的嗎？文學和夢，有這種種相同的地方，所以文學可以名之曰『白日的夢』，正如廚川白村所云。（王：101 頁）

　　王耘莊進一步還說道：「這裡還有一點要說明的，依第一段所說，那末文人豈不是躲避人生的嗎？那是不然的，正因為文人是正視了人生，才需要他的夢的境界呢！鶴見祐輔在思想山水人物裡有一段話，很可以拿來做這一點的說明」（王：101-102 頁）。接下來的引用得出結論文人是否以做夢來逃避現實。

魯迅譯《思想‧山水‧人物》「說幽默」（上海北新書局，1928.5 初版）

　　　　睜開了心眼，正視起來，則我們所住的世界，乃是不能住的悲慘的世界。倘若二六時中，都意識著這悲慘，我們便到底不能生活了。於是我們就尋出了一條活路，而以笑了之。這心中一點的餘裕，變憤為笑，化淚為笑，所以從以這餘裕為輕薄的人看來，如幽默者，是不認真，在人生是不應該有的。但是從真愛幽默的人看來，則倘無幽默，這世間便是只好憤死的不合理的悲慘的世界。所以雖無幽默，也能生活的人，倒並非認真的人，而是還沒有真覺到人生的悲哀的老實人，或者是雖然知道，卻故作不知的偽善者。（鶴見祐輔《思想‧山水‧人物》「說幽默」大日本雄辯會，1924.12 初版，270-271 頁）

2. 文學與酒與戀人

　　　　從歷史上看來，文人大都是好酒的，文人不喝酒幾乎是例外，至於歌詠酒的詩歌，更是舉不勝舉了，無論東方和西方。這倒也是件頗可玩味的事情。（王：102-103 頁）

第十四之引用──魯迅譯《苦悶的象徵》「第三　關於文藝的根本問題的考察‧六　酒與女人與歌」

　　　　酒和女人是肉感底地，歌即文學是精神底地，都是在得了生命的自由解放和昂奮跳躍的時候，給與愉悅和歡樂的東西。尋起那根柢來，也就是出於離了日常生活的壓抑作用的時候，意識地或無意

識地，即使暫時，也想藉此脫離人間苦的一種痛切的欲求。也無非是酒精陶醉和性慾滿足，都與文藝的創作鑑賞相同，能使人離了壓抑，因而嘗得暢然的「生的歡喜」，經驗著「夢」的心底狀態的緣故。（魯譯《苦》116頁）

現在我們再來看看文學和情人有相同的地方沒有。廚川白村有幾句話，我們要引來做說明，雖然引得已經多了，然而有了他的話，就可以省了自己許多的話，所以還是抄在下面。（王：105頁）

第十五之引用──魯迅譯《出了象牙之塔》「藝術的表現」

諸位之中，曾有對女人入過迷的經驗的，該是知道的罷，藝術的鑑賞，就和迷於女人完全一樣。對手和自己之間，在什麼地方，脾氣帖然相投；脾氣者，何謂也，誰也不知道。然而，和對手的感情和生命，真能夠共鳴，所謂受了催眠似的，這才是真真入了迷。（魯譯《出》143頁）

如上所示，確認了王耘莊的近代文藝論是根據廚川白村的《苦悶的象徵》《出了象牙之塔》的內容而展開的。

五、言及小泉八雲的文藝論──「文學與道德」

「文學與道德」

這一標題是依據於《新文學概論》中的「文學與道德」和《苦悶的象徵》「關於文藝的根本問題的考察」中的「文學與道德」的。在此章裡，王耘莊引用了《新文學概論》第 10 章「文學與道德」裡解說的山泰耶那《美感論》（The Sense of Beauty）中所述的意見，托爾斯泰《藝術論》中所闡述的意見。再引用廚川白村和小泉八雲的意見後，最後闡述了自己的意見。

首先，王耘莊以「山泰耶那的《美感論》中所述意見」做了以下整理。

　　有的從文學與道德之出發點的不同上來討論這個問題，以為美
的價值（美感）是積極的，善的認識；而道德的價值，則為消極的，
惡的認識。又美的價值是自發的價值，於其對象無利害打算的觀
念；而道德的價值則反是。若人生分為快樂與苦痛，遊戲與業務兩
個相反的分野，則以快樂與遊戲為對鏡的藝術，以苦痛與業務為對
鏡的是道德。（王耘莊《文學概論》卷下・1頁）

本章按原樣引用了本間的山泰耶那論。
接下來，以「托爾斯泰《藝術論》中所述的意見」做以下的整理。

　　有的以為如果藝術中所傳的情感，是根據當時的宗教意識，使
人接近這種宗教所指示的理想，贊成他，不加反對，那便是好的，
有高尚的價值的藝術。（王：卷下・2頁）

這可能是參考和整理了托爾斯泰著・耿濟之譯《藝術論》（上海：商
務印書館，1921.3出版）。順便提一句，後面引用的小泉八雲的《文學入
門》中第五章「最高藝術論」之後第六章收錄了「托爾斯泰的藝術論」。
接著還整理了「廚川白村的《苦悶的象徵》中所述意見」，整理如下：

　　有的以為文藝乃是生命的絕對自由的表現，是離開了我們在社
會生活，經濟生活，勞動生活，政治生活等時候所見的善惡利害的
一切估價，毫不受什麼壓抑作用的純真的生命表現。所以是道德的
或罪惡的。是美或是醜，是利益或不利益，在文藝的世界裡都所不
問。因為文藝是和人類生命的飛躍相接觸，所以在那裡，有道德和
法律所不能拘的流動無礙的新天地存在。（王：下卷・2頁）

第十六之引用──魯迅譯《苦悶的象徵》「第一　創作論・三　強制壓抑之力」

　　所以單是活著這事，也就是在或一意義上的創造，創作。無論
在工廠裡做工，在帳房裡算帳，在田裡耕種，在市裡買賣，既然無

非是自己的生活力的發現，說這是或一程度的創造生活，那自然是不能否定的。然而要將這些作為純粹的創造生活，卻還受著太多的壓抑和壓制。因為為利害關係所煩擾，為法則所左右，有時竟看見顯出不能掙扎的慘狀來。但是在人類的種種活動之中，這裡卻獨有一個絕對無條件地專營純一不雜的創造生活的世界。這就是文藝的創作。

　　文藝是純然的生命的表現；是能夠完全離了外界的壓抑和強制，站在絕對自由的心境上，表現出個性來的唯一的世界。忘卻名利，除去奴隸根性，從一切羈絆束縛解放下來，這才能成文藝上的創作。必須進到那與留心著報章上的批評，算計著稿費之類的完全兩樣的心境，這才能成真的文藝作品，因為能做到儘被在自己的心裡燒著的感激和情熱所動，像天地創造的曙神所做的一樣程度的自己表現的世界，是只有文藝而已。我們在政治生活，勞動生活，社會生活之類裡所到底尋不見的生命力的無條件的發現，只有在這裡，卻完全存在，換句話說，就是人類得以拋棄了一切虛偽和敷衍，認真地誠實地活下去的唯一的生活。文藝的所以能佔人類的文化生活的最高位，那緣故也就在此。和這一比較，便也不妨說，此外的一切人類活動，全是將我們的個性表現的作為加以減削，破壞，蹂躪的了。（魯迅譯《苦》13頁）

最後，將小泉八雲在「最高的藝術問題」中所述意見進行如下整理：

　　有的以為最高形式的藝術，應當常給鑑賞者以道德的效果，如同在寬大的愛人心中喚起愛的情熱一樣。這樣的藝術，可以使人肯犧牲自我，以道德的觀念，可以使人安然就死，這種藝術可以給人類以很大的希望，為著那更偉大更高貴的理想，而棄掉生命，快樂，所有的一切。如果一種藝術，能夠使我們更寬大，肯犧牲自己去從事高貴的工作，那末他一定是屬於高類的藝術。若有一件藝術品，無論是雕刻，繪畫，戲劇，詩歌，我們在看完之後，不能使我們更和善，更寬大，得不著道德的改善，那末無論這種藝術作得如何精巧，他是絕不是屬於最高形式的藝術。（王：卷下・2-3頁）

這是 1928 年 7 月 1 日出版的《北新》2 卷 16 期上刊登的小泉八雲著・侍桁譯「最高底藝術問題」的節引。那時侍桁使用的翻譯原本通過和以下文章比較得知是小泉八雲著・今東光譯《文學入門》（東京金星堂，1925.11初版）[2]。而且，根據《魯迅日記》得知，魯迅在 1926 年 2 月 23 日於北京的東亞公司購買了今東光所譯《文學入門》並在 6 月 19 日購買了小泉八雲著・三宅幾三郎、十一谷義三郎合譯的《東西文學評論》（東京聚芳閣，1926.5 初版）。

結語

通過以上考察得出以下結論。

第一、　一介無名中學教師出版了《文學概論》，可見一九二〇年代後期對文學・文藝的關心高漲。

---

[2]　小泉八雲著・今東光譯《文學入門》「最高藝術論」（東京：金星堂，1925.11 初版，161 頁。）

最高形式的藝術應當是在必然、寬大的愛心中跟能夠喚起愛之感情的、能夠鑒賞道德性感情般的。這樣的藝術就是不僅能啟示值得為其作出自我犧牲之道德美，也能啟示為其而死也是一件美好的事情這樣一種道德性理想。

正如藝術就必須是為了某一種偉大、高尚的目的一樣，作為一個人，能夠投擲出生命、快樂及所有一切，以狂熱的希求得到充實的那樣的東西。

恰如忘我不僅應該是熱烈感情的真正的試金石，與此同時，忘我還應該是適用於最高藝術的試金石。這種藝術，不正是使諸位變得寬宏，為完成一個高尚的事業情願付出自我犧牲的嗎？假如果真如此，這種藝術即便不是最高的也該屬於更高的藝術。但，如果作為藝術作品，無論雕刻、繪畫、戲劇、詩歌如何，也不能使吾人感到和善或吾人跟未看其作品之前相比不能發起更寬大、更道德、更高尚的感情，此時無論這種作品如何精巧，我也難以說那是屬於藝術的最高形式的。

韓侍桁從日文和中文兩種語言語翻譯了小泉八雲的作品。1928 年 7 月期間能夠到手的日文譯版為落合貞三郎所譯「最高の藝術に就いて」（《小泉八雲全集》13 卷，第一書房，1926.9 初版）作為參考記載如下的譯文：

最高形式的藝術，應當能給鑒賞者以道德的效果，如同在寬大的愛人心中喚起愛的情熱一樣。這樣的藝術，可以使人肯犧牲自我，以道德的觀念，可以使人安然就死。這種藝術可以給人類以很大的希望，為著那更偉大更高貴的理想，而棄掉生命，快樂，所有的一切。如果一種藝術，能夠使我們更寬大，肯犧牲自己去從事高貴的工作，那麼牠一定是屬於高類的藝術。若有一件藝術品，無論是雕刻，繪畫，戲劇，詩歌，我們在看完之後，不能使我們更和善，更寬大，得不著道德的改善，那末無論這種藝術作得如何精巧，牠也絕不是屬於最高形式的藝術。

第二、王耘莊從 1927 年前期到 1929 年後期擔任了兩年左右的的課程。他用《文學概論》做教材授課的浙江省立第十中學的學生是 1922 年 11 月公佈的六‧三‧三「壬戌學制」後入學的新學制學生。他們畢業時年滿十七、八歲以上。所以可以說王耘莊在三〇年代文學的發信者或接受者的成長時期為他們做了講義。給這些年輕人介紹了本間久雄《新文學概論》以及廚川白村《苦悶的象徵》、《出了象牙之塔》等著作意味著在中國有比日本更多的知識分子熟知這兩人的文學及文藝論。

第三、本間久雄的《新文學概論》整理介紹了安諾德、華捨斯德、亨德、托爾斯泰、愛瑪遜、赫特生、頗斯耐脫、溫切斯特、桑塔亞那等西洋人的文藝理論，此書翻譯出版後為中國知識分子們在編輯《文學概論》時於章節構成上提供了形式上的樣本。一方面，廚川白村的《苦悶的象徵》、《出了象牙之塔》使之產生了一批對文藝創作論的概念和文藝理論發出共鳴共感的中國知識分子，從王耘莊一例也可看出，為他們提供了文藝理論實質性的概念和創作動機。

張靜　翻譯／吉田陽子　校對

第七章 《近代的戀愛觀》中描寫的戀愛論 對文藝界的波及與展開
——以比昂松和施尼茨勒的翻譯狀況 為例

引言

　　廚川白村的《近代的戀愛觀》是由吳覺農、任白濤、夏丏尊三人翻譯介紹在二○年代進入的中國。廣泛普及的是由任白濤譯的兩種《戀愛論》和夏丏尊譯的完整的《近代的戀愛觀》這三種單行本。《近代的戀愛論》中所描寫的戀愛論和其他戀愛論著作的區別在於：由於隱藏在生活背後的種種精神現象和由此產生的苦悶懊惱的存在，廚川著作將近代文藝中「戀愛是最主要的話題」的原因從文藝的角度展開了戀愛論。而且，廚川特別將發自精神現象的苦悶懊惱中的「三角關係」視為戀愛的癌細胞。因此廚川高度評價調停這種「三角關係」的比昂松的近代劇和「對單純戀愛藝術描寫的顯著成功」的施尼茨勒的近代劇。

　　本章從廚川白村《近代的戀愛觀》中高度評價的比昂松和施尼茨勒的近代劇作品開始著手，分析民國時期比昂松和施尼茨勒作品的翻譯狀況和《近代的戀愛觀》的接受狀況的相互關係。首先，確認《近代的戀愛觀》當初進入中國時比昂松作品的接受的變化和先行評價的關係以及廚川描寫的比昂松的作品在中國被接受的變化。其次，同樣揭示出施尼茨勒作品的先行評價的存在，以中國現代主義作家施蟄存和劉大杰為例，指出《近代的戀愛觀》中的介紹對「發現」施尼茨勒所起的補全作用。進而，由於施蟄存指出了弗洛伊德精神分析學對施尼茨勒的影響，所以簡單地言及民國時期對弗洛伊德精神分析學的接受情況。

一、日本及中國的比昂松作品的翻譯情況

　　1918 年 6 月《新青年》（第 4 卷第 6 號）編了「易卜生專輯」、10 月
從英文轉譯後刊載了《玩偶之家》（陳嘏編譯《傀儡家庭》上海：商務印
書館，說部叢書第 3 集第 51 編，1918.10 初版）以及眾所周知的，在中國，
拋棄「傀儡家庭」而尋求真正愛情生活的娜拉成為追求女性解放的新女性
娜拉的《玩偶之家》得到了普及。而且，易卜生和他幾乎所有的作品在整
個民國時期廣泛普及開了。但是，《玩偶之家》不僅僅是女性解放的問題，
至今仍在不斷上演的原因可想而知是在於易卜生作品的藝術性之高。

　　在世界文學的地位中挪威的兩個同時期的天才戲劇作家亨利克·易
卜生（Henrik Johan Ibsen，1828.3.20-1906.5.23）和比昂斯滕·比昂松
（Bjørnstjerne Bjørnson，1832.12.8-1910.4.26）是並稱的重要大師。但是在
中國比昂松以及他的作品的翻譯介紹卻很少。在由茅盾主編、內容得到革
新後的《小說月報》第 12 卷第 1 號（1922.1.10）上刊登了從英文翻譯過
來的冬芬譯「名劇新婚夫婦（De Nygifte）」（第一幕）和茅盾所譯「挪
威寫實主義前驅般生」、第 12 卷第 3 號（1921.3.10）上刊登了冬芬譯「名
劇新婚夫婦（De Nygifte）」（第二幕）以及最後在 12 卷 7 號（1921.7.10）
上刊登了從德文版翻譯過來的蔣百里所譯「鶯巢」，此後就再也沒有在《小
說月報》上刊登過對比昂松的譯介。上述 1921 年 1 月的茅盾的比昂松的
介紹是初次且詳細。在筆者看來，其他文藝雜誌也沒有譯介過比昂松。

　　茅盾在「挪威寫實主義先驅比昂松」中如下介紹比昂松：

　　　　論到腦威的文豪，般生（Björnstjerne Björnson）和易卜生
　　（H.Ibsen）是並稱的；而且易卜生的影響於世界文學界比般生要大
　　些。此處題上「前驅」兩個字的意義並非含有「第一個最好」的意
　　義，不過因為（一）般生和易卜生是同時人，小時本來是同學，（二）
　　他的著作，小說，短篇小說，劇本，詩都成名，範圍廣些，（三）
　　他是比較上是腦威的，不是世界的，所以就稱他腦威為寫實主義文
　　學的前驅。沒有含著貶易卜生而揚般生的意思，盼望讀者不要誤會。

　　以下，茅盾按年代順序介紹比昂松的生涯和作品對比昂松所描寫的社會問題劇如下介紹：

> 　　於此我們應該注意一下的，就是般生的社會問題劇本——例如
> 遼那爾達與挑戰的手套——和易卜生的社會問題劇本微微兒有些
> 不同；易卜生的社會問題劇本的唯一使命是揭開社會黑幕指出社會
> 的根原給我門看，卻毫不說到一個補救方法——是祇開脈案，不開藥
> 方子。般生可就不然，他於補救方法一面，也略略講一點。舉個近
> 便的例，譬如新結婚的一對，顯而易見有般生對於這問題的解決法
> 參在中間。但不可誤會易卜生是想不出般生的解決法；易卜生是不
> 願開藥方，是願看的人自己運用腦筋去想個補救的方法罷了——因
> 為他是個頭腦冷靜眼光尖利的批評者，兼又是大戲曲家；戲曲是不
> 雜主觀的更能動人，批評者是不取一己的理想。般生是個大小說
> 家，所以應用小說的理想來裝到戲曲的模子裡，也常常帶著理想的
> 色彩了。

　　之後，茅盾還評論說「但是講到戲劇結構技術方面，般生便遠不如易卜生」，比之易卜生他的評價還是很低的。

　　除文藝雜誌外，1922 年 7 月《婦女雜誌》上翻譯刊載了由薇生譯‧本間久雄著的「近代劇描寫的結婚問題」的譯文，其中有一篇是比昂松的題為《小葡萄花開放的時候》。另外，1923 年 7 月任白濤以《戀愛論》一題把廚川白村的《近代的戀愛觀》翻譯刊登了。1928 年 8 月夏丏尊以《近代的戀愛觀》為題將戀愛部分完整地翻譯刊登了出來。在這兩種譯本中對廚川概略的《戀愛與地理學者》、《小葡萄花開放的時候》的比昂松的兩部作品都有介紹。

　　比昂松唯一的單行本終於在 1930 年 10 月發行了戲劇《破產者》（郭智石譯，上海：商務印書館，1930.10 初版）。

　　一方面，日本的比昂松的介紹是從明治 31 年（1898）德富蘆花在《家庭雜誌》8 月號上登的「富兒傳」開始的。明治 44 年（1911）秦豐吉在雜誌《創作》9 月號上翻譯刊登了「喜劇　小葡萄花開」。明治時期德田秋聲、平塚明子、森鷗外等人前後 15 回在各種雜誌上介紹了他的作品。其

中，森鷗外在明治 44 年 1 月 1 日發行的雜誌《歌舞伎》上分 5 次（從第
127 號至 5 月 1 日刊行的第 131 號）翻譯連載了「戲劇 人力不及」（後收
錄於大正 2 年《新一幕物》籽山書店），同年 11 月 1 日在《歌舞伎》上
分 5 次（從第 137 號至 3 月 1 日發行的第 141 號）連載了「戲劇 手套」
（後收錄於大正 8 年 5 月《蛙》玄文社）。而且，從大正時期至昭和二十
年為止，單行本的比昂松的介紹特徵為：分二十次（收錄在《鷗外全集》
中作品的次數除外）介紹，幾乎都在《○○劇大系》《○○文學全集》裡
都有介紹，僅能計算得出比昂松專譯單行本《漁家女》和《森林處女》[1]但
可以明顯地看出在日本介紹的次數和翻譯作品的種類要比中國的多。

作為例子，在這裡展示如下的日本對比昂松的一個評價。

> 比昂松的最後的作品是在死亡前一年七十七歲時寫的舞台劇
> 《小葡萄花開放的時候》（1909）。「小葡萄花開的時候老葡萄花也
> 再開」這一對白顯示了作者最後也沒有失去積極的人生觀。比昂松
> 的作品種類繁多但是都貫穿著同樣的精神態度。挖掘出人和人生的
> 積極的肯定的一面來讚揚一種年輕的精神[2]。

正如在後面部分也將論述的那樣，從這個引用可以看出，對於比昂松
跟對於廚川一樣給予了高度的評價。但是上述引用的論者評論說：「今天
讀描寫了男女平等問題的近代劇《手套》等作品，其中的女性解放思想是
公式化的、生硬的，女主人公的熱情也並沒有傳遞過來[3]」，所以與其說是
一個善於描寫勞動、社會、教育和女性問題的舞台劇作家，還不如評價為
是一個刻畫了孩子成長的過程和經受考驗的農民小說家[4]。而且，作為北歐
文學專家的論者對比昂松作品的社會貢獻的評價和對易卜生流行的社會
現象的評價相比之下就知道並沒有受到好評[5]。反過來說明，易卜生作為描

---

1 比昂松和施尼茨勒的翻譯作品次數是根據《明治・大正・昭和翻譯文學目錄》國立
   國會圖書館編，風間書房，1959.9。
2 中村都史子「農民小說の青春像——B・ビヨルンソンと伊藤左千夫」（東大比較
   文學會《比較文學研究》第 30 號，1976.9）140 頁。
3 同註 2，150 頁。
4 同註 2。
5 中村都史子《日本のイプセン現象——1906-1916 年》（九州大學出版會，1997.6）。

寫勞動和女性問題等社會問題優秀的舞台劇作家在中國和日本同樣有如
產生了社會現象一般被成功地接受了。

二、廚川白村和本間久雄所描寫的比昂松

在中國，廚川所著《近代的戀愛觀》的翻譯是從吳覺農譯「近代的戀
愛觀」開始的。吳覺農所譯「近代的戀愛觀」是以《朝日新聞》上連載的
「近代的戀愛觀」」為翻譯底本的，1922 年 2 月在《婦女雜誌》第 8 卷第
2 號上翻譯刊登了原作的六成。但是吳覺農將原作的第六節「比昂松的作
品」刪除了。廚川在第六節「比裡昂松的作品」中以對比同樣挪威人的易
卜生的作品來介紹比昂松的戀愛劇風格。由於吳覺農刪除了這一內容，因
此 1922 年 7 月《婦女雜誌》第 8 卷第 7 號上刊登的本間久雄著·薇生譯
「近代劇描寫的結婚問題」中用以對比易卜生的《玩偶之家》、《海的夫
人》等作品來介紹比昂松的《小葡萄花開放的時候》搶先了。中國的讀者
是先通過本間久雄才知道比昂松的作品是介紹了近代文藝裡描寫戀愛、結
婚等為何等重要之問題的。經廚川白村對比昂松的介紹，是在通過本間的
介紹，也就是正好在其一年後的 1923 年 7 月刊行的任白濤《戀愛論》的
初譯版後才為人知曉的。

1. 本間久雄描寫的比昂松

在本間久雄著·薇生譯「近代劇描寫的結婚問題」中對比昂松作如下
介紹：

> 結婚生活和夫婦生活，真的成為戲劇題目，這不過是易卜生以
> 後的事；在他之前，幾乎是看不到的。在十八世紀中頃的通俗劇
> ——所謂 Bourgeois Drama——中，很有以結婚生活為題材的作品；
> 但這些都是所謂喜劇式，所以現在我們不能說他是真面目的。
> 　討論結婚生活最初的作品，最真摯而且最有意義的，便是號稱
> 「近代文學之父」的易卜生的玩偶家庭（A Doll's House）；以後他
> 的作品，大概沒有不關涉結婚問題和家庭問題的。其中他的傑作 群
> 鬼（Ghosts），海上夫人（Lady From the Sea）等，更可算這方面最

重要的作品。易卜生以外的作家，從易卜生的同國人而且和他齊名的般生（Byornson）起，以至德國的蘇特曼（Sudermann），哈特曼（Hauptmann），英國的比納羅（Pinero）蕭伯納（Beruard Shaw），法國的白里歐（Brieux），海耳浮（Hervieu）等易卜生系統的社會劇作家，幾乎沒有不染筆於這問題；而且他們作品的大部分，都觸著這問題的。

近代戲上所描寫的結婚問題，有上述的兩種：即描寫結婚生活的悲慘及其暗黑方面，和從光明的方面，暗示用什麼方法可過較好的結婚生活。……（中略）……屬於後者的，從易卜生玩偶家庭，群鬼，海上夫人起，有般生的新夫婦，小葡萄花開放的時候等。

但是從現在我們的生活和立腳點上看，如果描寫同樣的不滿足，或同樣的悲慘的黑暗面的結婚生活，而又暗示怎樣能夠除去這不滿足，怎樣能夠從悲慘黑暗面轉到較豐富較有價值的結婚生活，這樣從事積極的解釋的作品，當然比上述消極的解釋的作品，有更多的興味和意義。從上面所舉易卜生的玩偶家庭，群鬼，海上夫人起，及般生的小葡萄花開放的時候等諸作，在這意味上，是最可重視的作品。

近代劇中重要的作品，要一一詳說，頗嫌冗長。但般生的小葡萄花開放的時候，必須講一下的。上面所講的易卜生的作品，對於女子比對於男子更為同情，這作品卻和他相反，這是不同的地方。玩偶家庭等結婚生活的不能滿足，作家都歸罪於男子，又以婦人在這種男子的行為中，要怎樣自覺方可，作為問題；小葡萄花開放的時候中結婚生活的不滿和悲慘，作者以為實是婦人的罪較多，要婦人自覺了這罪孽，結婚生活才能圓滿，這是很有趣味的對照。
小葡萄花開放的時候中主人公威廉亞爾維克這老紳士，和熱烈互相戀愛著的女子結婚，組織家庭。到了孩子們漸漸成長，妻子方面，只管家計和孩子，漸漸不思念到丈夫了。丈夫因此就漸漸感到『生活倦怠』了。而且妻子又不和他關涉。人生漸漸沒趣了，以『小

葡萄花開放的時候，老的葡萄也發酵了』的心情，追隨一個年輕的
女子之後，和這年輕的女子，瞞著妻子，一起到遠處去旅行。在妻
子方面，從不看到丈夫的面，方覺得自己的行為，才痛感著到如今
對於丈夫太不理解和恣意了。這時，丈夫因了偶然的事，中止旅行
回來。他們倆又和好了，進於新生活。這是一篇的要旨。這在給與
我們許多應當考慮的暗示這一點，也和易卜生的作品相同的。<u>易卜
生</u>和<u>般生</u>，對結婚生活的悲劇的原因，一則求之於男子方面，一則
求之於女子方面，這是不同的；但可以說，對於求之於男女相互間，
而且怎樣才能除去這悲劇的原因這事，使讀者和看客考察乃至給與
暗示。近代劇上所描寫的結婚問題，從我們的生活上看最富有暗
示，而且有最多的意義的。

　　以上將薇生所譯本間久雄的「近代劇描寫的結婚問題」中有關比昂松
的言論都選出來了。本間原作和發表時間至今不明，但可以確認的是：廚
川在《近代的戀愛觀》中也介紹了《嫩葡萄著花時》，也就是說這一作品
在日本相當普及。本間久雄和廚川白村對比昂松的評價是不同的。本間把
比昂松和易卜生的作品都稱讚為：「從悲慘的黑暗面轉移到更豐富更有價
值的結婚生活」富有暗示性的戲劇作品，但是廚川更傾向於高度評價了比
昂松在戲劇方面揭示出的調停和調和的一些部分。

2. 廚川白村描寫的比昂松

　　廚川著單行本《近代的戀愛觀》是 1922 年 10 月 29 日初版刊行的，
有關比昂松戀愛劇的評論在《近代的戀愛觀》的「六　般生的作品」和『三
就了戀愛說』的「十一」中得到發表。

　　在中國，最初譯介廚川著作《近代的戀愛觀》的任白濤於 1923 年 7
月改題出版發行的《戀愛論》。任白濤譯《戀愛論》有記載著「輯譯」的
初譯版和「譯訂」改譯版的兩種版本。其中，「日本人的戀愛觀」、「結
婚和戀愛」、「人生的問題」、「斷片語」和「終結」在初翻版時都被刪
除了。從初譯版到在改譯版進行改訂時，對翻譯內容更是肆意地進行了大
量的更改，尤其集中在原作的「五　娜拉已經舊了」「六　般生的作品」和
「七　戀愛和自我解放」的三個章節中。

　　《近代的戀愛觀》的特點是以愛倫・凱的「靈肉一致的戀愛」觀念為主線，加上了廚川獨自的「自我犧牲精神」。廚川獨自的主張主要集中在上面的三節中。

　　原作的「娜拉已經舊了」經過初譯「四　娜拉成了舊婦女」，在改譯被分成「四　戀愛與結婚」「五　娜拉已經舊了」。如任白濤在 1926 年 4 月「關於《戀愛論》的修正」中寫道：「廚川氏的本著作主要以愛倫・凱、卡朋特諸人的學說構成，但多處與愛倫・凱等人的學說相衝突。可能是他沒有仔細閱讀她們的書、我猜」「他主張的和愛倫相反的自我犧牲這次我都刪除了」。任白濤將自我犧牲精神的展開部分全部刪除、將愛倫・凱的《戀愛與結婚》改為第四節「戀愛與結婚」。原作的「般生的作品」經過初譯版「五　二個離散復緣的喜劇」後在改譯版中被刪除了。而且，原作的「戀愛與自我解放」在初譯版里是「戀愛與自我解放」，在改譯版里是「六　相互的發現」，廚川的有關「自我犧牲」都被刪除了。原作「娜拉已經舊了」「般生的作品」和「戀愛與自我解放」三節在初譯版里被譯成縱寫 30 字 12 行大約 7 頁占三分之一，約 2600 字，在改譯版里變成縱寫 30 字 12 行大約 2 頁半，約 900 字，大約有 5 頁將近 1700 字都被刪除了。

　　任白濤在翻譯《近代的戀愛觀》時，在改譯本中刪除了初譯版里「般生的作品」，其原因出於他希望概說性地介紹西洋近代著名的戀愛論這樣一種翻譯目的。在中國就像茅盾對比昂松介紹所代表的那樣，跟易卜生的作品相比起來評價相當低，再則，任白濤說過「可能是他沒有仔細閱讀她們的書」這樣一種對廚川的不信任，因此刪除了廚川對比昂松作出高度評價的介紹作品的部分。

　　廚川的「般生的作品」是例示說明他主張的「戀愛時否定自我是更大的肯定自我」而舉出的具體作品。廚川在其中將同時代的挪威兩個天才戲劇作家，即，易卜生的《玩偶之家》《海太・迦勃列》和比昂松的《戀愛與地理學者》《嫩葡萄著花時》作了比較，得出了他們不同的天資形成了他們對戀愛劇的不同風格的結論。而且，廚川對於易卜生文學評論為「暗黑的無可奈何」的逃避不了現實的描寫，而大讚比昂松的戲劇是：雖說描寫「三角劇的癌腫」，但最終卻以「帶著明快的詩的肯定樂觀的天性」揭示出調和的可能性。此外還介紹說：「般生對於全然只知狹窄的自己本位

不顧其他的個人主義者，加以更強力的非難的，是《嫩葡萄著花時》的喜劇。」他寫「《嫩葡萄著花時》來補正易卜生的娜拉式的思想。」

　　另一方面，1923 年 7 月在發行的初版任白濤的《戀愛論》「二個離散復緣的喜劇」中翻譯了比昂松的兩篇喜劇的梗概，雖然省略了幾行廚川原著，但是把原文的大致意思都正確的表達了出來。可是被省略的幾行是在展開論點上非常重要的內容，如「在戀愛裡，否定自我就是所以肯定更大的自我。」「般生對於全然只知狹窄的自己本位不顧其他的個人主義者，加以更強力的非難的。」還有，廚川原文裡介紹《嫩葡萄著花時》時，描寫亞爾維克的三個女兒為「普遍的迷信著求自由解放的新思想的女性」，而任白濤改譯成「懷著自由解放的新思想」，還省略了「為自我主義的妻所冷遇的男子」這句反映了廚川對亞爾維克看法的修飾句。

　　其次，廚川的《近代的戀愛觀》裡收錄的《有關三度戀愛》「一」「般生的作品」這一節用了兩個戲劇來說明「如果患了三角劇的癌腫」，但是還用一般論的說明和許多具體作品裡描寫的事例來做補充說明。這裡除了易卜生和比昂松的演劇外還舉了哈普特曼、梅特林克、鄧南遮、蕭伯納、蘇德曼等人的戲劇來說明近代戲中三角劇之多的原因是「三角關係」的「葛藤就成了沈痛深刻的悲劇，有衝破生命核心的強烈的破壞力」。

　　但是任白濤的《戀愛論》把《近代的戀愛觀》裡收錄的《再說戀愛》《三就了戀愛說》整理為《與其談實際生活還不如談戀愛》一章。還將《三就了戀愛說》「十一」內容中廚川敘述的一般論的「三角關係」的言論單設成第「八」節為「三角關係」。但是作為一般論進行了整理也無法省去為論點服務的易卜生和比昂松的有關戲劇內容。結論如下所示：

任白濤的《戀愛論》「八　三角關係」初譯本

　　　　戀愛結合之一方，更分其愛於另一對手，這叫做「三人之劇場」，又通稱為《三角關係》。三角關係裡頭，包含著許多憎惡，嫉妒，恐怖，羨望，復仇種種不良分子，人類苦悶之姿之萬花鏡，就在那裡展開了。

　　　　因為三角關係而苦悶之心理，是自古及今不會變的，尤其是個性發達之近代人，更不容何等不良分子羼雜到性的結合裡頭。已經

屬入不良分子，生命之核心，就要立刻爆裂，釀成沈痛深刻的悲劇。
近代文藝中三角劇特別的多，就是根據上述的理由。

三角關係之於戀愛，的確是一種的癌腫，成了人生苦悶的種
子。要想免除這樣苦悶的種子，不可不先事預防，預防之法，即如
以前所說：對於可貴之戀愛，當努力應用一番培養維護的工夫。這
也與維持我們生命的法子是一樣，除了講衛生養生之法以外，沒有
別的什麼長生術。

不幸既罹了三角關係的癌腫，最上之道乃不外乎《自由》。性
的選擇之自由，無論在如何之時際，場所，也不可以拋棄。要是同
全然沒有愛的人持續夫婦關係；一方面鐘其情於他人，糊裡糊塗的
過虛偽的日子，這比自欺欺人的罪惡還大哩。

但是多年同居之兩性關係，因為失了浪漫的色彩而成了潛在
的，縱然罹了三角癌腫，要是仔細地省察一番，最能於意外發見力
強的夫婦愛，仍可圓已破之境，像上面所舉的般生兩作，又像易卜
生作的《海上夫人》，就是例證。因此罹了三角癌腫的時候，雙方
都不可輕舉妄動。——像《海上夫人》一劇的結局，絕不是狂言綺
語所結的虛構，其中實含有玄妙深遠的《愛》之心理，這乃是形式
萬能之因襲的道德之徒夢想不到的新道德之勝利，《自由》與《愛》
之最後的凱旋。

以上，為了治癒在實際生活裡容易陷入的像癌症似的「三角關係」任
白濤提示了給人警示的「愛」和「自由」的「新道德」理念。任白濤在初
譯本中提示道比昂松近代劇展示了陷入「三角關係癌腫」的具體例子，而
且還暗示調停了積極的解決對策。但是在改譯本中由於刪除了「上篇中所
舉比昂松二作」，所以在改譯本「八 三角關係」一節中刪除了比昂松的
名字。任白濤根據「三角關係裡頭，包含著許多憎惡，嫉妒，恐怖，羨望，
復仇種種不良分子，人類苦悶之姿之萬花鏡，就在那裡展開了。」「尤其
是個性發達之近代人，更不容何等不良分子屬雜到性的結合裡頭」之原
因，介紹了近代文藝作品裡頗多的「三角關係」，揭示了「三角關係」為
近代文藝中的重要主題。筆者認為：民國時期在對廚川所著《近代的戀愛
觀》的接受史中對比昂松的接受史經過了《近代的戀愛觀》被變容後的接

受形式，所以對比昂松的接受轉化為近代文藝中重要主題「三角關係」的主題論了。在比昂松的接受轉化為近代文藝中重要主題「三角關係」的主題論和先前揭示的「挪威寫實主義先驅比昂松」中茅盾的低評價有著決定性的關係，甚至還可認為這也影響到了《近代的戀愛觀》的接受形式。由此跟民國時期比昂松的翻譯作品一起判斷，比昂松的介紹成了一般論的何謂「三角關係」和為何「三角關係」變成了近代文藝中的主要主題等變化，這些不難想像社會背景裡存在的戀愛熱現象。

三、日本與中國的施尼茨勒作品的翻譯情況

在廚川白村《近代的戀愛觀》的言論中談論近代戲劇和戀愛關係的除比昂松以外還有一位。他就是阿圖爾・施尼茨勒（Arthur Schnitzler，1862.5.15-1931.10.21）。

日本對施尼茨勒的介紹是從明治 30 年（1897）森田思軒在《新小說》8 月號上刊登的「羅馬人叢話」開始的。明治時期的介紹共有 18 次，其中 9 次是森鷗外翻譯的。森鷗外在明治 40 年（1907）11 月、12 月 1 日發行的《歌舞伎》第 91 號、92 號上發表了「觀潮樓一夕話」來源於「腳本《拿劍的女子》的譯本」（之後在明治 42 年 6 月《一幕物》春陽堂、大正 11 年 8 月《森林太郎譯文集卷二奧太利劇篇》春陽堂收錄），作為介紹施尼茨勒作品的開始，「安杜萊阿斯・塔阿瑪伊愛爾的遺書」（明治 41 年 1 月《明星》第 1 號，之後明治 43 年 10 月《現代小品》弘學館書店，大正 4 年 1 月《諸國物語》收錄於國民文庫刊行會）、「戲曲猛者」（明治 41 年 11 月《歌舞伎》第 100 號、之後收錄於明治 42 年 7 月《一幕物》）、「耶穌降誕祭的買入」（明治 42 年 1 月《新天地》第 2 卷第 1 號、之後明治 43 年 1 月《黃金杯》春陽堂、收錄於《森林太郎譯文集　卷二　奧太利劇篇》）、「未練」（明治 45 年 1 月 1 日至 3 月 10 日斷斷續續在《東京日日新聞》連載了 55 回，同年 7 月 5 日單行本《未練》由籾山書店出版）、「戲曲 戀愛三昧」（明治 45 年 4 月 1 日發行的《歌舞伎》第 142 號到大正元年 9 月第 146 號分五回連載、之後大正 2 年 2 月單行本《戀愛三昧》「近代腳本叢書第一編」現代社、收錄於《森林太郎第譯文集　卷二奧太利劇篇》）、「一人者之死」（大正 2 年 1 月發行的雜誌《東亞之

光》第 8 卷第 1 號、收錄於同年《十人十話》實業之日本社）共 7 部作品皆由德語的原著翻譯了過來。

如上所述，從明治後期到大正初期森鷗外非常重視施尼茨勒，在明治時期大體上其翻譯介紹次數幾乎和比昂松一樣。但是施尼茨勒到大正時期突然大受歡迎。大正時期 44 種作品分 73 回以單行本、施尼茨勒選集、近代戲劇大系‧全集、「○○翻譯集」的形式大量被翻譯介紹。施尼茨勒的戲劇風潮有勝於易卜生的戲劇風潮。

在中國，民國時期的施尼茨勒的普及僅從以下上海圖書館藏書的調查就可知有 15 種單行本十部作品被翻譯出版。其他還有在 1937 年 1 月施蟄存所譯《薄命的戴麗沙》的「譯者序言」附錄「施尼茨勒重要著作目錄」中，明記有 1931 年神州國光社版的施蟄存譯版《婦心三部曲》，10 部作品共有 16 個單行本被翻譯出版。其中數施蟄存翻譯得最多，翻譯介紹了 5 部作品。

【施尼茨勒作品翻譯單行本資料】（以下記為【資料】）

（1）　郭紹虞譯《阿那托爾》（文學研究會叢書，上海：商務印書館，1922 年 5 月初版。（*Anatol，Dergrüne Kakadu*）

（2）　施蟄存譯《多情的寡婦》上海：尚志書屋，1929 年 1 月初版。（*Frau Bertha Galan*）

（3）　趙伯顏譯《戀愛三昧》（其他收錄於《綠鸚鵡》）上海：樂群書店，1929 年 8 月初版。（*Liebelei，ergrüne Kakadu*）

（4）　趙伯顏譯《循環舞》上海：水沫書店，1930 年 5 月初版。（*Reigen*）

（5）　段可情譯《死》上海：現代書局，1930 年 11 月初版。（*Sterben*）

（6-1）劉大杰譯《苦戀》上海：中華書局，1932 年 7 月初版。（*Frau Bertha Garlan*）

（6-2）李志萃譯《苦戀》（通俗本文學名著叢刊）上海：中學生書局，1934 年 4 月初版。（*Frau Bertha Garlan*）

（7）　施蟄存譯《薄命的戴麗莎》上海：中華書局，1937 年 4 月初版。（*Therese，Chronik eines Frauenlebens*，底本英譯：*Theresa the Chronicle of A Woman's Life*）

（8-1） 施蟄存譯《孤零》（婦心三部曲之一）文化出版社，1941 年 5 月初版。（*Frau Bertha Garlan*）

（8-2） 施蟄存譯《私戀》（婦心三部曲之二）言行社，文化出版社，1941 年 5 月初版。（*Frau Beate und ihr Sohn*）

（8-3） 施蟄存譯《女難》（婦心三部曲之三）文化出版社，1941 年 5 月初版。（*Fräulein Else*）

（8-4） 施蟄存譯《婦心三部曲》言行社，1947 年 2 月初版。（*Frau Bertha Garlan*）（*Frau Beate und ihr Sohn*）（*Fräulein Else*）

（9） 施蟄存譯《愛爾賽之死》南平：復興出版社，1945 年 8 月初版。（*Fräulein Else*）

（10） 施蟄存譯《白殺以前》福建：十日淡社，1945 年 9 月初版。（*Leutnant Gustl*）

（11） 可文基譯《哀爾賽姑娘》（大家作品叢書 5）上海：大家出版社，1949 年 1 月初版。（*Fräulein Else*）

據筆者所見，在民國時期施尼茨勒以及他的作品介紹中，「文學研究會叢書」出版的上述【資料】（1）項中郭紹虞所譯《阿那托爾》收錄了 1922 年 3 月 25 日鄭振鐸著「序」裡的介紹作為全面的介紹是數最早的。

阿那托爾是七幕可以獨立的劇本聯結成一部『獨幕的連環劇』（One art Cycle）的。以劇中主人翁阿那托爾為中心，為線索，而聯結全篇為一片。第一幕是敘阿那托爾與一個女子卡鸞的事。第二幕是敘阿那托爾與一個已嫁女子葛勃麗的事。第三幕是敘阿那托爾與一個女子璧瑩迦的事。其餘四幕也都是如此，男主人翁總是阿那托爾。女主人翁則各各不同。

這部劇本的著者是現代奧大利戲劇家亞述顯尼志勞（Arthur Schnitzler）。

顯尼志勞於一千八百六十二年生於奧京維也納。現尚健在。他父親是一個著名的喉科醫生。他自己也是學醫的。自從維也納大學畢業後他就去做醫生，繼續做了十年之久。一方面又時時的做了許多長篇小說，短篇小說和劇本。而劇本尤為有名。

　　奧大利的戲劇與德意志的戲劇雖然是用同一的文字寫的，但是精神上卻大有不同之處。普通人卻常常把他們弄混亂了。其實一個是表現柏林的精神，一個是表現維也納的精神。

　　顯尼志勞　便是一個特出的維也納派的代表。他的劇本的精神與蘇特曼（Sudermaum）及霍甫特曼（Hauptmum）是絕不相同的。他也同許多近代的維也納戲劇作家一樣，所描寫的不過是人生劇場上的一二幕戲，而就這些很少數的事實中常常簡單反復地表現出來。但卻決不嫌重複與厭倦；好像一個彈琴的高手，琴弦雖只有幾條，而經過他的撥彈，則琴音高低抑揚，變化無窮，時如迅雷疾雨，時如清溪平流，時如深夜沈寂中，聞寡婦之哀哭，時如微風過松間，悠然清遠。他的藝術的手段，可謂高絕了。我們且試拿他的幾篇劇本來觀察一下。在阿那托爾中，七幕的事實差不多都是相同，就是敘一個男子與一個女子的關係，但是他卻敘得各各不同，活潑而且自然，絕不會使人生重複之感。在與阿那托爾相同的循環戲「Reigen」中，也是同樣地表現出顯尼志勞可驚的藝術來。「Reigen」共有十幕，每一幕也是敘一個男子與一個女子的關係。但不是用一個主人翁來貫穿全劇的。他所用的貫穿的方法，是連環的方法。第一幕敘的是一個妓女與一個士兵的關係；第二幕則敘那個兵士與一個女堂倌的關係。以後各幕，則逐次敘那個女堂倌與一個少年人的關係；那個少年人與一個年輕女人的關係；那個年輕女人與她的丈夫的關係；她丈夫與一個女子的關係；那個女子與一個詩人的關係；那個詩人與一個女優的關係；那個女優與一個貴族的關係。到了第十幕則敘那個貴族與第一幕內所敘的那個妓女的關係。所敘的不過是男女的關係。到了第十幕則敘那個貴族與第一幕內所敘的那個妓女的關係。所敘的不過是男女關係的一條簡單的弦線，但是他所表現的是變換，精巧，而且有趣。

　　不惟至這兩部劇本中，他所敘的事實是十分簡單而且同樣，就是所有他的劇本，也都是如此。他的題材總是一個情人與一個或兩個女人。他有著名的一劇名為「Liebeler」（賣弄風情）。Ashly Dukes說『在實際上，從阿那托爾至美麝伯爵夫人（Countess Mizzi），他

們都是「賣弄風情」呢。』在這樣簡單的琴弦上能夠撥彈出這許多好音來，我們確應該十分讚頌顯尼志勞的才能。

顯尼志勞的才能，一方面還在能創造一種空氣──一種好像秋天傍晚朦朧的微光的空氣，一種非常可愛的幽秀的空氣。他所造的夢想世界，其變幻離奇如一個象徵主義者所描寫者一樣而其事實又非象徵的。

在顯尼志勞的作品中，悲劇也有好幾篇，如「Licbeler」便是一例。在「Liebeler」中，他的主人翁是一個女子，而非男子。她愛上了一個男人，做了他的妻子，一天天在她自己的夢想生活中過去。她的丈夫卻為了別個婦人之敵，與人決鬥而死。結果很悲慘。但在大體上顯尼志勞的著作還是以喜劇為多。

有許多道德家以顯尼志勞只是描寫愛情的變幻，只是描寫『賣弄風情』的事跡，覺得很不合道德。我們現在介紹阿那托爾，恐怕也有許多人要以道德家的眼光來責備的。其實顯尼志勞只是一個藝術家。他不管什麼道德。他祇是忠實地寫出實在的現象。且他的工作也決沒有醜惡的表現。他以他的秀麗的藝術的手腕，避免了一切穢濁的肉慾的描寫。這確是很難得的。但他究竟是大膽無畏的。凡是能夠說得出來得話，他都完完全全的赤裸裸說出，決不晦匿。於其他作者所不敢道破的地方，他尤其勇敢，尤能無顧忌地道出。這就是他最不可及地地方。

所以我們介紹阿那托爾，一方面固是介紹奧大利的一部代表的著作，介紹顯尼志勞的一部代表作，（Dukes 以為阿那托爾是最能清楚地傳出顯尼志勞的空氣的作品）一方面是介紹顯尼志勞的精神與藝術，把一個向未經藝術者走過的人生場地，顯露給大家看。

以上幾乎是序文的全文，雖然比較長了點，它是對施尼茨勒及其作品的最初的詳細說明。在此鄭振鐸對施尼茨勒評價相當高，使讀者有閱讀的興趣。之後，《阿那托爾》的翻譯底本是根據 1917 年出版的「近代叢書」（Modern Library）裡收錄於克波恩（Colborn）所譯《阿那托爾及其他戲曲》的英譯版。刊登了這篇鄭振鐸「序」的郭紹虞所譯《阿那托爾》的初

版於 1922 年 5 月發行，跟中國對現代主義作家的施尼茨勒的「發見」的
關係是很重要的。

四、施尼茨勒的「發見」和弗洛伊德的精神分析學

齊藤敏康指出：施蟄存的施尼茨勒的「發見」時期是在 1923 年到 1927
年之間。這是因為（1）施蟄存 1923 年上海大學、1925 年大同大學和 1926
年震旦大學，從 1923 年到 1927 年的時期為閱讀西歐文學的原文，學習將
西歐文學移植到自己的文學中時必要的英語和法語之時期。

（2）施蟄存 1926 年到 1928 年熟讀翻譯文學，時而動動筆，是掌握西歐
現代小說方法的試行錯誤期，在這個期間以革命文學論爭為開端，迎來了無
產階級文學的興盛時代，他醒悟到自己的文學資質和無產階級文學的不同，
決定和無產階級文學保持距離的時期；此時，施蟄存看到的是稍遲於無產
階級文學的以夾擊二〇年代的五四白話文學的形式介紹進中國的稱之為
「現代主義」的文學思潮，根據施蟄存的隨後的創作，主要有弗洛伊德、
哈維洛克・艾利斯的心理學、以及 A・施尼茨勒的一系列心理分析小說[6]。

同樣以現代主義作家出發，後來投身於中國古典文學研究的劉大杰在
日本留學中的 1928 年晚秋，在廣島的一家叫第三書房的書店里買到了一
本《貝爾特・嘎阿蘭夫人》（日譯本 1921 年伊藤武雄《施尼茨勒短篇集》
岩波書店出版）的英譯本。從留學中的 1929 年秋天開始翻譯，回上海後
1930 年後期終於談妥了出版翻譯作品一事，匆匆地將翻譯的全部狀況寫在
了前述【資料】（6-1）《苦戀》「譯者之言」中。劉大杰 1926 年在日本
留學，在早稻田大學文學系攻讀歐洲文學，著作有《托爾斯泰研究》（上
海：商務印書館，新知識叢書，1928.3 初版）、《易卜生研究》（上海：
商務印書館，文學叢書，1924.4 初版）、《德國文學概論》（上海北新書
局，1928.6 初版）等。而且，他還不斷地留意著廚川白村的著作。廚川白
村的著作在中國的翻譯介紹劉大杰最多的三部作品為《走向十字街頭》、
《小泉八雲及其他》和《歐美文學評論》。

---

[6]　齊藤敏康「施蟄存とシュニッツラ——《婦心三部曲》と「霧」「春陽」（《野草》
　　66 號，2000.8）。

在此，就與世界文學同時並進的劉大杰（1904 年出生）和施蟄存（1905年出生）的兩個知識分子，簡單地介紹一下他們從 1920 年到 1928 年之間的事蹟。劉大杰從小愛好古典詩文，1919 年入武昌旅鄂中學，1922 年入武昌高等師範後 1925 年冬季隨恩師郁達夫到上海，1926 年畢業於武昌師範大學中文系後受郭沫若激勵留學日本，1930 年回國後在上海大東書局工作（從 1931 年任教復旦大學、安徽大學、大夏大學、四川大學和暨南大學等）。一方面，施蟄存也同樣於 1918 年入江蘇省立第三中學後愛好古典詩文，1922 年入杭州之江大學，1923 年再入上海大學，1925 年轉入大同大學，1926 年再度進震旦大學法語系特別班，1928 年創辦第一線書店和水沫書店（1932 年任《現代》主編）。

兩人之中劉大杰對施尼茨勒的「發見」是在日本的環境裡，由於對廚川白村著作的翻譯和在早稻田大學的文學系攻讀歐洲文學等要因，所以在某種程度上是明快的。

例如，在廚川白村《近代的戀愛觀》中如下介紹施尼茨勒：

> 歐洲現存劇作者之中，在純粹戀愛的藝術描寫上最顯著地成功者，第一要推奧大利的顯尼志勞（Schnitzler）了罷。他的阿那托爾（Anatol）戀愛三昧以下諸篇，在戀愛心理的藝術的描寫上，是足為『青年的維也納』吐萬丈之氣的不朽的的名作。
>
> 說起現代文學，就以為只是以甚麼階級爭鬪社會問題或肉慾描寫為主題的人們，最好請去就了顯尼志勞 鮑爾托・利契（Georges de Porto-Riche）以及唐耐（Maurice Donnay）的美的戀愛劇，看看太古至今常恆不變的所謂『戀愛』的人生的詩鏡，怎樣地在現代文藝上被處理著啊！

以上是廚川白村在《三就了戀愛說》「三十六」中言及的施尼茨勒和他的戲劇的內容。不難想像劉大杰讀過這篇日語原文。

有關廚川的《近代的戀愛觀》的翻譯本，無論是 1923 年 7 月出版的任白濤《戀愛論》初譯本，還是 1926 年 4 月以後作了刪除後的改譯本，都對施尼茨勒的戲劇作了如下同樣的介紹：

像奧大利之休呢茲拉（Schnitzler），算是在戀愛之藝術的描寫上最顯著成功之第一人。

要是想著現代文學專以階級鬥爭、社會問題，肉慾描寫為主題的人們，可以看看休呢茲拉，力休（Porto-Riche），多列（Maurice Donnay）之美麗的戀愛劇，就知道從太古到如今沒有變化的『戀』之的詩的情趣，怎樣在現代文藝界受處分了。

還有，1928 年 8 月出版的夏丏尊譯《近代的戀愛觀》直譯介紹如下：

歐洲現存劇作者之中，在純粹戀愛的藝術描寫上最顯著的成功者，第一要推奧大利的顯尼志勞（Schnitzler）了罷。他的阿那托爾（Anatol）戀愛三昧以下諸篇，在戀愛心理的藝術的描寫上，是足為『青年的維也納』吐萬丈之氣的不朽的的名作。

說起現代文學，就以為只是以甚麼階級爭鬥社會問題或肉欲描寫為主題的人們，最好請去就了顯尼志勞 鮑爾托·利契以及唐耐的美的戀愛劇，看看太古至今常恆不變的所謂『戀愛』的人生的詩鏡，怎樣地在現代文藝上被處理著啊！

這是由於這些介紹雖然簡短，但在民國時期中國現代主義作家對施尼茨勒的「發見」中是重要的。因為在前面【資料】（1）項中郭紹虞所譯《阿那托爾》出版的 19225 月年和（2）項施蟄存譯《多情的寡婦》出版的 1929 年 1 月之間，廚川白村的《近代的戀愛觀》的譯本在中國得到了普及。任白濤譯本 1923 年 7 月 20 日初版、1924 年 3 月 20 日再版、1924 年 10 月 15 日三版、1926 年 4 月以後改版又得以出版。夏丏尊譯本 1928 年 8 月初版、1929 年 4 月再版。劉大杰對施尼茨勒的「發見」是在 1922 年 5 月出版的《阿那托爾》中鄭振鐸「序」和《近代的戀愛觀》任白濤的譯本以及 1926 年至 1930 年的日本留學期間。同樣，施蟄存對施尼茨勒的「發見」是在 1922 年 5 月出版的《阿那托爾》中鄭振鐸「序」和《近代的戀愛觀》任白濤的譯本以及 1928 年 8 月夏丏尊所譯《近代的戀愛觀》中。而且，值得注意的是 1932 年 7 月初版出版的【資料】（6-1）《苦戀》是對《貝爾特·嘎阿蘭夫人》的翻譯。施蟄存和劉大杰都在翻譯同樣的作品。

但，施蟄存在【資料】（7）的《薄命的戴麗沙》的「譯者序言」（1937.1）中如下所述：

顯尼志勒的作品可以說全部都是以性愛為主題的。因為性愛對於人生的各方面都有密切的關係。但是他描寫性愛並不是描寫這種事實或說行為，他大概都是注重在性心理的分析。關於他在這方面的成功，我們可以說他可以與他的同鄉萊羅乙特媲美。或者有人會說他是有意地受到了萊羅乙特的影響的，但萊羅乙特的理論之被證實在文藝上，使歐洲現代文藝因此而特闢一個新的蹊徑，以致後來甚至在英國會產生了勞倫斯和喬也斯這樣的分析心理的大家，卻是應該歸功於他的。尤其是喬也斯的名著小說攸利西斯所應用的內心獨白式（Interior Monologue）的文體，早已由顯氏在愛爾賽小姐和戈斯特爾副官這兩個中篇小說中應用過了。

而且，【資料】（9）的《愛爾賽之死》的「題記」（記有 1945.6.24）和【資料】（10）的《自殺以前》（《東方雜誌》刊登時題為「生之戀」）的「題記」（記有 1944.6.24）中的內容是相同的，其中如下所述：

顯尼志勒是屬於新浪漫派的作家。他的作品中的主題差不多只有兩個：愛與死。他的一切劇本及小說可以說都是表現著近代的愛與死之糾紛，而他的所謂「愛」又大都是「性愛」，他又是首先受到心理分析學家弗羅乙特的影響的一個作家，所以他的作品中常常特別於心理分析的描寫。

施蟄存指出了施尼茨勒和弗洛伊德的關係。最後，簡單地介紹一下中國接受弗洛伊德精神分析學的狀況。

中國對西格蒙德・弗洛伊德（Sigmund Freud，1856.5.6-1939.9.23）的精神分析學的介紹是從 1914 年 5 月《東方雜誌》第 10 卷 11 號中錢智修的「夢的研究」所開始的，1920 年 12 月《民鐸》2 卷 5 號上張東蓀的「論精神分析」、1931 年《東方雜誌》第 18 卷第 14 號上朱光潛的「弗洛伊德的潛在意識和心理分析」、1922 年《心理》創刊號和第 1 卷第 2 期上余天

休的「弗洛伊德的學說」「弗洛伊德學說的批判」；1923 年《東方雜誌》
第 20 卷第 6 號和第 20 卷第 11 號上楊澄波的「析心學略論」和吳頌皋的
「精神分析的起源和派別」、1926 年《民鐸》第 7 卷第 4 號上余文偉的「弗
洛伊德派的心理以及批判」，發展到 1929 年 5 月初版世界書局、ABC 叢
書、張東權的「精神分析學 ABC」，對弗洛伊德著作的翻譯是 1925 年《教
育雜誌》第 17 卷第 10、11 期上高卓譯的《心的分析的起源和發展》、1929
年 5 月初版的開明書店、夏斧心所譯《群集心理和自我分析》和 1930 年
10 月初版的商務印書館、章士酥所譯《弗洛伊德自敘》[7]。

結語

通過以上考察得出以下結論。

第一、講到比昂松時曾經被介紹過的在 1921 年 1 月 10 日發行的《小
說月報》第 12 卷第 1 號上登載了「文學研究會宣言」。茅盾和鄭振鐸都
是文學研究會創辦時的會員。在中國這兩個文學會的會員，也就是茅盾撰
寫的「挪威寫實主義的先驅比昂松」和鄭振鐸撰寫的《阿那托爾》「序」
的文章，是當時出現在中國最初詳細言及比昂松和施尼茨勒的文章。其結
果，茅盾對比昂松作品的介紹和鄭振鐸對施尼茨勒作品的介紹使得在民國
時期對比昂松和施尼茨勒作品的翻譯狀況如實地反應出來，起到了實驗試
紙的作用吧。

第二、茅盾對比昂松的低評價在廚川白村《近代的戀愛觀》的翻譯裡，
即在任白濤的《戀愛論》改譯本裡典型地反映了出來。可以明顯看到：對
比昂松近代戲劇的認識由舉出陷入「三角關係的癌腫」的具體例子的作品
轉化到了介紹近代文藝的重要課題「三角關係」的主題論。

第三、鄭振鐸對施尼茨勒作品的好評顯示出了被典型地投影在十個作
品的十六種單行本得到翻譯出版之點上。此外，還提到了中國現代主義作
家劉大杰和施蟄存對施尼茨勒的「發見」時期和出處。施蟄存對施尼茨勒
的「發見」是在 1922 年 5 月初版發行的郭紹虞所譯《阿那托爾》中鄭振

---

[7] 吳中傑、吳立章主編《中國現代主義尋踪——1900-1949》「精神分析學」（學林出
    版社，1995.12）。

鐸的「序」裡的介紹的意見是最有力的。但是可推測 1923 年 7 月 20 日初版刊行以來反復再版的任白濤所譯《戀愛論》和 1928 年 8 月刊行的初版夏丏尊所譯《近代的戀愛觀》的廚川白村著作《近代的戀愛觀》中對施尼茨勒的介紹也是補充性的「發見」。而且，劉大杰對施尼茨勒的「發見」也是從鄭振鐸的「序」開始的看法是最有力的。從 1926 年到 1930 年秋季日本留學期間他閱讀的廚川白村著作《近代的戀愛觀》的原文中的施尼茨勒的介紹可以推測為也是補充性的「發見」。

張靜　翻譯／吉田陽子　校對

第八章　臺灣新文學運動與廚川白村
——來自北京的「大正生命主義」

引言

　　臺灣過去有過兩次經由中國大陸流進的大正文學。

　　第一次是：在日本殖民地時期的一九二〇年代至三〇年代，居住於北京的張我軍（1902-1955）為了與中國的「文學革命」中的言文一致並互動於這場運動，以及與「五四文化運動」保持精神上的連帶關係，受到了就廣意而言的中國新文學運動中文藝理論與創作成果的影響，經由中國（北京）將大正文學傳入於臺灣的新文學運動。

　　第二次是：由於在戰後的臺灣跟國民黨政權一同移動並定居下來的商務印書館等出版業以及知識分子的原因。能觀察到在國民黨再殖民地時期的一九六〇至七〇年代為接受「現代主義」而移植了近代文藝論、文藝思潮及創作論。而跟這兩個實例都有關的是廚川白村及其他的著作。

　　經由中國大陸兩次傳入臺灣的大正文學，每次都潛藏著相當複雜的臺灣的內政情況。倘若僅僅局限於「同化主義」以及「漢民族主義」這種二項對立性的既成概念、掌權者方面的主張和特定的民族、族群所主張的事態，就甚至會連曾經有過經由中國傳入臺灣的大正文學一事都不被察覺。特別是如果對照一九二〇至三〇年代臺灣在日本統治下的情況，日本文學等就會理所當然地被看作是從日本直接移植過去的，這種特意從北京移植到臺灣的主張有可能立刻會被判斷成僅是為了顯示出奇特性而已。

　　一九二〇至三〇年代的臺灣文學運動可定位於：受歐洲大戰後「民族自決主義」的影響，臺灣知識分子既希望能保持在進展的日本化中將要失去的漢民族文化的認同，又希望跟祖國民族的認同有連帶感而體現出的民族意識；是以體現出的這種意識來理解中國五四新文學運動潮流的中國白話文運動的系譜[1]。

---

[1]　河原功《臺灣新文學運動の展開——日本文學との接点》研文出版，研文選書72，1997.11，123-246頁。

　　這種想法正如 1925 年 1 月在《臺灣民報》的「請合力拆下這座敗草
檯中的破舊殿堂」中論述的「臺灣的文學乃中國文學的一支流。本流發生
了什麼影響、變遷，則支流也自然而然的隨之而影響、變遷，這是必然的
道理。[2]」即，這種以張我軍的主張為代表，強調了臺灣新文學運動與中國
新文化運動的連帶感。而作為結成了這樣的連帶的論據，可列舉出以文化
啟蒙的一環、把中國大陸的文學革命和五四文化運動的狀況直接導入臺灣
而作出貢獻的《臺灣民報》。《臺灣民報》為 1923 年 4 月在東京由臺灣
雜誌社創刊的採用中國白話文的報紙。

　　在本稿中試圖探求考察在一九二〇至三〇年代的臺灣，具有大正文學
顯著特徵的「生命主義（Vitalism）」之典型的廚川白村著作經由中國傳
到了臺灣，對臺灣新文學運動的「抬頭期」（啟蒙實驗期）所帶來的影響。
對於此例，將通過登載了張我軍以及其著作的《臺灣民報》來進行探討與
考察。然後，將處於「抬頭期」以接受廚川為契機展開的「最盛期」或被
稱為「自立上昇期」（聯合戰線期）之時期的接受例子，試圖通過登載了
黃得時以及黃得時著作的《先發部隊》和《第一線》之例進行探討與考察。
為此，首先將針對何謂「大正生命主義」、為何廚川白村會從時代的寵兒
墜落下來之點進行討論。

一、廚川白村與「大正生命主義」

（一）典型的「大正生命主義」的廚川白村著作

　　從日俄戰爭至關東大地震的 1905 年到 1923 年之間，大正時代曾經有
過這樣一種潮流，即，富有智慧的青年們標榜著「自我表現」和「自我解
放」的同時，作為教養廣泛地掌握哲學與藝術－當然是以西歐的哲學和藝
術為中心的，而用以提高人品來作為目標。這被稱為「大正教養主義」。

　　廚川白村（1880-1923）的著作中，既是問世作品，又是暢銷書的《近
代文學十講》發表於明治 45（1912）年，此後暢銷書群中的《文藝思潮論》
為大正 3（1914）年、《出了象牙之塔》為大正 9（1920）年、《近代的

2　張我軍「請合力拆下這座敗草檯中的破舊殿堂」《臺灣民報》第 3 卷第 1 號，1925.1。

戀愛觀》為大正 11（1922）年、《走向十字街頭》為大正 12（1923）年，故世後出版的《苦悶的象徵》為大正 13（1924）年。

廚川的暢銷書陸續問世，並在大正時代流行了將近十三年，其背景是由於他理解了第一次世界大戰後國際主義的潮流、大正民主主義這樣一種所謂受到了寬裕時代潮流支撐的「大正教養主義」風潮之原因。正因如此，廚川著作是「大正教養主義」的寵兒。

鈴木貞美對於在大正時代的教養主義之中也廣泛使用「生命」一詞，並且「生命」成為超級‧概念性的現象而被稱為「大正生命主義」這種特徵作了介紹。筆者總結了其要點[3]如下所示：

1. 何謂大正生命主義

所謂「生命主義（vitalism）」是指在思想普遍性方面將「生命」這個概念作為世界觀的根本原理，跟十九世紀實證主義所依據的目的論、機械論的自然征服觀相對立的一種思想傾向。

在科學思想方面，「機械論」可以將「生命」從無機物質中還原出來，換言之可以由物理和化學來解釋清楚。對於此，將無法從無機物質中還原出來的「生氣」設想為生命現象的根本，將此叫作「生命主義」。自古以來，這兩種觀點不斷地對立並互相交替著。

「生命主義」是自由地找到在個人內部所持的自然力量，即「生命」的一種思想，也喚起了階級鬥爭等各種鬥爭。

在大正時期，「自我」、「自己」之詞語得到廣泛使用，個人的思想解放很盛行，但，這種「自我」概括起來可以理解為：近代市民社會原理的一個側面的「追求利益的自由」，受到進化論影響而將「生存競爭」的原理掌握之後，在探索超越其原理之時而產生了的「生命」。反而言之，作為超越了競爭之個體的普遍性概念而產生了「生命」。

「生命主義」這個詞語是在田邊元《文化的觀念》（《改造》大正 11 年 3 月號）中 Biologisumus 的譯語，是借用了新康德派的德國哲學家里科所指出的那樣，存在於柏格森、詹姆斯、杜威等當代哲學的基礎上的用語。

3　鈴木貞美「『大正生命主義』とは何か」《大正生命主義と現代》河出書房新社，1995.3，2-15 頁。

Biologisumus 一般被翻譯成「生物學主義」，是指強調人類屬於生物中一個種類的思想傾向，在此是指受十九世紀末至二十世紀初隆盛的進化論和遺傳學影響的哲學之意。

然後，「大正生命主義」的定義可以從田邊的《文化的觀念》中找到。首先田邊闡述了「文化，即，物質文明的發展的想法（＝對自然的征服利用），批判道：〈無論是對待生物還是任何自然，都無法找到人類作為同樣自然界的其一成員，有權為自己而利用的依據。〉」對此闡述進行如下的梳理：

立足於〈作為自然界之一的人類〉的觀點，首先排除把物質文明的進展作為「文化」的看法，還以〈不是僅僅對於在我們的物質生活中利用大自然的這種有限之物，而是在廣泛的精神與物質兩方面豐富我們的生活內容，從阻礙身心活動之物中得到解放，自由地創造能夠滿足其要求的內容〉，將其定義為「文化」的思想，被稱為「文化主義」（＝教養主義culturism）。將其看作〈站在生命主義立場上的文化之意〉，指出〈是一種作為重視以支配現代思想基礎的生命創作性活動的傾向〉。

因此，大正教養主義並不是僅僅停留在形成廣泛吸收哲學和藝術的文化性人格的思想傾向方面的東西，還具有只有對在其根源中的普遍性「生命」的發現，才是文化創作的原基的這種思想。

此外，「大正生命主義」受到了其影響、作為西歐十九世紀末至二十世紀初的思想可列舉出如下五種：（1）伴隨著艾倫斯特・海克爾的優生學的人種進化論學說、（2）亨利・柏格森的《創造性進化》、（3）威廉・詹姆斯的多元主義性的實用主義、（4）愛倫・凱的自由主義的女性主義思想以及（5）俄羅斯的無政府主義者克魯特金的《相互協助論》的五個人的思想。

大正時代的「生命」的概念為：將自我放眼於人類與宇宙等普遍性之中，超越個體生存的競爭，克服機械論的自然征服觀，創造文化和改造社會的這種思想原理。可概括成是一種超越近代的合理主義與功利主義的原理。

但，「生命主義」被關東大地震後的支配體制以及反體制運動其二者所截斷。隨著震災後國民精神統一的趨勢以及西歐列強對亞洲意識的高漲，具有被民族主義與西歐列強的泛亞洲主義所吸收的傾向。此時，成為

關鍵語的是「民族的生命」的詞語，如以「民族的生命」為關鍵概念的話，就也有可能成為強大的民族主義。（上文中的下線均為筆者所劃）

　　以上以較長的篇幅介紹了鈴木貞美所闡述的「大正生命主義」的特徵。

　　在廚川白村的暢銷書群《近代文學十講》（1912.3）、《文藝思潮論》（1914.4）、《走出象牙之塔》（1920.6）、《近代的戀愛觀》（1922.10）、《走向十字街頭》（1923.12）和《苦悶的象徵》（1924.2）中點綴著上述的「生命主義」的原理。

　　譬如，在廚川白村的三大書籍之中，無論是《近代文學十講》，還是《近代的戀愛觀》，或是《苦悶的象徵》，都闡述了要將自我開導在人類及宇宙等普遍性之中，成為超越個體的生存競爭、克服機械論性的自然征服觀、創造文化、改造社會的思想原理。特別是在廚川的文學論（創作論與鑑賞論）的《苦悶的象徵》中，廣泛使用了「生命之力」、「生的喜悅」、「生命力的發動」、「生命的表現」、「生命力的突進跳躍」、「生命的進行曲」、「生命的共感」等有關「生命」和「生命力」的詞語。

（二）重視「個人」創造性「生命力」的「大正生命主義」之精神 ── 魯迅《狂人日記》（1918）與廚川白村的創作作品《狂犬》（1915）

　　張我軍把將要移植於臺灣的新文學看作「本流」，也就是將其看作是大陸文學的一環，在將「文學革命」中創作的實際作品聚集以後介紹給了臺灣。具體介紹的實際作品中其中一篇為「文學革命」的代表作，即，魯迅的《狂人日記》（《新青年》第 4 卷第 5 號，1918.5）。

　　在臺灣，魯迅的《狂人日記》最初得到介紹的是 1925 年 5 月 21 日和 6 月 1 日的《臺灣民報》第 3 卷第 15-16 號。《狂人日記》在《臺灣民報》上從 1925 年 4 月 21 日的 12 號截至 6 月 1 日的 3 卷 16 號共 5 次同時連載了蔡孝乾（1908-1982）的「中國新文學概觀」之解說。並且在第 4 次和最後的第 5 次的「新小說」的解說中蔡孝乾介紹說：「魯迅是個寂寞冷靜的人，他的作品完全帶著『寫實主義』的色彩。他以客觀的態度，觀察他的環境──自然界，人間，將他所看的所聞的東西，無論何等醜惡，何等卑劣，赤裸裸展開給我們看。他所識的人，他的親戚，他的朋友，他自己，盡他所記憶著的部分，毫為客氣，老老實實把那些攝影出來的東西，便是

他的『吶喊』。在進行介紹的下一頁就是《吶喊》中的第一部作品《狂人日記》。在此先將魯迅敬愛至極的廚川白村唯一的小說《狂犬》（1915·12）作以介紹。

下面，以筆者的閱讀理解介紹《狂人日記》是一部怎樣的作品。

1.魯迅所著《狂人日記》（1918.5）

有關從嚴復《天演論》（1898）的問世，至魯迅的《狂人日記》（1918）向社會投以質疑之前，「進化論」賦予中國知識分子的影響這一點，筆者在北岡正子和中井政喜的研究基礎上，以自己的語句和分析簡單地進行介紹並作如下的梳理：[4]

正如魯迅在《摩羅詩力說》第 2 章節中也指出的那樣，「吾中國愛智之士，獨不與西方同，心神所注，遼遠在於唐虞，或經入古初，游於人獸雜居之世；……（中略）……其說照之人類進化史實，事正背馳」，深思在中國傳統的尚古思想中將傳統世代的唐堯、虞舜和夏禹三帝所開創的國家被視為理想之國以後，伴隨著世代的變遷直至如今有了何等的惡化。然而與這種尚古思想的不同思想、從達爾文的「生物學的進化論」中演繹出來並援用了斯賓塞與赫胥黎的「社會學的進化論」而撰著的就是嚴復的《天演論》。

當嚴復的《天演論》問世時，當時的知識分子都抱有因敗於「物競天擇」而受到「天然淘汰」、「滅種亡國」的命運後漢民族將滅亡，中國站在生死存亡線上這樣一種共識。另一方面，吳汝綸在《天演論》「吳序」中所示的「使人治日即乎新，而後其國永存，而種族賴以不墜，是之謂與天爭勝」，也就是提倡「爭天而勝天」之所謂的〈勝天〉學說，給予了人們只要努力發憤就定能勝天的希望。

但在此必須注意的是，對於〈勝天〉的觀點存在著兩個階段的理解。

4　有關魯迅的「進化論」，立論時參考了下面的論文：
　　·北岡正子「嚴復《天演論》——魯迅「〈人〉概念のひとつの前提」／「〈狂人〉となった詩人——《狂人日記》の〈私〉像」《魯迅救亡の夢の行方——悪魔派詩人論から「狂人日記」まで》關西大學出版部，2006.6.3。
　　·中井政喜「魯迅の「進化論から階級論へ」についての覚え書（上）（下）」《名古屋外國語大學外國語學部紀要》第 42 號、第 43 號，2012.2.8。

　　第一個階段為：在清朝這樣一個受異族支配的政權之下，作為世界資本主義市場的獵場，中國正遭受到列強的侵略而面臨著「亡國滅種」的危機，要擺脫這種危機，就須具備所謂的以「滅滿興漢」這種復興起中國正統的漢民族來管理國家（民族主義性的理解）與「富國強兵」這種加強經濟與軍事力量成為世界市場的競爭勝者（國家主義性的理解）的觀點。

　　作為官僚思想家的嚴復是對這種思維方法為主要著眼點的。但，這種思維方法在國家統治者與支配者的基礎上，個人若不是受民族和國家認同的這種無意識的滲透而成為均一化，就是跟其相反地將自己的尊嚴和存在跨入民族與國家的認同，使之形成一個以謀求於救濟的那種僅僅由追隨者的知識分子和烏合之眾所組成的群體之幼稚之國。

　　第二階段顯示出的見解為：中國對自然淘汰敲起了警鐘，由覺醒起來的優秀的「個性」所領導的精神革命將民眾教化成自立的〈人〉，並由這些人來復興中國與（漢）民族。北岡正子提出了如下的見解：掌握國家存亡關鍵的〈民〉之教化始於對〈人〉的創造，對其可視作〈人〉是向〈天行〉（宇宙過程）的為所欲為進行挑戰之者，在基於教化〈人〉之上賦予了〈民〉，未經教化的〈民〉就成了蒙昧無知的芸芸眾生，因此指望能成為一個對社會改革與救國有著堅定不移的意志以及能積極行動的〈人〉。這顯示出了魯迅對〈進化論〉的理解是昇華到了精神革命，以謀求個人自立的〈立人〉的思想，也是意識到只有敢於向〈天〉挑戰的人才是真正的〈人〉這樣一種形成魯迅的〈人〉之概念的其中一個前提，這樣一種概念。

　　魯迅很希望中國社會上能出現這樣一種〈人〉。而且以「精神革命論」為主眼的是理想主義性的、浪漫主義性的〈立人〉思想，這種思想成為魯迅日本留學時期（1902-1909）文學活動的底流。但，魯迅已在《摩羅詩力說》中所感受到的那樣，稱得上具有引導民眾的才能，並能預測未來的先知先覺（預言者）的詩人們，由於其才能反之孤立於民眾。出乎意料的是，無論是對於《哀塵》、《月界旅行》（1903）、《域外小說集》（1909）等作品的翻譯，還是對於《人的歷史》（1907）和《摩羅詩力說》（1908）等評論，包括當時日本留學生在內的中國知識分子對此既未發起贊同也未發起反對之聲，這使魯迅深感孤立和寂寞。此外，在 1911 年的辛亥革命推翻了清朝政府後成立的中華民國，就袁世凱僭稱皇帝（1915）和張勳的復辟（1917）而言，呈現出了跟理想差距甚遠的現實。這種狀況意味著魯

迅由於經歷了內在性與外在性的雙重挫折，使文學活動陷入了沉默的狀態。然而魯迅打破了這種沉默的十年而問世的則是《狂人日記》。

《狂人日記》（《新青年》4 卷 5 號，1918.5）由文言體的短「序文」和全 13 章節長短不一的白話文日記體的以第一人稱的「正文」所構成。

在「序文」中記敘了「余」去看望中學時代的朋友，患有「迫害狂」疾病的友人之弟現已痊癒並正作為官吏赴任之中。為了慰勞遠道而來，朋友送給「余」兩本記有病狀的日記。從這些錯雜、荒唐無稽的記述中將其有連貫性的內容寫成一篇記錄，以供醫家研究。這些正是這篇《狂人日記》的設定場面。

「正文」的全 13 章節以主人公「我」的內心世界的展開使故事不斷得以進展。第 1 章節至第 10 章節中敘述了在人間，自盤古開闢天地以來一直公認著持續性的〈吃人〉的歷史，那些吃人者彼此之間是吃與被吃的關係，因此他們時常膽戰心驚。「我」也處於早晚會被吃掉的處境，但勸大家要作一個〈真的人〉，要停止吃人，並描寫了「我」與吃人社會無法共有這種認同的意識。但，以第 11 章節中描寫的在吃人者的家主，即「大哥」掌管的家裡五歲的「妹子」死去時的回想為開端，使「我」的內心世界得以急劇進展。在第 12 章節中首先意識到的是「四千年來時時吃人的地方」這一點。正因如此，使「我」認識到了也許大哥給「我」吃過和在飯菜裡的妹子的幾片肉，「我」雖說是無意的，但不也是共有了吃人的認同嗎？隨後在最後的第 13 章節中以空虛的呼喊，「救救孩子」即，救救那些還未沾有〈吃人〉認同的孩子來作以結尾。

於是，有如正文之外的「序文」中所述，〈狂〉病痊癒以后作為〈官吏〉去某地赴任。

之後，正如魯迅本人對撰寫《狂人日記》所述的那樣，「意在暴露家族制度和禮教的弊害」（《中國新文學大系・小說二集・導言》1935.7），把受於家長制度與儒教道德支配的社會比喻為〈吃人〉的社會，（雖說實際上在現實中有過這種例證），並進行揭露與批判。〈吃人〉的社會跟「弱肉強食」、「優勝劣敗」的社會可看作近於同義的。但，正如第 12 章節之後的部分所自白的那樣，中國〈吃人〉社會構造之深奧，就算眾多之〈人〉是知識分子也未能察覺出來由於不知不覺地共有了〈吃人〉的認同而成為共犯者一事。有鑒於此筆者認為，沒有確立個體的〈自立〉，就難見〈真

的人〉這種現實狀況將永久繼承下去。要想察覺出自己也是共犯者，就必須具有非受於群體認同支配的〈狂〉氣的這樣一種被稱作異質和個體的生命力。但有許多〈人〉身為被籠絡於權利體制的〈官吏〉，吃著他人自己卻幸福地生活著。

　　可是，據《解文解字‧卷10》所示：〈狂〉之漢字即〈□〉，解釋成「□，狾犬也」。也就是說「狂，即指亂咬的狗」。

2. 廚川白村的創作作品《狂犬》（1915）

　　在《狂犬》（東京：大日本圖書株式會社，1915.12 初版）中，除了創作作品《狂犬》之外，還收入了《老太婆》（法國，莫泊桑著）、《女囚》（法國，多利愛著）、《猩猩的故事》（英國，吉卜林著）、《母親》（英國，韋達著）、《復仇》（俄國，契柯夫著）、《疑是夢》（法國，莫泊桑著）、《寂滅》（美國，愛倫‧坡著）7 部譯作的翻譯小說集。

　　《狂犬》就如序言中充滿著愧色與自嘲所介紹的那樣：這是一部獻給「我妻子」的共由 12 章組成的創作作品。此外，如開頭部分所述的那樣：「我是一條狂犬。是條狂犬還是什麼的其實連我自己也弄不清楚。不過，人這種傢伙為所欲為、毫不客氣地在我頭上加上了瘋子這樣一個名稱。」如上所述，那是一部假託於狂犬這個主人公犬咬社會的作品。下面描述狂犬是如何犬咬而又是如何活下去的。

> ‧ 人的所作所為明擺著都不像話，因此我在這裡作出新的狂犬式痛罵的榜樣。連我都說人是一種蠢物，不用說人是蠢物。正因為人是蠢物，我就要從胸膛中使出勁來直截了當地痛罵、怒吼、緊緊地咬住不放。沒有才氣和匠氣卻有稚氣和呆氣；沒有瀟灑卻有內涵之熱情。用四個獠牙使盡全力緊緊地咬住。若還嫌咬得不夠的話，那就咬住不鬆嘴地左右揮動。仍嫌咬得不夠的話，這次要咬到自己倒斃為止。所謂是皆為我式的、熱情的。下顎狠狠地用力、接二連三地，不管會不會喘不過氣來，狂吠以後實在是大快人心，只感到何時棄掉生命也無妨。
>
> ‧ 獨往邁進、我行我素，奮戰苦戰在唯一的道路上，要突飛猛進，倘若衝不過去，也只不過是刀折矢盡、光明磊落地死去而已。只

　　　　有這種奮戰與這種苦鬥才具有生活的真正意義。如果這根打狗棍
　　　　落到了頭上時，萬事休矣。在此之前要一往無前，前進到底，即
　　　　使天開地裂也不要罷休。

　　由此可知，《狂犬》中沒有能稱得上概要的故事性，但卻有思想性與
心境。在此，筆者把之梳理成下述的內容：

　　人自以為自己在生物界裡具有最高權威並是最強者，但伴隨著近代思
想的蔓延，我們也應該放下一些自我尊嚴並極力立志於個性的自由發展，
不能像以往那樣盲從於人，要咬也要吠，正因如此對人不利而被叫作狂
犬。既然至今還未聽到過有狂貓、狂羊、狂牛、狂馬和狂猴等之類的東西，
那麼作為尊重自我權威並對人類採取反抗態度的聰明的覺悟者就是除了
狗以外再無它者了。狂犬並非不分對象亂咬人的。對唯一愛護和尊敬自己
的我的主人，就會表露出輕薄人所無論如何也模仿不了的那種誠意，既使
丟掉性命也無妨。我父母也是狗，但把我好好地撫育大的不是他們。拘泥
於父母與孝順的舊道德觀念對於狗來說是毫無意義的。主人並未讓我模仿
獵犬，而是讓我能把一物分成兩半與對方一起吃，相互尊重對方的個性，
雙方之間有著徹底的了解。這是一種不是跟一個「新女人」而是跟一條「新
犬」的共同生活。

　　中國語境中的知識分子對廚川白村的那種發出於內心的反抗精神深
感痛快，在日本，儘管起初對這種反抗性的表現方法頗感興趣並被吸引，
但結果由於痛罵得太強烈而引起了人們的嫌惡感。那是因為「最近漸漸地
不說解釋為半獸主義的那種愚蠢的之事，以更徹底的全獸主義，步我們的
後塵如何呢？」等等，即，那種出自於全心全力猛衝的動物性的「生命力」。
那種表現既能解釋為反抗精神，又能解釋為具有痛罵性的。下述之例也屬
如此。

　・稱人是沒有骨氣像腐敗的女人似的烏合之眾，即使遇到不稱心的
　　事時也絕對不會幹在對方面前單刀直入大聲斥責的那種痛快事
　　的。而是先繞到暗地裡對第三者說三道四地加以誣蔑。還要中
　　傷。要不就是使軟刀子殺人似地說挖苦話或諷刺話。盡量避免使

用把對方打死的那種堂堂正正、光明磊落的做法，而是使用毒殺、設陷阱那種卑劣狡猾的慣用手段。

- 強者不說諷刺、挖苦或是討人喜愛或是動人的那些小裡小氣的話。他們堂堂正正地設陣從正面狂罵、痛罵，直至把對方罵倒。使盡全力光明磊落地首先大聲申斥敵人，打他個三十棒解解痛快。

　　卻說持有這種想法的犬爺要犬咬什麼樣的人、對什麼樣的人犬吠呢？下面就試以摘出幾句。（「……」內為中略部分。）

- 沒有比人惜命更顯醜相的了。……有人說其中就有雖被切斷了腿，仍毫不介意地活著的白村……。那些始終磨磨蹭蹭地把五尺長的醜惡屍骸聚集於天地之間，貪生卻活著無益的傢伙是侮辱上帝恩寵的庸劣之徒。……物慾薰心，賣弄虛榮心的傢伙……喜歡以長壽為貴的俗習……活到百歲該死未死的老廢物。—→我的長壽反對論……只要咬倒七八條人這種俗物，我在明天早上咬住他們，咬到傍晚棄掉生命也情願。

- 還可以稱作虛偽與虛飾的結晶體的人……世道社會之虛偽與罪惡，始於那種叫作點頭哈腰的惡習氣。……日本人不僅點頭哈腰，更有甚者一見到人就先陪笑臉。……虛偽的微笑……日本人在很久以前就有那種熟知以掩飾感情為美德的壞習慣。……這種為了諂媚對手、欺騙對手，並不可笑卻也堆作笑臉，利用自己的嘴臉耍狡猾手段的做法，就連犬眼也能立即識破。

- 人這種東西有一個總是互相隱瞞對方惡事的傾向。假如揭露了別人的惡事不知何時自己的事情也會被洩漏出去。—→假如目睹一件不正當或虛假之事，就要在廣人稠座面前發起猛烈與痛快的攻擊才好，背地裡罵人怎能稱得上是條好漢呢？只要採取堂堂正正的態度就是問心無愧的。

　　……進行犬嚙式的猛烈攻擊是看破真相者的職責。

- 嗜好勝敗的類者—→稱作生存競爭則是謊言，這是出自於無論是在生產事業還是學問上，何事都要比個輸贏這種粗野卑鄙的爭鬥根性。

下面繼續為同樣筆調的文章,只以犬咬、犬吠的表現為對象進行記述:

> 閱讀後能從中獲利或是作為沽名釣譽手段的書籍。/俗吏生活的洋洋得意之話。/利用群眾的心理起鬨,並進行挑釁、煽動和宣傳性的演講。/產生於日本武士道精神或儒家思想的男子美德。/才子。/有手腕的人與能幹的人。/堅實可靠的人物。/有本領的人。/不發怒者與庸俗者。/輕佻浮薄的壞風氣。/溺愛子女與不斥責孩子的父母。/不正視對手面孔的傢伙。/瘋狂的酒徒。/群愚找理由使之出名的地方或名勝之地等等。
>
> →在現在的世道上極為聰明者要多少有多少,就無需再要了。需要有的倒是既無才能又無其他本領,而只有力量與熱情的那種如鐵鎚似的極其單純的愚蠢人物。

上述內容為廚川白村意識著夏目漱石的長篇小說《我是貓》(1905)而寫成的唯一創作作品《狂犬》。正如他本人也寫道的那樣:不是小說而是散文風格的「小品文」。是一篇透過「狂犬」之眼寫成的小品文,是一部充滿了激烈的批判與反抗精神的作品。根據全集的編者按,

「《狂犬》是一部以作者晚年的意向被完全刪掉」的作品。[5]」

無論是在《魯迅日記》、《魯迅藏書目錄》,還是在《周作人日記》等書籍中都未能確認到收藏過廚川的《狂犬》的作品。但是,原先在此就並非是要指出在《狂人日記》中所受《狂犬》之影響關係的,只是在《狂犬》中描寫出了:要挖掉國家與社會所持有的矛盾及陰暗部分,何事何處都必須具備「亂咬之犬」,也就是〈狂〉的精神,除了自己的信任者之外對誰都既不獻媚也不迎奉的精神,即,描寫了只有使出全部精力猛衝的那種動物性全獸主義的「生命力」,才能成為一個對封閉性社會和體制的批判者;另一方面在《狂人日記》中,描寫了主人公的〈狂〉的精神突然消失的理由,是因為自知了自己在無意識中也成了跟國家和家庭中的矛盾及陰暗部共生的共犯者或追隨者;反而論之,為打破封閉性社會與權利體制,必須要既有覺悟,又有自立的「生命力」。

5　《廚川白村全集》第 5 卷,改造社,1929.4,288 頁。

魯迅終身對廚川白村抱有敬意與共鳴，在晚年 1933 年 11 月 2 日「陶亢德宛」的信函中寫道：「日本近來殊不見有如廚川白村者」、「總之，是不見有社會與文藝之好的批評家也」，不勝感慨地回憶起在十年前去世的廚川。

（二）昭和時代「大正生命主義」的變樣與廚川白村的退場

在中國，廚川白村及其廚川著作的意義大略可概括為：是對西洋近代思想和對近代戀愛論進行了介紹、暗示了一定要有「天馬行空似的大精神」以及這種批判精神對社會和國民性的改造所帶來的意義之書籍。

筆者在此特別值得一提的是：在大正時代，對廚川白村著作中濃厚地洋溢著普遍主義的「生命主義」的特徵這一點，日本的知識分子閱讀後也並沒能得到解明，但是，就魯迅般的一部分中國知識分子而言，廚川是具有「天馬行空似的大精神」的人物，直覺地感受到了廚川作品的特點。

正如鈴木貞美所解釋的那樣，「大正時代的『生命』之概念是將自我放眼於人類與宇宙等普遍性之中，超越個體的生存競爭，克服機械論的自然征服觀，創造文化和改造社會的思想的原理。可概括為是一種超越近代的合理主義以及功利主義的原理。[6]

1. 大正時代的告終和廚川白村的退場

如彗星般地出現後大大活躍了十三年的廚川白村被人遺忘得也非常之快。有關這個理由可列舉對談大正時代主要作家以及文學狀況的《座談會 大正文學史》（柳田泉、勝本清一郎、豬野謙二編寫，岩波書店，1965.4）中的「大正時代的思想家與文學」，在對談之中示意出了「西洋文化的接受、市民意識的成熟——有關廚川白村等」。筆者將對談內容概括如下：

> 世界大戰後大正時代的日本具有作為真正的一等國來領導世界這樣一種使命感。還有一種輕蔑日本文壇而對於世界上的優秀文學進行接納的傾向。正值此時，如廚川白村所著「近代文學十講」

---

[6]　鈴木貞美「『大正生命主義』とは何か」11 頁。

那種有系統地整理了世界近代文學的讀物是還不曾有過的,因而正好合乎了時代的要求,被一次又一次地得到了再版,作為學生的教養課本或者畢業論文的參考書籍被很多人所讀。只是同樣作為「文學論」和「文學評論」,夏目漱石為獨創性的文化史和文學論的內容,而廚川卻是概說性要素頗強的內容,輔導學生象徵主義啦,世紀末思想等等,便於學生領會。但,對於愛好文學的青年來說廚川論述的是翻版,不能成為文學的修業,因此不能閱讀他的作品。還有精通文壇的人說漱石所著「虞美人草」中的典型人物是廚川,廚川是淺薄的人,誰看他的書誰就會被人小看。但即使會被人小看,廚川的書有趣,所以他的書還是被大家所閱讀了。

如上述所示,儘管廚川白村以及他的著作被以學生為中心的許多人所愛讀,但還是以「翻版」、「不能成為文學的修業」為由,被精通文學的神氣十足的知識分子所小看。由此可見,廚川的著作在日本銷售好得有過多次再版,但讀者不公開正在閱讀一事,可謂是潛伏性和潛在性地得到了普及。

有關這樣的情況,也身為英語學著的渡邊昇一對「廚川白村之退場」與「被忘卻之淵源」的其中一個理由[7],也指出了在日本對學問所起的實質性變化一事。

在東京帝國大學英文系小泉八雲、夏目漱石和上田敏離任之後,明治30（1906）年迎來了勞倫斯（John Lawrence,1850-1916）。他以頭韻詩的研究在倫敦大學獲得了文學博士的稱號,學位論文 *Chapters on Alliterative Verse*（London, Henry Frowder:1893,vi＋113pp.）是按照了德國的論文形式撰著的。自從勞倫斯 1906 年赴任東京帝大英文系後,將英語、英國文學改變成重視德國風格文獻學的學問。繼承他的流派的門生——英語學者的市河三喜,以及其後的繼承者中島文雄、英文學者的斎藤勇、戰後的福原麟林太郎以及在五所帝國大學的門生——是他們席捲了英文學界,使其變成了不是文學而是文學學,使得小泉八雲、上田和廚川他們那些文學系統的教授無法發揮力量。更有甚者,廚川去世後成為京都帝

7　渡邊昇一「書物ある人生 21 德富蘇峰」《WiLL》ワック出版,2013.6,294-301 頁。

大英文系助教和教授的石田憲治稱：廚川的《近代的戀愛觀》中具有濃厚的「享樂分子」的色彩，在報上進行了批判，因此廚川被京都帝大也忘卻了。

1923 年 9 月 1 日發生的關東大地震使整個形勢一大變。

在歐洲的戰爭之後得到很大成長的日本資本主義助長了貧富的差距，使得掙扎在貧困中的大眾對社會的不滿愈發激烈。本來，如木下尚江（1869-1937）般的由基督教的平等主義、博愛主義的立場轉變為社會主義那種較多見的初期社會主義者，具有較強的人道主義傾向。但，正如在這種情況下山川菊榮（1890-1980）將廚川的《出了象牙之塔》評論為「老爺的溫床」（1920）的那樣，震災之後，社會主義者變成了一個由於政府的鎮壓，在組織的激進化和宗派的基礎上，越發缺乏對本來應該拉攏到自己隊伍的同行者給予容忍的組織。另一方面，關東大震災以後，為了取締「不逞鮮人的暴徒化」等頒發的「治安維持法」前身的「勅令第 403 號」，越發增大了民眾閉塞感，社會上也更加強化了統制化。於是說明了既不左也不右、旗子不鮮明而被評為「老爺的溫床」的那種小資產階級的思潮卻成為暢銷書的廚川白村的著作，背上了被時代忘卻的命運。更有甚者，震災使廚川自身的肉體也被毀滅了。

鈴木貞美指出：「大正主義」是將個人在內面所具有的自然力的「生命」得到自由發現的思想。並蘊藏著由於強調個人解放而引起階級鬥爭等各種各樣鬥爭的要因[8]。

鈴木還指出：可以看出，「生命主義」在關東大地震後被支配體制與反體制運動雙方所切斷，隨著震災後國民精神統一的機運與對抗西歐列強亞洲的意識的高漲，在對民族主義和西歐列強的泛亞洲主義之中被吸收；此時，作為關鍵詞的就是「民族的生命」這一詞語，只要將「民族的生命」成為關鍵概念，就有可能成為強有力的民族主義[9]。

---

[8]　鈴木貞美「『大正生命主義』とは何か」4 頁。
[9]　鈴木貞美「『大正生命主義』とは何か」13-14 頁。

二、臺灣新文學運動與廚川白村

（一）在臺灣新文學運動抬頭時期從北京傳到臺灣的「大正生命主義」
　　——張我軍的《至上最高道德——戀愛》與《文藝上的緒主義》

　　張我軍原名清榮（1902-1955），出生於臺北縣枋橋（現在的新北市板橋區），公學畢業後，在新高銀行當勤雜和僱員，1921 年在新開設的廈門分行工作。同年在學習了漢文的廈門同文書院由清朝的遺老秀才授予「我軍」之名後改名張我軍。此後坐船渡往上海，在 1923 年 12 月至 1924 年 3 月的上海時期參加了上海臺灣青年會，又在 1924 年 3 月至 10 月的約 8 個月中，為準備投考北京大學進入了由北京師範大學教員、學生開辦的補習班體驗了第一次在北京的生活。但並未應試北京大學，而於 1924 年 10 月下旬至 1926 年回到了臺灣。在此期間，1925 年 1 月至 1926 年 6 月擔任《臺灣民報》的編輯，同年 6 月辭去編輯之務，跟妻子羅文淑（心鄉）一起渡往北京。後因戰爭結束，在 1946 年的新年離開北京回到臺灣，在此期間體驗了 20 多年真正的第二次在北京的生活。當初在第二次北京時期之際，在魯迅的 1926 年 8 月 11 日的《日記》中記有：「夜，……張我軍來。贈送給我四本《臺灣民報》」。但是魯迅接受了廈門大學聘請的教授職務，於 8 月 26 日離開了北平。而於 1937 年 7 月北平陷落後就任了北京大學文學院教授的張我軍跟自 1939 年 8 月起就任北京大學文學院兼院長的周作人是同事關係。並在 1942 年 11 月和 1943 年 8 月作為中國・華北代表參加了在東京召開的第一屆和第二屆「大東亞文學者大會」[10]。

　　但是張我軍一邊向《臺灣民報》投稿在第一次北京生活時期創作的一系列的新詩「沉寂」、「對月狂歌」和「無情的雨」，一邊創作新詩「前途」、「我願」、「秋風又起」和「危難的前途」。在刊行收錄有這些新詩和戀愛詩「亂都之戀」（1924.10.14）的新詩集《亂都之戀》之際，在「抒情詩集《亂都之戀》的序文」（《臺灣民報》第 85 號，1925.12.4）中使用了「苦悶」的詞語，顯示出了對廚川白村《苦悶的象徵》的傾倒。

---

[10]　許俊雅編選《張我軍》國立臺灣文學館出版，臺灣現當代作家研究資料彙編 16，2012.3。

　　因此，張我軍在 1924 年 3 月至 10 月底的約 8 個月為準備考試的第一次北京體驗，正如在【參考資料 1】、【參考資料 4】中所示的那樣，在報刊雜誌以及單行本上由不少譯者翻譯成中文的廚川白村的《近代文學十講》和《近代的戀愛觀》已經得到了接受，而將其通過《臺灣民報》的傳播首次傳到了臺灣。筆者將其稱之為「從北京傳來的「大正生命主義」」。

　　張我軍在《臺灣民報》第 3 卷第 7 號（1925.3）的「研究新文學應該閱讀什麼書籍」中推薦了《文藝思潮史》、《近代文學十講》和《苦悶的象徵》三本為必讀之書，在第 75 號（1925.10）上登載了《至上最高道德──戀愛》，並在第 77、78、81、83、87、89 號（1925.11-1926.1）通過六次連載撰寫了《文藝上的緒主義》，將廚川的《近代的戀愛觀》（1922.10）和《近代文學十講》（1912.3）、《文藝思潮史》（1914.4）三部作品經過自己的領會、吸收和解釋作了介紹。

1.《至上最高道德──戀愛》與廚川白村的《近代的戀愛觀》

　　張我軍的《至上最高道德──戀愛》的藍本可以考慮為日文版《近代的戀愛觀》（1922.10）、中文版 Y.D.所譯《近代的戀愛觀》以及《戀愛與自由》（《婦女雜誌》第 8 卷第 2 號，1922.2／第 9 卷第 2 號、1923.2）和任白濤輯譯的《戀愛論》（上海學術研究會叢書部、學術研究會叢書之 6，1923.7）之三種。但，中文版中翻譯用語並不相同，因此，估計張我軍是以進行過多次再版的《近代的戀愛觀》作為藍本的。

　　《至上最高道德──戀愛》的構成為：「序文」、「一、戀愛的發生」、「二、戀愛觀的變遷」、「三、兩個間的戀愛是發源於性慾」和「四、戀愛的神聖」。在「序文」中敘述了這種理論決非是自己的東西，而是編譯了「廚川白村先生的名著《近代的戀愛觀》」。

　　鈴木貞美指出：但是「生命主義」為「自由地發現人的內部具有的自然力量的『生命』的思想，由於強調個人解放，因此潛藏著喚醒階級鬥爭等種種鬥爭的要因。」在《近代的戀愛觀》中，特別是作為廚川的理論與構思超越了西洋近代主義的思考方法，以所謂的「近代的超越」思想中的其中一個想法，敘述「戀愛與自我解放」有如下一文：

現代戀愛的心境，所謂『於自己主張中，放棄自己』（Self-assertion in self -surrender），即獻身於自己所愛的人，肯定自己最強的主張。從戀人中間，發見自己，從『自我』與『非我』之間，結成同心一體，這是人格的結合。一方從自我的擴大，得真正解放的意義，得真正自由的美果，大我的基礎，也從此完成。

無論是 Y.D.（吳覺農）翻譯的《近代的戀愛觀》，還是輯譯版的任白濤的《戀愛論》，這個部分都幾乎是以直譯體翻譯的。但，在 1926 年改譯本的上海啟知書局版的《戀愛論》中，任白濤認為把在「自己放棄」，即「自我犧牲」中的「自我主張」為前近代性的戀愛觀，以廚川強調個人的解放、未能理解排除了「自我犧牲」的愛倫・凱，而將這一部分刪掉了。

但，張我軍在「四、戀愛的神聖」中把「在自我放棄中的自我主張」以自己的詞語進行了如下的解釋：

歷來幾年之間，受了學校的先生，以什麼忠啦、孝啦、社會奉仕啦……種種別的形式說教，尚且不能十分地變成到自己的體驗的內容的「自己犧牲」這件事，能夠切身感得的，是開始認識了「戀愛」之時罷。橫於一切道德的根柢的自己犧牲這件事，多由著如燒地戀愛著的男女最痛烈地給體驗。單只說什麼是「人間之道」，開口就是仁義，談論就是忠孝──差不多是此徒輩所未曾夢想到的熱烈的自己犧牲的最高的道德性，在戀愛是最美麗地出現的。所以，這種戀愛不消說只是獵色而求性慾的滿足，或為欲委讓其私有財產而設下子孫的這些無賴的不良老年輩，以及或者單為滿足青年時代的盛烈的性慾，一個又一個，兩個三四個的追著女學生或女工弔膀子的粉刺滿面的不良少年輩所夢想不到的心境。戀愛有著一種高貴是心的純潔的人才能成的。作不，反而說之，人的心，是到了曉得戀愛，才被弄淨、被提高，這樣說並不是過分的話：

可以說，在此顯示出的張我軍的理解力和思考能力要比同時代的中國知識分子深刻得多。全譯版《近代的戀愛觀》（上海開明書店，1928.9）

的譯者夏丏尊是一個非常明智的知識分子。他在「譯者序言」中寫道：「一
方只喋喋於性慾，一方把戀愛視作劣情遊戲，這二語竟可移贈中國，作中
國關於這部分的現狀的診斷」、「把廚川氏本書加以介紹，也許可謂給同
樣的病者以同一的藥，至少是一個很好的調劑」，是一種功利的理解。相
比之下，夏丏尊以「未曾夢想到的熱烈的自己犧牲的至高的道德性，在戀
愛裡最美麗的顯現」、「戀愛有著高尚性貴重性，要心地純潔的人，才可
攀援，不，反轉來說，說人的心地要到知道戀愛時才高尚，才純淨」，找
出了由於「戀愛」得到「純淨」，成為「至高的道德性」的「自己犧牲」。
而臺灣出身的張我軍卻找到了廚川白村所主張的超越競爭的個體、顯示新
穎的普遍性概念的「生命主義」的思考方法。

2.「文藝上的緒主義」以及廚川白村的《近代文學十講》

　　在臺灣，存在著陳曉南所著《西洋近代文藝思潮》（新潮文庫 128，
文學評論及介紹，臺北市：志文出版社，1975 年 12 月初版）的翻譯書籍。
其實這本書為廚川白村《近代文學十講》的全譯本，是改題為《西洋近代
文藝思潮》的翻譯本。

　　廚川白村在《近代文學十講》中闡述道：「文學常常是時代的反映，
而任何時代都有構成它的文化中心或基礎思想，作為該時代一切活動的軸
心和轉動時勢根本精神，此謂之「時代精神」。當然，文學的背後也必有
它的「時代精神」。」顯示出了反映「一代之民心」的「一代之情緒」的
作品是文學的觀點。接著指出了所謂「文藝思潮」即指：反映反抗前代的
時代精神，表現下一代的文學和文藝。陳曉南在這部廚川的《近代文學十
講》出版後經過了 63 年以上的 1975 年，明確地意識到了廚川的這部著作
是以「西洋近代」的「文藝思潮」的觀點而撰著的，因此改題為《西洋近
代文藝思潮》而進行了翻譯。

　　張我軍在《臺灣民報》上從 1925 年 11 月至 1926 年 1 月六次連續刊
登了《文藝上的緒主義》，將廚川的《近代文學十講》作為基本的參考書
籍，「查考了最近 200 年之間的歐洲文藝思潮變遷的痕跡，大概可區分為
四個時期」，因此可以將其看作是以「歐洲文藝思潮」之觀點撰著的最新
文藝書籍和介紹文學理論的書籍。

　　張我軍區分的四個時期如下所示：

（1）十八世紀的文藝復興之後，歐洲文藝界重視形成與理智、輕視
　　　情緒的時代被稱之為古典主義（譯成 Classicism 或擬古主義）的
　　　時代。

（2）十九世紀的前半世紀興起的主觀性文藝思想，浪漫主義（譯成
　　　Romanticism 或傳奇主義）凌駕了一切。

（3）十九世紀中葉，即，到了近代（中國在歷史上的「近代」是指
　　　始於 1840 年的鴉片戰爭─筆者）成為現實主義（Realism）和自
　　　然主義（Naturalism）的全盛時代。

（4）從十九世紀末起，轉變成新主觀主義，即，新浪漫主義（New
　　　Romanticism）的時代。

張我軍從其四個時期區分之中以浪漫主義（Romanticism）」和「自然
主義」為中心展開了論述，並寫明：「以下引用廚川白村所說的一節用以
說明浪漫主義的大意」，並接著對浪漫主義作了如下的總結：「浪漫主義
本來是對於古典主義反動而起破壞的藝術，是將昔日的文藝破壞而建設新
的，為了後日的自然派奠了礎開了源的。即是浪漫主義的一面，具著為了
一切近代文學的基礎的性質，這是大家不可不注意的。這個浪漫主義跑到
盡頭時，便自然而然地出現了反動的潮流，即是現實主義、寫實主義的文
學。」張我軍接受了廚川的「文藝思潮」的構思，用廚川的表現手法進行
了解說。

（二）在臺灣新文學運動最盛期作了援引的黃得時的文學理論──
　　　《「科學上的真」與「藝術上的真」》以及《小說的人物描寫》

黃得時（1909-1999）是一個不僅在三〇年代的臺灣新文學運動極盛時
期，而且在四〇年代臺灣皇民化文學運動期也是很活躍的人物。現在對他
賦予高度評價是由於人們認為：他在皇民化文學運動期中在「臺灣文壇建
設論」上撰寫的以「確立地方文化」和「臺灣獨自的文壇」的發展為目標
的態度代表了《臺灣文學》這本雜誌的方向性[11]。

---

[11] 柳書琴「戰爭と文壇──盧溝橋事件後の臺灣文學活動の復興」下村作次郎他編《よ
みがえる臺灣文學》東方書店，1995.10。

　　黃得時《臺灣文壇建設論》（《臺灣文學》1 卷 2 號，1941.9）的論文闡述了：一種是將目標放在以「藝術至上主義」來描寫「異國情調」，從而爭取「進入中央文壇」的人，而另外一種則是以「希望臺灣整個文化得到提高和發展」的人，並闡述了對於後者主張「建立臺灣獨自文壇」的人「表示極大的敬意」，而暗示以前者「中央文壇」為目標的作家是西川滿（1908-1999），並援引了批判西川的論文。此外，黃得時的刊登在《輓近的臺灣文學運動史》（《臺灣文學》第 2 卷冬季號，1942.10）的論文，在論述臺灣皇民化期的文學，並將臺灣作家與日本作家作對比時，批判以在臺的日本作家為主的《文藝臺灣》，肯定以臺灣作家為主的文藝集團的《臺灣文學》之際就會得到援引。

　　這些都會被作為代辯一九七〇年代中國民族主義的集團經驗敘事模式之際的典型論文模式。

　　但，在昭和 10（1935）年前後，楊逵、呂赫若、張文環和龍瑛宗（1911-1999）等活躍在臺灣文學界上的臺灣作家們獲得「內地」的文學獎走進中央文壇文學，不僅在「內地」文壇，而且在臺灣文藝界也受到了注目。除了呂赫若作品以外的三部作品都是出版社的懸賞徵文作品，「為了走進中央文壇而以臺灣作為墊腳石」的不是西川滿，而是雖說是一時性的，卻積極地進行了懸賞徵文的臺灣作家。可是，黃得時卻絲毫也未提及這些，而是在《臺灣文壇建設論》之中，將這些作家評論為：「完全不顧慮到中央文壇，專心在臺灣建設獨自的文壇，作家在其中發表作品自得其樂的同時，也想辦法提昇臺灣的全般文化。」黃得時當然應該理解志向於「中央文壇」是專業作家所持志向的這一點，但可謂只是無法做到而已了。毋寧是黃得時比西川滿更希望要跟「中央文壇」取得聯繫，但是連這個事實也未提及。有論文指出：黃得時此後也是一直在臺灣的中央生存下來的知識分子[12]。

---

[12] 以如下的兩個研考論文作為典型：
1．中島利郎「日本統治期臺灣文學研究　西川滿論」《岐阜聖德學園大學紀要》外國語學部編輯第 46 號，2007.2。59-64 頁。／中島利郎「西川滿と日本統治期臺灣文學——西川滿文學觀」下村作次郎他編《よみがえる臺灣文學　日本統治期の作家と作品》東方書店，1995.10。
2．和泉司「西川滿と黃得時——九四〇年代〈臺灣文壇〉を考えるために」《日本統治期臺灣と帝國の〈文壇〉——〈文學懸賞〉がつくる〈日本語文學〉》ひつ

　　總之，可以說黃得時是一個經歷過了時代並能察覺出時代潮流的慧眼之士。

1. 《「科學上的真」與「藝術上的真」》以及廚川白村的《出了象牙之塔》《苦悶的象徵》

　　最近出現了有關黃得時接受了廚川白村的狀況的論文[13]。嶋田聰指出：在黃得時的《「科學上的真」與「藝術上的真」》中，以廚川白村著作《藝術的表現》（收錄於《出了象牙之塔》）中論述的表現手法作為題材而進行了援引，其結果他的理論成為深受廚川在《苦悶的象徵》中所論述的有關「絕對的自由」，即，藝術至上主義精神的影響的理論。黃得時一面使用主張「為社會而藝術」的文本，一面展開了主張「為藝術而藝術」的理論。

　　下面筆者補充嶋田的論述並進行更進一步的探討。

　　在一九三〇年代隆盛的臺灣新文學運動中，1933 年 10 月結成的「臺灣文藝協會」的機關報《先發部隊》（第 1 號，1934.7）上編輯了「臺灣新文學出路的探究」的創刊號。在此之中，黃得時的《「科學上的真」與「藝術上的真」》的中文白話小品文中，「寫真中的真」和「白髮三千丈的真」等表現手法是模仿並援引了廚川白村著作《藝術的表現》（收錄於《出了象牙之塔》）的內容，對於這些嶋田是探索到的。另一方面，廚川的《藝術的表現》中，從作為藝術至上主義象徵的「象牙之塔」走出來，試圖對束縛「作者的生命」和「生命力」，即，「個性」的社會進行批評和批判之點，是廚川在《苦悶的象徵》中以「文藝是用以表現生命力絕對自由的境地」，對於重視「生命力」，即「個性」的「絕對的自由」這一點，如黃得時論述了的「創造力和個性是藝術家唯一的生命」那樣。黃得時作為文學論是使用了極其啟蒙性的表現並是非常一般化的，他的理論中毫不存在對社會的批判和批評性的觀點。反過來說：將《苦悶的象徵》中

　　じ研究叢書（文學編）5，ひつじ書房，2012.2。

13　嶋田聰「文學論の表現モデルとしての廚川白村——黃得時《「科學上的真」與「藝術上的真」》及雜誌《先發部隊》の發刊動機についての一考察」《野草》90 號，2012.8。

論述的那種在夢中出現的絕對自由的境地夢想成現實世界的黃得時則希望「將讀者陶醉於藝術的殿堂中。」

嶋田還在《先發部隊》卷末的「公告欄」中刊登的「文藝不是俗眾的玩弄物，而是嚴肅的，沉痛的人間苦的象徵」的文章、並在無記名的《宣言》以及芥舟（郭秋生）的《卷頭言‧臺灣新文學出路的探究》等中也能找到《苦悶的象徵》之觀點，但也指出並非屬雜誌全體投稿者所共有的。

《先發部隊》以純文藝雜誌為標題並將中文白話文以橫寫的形式進行了編輯這一點是相當革新的。在其雜誌上作為文學論得到刊登的黃得時的《「科學上的真」與「藝術上的真」》是一篇在一頁 36 字數、30 行的紙面上，以一頁半的紙面最多不到 1,400 字數的短篇論文。正如嶋田所說的那樣，在廚川白村的文章中探求「文學論的表現模式」這一點，是起因於廚川所論述的共鳴共感的鑑賞論而執筆的。

但是，黃得時所述的「白髮三千丈」中的「表現上的真」，即，「藝術上的真」這樣的對廚川所著《藝術的表現》的文章之援引，跟在拙著《廚川白村在中國與臺灣》第六章「一個中學教師的《文學概論》——本間久雄的《新文學概論》與廚川白村的《苦悶的象徵》、《出了象牙之塔》的普及」的論述中所援引的「文學的真實」是同樣之處。那是在民國文壇一個叫王耘莊的無名的中學老師，以本間久雄《新文學概論》（章錫琛譯《新文學概論》上海商務印書館，1925.8）為文章的結構中心、以廚川白村的《苦悶的象徵》（魯迅譯《苦悶的象徵》未名社 1924.12）和《出了象牙之塔》（魯迅譯《出了象牙之塔》未名社，1925.12）為文學論的雛形而編輯的《文學概論》（杭州非社出版部，1929.9）的接受之例。王耘莊不懂日語，因此使用的文本應該是魯迅所譯《苦悶的象徵》以及《出了象牙之塔》的中文版。

另一方面，黃得時的《「科學上的真」與「藝術上的真」》脫稿於 1934 年 4 月 3 日，因此無法否認也參考了魯迅所譯《苦悶的象徵》和《出了象牙之塔》的中文版這一點。因為黃得時的這篇論文是他將互文性的文本（intertextuality）經過自己的理解和消化加以表達的，不一定照樣沿用魯迅的翻譯文體或翻譯用語。例如，作為典型的用語，將①廚川的用語、②魯迅的譯句和③黃得時的譯句收集起來進行如下的比較：

①a 科學的真、b 科學的真、c 科學上的真、 d 藝術上的真、e 表現
　上的真、f 寫真、g 繪
②a 科學底的真、b 科學底真、c 科學上的真、d 藝術上的真、e 作
　為表現的真、f 照相、g 繪畫
③a 無、b 無、c 科學上的真、d 藝術上的真、e 不失為表現真、f
　寫真、g 繪畫

但，僅收集這些譯句仍無法判斷黃得時使用的文本是廚川的原典還是
魯迅的譯本。

2. 《小說的人物描寫》與廚川白村的《苦悶的象徵》以及兩部中文版小說

黃得時的刊登在《第一線》（第 2 號，《先發部隊》改題為《第一線》，
臺灣文藝協會出版部，1935.1）的《小說的人物描寫》中也濃厚的反映出
了廚川白村《苦悶的象徵》的文學論。特別是參考了《鑑賞論》中的《文
藝鑑賞的四個階段》等部分，即，以[1]外面描寫，[2]內面描寫的構成，在
[1]之中以「人物」、「事件」、「背景」；在[2]之中以「情緒」、「思想」、
「性格」為關鍵語句，最後用「我們站在人物描寫的立場，來看看臺灣的
現文壇之小說狀態吧！在臺灣所有發表過的作品，大體是以「事件」為中
心」，並以「今後望諸作家，對於人物描寫這方面，盡點工夫去研究，以
完成我們貴臺灣的藝術殿堂吧！」作了總結。

但，在此值得關注的是，於此應作為參考的人物描寫表現的典型的小
說選用了托爾斯泰所著・耿濟之所譯《復活》的中文版，阿爾志跋綏夫所
著・魯迅所譯《工人綏惠略夫》（上海商務印書館，1922.5）的中文版以及魯
迅所著《阿 Q 正傳》的中文版。魯迅所著《阿 Q》在《臺灣民報》（81-85
號、87-88 號、91 號、1925.11-1926.2）上共八次進行了連載，耿濟之所譯
《復活》和魯迅所譯《工人綏惠略夫》是在中國大陸入手的。以此考慮到
在三〇年代的臺灣中文書籍入手困難這一點，當然可以想像為黃得時使用
的是廚川的日文原典，但也不能說就不存在入手了魯迅所譯《苦悶的象徵》
和《出了象牙之塔》的可能性。

無論是黃得時還是王耘莊都將「什麼是近代」之問題從「什麼是文學」
來立論。廚川在『關於文藝的根本問題的考察』（收錄於《苦悶的象徵》）

中寫道：「文藝是生命力以絕對自由表現的唯一的境地」。正如在「藝術的表現」（收錄於《出了象牙之塔》）中所論述的那樣：「倘不是將作家所有的生命的內容，即生命力這東西移附在所描寫的東西裡，就不成其為藝術底表現」，重視在藝術表現上的「生命力」；而黃得時也稱：「創作力和個性，是藝術家唯一的性命。有經創作力和個性濾過的作品，才能說是「活的」，沒有經創作力和個性蒸溜過的作品是「死的」」，也考慮到「個性」是藝術之表現。無論是中國青年王耘莊，還是臺灣青年黃得時，從廚川白村著作中所理解到的都是作為個性生命力的表現手法，即，純粹的「文學論」，而*柏格森的*「生命的衝動」存在於背景之中，對於「民族生命」、「民族國家」的形式化和實現狀態賦予了具體的形象。

結語

把跟本稿有關的且用筆者的語句進行論述的「大正生命主義」再次簡明地作如下整理：

大正時代的「生命主義（vitalism）」，就是將無法還原於無機物質的「生氣」，即，將「生命力」（vitality）視為生命現象的根本，是跟將機械論、進化論、合理主義、功利主義而出現的自由征服主義和物質文明的進展視之為「文化」相對峙的思維方法，也是由從阻礙身心活動中得到解放的「個人」創造性的「生命力」用來創造文化、改造社會的思想原理。但，必須注意的是若將「生命主義」作為「民族」與「集團」這樣的「生命力」的基本概念，就很有可能成為強大的國家主義。其結果，「大正生命主義」在關東大地震後被支配體制與反體制運動兩方面所切斷，隨著震災後統一國民精神氣運的高漲，被為了抵抗歐美列強對亞洲的侵略，亞洲各民族應以日本為盟主團結一致的泛亞洲主義（Pan-Asianism）所吸收。

以上述的「大正生命主義」這個概念規定以及歷史性動向為觀點，通過考察在一九二〇至三〇年代的臺灣文學運動中廚川白村以及其著作所起的作用和意義引證出了如下的結論：

其一、張我軍在臺灣介紹了中國「文學革命」的實際作品、魯迅的《狂人日記》，揭示出了要想察覺出掌權者和體制方面的共犯者及追隨者，就需要具有不受群體認同的支配、叫作〈狂〉那樣的異質和個性的「生命力」。

另外，在廚川白村的《狂犬》中敘述了要追究國家與社會的矛盾和黑暗部必須要有對什麼都「亂咬之犬」的精神，也就是要有〈狂〉的精神和動物性全獸主義的「生命力」。這兩種獨創性的「生命力」，恰恰跟「生命主義」這樣的由「個人」創造性的「生命力」用以改造社會的思想原理取得了一致。

其二、在作為廚川白村的文學論的《苦悶的象徵》之中，「生命之力」、「生的喜悅」、「生命力的發動」、「生命的表現」、「生命力的突進跳躍」、「生命的進行曲」和「生命的共鳴」等等「生命」、「生命力」的詞語廣泛使用，使得不僅超越了競爭的個體，而且超越了近代合理主義和功利主義這樣的西歐普遍主義概念的「生命主義」的理念也在跳動著。這種體現了作為近代的超越思想而具有意義的「大正生命主義」和所持這種思想的廚川白村著作，更是因為不左也不右、旗色不鮮明的廚川白村本身在關東大地震後，被處身於權威主義學問體制性的人們和受到國家、政府的壓制成為激進化宗派化的人們雙方所切斷，走向了被時代所遺忘的命運。

其三、在一九二〇年代臺灣新文化運動的啟蒙實驗期張我軍對廚川白村的接受，跟中國大陸的知識分子相比顯示出了更高的理解度。在張我軍作為廚川《近代的戀愛觀》的解釋書籍撰著的《至上最高道德——戀愛》中介紹了肯定廚川的「在自我放棄中的自我主張」（self-assertion in self-surrender）的思維方法，「熱烈的自己犧牲的最高的道德性」是到了知道「戀愛」才被「弄淨」而完成的。張我軍非從於愛倫・凱等人主張的自我解放、和自由戀愛等西歐普遍主義的觀念，而是找到了超越競爭的個人，以表現新的普遍性之精神的「在自我放棄中的自我主張」的思考方法，這一點是值得關注的。再則，判明了張我軍的《文藝上的緒主義》是：一面以廚川的《近代文學十講》為基本的參考書籍，一面從「歐洲文藝思潮」的觀點撰著的最新文藝和文學介紹之理論書籍。

其四、在一九三〇年代臺灣新文學運動的聯合戰線期或叫作新文學運動最盛期的這個時期中也能通過黃得時的兩點中觀察到接受廚川白村的痕跡。第一點是在《「科學上的真」與「藝術上的真」》中，第二點是在《小說的人物描寫》中。在前者之中純理論性地敘述了何謂藝術性之表現；在後者之中說明了如何進行人物描寫和心理描寫。以此判明了兩部作

品都是從純理論的文學論和創作論的觀點援引了《出了象牙之塔》和《苦悶的象徵》的。但，在其接受的廚川白村都僅僅為了截取文學理論的部分，而卻使「大正生命主義」這樣的超越西歐普遍主義的國際主義的要素都消失了。

　　河原功將日本殖民地時期的臺灣文學區分為「臺灣新文學運動期」（1922-1937）和「戰時下的臺灣文學」（1937-1945）的兩個時期，還將「臺灣新文學運動期」的前期（1922-1931）稱之為「臺灣新文學運動的抬頭期」，為中國白話文在臺灣紮根截至興起無產階級文學的時期。將後期（1931-1937）稱之為「臺灣新文學運動的自立上昇期」，是指截至到：因社會運動遭到破壞性的打擊而謀求新文學的出路，成立了共享抵抗這種理念的全島性文藝團體運動的最盛期，並從無產階級文學的漩渦之中興起了跟中國的白話文交鋒的臺灣話文運動，還引起了地方文學的論戰，因 1937 年的日中全面戰爭，廢除「漢文欄」報紙為止之時期[14]。

　　另一方面，陳芳明確地意識到了「朝向一部文學史的建立，往往會牽涉到史觀的問題。所謂史觀，指的是歷史書寫者的見識與詮釋：任何一種歷史解釋，都不免帶有史家的政治色彩。史家如何看待一個社會，從而如何評價一個社會中所產生的文學，都與其意識形態有著密切的關係。[15]」按照他的歷史認識的專用語及時期的區分，將日本殖民地時期的臺灣文學區分為「啟蒙實驗期」（1921-1931）、「聯合戰線期」（1931-1937）和「皇民運動期」（1937-1945）的三個時期。

　　正如陳芳明所述的那樣，由於是關係著意識形態而使用的專用語，因此就河原和陳芳明而言，前者用「臺灣新文學運動的抬頭期」，而後者用「啟蒙實驗期」；前者用「臺灣新文學運動的自立上昇期」，而後者則用「聯合戰線期」，兩者說法不同。但由於對時期區分的說明以及解釋是相同的內容，因此，本稿使用河原功的說法。

　　筆者在 2012 年 8 月 4 日至 5 日，由愛知大學東亞同文書院大學紀念中心和臺灣・中央研究院臺灣史研究所共同在愛知大學名古屋校舍舉辦的

---

[14]　河原功《臺灣新文學運動の展開──日本文學との接点》129-131 頁。
[15]　陳芳明《臺灣新文學史》上・下，臺北：聯經出版，2011.10，24-33 頁。

國際論壇「近代臺灣的經濟社會變遷──圍繞與日本的關係」上發表了題為「臺灣新文學運動與廚川白村──以超越西歐普遍主義概念的「大正生命主義」作為觀點」的論文，其論文刊登在《近代臺灣的經濟社會變遷──圍繞與日本的關係》（東方書店，2013.11，217-248頁）上。本稿以其論文為核心，使用了新資料並對原稿進行了40%的加工，還對其進行了刪除和修改。

吉田　陽子　翻譯

第九章　廚川白村在戰後臺灣
——持續性普及的背景、要因以及方法

引言

　　張我軍[1]（1902-1955）曾於 1924 年 1 月到 10 月在北京師範大學夜間補習班學習過，也十分了解五四新文化運動後中國文壇的動向。他發表在《臺灣民報》（月刊）上的「研究新文學應讀什麼書」（第 3 卷第 7 號，1925.3.1），推薦《文藝思潮史》和《近代文學十講》為「文學史」書籍，《苦悶的象徵》為「文學理論」書籍。還有，同樣刊登在《臺灣民報》（週刊）上的「至上最高道德——戀愛」（第 75 號，1925.10.18）中，從「戀愛的本質、發生、戀愛觀的歷史、戀愛的神聖理由」等觀點介紹了《近代的戀愛觀》一書。還在「《亂都之戀》詩集序文」（第 85 號，1925.12.4）中使用「苦悶」一詞來表達對《苦悶的象徵》的傾倒。從張我軍的經歷和著作中可以看出 1920 年代臺灣也受到了五四文化運動的影響，而且還有知識分子相當熱衷於廚川白村著作的這個事實。

　　除了張我軍以外，1920 年曾在日本明治大學留過學並為《臺灣民報》、《臺灣新民報》寫過稿的陳虛谷（1896-1965）和 1918 年在神田正則英語學校、1927 年在中央大學留過學，1931 年創辦了《南音》的葉榮鐘（1900-1978）以及 1928 年後多次住過東京，向《臺灣文藝》《フォルモサ》投稿的劉捷（郭天留，1911-2004）等人被認為受到過廚川的影響[2]。但是，日據時期在臺灣有過使用日語閱讀並傾心於廚川白村的臺灣知識分子的這一事實，除了前面提到的少數幾人之外，其他人尚未明確下來。然而，自從蔣介石國民黨政權 1949 年在大陸敗給共產黨，帶著 150 萬至 200

---

[1]　張光正編《張我軍全集》臺北市：人間出版社，2002 年 6 月。）

[2]　參見劉紀蕙《心的變異——現代性的精神形式》臺北市：麥田出版，2004 年 9 月（128-130 頁）。有關三人的經歷參見了彭瑞金著、中島利郎・澤井律之所譯《臺灣新文學運動 40 年》（東方書店，2005 年 3 月）的「譯註」。

萬（其中 80 萬為軍屬）人員進入臺灣後，可以確定，許多臺灣知識分子也熱衷於閱讀廚川白村的著作。而且，有意思的是他們並不是通過日語原文而是通過翻譯閱讀的並且對翻譯內容甚感興趣的這樣一個事實。

　　本章，先對民國期廚川著作的流行的終點進行考察。其次，以國共內戰後跟隨國民黨敗走臺灣的「外省人」為中心，分析廚川著作繼續得以普及的背景、要因和方法。最後，提示一下在香港的接受情況。

一、民國期廚川白村流行的終點

　　廚川白村在鎌倉的「白日村舍」（俗稱「（近代的）戀愛餐館」）度假時被關東大地震引起的海嘯捲走去世發生在 1923 年 9 月 2 日，而有島武郎（1878.3.4-1923.6.9）在廚川故世大約三個月前的 6 月 9 日，在輕井澤的「淨月庵」與女記者波多野秋子一起自殺了。筆者認為：魯迅從曾經有過共鳴共感的有島武郎和廚川白村兩位日本知識分子之死預感到了某個時代的結束和新潮流的到來可能是在翻譯有島武郎的「一個宣言」（1922.1）和「有關藝術的思索」（1922.1）收錄於《壁下譯叢》（上海：北新書局，1929.4 初版）的時候吧。以此可以推測通過收錄於翻譯叢書裡的論文魯迅認識到藝術最終將從知識階級的手中離開，轉移到「被稱為在社會問題佔重要位置的勞動問題的對象為第四階級的人們」（有島）中，即新興階級人們的手中，他們最終會成為社會的指導力量。他們作為新興階級根據自身的「自己內部的要求」（有島），新藝術會成為主要勢力這一歷史性的社會必然性。魯迅認為有島論是通往新時代的橋樑，但作為橋樑的有島本人卻由於內心的鬥爭和動搖仍停留在舊時代。廚川受報紙上刊登的一女教師對有島的粗暴之語的刺激，還可能因為擁護戀愛至上論，在 1923 年 8 月 1 日的《改造》第 5 卷第 8 號上寫了題為「有島氏的最後」的文章（其後收錄於《走向十字街頭》），對有島的「重複自殺（情死）」作出了說明。篇末以「有島沒有尋死來謀求最後的解決，以更頑強地生存來承受自己的罪行，不是正應該生存在這大地上來完成這個大建築嗎？我是這麼認為的」來作以結尾。

　　有島逝去了，廚川也在地震中喪身了。在有島和廚川死去的 1923 年，魯迅 8 月 2 日因跟周作人夫婦不和搬出了住了四年的新街口八道灣的四合

院。魯迅自 1924 年 6 月 11 日被周作人夫婦大罵，連家具帶書籍搬出以後再也沒有回過那個家。此外，從這個二者逝去的不穩定的年月到出版《壁下譯叢》的六個年頭裡，筆者根據 1924 年 4 月《魯迅日記》「書帳」的變化可以看出其意識性地接受文藝理論的開始之年，在這一階段的最後有了《壁下譯叢》。在這個翻譯集裡收集了兩部廚川白村的著作和六部有島武郎的著作時慌忙之中也沒有什麼大抒感慨，但是回憶二人之死和周作人夫婦吵架事件也是其心情所以然。而且，強烈意識到近代文藝思潮的變遷，根據「較舊的論據」邊分類文藝和「新興文藝」，邊編輯的《壁下譯叢》之發刊當時，魯迅感到了一個文藝思潮的結束和轉換期的到來。

長堀祐造對於有島武郎和魯迅這兩位同時代且具有共同資質的一個早逝一個仍然活著的作家說道：「兩者前進的道路是分開的，但具有一個內在要因的不正是同伴作家論嗎？自己從骨髓裡認識到身為知識分子的魯迅和有島一樣，雖然承認第四階級的未來，但不怎麼相信階級轉移論是目前不得不和第四階級聯合起來共同鬥爭的中國現實。而填補這個間隙的理論不正是同伴作家論嗎？[3]」活著為自己的階級唱輓歌，在為革命指示前進之路的托洛茨基的同伴作家論中看到了就魯迅而言的托洛茨基文藝理論的意義。

受到有島武郎理論的觸動，預感新時代到來的魯迅在 1929 年 4 月出版的翻譯集《壁下譯叢》裡的分類區分中顯示出廚川白村是根據「較舊的論據」的文藝理論家。魯迅在此書中作為對比「較舊的論據」、「新興文藝」等詞語使用了「西洋文藝思潮」，而「文藝思潮」這個詞是沒有新舊之分超越範疇時間上相通的概念。1931 年 7 月 20 日魯迅在社會科學研究會上講演「上海文藝一瞥」（收錄於《二心集》）中對「文藝思潮」帶著揶揄諷刺語調進行了講解。其中，魯迅根據時代潮流逐漸感到廚川文藝論的論點基準已經不適合時代是不容置疑的。現存的中國左翼作家是知識階級，如果描寫不了無產階級文學，「生長在舊社會的情況」「熟悉舊社會」「擅長舊社會人物」的作家就無法為無產階級描寫新文藝，成為不了所謂「新興文藝」的作家。這是魯迅根據文藝思潮的變遷提出的。

---

[3]　長堀祐造「魯迅革命文學論におけるトロッキー文藝理論」（《日本中國學會報》第 40 集，1988 年 10 月）210 頁。

　　話雖如此，魯迅並沒有徹底否定廚川白村，只是意識性的進行了封堵。事實上，魯迅在 1933 年 11 月 2 日的「陶亢德宛」的書信中如下寫道：

　　　　蒙惠函並示《青光》所登文（指長谷川天溪著・胡行之譯「多數少數與評論家」，讀之亦不能解，作者或自以為幽默或諷刺歟。日本近來殊不見有如廚川白村者，看近日出版物，有西脇順三郎之《歐羅巴文學》，但很玄妙；長谷川如是閑正在出全集，此人觀察極深刻，而作文晦澀，至最近為止，作品只被禁一次，然而其弊是一般不宜看懂，亦極難譯也。隨筆一類時有出版，閱之大抵寡薄無味，可有可無，總之，是不見有社會與文藝之好的批評家也。

　　魯迅在 1933 年 11 月認為廚川是「社會與和文藝之好的批評家」，但作為文藝理論是「較舊的論據」。
　　對於此長堀祐造認為：承認「藝術和生活跟政治的不可分性和不混合性」的「托洛茨基的《文學與革命》和魯迅受廚川影響以來形成的「腹之補助」（中野重治）的藝術以及「藝術的獨自性」的統一這樣的文藝觀是沒有抵觸的，革命和文藝的問題被他接受了。[4]」本來，廚川、托洛茨基的文藝論是為了統一「為了生活」、「為了藝術」等二元論。但如果是並記和並用「為了生活」的藝術和「為了藝術」的藝術，就無論如何也有必要隱藏這種「二元論」的傾向。至此為止，在民國文壇上因魯迅的功績，對廣泛普及的廚川《苦悶的象徵》所代表的文藝理論第一階段的接受也終結了。
　　以後，共時性的文藝理論就以方璧（茅盾）《西洋文學通論》（上海：世界書局，1930.8 初版）、顧鳳城《新興文學概論》（上海：光華書局，1930.8 初版）等代表的「應該到來的文學」意識到階級性的無產階級文學的方向為目標了。

---

[4]　長堀祐造「魯迅『革命人』の成立──魯迅におけるトロツキー文藝理論の受容　その一」《貓頭鷹》新青年讀書會刊，1987 年 9 月（8-9 頁）。

　　茅盾的《西洋文學通論》是通過西洋文學的進展和至今的發展狀況定義反映社會階級意識的文學，從文藝思潮的觀點來預測應該到來的文學是怎樣的文學。還揭示出了今後的文學關鍵詞為「新寫實主義」。

　　林伯修將藏原惟人「無產階級‧寫實主義之路」（《戰旗》第 1 號，1928.5）的標題翻譯成「到新寫實主義之路」（《太陽月刊》第 7 號停刊號，1928.7）。從這時起 Proletarian Realism 被叫作「新寫實主義」，由此可知，茅盾摸索的「新寫實主義」是「無產階級的寫實主義」。

　　而且，顧鳳城的《新興文學概論》參照了不少藏原惟人著‧之本譯的《新寫實主義論文集》（上海：現代書局，1930.5 初版）等藏原的文章，並以此為依據，設定了「什麼是普羅列塔利亞文學？」、「普羅列塔利亞文學的內容與形式」、「什麼是普羅列塔利亞寫實主義？」和「普羅列塔利亞文學批評的基準」等標題，從社會性階級性史觀、唯物論的辯證法的觀點組建理論。

　　雖然在《壁下譯叢》「序文」裡從共時性的觀點魯迅認為廚川的文藝觀是「較舊的論據」，但是魯迅所譯《苦悶的象徵》刊行到了 1935 年 10 月第 12 版，魯迅所譯《出了象牙之塔》刊行到了 1937 年 5 月北新書局的第 5 版。

　　王耘莊的《文學概論》，章節的構成、標題名以及理論的展開形式是依據了本間久雄的《新文學概論》，而「文學是苦悶的象徵」和「生命的絕對自由的表現」那樣的文藝理論實質性的內容則是依據了廚川白村的《苦悶的象徵》和《出了象牙之塔》。受《新文學概論》影響的是在構成文學論的「文學的定義」、「文學的特質」和「文學的要素」等有關形式方面的一部分，而形式方面的影響是一目了然的，只要一讀各章節的內容便易分曉所受的影響。但是，受廚川文藝論影響的多數是在某章節的一部分。例如，在郁達夫《文學概說》（上海：商務印書館，1927.8 初版）、田漢《文學概論》（上海：中華書局，1927.11 初版）、趙景深《文學概論講話》（上海：北新書局，1933.3 初版）等為首的「文學概論」中都可以看出一些典型。而且，魯迅所譯《苦悶的象徵》和《走出象牙之塔》出版後，民國文壇的知識分子執筆的「文學概論」中都有舉不勝舉的有廚川的影響。一般來說，在第六章中所示的王耘莊的《文學概論》等處可知，

其典型為：章節構成的形式是受了本間久雄的影響，而理論上的實質性部分則是受了廚川的影響。

但是，許欽文《文學概論》（上海：北新書局，1936.4 初版）的各章各節的標題都是模仿了廚川，用《苦悶的象徵》中的內容作了標題。比如，「發生文學的原因」、「創造文學的情形」、「化妝出現」、「便化」、「具象化」、「暗示」、「共鳴作用」、「普遍性」、「真實性」、「淨化作用」、「斷篇的描寫」、「幽默與諷刺」、「觀察」、「描寫形容和譬喻」和「文學作品的鑑賞」等都是以《苦悶的象徵》中說明的內容作了標題整理的。

民國文壇真正的對廚川白村的接受的最後推定為許欽文的《文學概論》。之後由於抗日戰爭的開始（1937.7），廚川著作的流行一時終結了。

二、廚川白村著作在戰後臺灣──持續性普及的背景、要因和方法

（一）廚川白村著作持續性普及的狀況

筆者在臺灣（持續的民國文壇）的調查表明，廚川白村著作的譯文有以下 12 種。（檢索的藏書目錄中，其他有一種譯者不詳的水牛版《近代的戀愛觀》。此外，④、⑦、和⑩項也未見）。

①徐雲濤譯《苦悶的象徵》臺南市：經緯書局，1957 年 12 月初版（民國 46 年）。

②金溟若譯《出了象牙之塔》（新潮文庫 8，雜文系列）臺北市：志文出版社，1967 年 11 月初版（民國 56 年）／1988 年 1 月再版（民國 77 年）。

③琥珀出版部編譯《苦悶的象徵》（世界文學名著）臺北縣板橋市：1972 年 5 月出版（民國 61 年）。

④慕容薈（程思嘉）編譯《苦悶的象徵》臺北市：常春樹書坊，民國 62 年（1973）出版。

⑤德華出版社編輯部編譯《苦悶的象徵》臺南市：1975 年 2 月初版（民國 64 年）。

⑥陳曉南譯《西洋近代文藝思潮》（新潮文庫 128，文學評論及介紹）臺北市：志文出版社，1975 年 12 月初版（民國 64 年）／1996 年 5 月再版（民國 85 年）。

⑦顧寧譯《苦悶的象徵》（附錄：「近代戀愛觀」）臺中市：晨星出版社，1976 年 3 月版（民國 65 年）未見。

⑧林文瑞譯《苦悶的象徵》（新潮文庫 213，雜文系列）臺北市：志文出版社，1979 年 11 月初版（民國 68 年）／1995 年 6 月再版（民國 84 年）／1999 年 8 月再版（民國 88 年）。

⑨青欣譯《走向十字街頭》（新潮文庫 224，雜文系列）臺北市：志文出版社，1980 年 7 月初版（民國 69 年）。

⑩吳忠林譯《苦悶的象徵》臺北市：金楓出版社，1990 年 11 月出版（民國 79 年）未見。

⑪魯迅譯《苦悶的象徵》（收錄於《出了象牙之塔》）臺北市：昭明出版社，2000 年 7 月 20 日初版（民國 89 年）。

⑫魯迅譯《苦悶的象徵》（輕經典 28）臺北縣新店市：正中書局，2002 年 12 月 16 日初版／26 日再版（民國 91 年）。

　　如上所示，廚川的著作在臺灣，即，「持續的民國文壇」有了新的翻譯者並持續地得到翻譯和出版。廚川著作的翻譯在一九五〇年代有徐雲濤翻譯的《苦悶的象徵》，六〇年代有「新潮文庫」出版的金溟若的譯本《出了象牙之塔》，七〇年代又有 5 個譯者（慕容菡、顧寧、林文瑞和另外兩位隱去姓名的譯者）各自翻譯了《苦悶的象徵》，此外還有陳曉南翻譯的《西洋近代文藝思潮》（即《近代文學十講》）和青欣所譯《走向十字街頭》。廚川的著作集全 9 種中有 5 種得到了出版。

　　但在前面第五章中提到的③項和⑤項的翻譯文本，即「琥珀出版部編譯」的《苦悶的象徵》是魯迅的譯本，而「德華出版社編輯部編譯」的《苦悶的象徵》是豐子愷的譯本。因此，一般讀者並不知道這是誰翻譯的，同時也表明了一九七〇年代以後，在臺灣魯迅譯版和豐子愷譯版的《苦悶的象徵》在一般的讀者中流傳開了。2000 年 7 月，魯迅翻譯的《苦悶的象徵》（臺北：昭明出版社）公開出版，2002 年 12 月魯迅翻譯的《苦悶的象徵》（臺北縣新店市：正中書局）被列入「輕經典」系列出版。

正如陳莉苓所說的那樣，也有一些知識分子從 1972 年 5 月閱讀時就察覺到了廚川白村「平易近人的筆調」、「現代文學第一人魯迅樸實精確的譯筆」的《苦悶的象徵》，「將魯迅文本的用字遣詞保留了下來」的是臺灣的民國文壇。

而且，「琥珀出版部編譯」的魯迅所譯《苦悶的象徵》被作為「世界文學名著」，並被許多大學的圖書館和研究所收藏，魯迅翻譯文體譯文的《苦悶的象徵》成為公認的範本。

還有，臺灣志文出版社的「新潮文庫」在出版廚川白村的著作時，將其分別歸入「雜文系列」和「文學評論和介紹」兩類，跟僅僅從書名上無法區別的許多作品羅列在一起。

1. 雜文系列：《出了象牙之塔》《苦悶的象徵》《走向十字街頭》

收錄於②項的金溟若所譯《出了象牙之塔》（作品名為原典所記，同下）中的作品如下所示：

《出了象牙之塔》：「出了象牙之塔」、「觀賞享樂的生活」、「藝術的表現」、「作為藝術的漫畫」、「現代文學的主潮」、「文學者與政治家」、「從藝術到社會改造」、「遊戲論」、「從靈到肉、從肉到靈」。

《小泉先生及其他》：「小泉先生」、「魯威爾的漫畫」、「瓦洛吞的版畫」、「英國思想界的今昔」、「阿那托・法朗士」。

《印象記》：「歐洲戰亂和海外文學」

收錄於⑧項的林文瑞所譯《苦悶的象徵》中的作品如下：

《苦悶的象徵》：「第一　創作論」、「第二　鑑賞論」、「第三　有關文藝的根本問題的考察」、「第四　文學的起源」。

《小泉先生及其他》：「一群年輕的藝術家」、「傳說」、「現代英國文壇的奇才」、「神祕思想家」「資深女演員沙拉・貝娜爾」、「女人的表情美」、「戲劇《亡靈》序言」、「賽爾特文藝復興概觀」。

《近代的戀愛觀》：「近代的戀愛觀」

收錄於⑨項的青欣所譯《走向十字街頭》中的作品如下：

《走向十字街頭》原作 25 篇文章中的 22 篇、《小泉先生及其他》中的「病態性慾與文學」

2. 文學評論及介紹：《西洋近代文藝思潮》

收錄於⑥項的陳曉南所譯《西洋近代文藝思潮》中的作品：《近代文學十講》

廚川白村著作的翻譯者和編輯是如何評價他的作品的呢？第五章中已經提到了編者陳莉苓和翻譯者林文瑞對《苦悶的象徵》的評價。陳莉苓的評價已經多次介紹過了，林文瑞同樣高度讚揚了廚川和他的著作。他說：「廚川白村雖然只是位學者，但由於他精通多種外語，學強記，博覽群書，並能把握世界潮流，認識社會環境和需要，進而加以批評，求取改革之路」「他的作品知道現在還擁有許多讀者，他的思想在讀書界能有源遠流長的影響不是偶然的吧。」

另外，陳曉南所譯《西洋近代文藝思潮》中有一篇題為「關於廚川白村及其作品」（收錄於陳曉南譯《西洋近代文藝思潮》臺北市：志文出版社，1975 年 12 月初版）的文章，這可能是編輯寫的評價。

> 這本《西洋近代文藝思潮》（原書名「近代文學十講」），是廚川白村早期的代表傑作，當日本知識界、青年界正渴求了解西洋思想之際，他適時向國人推出本書，出版後，深獲各方好評並引起極大的共鳴。……（中略）……這本書不但可以作為近代西洋文學史來看，同時由於作者胸羅廣博，不僅探索了文學作品的內涵與文學家所欲表達的意念，同時還指出產生這種文學的時代背景，筆觸並深及於影響文學作品的哲學思想，因此也很可當成一本思想史來看。做為一個文藝評論家，廚川白村不僅忠實地做客觀的論述，同時由於他敏銳的眼光，亦一眼洞穿了各種文藝派別的變遷，並提出極具創意的批評，引導讀者深入西洋文藝的堂奧。

《西洋近代文藝思潮》的編輯認為，《近代文學十講》「不但可以作為西洋文學史來看」，「也可當成一本思想史來看」，「由於作者胸羅廣博，不僅探索了文學作品的內涵與文學家所欲表達的意念」「亦一眼洞穿了觀覽各種文藝派別的變遷，並提出極具創意的批評，引導讀者深入西洋文藝的堂奧」。

陳曉南也寫了《關於「西洋近代文藝思潮」──代譯序》（1975.8.21），在文中敘述了從本書中獲得的知識和感染力，高度評價了《近代文學十講》。

> 「西洋近代文藝思潮」，顧名思義，即在客觀地描述近代西洋文藝潮流的變遷軌跡。本書所謂近代，係指十九世紀中葉以後到廿世紀初近五、六十年間。當然，近代的範圍，並不祇這五、六十年左右。不過，廚川白村作此書時，是在一九一二年，他是有理由這麼界定的，因為要將太近的事實安排在歷史事實上，事實上是不太可能的。
>
> 近代西洋文藝思潮紛紜，各種文學流派雜陳，令人不宜捉摸。然而，文學是時代的反映，文學在基本上自有其時代象徵，只要把握當代的精神，就可約略了解文學演變的脈胳。
>
> 近代西洋的時代精神就是自然科學。自然科學促進了那一代物質文明的發展，也影響到人們的內在情緒，這種思潮表現在文學上的就是寫實主義和自然主義。寫實主義是浪漫主義的反動，但它多少仍承受著浪漫主義的遺緒；直到自由主義一出，才徹底地剔去了人生一切的理想和浪漫色彩，專注於病態世相的描繪。因之，寫實主義和自然主義稍異之處，僅是在程度上有深淺之分罷了。換句話說，自然主義遠較寫實主義更刻意於科學與文學之間的聯繫性。
>
> ……（中略）……
>
> 如果我們承認凡是存在的東西，必有其存在的理由和最初價值，我們對各種文學流派和理論的紛紛出籠也就不以為異了。雖然有些派別和文學理論在今日已成明日黃花，為繼起的的文學潮流所淹沒，特別是晚近文學流派的崛起，更有如曇花一現；然而，真文學的價值並不在理論派別上，而在於作品中的內在價值，及其予人的感染力。

如上所述的「他的作品直到現在還能擁有許多讀者，他的思想在文藝界能有源遠流長的影響不是偶然的吧」，「本書不但可以作為近代西洋文學史來看」，「也很可當成一本思想史來看」，「由於作者胸羅廣博，不

僅探索了文學作品的內涵與文學家所欲表達的意念」，「一眼洞穿了各種文藝派別的變遷，並提出極具創意的評論，引導讀者深入西洋文藝的堂奧」等都是對廚川白村的最高褒獎。

（二）普及的背景、要因及方法（引用的文本）

1. 背景

　　1949 年 5 月，蔣介石的國民黨政權在臺灣發佈戒嚴令，實行軍事獨裁的統治，把自己當成在臺灣的暫住者，遲早要重返大陸，並以美國為後盾繼續反共，扮演著虛構性的中華文明傳統的後繼者。五〇年代，政權統治者的「反共」思想影響著文壇，而另一方面，從大陸來臺的第一代外省人作家創作的「懷鄉」文學成了那個時期特徵性的主流。1960 年 4 月，以臺灣大學外語系的學生白先勇（1937-，廣西省桂林出身）、士文興（1939-，福建省福州出身）、陳若曦（1938-，臺北市出身）、歐陽子（1939-，臺灣南投出身）、李歐梵（1942-，臺灣新竹出身）未中心創辦了《現代文學》雜誌（截至 1973 年 9 月，12 年之間共發行了 51 期），這個雜誌成了臺灣六〇年代現代文學的基地，由此開始「引入歐美思潮」。這一時期的特徵是以白先勇的小說集《臺北人》（1965-1971）為代表的。這是幼年時期在大陸生活過，但在創作上沒能繼承三、四〇年代的中國文學的第二代外省人作家。這個時期的作品被認為是創作以「無根與放逐」為主調，推崇歐美的現代派文學，與現實保持游離狀態的作品[5]。

　　山口守說：「六〇年代臺灣現代派文學的特徵是，在國民黨的言論管制下，無法繼承五四新文化運動和日據時期的臺灣文學的年輕一代，在這種封閉的條件中，嘗試著對中國的古典進行現代的解釋，以西方文學為現代的想像參照例，以自我認同、危機為起點的作品創作。[6]」

　　因此，廚川白村的著作在臺灣被翻譯的意義可以歸結為以下二點：

---

[5]　筆者參見了葉石濤著、中島利郎・澤井律之所譯《臺灣文學史》（研文出版，2000
　　年 11 月），並在此之上加以了匯總。

[6]　收錄於山口守「《臺北人》解說」；收錄於白先勇所著、山口守譯《臺北人》（國
　　書刊行會，2008 年 3 月）265 頁。

（1）對熟悉二〇、三〇年代文學狀況的第一代外省人作家來說，廚川白村的作品在被無產階級文學取代之前，其中頗有影響的「創作論」、「文學論」和「文藝思潮論」一直被他們所接受，作為「懷鄉」文學的一環而起到了譯著的作用。

（2）無法繼承三〇、四〇年代中國文學的第二代外省人作家和六〇年代新知識分子的大學生們以『現代文學』為基地，致力於新移植歐美的現代派文學。正如山口守所說的「六〇年代臺灣的現代主義其目標並不是西方的現代派文學，而是把西方現代文學作為一種可提供想像的新標識。[7]」對於他們來說，具有強烈的啟蒙指南色彩的廚川白村的著作本身就可以當成理解「西方近代文學」的教科書來用。

2. 要因

　　1947 年 10 月商務印書館臺灣分館落成，1949 年中華人民共和國成立後，臺灣的商務印書館在臺北市重慶南路設立門面，自成體系。另一方面，1953 年開明書店與青年出版社合併為中國青年出版社，中華人民共和國成立以後，臺灣的開明書店也跟上海的開明書店脫離關係，在臺北市中山北路設立了門面。大陸的大型出版社在臺灣繼續經營，原先在大陸發行過的各類書籍又重新得到再版，應該對臺灣的知識分子產生了很大的影響。一是，日據時期用日語進行創作的知識分子在今後的臺灣必須具備用中文表達的能力這樣一個現實。另一個是，為了彌補文學界本身存在著的對五四新文化運動以來的文學常識和知識方面的空白，重新出版一九二〇至一九三〇年代的書籍是迫在眉睫的事。

　　這些再版書籍中與本論相關的「文學概論」方面的書籍如下所示：

　　1、本間久雄著・章錫琛譯《新文學概論》前・後編，（文學研究會叢書）上海：商務印書館，1925 年 8 月初版。
　　→本間久雄著，章錫光譯《新文學概論》（人人文庫，王雲五主編）臺灣：商務印書館，1967 年 7 月初版（民國 55 年）。

---

[7]　同註 6，263 頁。

2、本間久雄著‧章錫琛譯《文學概論》上海：開明書店，1930 年
3 月初版。

→本間久雄著，臺灣開明書店譯《文學概論》臺灣：開明書店，
1957 年 11 月臺灣 1 版（民國 46 年）1974 年 3 月臺灣 6 版（民
國 63 年）。

3、馬宗霍《文學概說》（文學叢書）上海：商務印書館，1925 年
10 月初版。

→馬宗霍《文學概論》（人人文庫，王雲五主編）臺灣：商務印
書館，1967 年 7 月初版（民國 55 年）。

→馬宗霍《文學概論》香港：明遠出版社，1975 年 5 月 5 日 3 版。

4-1、夏丏尊《文藝論 ABC》（ABC 叢書）上海：世界書局，1928
年 9 月初版。

4-2、夏丏尊《文藝論》（收錄於《文藝講座》）上海：世界書局，
1935 年 3 月再版。

→夏丏尊《文藝論》（收錄於《文藝論評研究》國文入門叢書）
臺灣：信誼書局，1978 年 7 月初版（民國 67 年）。

以上為例示的四種，正如筆者已提出過的那樣，商務印書館版和開明
書店版的兩種本間久雄的「文學概論」中，商務印書館版章錫琛翻譯的《新
文學概論》在一九二〇至三〇年代的中國大陸為此後不少編寫「文學概論」
的知識分子在章節構成的形式上提供了範例[8]。只是譯者的姓名由章錫琛變
成了章錫光。同樣，開明書店版中譯者的名字也消失了，變成了臺灣：開
明書店譯。另外，被更改成《文學概論》書名的商務印書館版的馬宗霍《文
學概說》和夏丏尊的《文藝論》（在臺灣版中漏掉了「第十七章　創作家
與革命」以及顯示出論據典故的「第十八章　結言」）都對廚川白村的著
作作了切實的介紹。

馬宗霍在書中介紹說：日本的廚川白村（在《近代文學十講》中）對
歐洲的不知不覺變化的文藝思潮的痕跡進行了分類，十八世紀是理智傾向

8　工藤貴正《民國翻譯史における西洋近代文藝論受容に果たした日本知識人の著作
に關する基礎的研究》（2003-2006 年度科學研究費補助金，基盤研究（C）報告書）
2007 年 3 月，收錄於本書「附錄」中。

的啟蒙時期，表現為理性主義（rationalism）、古典主義（classicism），
十九世紀上半葉是浪漫主義（romanticism）的全盛期、十九世紀中葉是現
實主義（realism）、自然主義（naturalism）的全盛時期；最近是新主觀主
義（new subjectivism）的文學，即新浪漫派（new romanticism）的時期。
雖說是非常大概的分類，但大致都說到了。

　　夏丏尊在書中如此寫道：現代的許多學者都用弗洛伊德（Freud）派的
精神分析學說來研究作家和作品的關係，日本的廚川白村所著《苦悶的象
徵》（有魯迅氏與豐子愷氏的譯本）也是把精神分析學作為起點的文藝論，
是一本值得參考的書。

　　因此可以說，上述中國大陸出版物的再版書應該是以下這些翻譯著
作，即，徐雲濤譯《苦悶的象徵》（1957）、金溟若譯《出了象牙之塔》
（1967）、琥珀出版部編譯（實質上為魯迅所譯）《苦悶的象徵》（1972）、
德華出版社編輯部編譯（實質上為豐子愷所譯）《苦悶的象徵》（1975）、
陳曉南譯《西洋近代文藝思潮》（原本《近代文學十講》（1975）、林文
瑞譯《苦悶的象徵》（1979）、青欣譯《走向十字街頭》（1980）等譯著，
這些正是能夠得到普及的原因。

3. 方法

　　臺灣的大學中文系的課程計劃中規定，學生必須在大學一年級或二年
級修完「文學概論」這門必修課。張健的《文學概論》一書就是在這種情
況下編寫的。這是作為大學教材所編寫的「大學用書」，由臺北市五南
圖書出版公司 1983 年 11 月初版第 1 次發行以來，到 2006 年 3 月初版已
經重印了 19 次，成了長期暢銷的大學教科書。張健在此書的「自序」中
寫道：

　　　　從民國 61 年秋季開始，我便在臺灣大學中國文學系擔任一年
　　六學分的必修課「文學概論」。我自當年暑假起撰寫講稿，前後參
　　考了近三百種書籍，並溶入我二三十年來欣賞、創作、批評、研究
　　的心得。（……中略……）
　　　　今年秋天，我又應聘兼任國立中山大學教席，每兩週赴高雄一
　　次，講授四小時的「文學概論」（一學期二學分，全學年共四學分）。

　　由於教育部削減了大學各系科的必修科學分，我在臺大的課已
改為一學期三學分（係由系主任徵求我的意見而改定），三學分就
是每週三小時，一學期不過十五、六週，所授的內容實在有限，所
以我決定把這累積十多年的講稿增訂後印出來，既利修習我課的同
學，並可供他校同一課程作教本，也當有助於一般對文學感興趣的
社會青年及其他系科的大專同學。

　　張健還在 2001 年 5 月的「1 版 15 刷序」中說，很高興看到自己的五
南版《文學概論》發行了 18 年以上，15 次反復重印，並被許多大學選為
「文學概論」課程的教科書，好評連連。「可是這十多年來，此書也有一
些意外的遭遇，其中最嚴重的一件事是，龔鵬程先生《文學散步》事件。」
為了消除誤解，張健接受了學術界友人的建議，作了如下的回應：

　　　民國 74 年間，龔君《文學散步》（漢光板）問世，其自序中一
　　口氣攻訐三書——我的《文學概論》，王夢鷗前輩的《文學概論》
　　及美國韋勒克、華倫合著的《文學理論》（一譯《文學論》）。其中
　　我的部分，他羅列了日本本間久雄著《新文學概論》中的章節目錄
　　與我書之章節類似的題目，一一比對，然後用曖昧的語言有所影
　　射；而我書與本間之書不同的章節，則一概略而不提。現在假設我
　　書與本間書章節題目全同（文學概論所需論述的範圍，本來就大同
　　小異；據我老同學劉廣定教授相告：普通化學教科書各不同版本之
　　章節幾乎全同），而內文大不相同，我又有何過？何況二者章節不
　　同處並不在爻爻（近半）！而內容則大為殊異。本間書有商務人人
　　文庫中譯本，讀者自可對照覆按，真相亦不難大白。

　　張健在兩篇「序言」中寫道：『文學概論』作為臺灣的大學中文系學
生的必修科目的教科書，就像一九二〇至一九三〇年代期間，許多「文學
概論」的教科書在編寫時也是以本間久雄的《新文學概論》的章節構成為
範本那樣，八〇年代臺灣編寫的教科書就有了「羅列了本間久雄著《新文
學概論》中的章節目錄與我書之章節類似的題目」的事實。

　　現在，我們轉向龔鵬程的《文學散步》（中國文學研究叢刊，臺灣：學生書局，2003 年 9 月）。龔鵬程在寫於民國「74 年端陽」（1985.陰曆 5.5）的「文學理論・文學概論・文學散步－代序」一文中解釋了「文學概論」與「文學理論」的不同。

　　龔鵬程在文中寫道：「文學理論」只是說明文學批評的原理和文學史的規律，不涉及文學的發展和變化、評論觀的轉變等問題。「文學概論」是學習討論文學內在知識的規律和方法等基礎問題。例如，文學是什麼；文學應該採用的方法是什麼；如何才能獲得文學的知識；文學知識的性質是什麼；它的機能又是什麼等等問題。然而，在許多「文學概論」的書中試圖把文學的起源歸結於遊戲、宗教、勞動、戀愛、戰爭、模仿等等。談到文學的定義，則用天上之星、精神之癌、心靈之鬱血、苦悶的象徵等毫無關連的東西來例證說明。使得讀者如墜雲山霧海而不得要領。這就是現在的「文學概論」所共有的缺點，照舊沿用的一貫方法，「甲是本間久雄寫於大正 15 年的《新文學概論》，乙是張健先生 72 年出版的書，時間相隔雖遠，卻顯然仍沿襲前者的形式和不足之處，並增加了許多錯誤。這樣的文學概論難道不叫人喪氣嗎？[9]」「據我所知，現在教授文學概論比較理想的是採用韋勒克與華倫（Wellek&Warrem）的《文學理論》（*Theory of Literature*）。」「但韋氏華氏之書為「新批評」的成一家之言，引例和術語亦純屬西方；這對研究者來說固然是極好的參考資料，作教本卻很不適宜。[10]」

　　由此可見，在臺灣「文學概論」被認為是引用了本間久雄、廚川白村之流的舊的論述方式，而「文學理論」則是引用了歐美新的論述方式。

　　以下是筆者讀到的「文學概論」和「文學理論」的文本。

　　（1）韋勒克・華倫著、王夢鷗・許國衡譯《文學論——文學研究方
　　　　　法論》（新潮大學叢書 3）臺北市：志文出版社，1976 年 10 月
　　　　　（民國 65 年）初版／1990 年（民國 79 年）再版／2000 年（民
　　　　　國 89 年）再版。

---

[9]　龔鵬程著《文學散步》（中國文學研究叢刊，臺灣：學生書局 2003 年 3 月）IX-X 頁。

[10]　同註 9，X 頁。

（2）RENE & WELLEK（保留原文）著，梁伯傑譯《文學理論》（大林學術叢刊 13）　臺北市：大林出版社，1977 年（民國 66 年）。

（3）張健《文學概論》（大學用書）臺北市：五南圖書出版公司，1983 年 11 月初版第 1 刷（民國 72 年）／2006 年（民國 95 年）3 月初版第 19 刷。

（4）涂公遂《文學概論》臺北市：五洲出版社，1990 年（民國 79 年）初版／2004 年 1 月（民國 93 年）再版 5 刷。

（5）沈謙《文學概論》臺北市：五南圖書出版公司，2002 年（民國 91 年 3 月初版 1 刷）／2006 年 10 月（民國 95 年）初版第 5 刷。

（6）朱國能《文學概論》臺北市：里仁書局，2003 年 9 月（民國 92 年）初版／2005 年（民國 94 年）4 月增訂」。

（7）周慶華《文學理論》臺北市：五南圖書出版公司，2004 年（民國 93 年）1 月初版 1 刷。

（8）楊宜修編著《文學概論》（文學院）臺北市：鼎茂圖書出版公司，2007 年（民國 96 年）1 月初版。

　　上述的文本（1）項、（2）項就是和張健的書一起被認為不適合作教科書的，「美國的韋勒克、華倫共著的《文學理論》（又一譯名《文學論》）」，也就是 Rene Wellek and Austin Warren: *Theory of Literature*（*First published in the U.S.A.*，1949）的中譯本。原著 1949 年的第 1 版和 1954 年的再版是由美國及英國的 Johnathan Cape 出版社出版，1963 年的第 3 版及其後 1966 年版、1969 年版則由 Peregrine Books 出版社出版的。同時，修訂版於 1973 年由 Peregrine Book 出版社出版，Peregrine Book 出版社於 1976 年、1978 年再次印刷。修訂版的再版於 1982 年由 Pelican Books 出版社出版。總之，它成了非常受歡迎的「文藝理論」暢銷書。日本也出版了由太田三郎翻譯的《文學理論》（韋勒克、華倫著）的日文譯本（筑摩書房，1954 年 1 月第 1 版、1957 年 6 月普及版、1967 年 5 月原著第 3 版譯本）。

　　但是前面提到的「文學概論」和「文藝理論」的教科書可劃分為以下三種類型：

（一）正如韋勒克、華倫《文學理論》譯本那樣，屬於同時代美國的「文藝理論」的章節構造的範疇。（7）項的周慶華的《文學理論》（2004）就可以歸到這一類中去（以下稱此類為「文學理論」型）。

（二）受本間久雄《新文學概論》的影響，一九二〇至一九三〇年代曾經流行並且延續至今的一種章節構造。（3）項的張健《文學概論》（1983）、（4）項的徐公逐《文學概論》（1990）、（5）項的沈謙《文學概論》「上編　原理論」（2002）則可劃入這一類型。當然正如張健在第二篇的序文中說的「文學概論所需論述的範圍，本來就大同小異」、「章節不同處也並不少」、「內容大不相同」，但是與韋勒克、華倫的著作一比較，形式上的章節構造與本間的著作相近（以下稱此類為「文學概論」型。）

章錫琛譯・本間久雄著《新文學概論》 （上海：商務印書館，文學研究會叢書，1925.8 初版）	
譯者序 原序 〈目錄〉 前編　文學通論 第一章　文學的定義 第二章　文學的特質 第三章　文學的起源 第四章　文學的要素 第五章　文學與形式 第六章　文學與言語 第七章　文學與個性 第八章　文學與國民性 第九章　文學與時代 第十章　文學與道德	後編　文學批評論 第一章　文學批評的意義・種類・目的 第二章　客觀底批評與主觀底批評 第三章　科學底批評 第四章　倫理底批評 第五章　鑑賞批評與快樂批評（附，結論） 索引

（三）朱國能的《文學概論》與其說屬於「文學概論」的類型，毋寧說是屬於「中國文學概論」的類型。（6）項朱國能的《文學概論》（2003）就是屬於這一類型。

　　另外，（8）項的楊宜修所編《文學概論》（2007）則屬於例外，這是一本臺灣的公立、私立大學入學和轉學考試以及報考研究生時使用的參

考書。書中除收錄了各種「文學概論」、「文學理論」講解書的內容和重要作品的一部分之外，還有實際性的大學以往的考題和解答例。

4.引用的文本

　　如上所述，《文學概論》的文本不僅是臺灣中文系學生的讀物，而且由於面向社會發行也成為許多人的閱讀書籍。那麼在這三種類型的教科書中，人們是如何看待廚川白村著作的呢？

　　（一）項第一類，教科書中章節構造的特點是著重闡明「文學研究」的方法論，而不是解釋「文學」本身的性質和所起的作用。它展現了文學研究中既有來自心理學、社會學等「外部性的方法」，又有對文體、音韻、隱喻和類型的「內部性的研究」。周慶華（2004）在他的書中「第五章　文學的創作機制理論」的「第四節　文學的創作機制的可變與不變」中提到，就創作動力的變化來說，無意識（潛意識）對文學創作有相當人的影響力，「如果以弗洛伊德的說法為準，那麼無意識不過是『性的渴望』的代名詞，它是人年幼時遭受壓抑而隱藏起來的；如果以榮格的說法為準，那麼無意識還指『種族記憶』或『原始意象』，它是從人的始祖代代相傳而來的。但如果以底下這段話所提示的意見為準，那麼無意識又將另有所指。」他還引用林文瑞翻譯的《苦悶的象徵》（1979年版）中的一段260多字的內容，說明用潛意識來替代「性的慾望」（廚川白村的原文是「性的渴望」）「興趣」、「自我衝動」、「積極性」以及廚川白村所說的「飛躍突進的生命力」是潛意識的別稱。

　　（二）項第二類的章節構成形式持續性地繼承了本間《新文學概論》的「文學概論」。

　　張健（1983）在第二講「文學的起源」中的第三節「自我表現本能說（Theory of Self-Exhibiting Instinct）」中，從《苦悶的象徵》的第一部「創作論」的第三章「強制壓抑之力」中引用了「文藝是純然的生命的表現，是能夠全然離了外界的壓抑和強制，站在絕對自由的心境上，表現出個性來的唯一世界。」四十六個字（中文）的這段話。第四節「吸引本能說（Theory of Instinct to Attract others by Pleasing）」中的「宗教起源說」，引用了徐雲濤所譯《苦悶的象徵》一書的第四部「文學的起源」中的第二章「原始人的夢」裡的200個字，說明原始時代的宗教祭祀與文藝既然是姊妹又是

兄弟的關係，認為森羅萬象皆生，還可以看出萬物的喜怒哀樂之情，詩和宗教這對孿生子就在這裡誕生了。

　　涂公遂（1990）不用臺灣常見的陳曉南所譯《近代文學十講》（即《西洋近代文藝思潮》（1975），轉而使用羅迪先翻譯的《近代文學十講》（上，1921 年 8 月初版），在書中的第一章「導言—文學與人生」中，引用了第一講「序論」中的第二節「時代的概觀」、第二講「近代生活」中的第三節「疲勞與神經的病態」和第四節「刺戟」的文章，即「物質文明，俗化了人人的生活：變化了人的外部生活，使它平凡了，散文化了，都變了無趣味枯淡的東西了。古時是玩賞本位，現代是實用本位。生存競爭的苦痛，更加厲害了。所以有人說，現代是急（haste）和醜（ugliness）的時代。」以 300 個字對此內容進行了說明。對「社會上那些身心都陷入疲勞與精神病態的人們，他們所需要的只是一種刺激：色情的刺激；菸酒的刺激；從生活在技巧的人工空氣裡來滿足刺激；從現在的平凡生活裡，故意暴露其醜惡的一面，尋出人從原始時代所傳下來的野性，其中找出強烈的刺激來。」這段引文，他用了 140 個字概括地介紹了現代人的特性。

　　沈謙（2002）在他書中第 2 章「文學的起源」、第 2 節「從發生學論文學的起源」、第 3 項「宗教說」（Theory of Religion）中，雖說跟前面提到的張健所引用的第 4 部「文學的起源」、第 2 章「原始人的夢」的內容相同，不過更詳細地引用了徐雲濤所譯《苦悶的象徵》（1968.3 版）的大約 250 個字。

　　（三）項的第三類是「中國文學概論」的類型。朱國能在《文學概論》（2003）第 1 章的「文學的定義」中只寫道：「廚川白村說「文學是苦悶的象徵」，強調苦悶是一切文學創作的根源。」不過，他既未明確表示出書名也未明確表示出引文的出處，但是可以肯定「文學是苦悶的象徵」的表述就是廚川的觀點。

　　楊宜修編寫的考試參考書《文學概論》（2007）的第 2 章「文學與人生的關係」中有「物質文明，俗化了人人的生活：玩賞本位變化了人的外部生活，使它平凡了，散文化了，都變了無趣味枯淡的東西了。生存競爭的苦痛，更加厲害了。所以有人說，現代是急（haste）和醜（ugliness）的時代。」這樣一段話，沒有寫出明確的出處，只是說明了使用了涂公遂《文學概論》中的引用內容。同時在第四篇「評論篇」的第 15 章「文學鑑賞

論」中，引用了林文瑞翻譯的《苦悶的象徵》第二章「鑑賞論」的第一節「生命的共鳴」和第二節「自我發現的喜悅」，共計長達 8 頁、6800 字的翻譯原文。

以上的概述表明，在臺灣出版的《文學概論》的教科書中，廚川的《苦悶的象徵》和《近代文學十講》的兩部著作被當作文學論的理論範本是不爭的事實。

（三）在香港的廚川白村

在鴉片戰爭後的南京條約中被永久割讓的香港島和以九九年為期限租借的深圳河以南的九龍半島以及 235 個島嶼於 1997 年 7 月 1 日，由英國歸還中華人民共和國。香港改為「特別行政區」，公文用語是英語，生活用語是廣東話，還有普通話。

在香港，有沒有流行過廚川白村的著作呢？作為結論應該說是沒有過。在 1997 年 7 月以前，在公文用語・英語語境中即使有特定的研究人員對廚川有過興趣，但是在整個香港沒有流行過。不過，有以下兩種書籍可以得到確認。

①魯迅譯《苦悶的象徵》香港：今代圖書公司，1960.8，初版（香港大學圖書館收藏：Hing Wai Storage）

②魯迅譯《出了象牙之塔》香港：今代圖書公司，1960.8，初版（香港大學圖書館收藏：Hing Wai Storage）

只是長年來以英語為公文用語並受到頗大影響的香港，「文學概論」和「文學理論」的文本主要是參照英語原版的「文學理論」類型而加以接受的。以下例舉的是香港大學和香港中文大學收藏的代表性的著作。

（1）Theodore W. Hunt: *Literature, its principles and problems*, New York; London, Funk & Wagnalls, 1906.

（2）René Wellek and Austin Warren: *Theory of Literature*, First published in the U.S.A.; Published in Great Britain by Jonathan Cape, 1949.

同樣，香港大學和香港中文大學收藏的中文版「文學概論」和「文學理論」的文本中國大陸版和臺灣版的數量幾乎是個佔一半，香港出版的文本幾乎沒有。香港版的中文版文本只有以下一種。

（3）思芸編《文藝學淺談》香港開智圖書公司，1978.5，初版。

　　如這文本目錄中的第一篇「文學的認識」、第二篇「文學作品的分析」、第三篇「文學的發展」中所示，《文藝學淺談》是「文學理論」類型的文本。在香港，廚川白村著作並未成為「引用的文本」，但有一個發現可以推測到：八〇年代在中國出版的廚川白村著作跟中國再次接受廚川白村的傾向相呼應，香港的大學和研究機關等導入了廚川著作，這對在香港繼而輩出了重新研究中國現代作家和廚川白村的關係的知識分子起到了一定的作用吧。

　　③魯迅譯《苦悶的象徵》《出了象牙之塔》北京：人民文學出版社，
　　　　1988.7，北京第 1 版（香港大學圖書館收藏：FPS Library）。

　　有關廚川和中國近代作家的關係的詳細緻密的研究還有香港教育學院的梁敏兒。梁氏的研究報告在終章裡將介紹。

結語

　　通過以上考察得出以下結論：

　　第一、魯迅在《壁下譯叢》的「序文」中評價廚川白村的文藝觀為「有點陳舊的論點」後，在到無產階級文藝論成為被廣泛認識的新理論得到滲透為止的過渡階段中，廚川作為文藝理論書被真正接受的是許欽文的《文學概論》。在頗多的民國期典型的章節結構蹈襲本間久雄《新文學概論》的「文藝概論」解說書中，許欽文《文學概論》的各章各節都根據廚川白村的《苦悶的象徵》內容加上了小題目，可見傾倒至極。所以其結論是：中國的民國文壇真正的對廚川白村的接受的終點是許欽文的《文學概論》（1936.4，初版）。

　　第二、在國共內戰國民黨戰敗逃往臺灣，持續的「民國文壇」在臺灣形成。在對大陸的「鄉愁」和對西洋現代主義希求的背景下，接受西洋近代文學的臺灣現代文學開始了。廚川白村的著作作為對「西洋近代文學」易懂的啟蒙概論書籍被反復翻譯出版。從 1957 年 12 月到 2002 年 12 月之間初版至少就有 12 種得到出版。其中 6 種是集中在七〇年代出版的。因此可以承認它是起了說明了什麼是西洋近代文學的概論書籍的作用。而且，廚川白村著作的譯者和編輯都對他的文藝觀進行了高度評價，各種「文

學概論」的教科書也紛紛引用廚川白村的著作，特別是《苦悶的象徵》和《近代文學十講》被用於「引用的文本」。

　　第三、在香港也由今代圖書公司出版了魯迅譯《苦悶的象徵》和《出了象牙之塔》（1960.8，初版）。但是香港的知識分子在某種程度上知曉廚川是因為應和大陸又一次接受廚川白村的著作。而且，自香港各所大學圖書館收藏了北京：人民出版社的魯迅譯《苦悶的象徵》和《出了象牙之塔》（1988.7）後，也有知識分子意識到了廚川白村的。

　　　　　　　　　　張靜　翻譯／吉田陽子　校對

終章　廚川白村著作的回歸與其研究意義

引言

　　廚川白村在《苦悶的象徵》中盡力普及的文藝論為：使用了以實現絕對自由的「個體」意識性的解放、知性的藝術性，這樣一種完成度較高的表現手法，也是唯心論的文藝論。而且，在《近代的戀愛觀》裡還提出的是意識改革和國民性改造必要性的文藝論的社會論；而在《出了象牙之塔》和《走向十字街頭》等著作中主張的是伴隨社會改造和文明批評等革新的文藝論。特別是《苦悶的象徵》和《出了象牙塔》獲得了魯迅這樣一個譯者而在民國文壇的知識分子之間得到廣泛普及。但是，1920 年末到三〇年代以後，由於重點轉移到了確立於接受「新寫實主義」[1]的無產階級文學理論，廚川的文藝論被判斷為唯心論而一時被宣告了終結。特別是 1942 年 5 月毛澤東發表的「在延安文藝座談會上的講話」以後，以致中華人民共和國成立後很長時期無論是提倡文藝論的一方，還是接受文藝論的一方，雙方長時期都將創作和鑑賞的視點從「個人」轉換到了「集體」和「階級」；將「藝術性」轉換到了面向於重視「社會性」低識字率的「對大眾的普及」。使得既主張「個體」的絕對自由又有較高知性的藝術性、但也重視一般大眾和勞動者的社會性這樣的以二元論統一的藝術觀被完全否定了。但是正值「在延安文藝座談會上的講話」發表 50 年後的 1992 年春節之際，八十八歲高齡的鄧小平巡視了深圳、珠海和上海等南方的開放城市。鄧小平為愈發加快改革開放在各個訪問地區發表了「南巡講話」以後，以「現代

---

[1]　林伯修「到新寫實主義之路」（《太陽月刊》第 7 號停刊號，1928.7）是藏原惟人著「プロレタリア・レアリズムへの道」（《戰旗》第 1 號，1928.5）的譯文。
　　有關「新寫實主義」的論述考察如下所示：
　　蘆田肇「錢杏邨における「新寫實主義」──藏原惟人の「プロレタリア・レアリズム」との關聯での一考察」《東洋文化》第 52 號，東京大學東洋文化研究所，1972.3。）
　　中井政喜「茅盾（沈雁冰）と《西洋文學通論》について」《平井勝利教授退官記念中國學・日本語學論文集》白帝社，2004.3。

化」[2]的思想體制為目標的西洋現代主義文藝論被得以了肯定。這裡作為目標的「現代」是指民國文壇的知識分子在文學革命、五四文化運動以來所探索的以西洋為模型的現代。於是站在前衛的中國知識分子賭上了自己存在的意義和如何生存下去，對於跟所謂的現代的、現代性、現代化、現代主義建立了什麼樣的關係這個問題展開了積極的探索。

　　李怡在《現代性：批判性的批判──中國現代文學研究的核心問題》[3]中指出：一九八〇年代的目標是「走向世界」，譬如，從「魯迅與廚川白村」所代表的比較文學的研究方法至中國文學跟進世界的時期；九〇年代是以「現代性」為中心，通過學習、分析什麼是「現代性」，對文學史的時期區分提出質疑。是重新探討究竟中國現代文學是否可以說是真正意義上的「現代文學」的「現代性」的時期。二〇〇〇年代的經濟著重於「全球化」（Globalization），中國社會也積極步入了「全球化」，因此，中華民族以自我為中心的觀念被瓦解，就世界性的生活、文化、文學的同質化所產生的現象怎樣重新構築文學中的「民族」和「傳統」的問題跟「現代性」的關係是目前的一大課題。

　　但是，即便说除了像四川大學大學院的博士生導師李怡那樣的高級知識分子以外，普通民眾和一般的知識分子對「近代化」的認識可以說幾乎都是對西洋的模仿、步西化的過程也不為過。文學也是一樣的。因此，中國的知識分子意識到了以二〇年代為中心民國文壇譯介的廚川著作是以文藝形式出現的西洋現代模型的一個重要先例。特別是在《近代文學十講》

2　砂山幸雄在《思想空間としての現代中國》（汪暉著，村田雄二郎・砂山幸雄・小野寺志朗譯，岩波書店，2006・8）的「解說」中，對日本人所說的「近代」與中國人所說的「現代」之認識上的差異進行了如下的說明：

　　中文的「現代」具有日語的「近世」・「近代」・「現代」錯雜加進的含意。「近代」作為遭受到外國的侵略和內部的停滯的時期多用於否定的表現（這本身就是一種歐洲中心主義的「帝國─國家」的二元論，在此書中也是著者進行了尖銳批判之處），而另一方面「現代」又是有關喚起變革與發展的主體性和能動性的。以上作為筆者對此進行的的梳理。因此，著者將現代性 modernity 作為分析的關鍵詞，但，在日本「近代化」、「傳統的近代」、「近代的超越」等同樣系統的問題與其說是「現代」毋寧說多指「近代」。因此該書所用的詞語中，不應將日文的「近代」照直連結中文的「現代」，而應作為認識問題的用語，將日語的「近代」看作是中文的「現代」。

3　李怡著《現代性：批判的批判──中國現代文學研究的核心問題》貓頭鷹學術文叢，人民文學出版社，2006.4。

中使用具體例子非常簡明易懂地說明了西洋現代文藝思潮的變遷，《苦悶的象徵》中重視個人精神世界的文藝論的模型，還有，《近代的戀愛觀》、《出了象牙之塔》和《走向十字街頭》中介紹了為了意識改革、社會改造而重視改革、繼續漸進的精神性文藝論這樣的社會論。筆者讀了這些著作認為：這些對正在滲透中國的西洋「現代」的意義能夠作出說明。

　　廚川白村故世後不久很快就在日本被忘卻了。但是戰後日本人撤走後，在 1947 年發生「2‧28 事件」以後，在國民黨統治下的臺灣，即在「持續的民國文壇」繼續翻譯著廚川的作品。在以中文為母語的知識分子中，無論是在中國大陸、在香港，還是離開大陸去臺灣或來日本的，有不少人對廚川的辛辣毫不妥協的評論感到「快刀斬亂麻」的痛快，也有人從他的批判中看到好似「天馬行空」那樣超然地在精神界的戰士形象，還有喜歡廚川的韻律感順口的文體的人、看到廚川著述中以獨特的視點介紹西洋現代意義的人，或者從西洋現代文藝思潮的介紹方法中看出「獨創的見地和深深理解」的人。

　　而且，意識到了近年來穿插著日文的「近世」、「近代」和「現代」特徵裡中文的「現代」一詞，不僅具有獨特的含意性，還很有意識地、方法論式地以「現代性」（modernity）作為關鍵詞，以「苦悶」、「生命力」和「心痛」等將廚川提供的詞語所帶來的「自我擴大」和「民族生命」這樣的「心靈」（精神）的共同體問題來分析個人的生命能源被轉化為民族的「生命衝動」時共有的「國家」意識的形成問題。客體化包括自己身在其中的東亞「民族」「國家」問題的研究已經被接受起來了。[4]甚而，在無產階級文藝論的理論性基盤滲透的現在的中國大陸，經過對馬克思主義、社會主義唯物論史觀的體驗後對廚川的文藝理論有了新的評價。

　　終章裡整理再探討從二〇年代後到戰後不久在日本的評價，加上在中國的接受的意義考察廚川白村在日本為何沒有被重視而被忘卻。最後，分析考證八〇年代後中國人對廚川著作的再接受和再評價的情況。

---

[4]　劉紀蕙「心的翻譯──中國／臺灣現代性的實体化論述」（臺灣）交通大學社會與文化研究所，2003.11，收錄於「心的翻譯──自我擴張與自身陌生性的推離」《心的變異──現代性的精神形式》臺北：麥田出版，2004.9。

一、廚川白村在日本的終結

（一）戰前的日本廚川白村

　　在第一章裡介紹了各大報紙對《近代文學十講》的書評。主要有兩種意見存在，一種意見認為是介紹性的概括並沒有獨創面向初學者的用書；而另一種意見認為是消化了一般學說後轉化成自己的知識的學者之書。這樣的「消化了一般學說後轉化成了自己的知識的簡明易懂的概論書」才是廚川白村著作的真正價值，這也是魯迅評價說「獨創的見地和深刻地理解」的廚川白村的思考法和文章的特徵。

　　還有，關於《文藝思潮論》廣瀨哲士說廚川的思考法是二元論，特別是對例示靈肉二元論的對立用語平庸老套表示了不滿。對此，筆者闡述了只要不能駁斥廚川的靈肉二元論統合的矛盾，就說不上是批判了廚川論。

　　關於這一點，土田杏村強調了在《近代的戀愛觀》中，廚川主張因靈肉二元生活不協調而煩惱的人應該在性本能（即性慾）和性理想（即戀愛）之間找到合一點來解消兩者之間矛盾的衝突，但是廚川沒有明確表示出這個合一理論。土田杏村還指出了廚川的戀愛論中揭示出了其四個謬誤，第一、「生命活動裡有食慾和性慾兩大類，想根據這兩點來解釋所有社會文化問題……（中略）……也不會有一點價值」；第二、「勞動和愛成為生活的兩大中心，作為人類的價值生活的批判是太粗雜了」；第三、「經濟不一定是物質生活，相反可以是跟文化、價值的生活而和戀愛生活相並立」；第四、「無論弗洛伊德精神分析學怎麼詳細地證明本能的性慾是其他的宗教、藝術活動的分化，也不可能作為我們的價值生活的本質上的任何基礎」。土田杏村還判斷為：「經濟和戀愛並不是應該相互重合，合一化的二個活動。應該是相互平行，追求其獨自的文化價值，是兩個不同的人格活動。絕不是一個是物質性，另一個是精神性」的。產生這樣的謬誤是因為在闡述人類生活時，立腳於「靈」和「肉」那樣的實在性的、形而上學性的二元論。將實在性的，形而上學性的不同的東西合一是困難的，不要將性慾和戀愛看成實在性的和形而上學性的二元，而根據同一事物的觀點不同，即，後者通過前者理想化了的資料，站在理想化形式的認識論

的二元論的立場上進行分析不是可以得到解決的嗎？土田提出了這樣的意見。

　　在日本，對廚川白村的文體評價的文章不多。一篇是，在第一章裡井汲清治評論道：廚川的文章「在濃厚表現自己個人的人格色彩上做得很出色」、「如果要稱讚的話，「不管他人的褒貶評論一生都堅持發表自己的觀點」」，「但是我的感覺是不痛快」的一種散文、一種痛罵錄。另一種評價是，在戰後日本近代文學研究組作為個人研究叢書編輯的「廚川白村」中，京都帝國大學學生山本修二對恩師廚川的文章評論道為「流麗的文體和明白的評論」。在其書中還有如下一段關於廚川的翻譯詩文體的評價：

> 聽說白村關於翻譯詩說「廢了一番苦心，但是最終還是未被接受」（矢野峰人「思舊帖」）。不譯「gray」為「灰色」而譯成具有古典韻味的「薄墨色」，這樣的雅麗的翻譯是屬於上田敏流。但是時代已經不再是上田敏的浪漫時代。詩壇上興盛民眾詩等運動，傾倒有島武郎等、惠特曼詩的人不少。率直、活潑的表達比典雅的措辭更受歡迎。
>
> （昭和女子大學近代文學研究室「廚川白村」《近代文學研究叢書》第 22 卷，1964.12）

　　這兩個對文體的評價再加上《新潮　日本文學小辭典》（新潮社，1968.1 初版）的「廚川白村」的項目中，安田保雄的「他在大正時代和有島武郎平分秋色贏得青年喜愛，可謂是一個華麗的存在。但是，他雖然知識淵博卻沒有獨創性所以馬上被忘卻了」的評價，就可以知道相對於廚川白村像彗星一樣突然出現又突然消失，而為何有島武郎能繼續留名於文壇的原因了吧。

　　近代以後的日本文學創作的主眼從詩轉向了小說，創作就數小說，既不是詩也不是散文，因此散文不被看作是有獨創性的創作。沒有留下小說的廚川因此沒有被後世的評論家評價為是有獨創性的文學家。甚至，廚川本身自負地認為文藝思潮的發展為浪漫主義、自然主義到新浪漫主義，自認為自己處於藝術圓熟期的新浪漫主義的時代潮流之中。《近代文學十講》、《近代的戀愛觀》和《苦悶的象徵》的思想內容有著不易被接受的

嶄新的改革與革新，但是，同時代的新浪漫主義或者說現代主義等要素和
無產階級文學的要素已經是時代所需求的。在文體上，順暢優美的典雅文
體或令人產生詩境的流麗文體，即，以尊重「個體」為第一的藝術至上主
義的古雅文體變成了在都市裡工作的勞動「大眾」也能通俗易懂的率直、
活潑的現實主義文體更是引人注目的新感覺文體才是時代所求。因此，廚
川那樣的江戶傳統風格的和文體融合漢文訓讀的古雅美文即使一時受到
好評也已失去了當時時代的前衛性。

（二）戰後的日本廚川白村

在戰後的日本，以廚川白村的單行出版的有如下著作：

1、《近代的戀愛觀》東京：苦樂社，1947 年 5 月初版。
2、《近代文學十講》東京：苦樂社，1948 年 1 月初版，10 月再版。
3、《苦悶的象徵》東京：山根書店，1949 年 6 月初版。
4、《近代的戀愛觀》東京：角川書店（角川文庫 21），1950 年 4
　　月版。
5、《近代文學十講》東京：角川書店（角川文庫 115），1952 年 3
　　月版。

據筆者所見，戰後不久《近代文學十講》、《近代的戀愛觀》和《苦
悶的象徵》這三部著作得到了再版，但是之後沒有找到廚川白村著作的出
版。能確認到的是在系列叢書中，廚川的作品和其他作家的作品被共同編
入進去了。其內容如下所示：

1、「創作論」（收錄於《現代文藝評論集（一）》中）東京：筑摩
　　書房（現代日本文學全集 94），1958 年 3 日。
2、「近代的戀愛觀」（收錄於《鑑賞與研究　現代日本文學講座＝
　　評論・隨筆 2 大正期》中）東京：三省堂，1962 年 7 日。
3、「近代的戀愛觀點」（收錄於《ヒューマニズム》中）東京：筑
　　摩書房（現代日本思想大系 17），1964.3 初版、1967 年 3 月第
　　5 版。

4、「小泉先生」(收錄於《現代文藝評論集》中)東京:講談社(日本現代文學全集107),1969年7月初版、1980年5月增補改訂版。

5、「訪問小泉先生的舊居」(收錄於《十字街頭を往く》中),(收錄於《現代日本紀行文學全集》補卷1中)東京:ほるぷ出版,1976年8月。

6、「北美印象記」(收錄於《日本人的美國論》中)東京:研究社(アメリカ古典文庫23),1977年8月初版、1987年2月第3版。

7、「近代的戀愛觀」收錄於《大正思想集2》中)東京:筑摩書房(近代日本思想大系34),1978.2。

8、「新生活的意義」(收錄於《婦人問題講演集》第2卷中)東京:日本圖書センター(石川六郎編《婦人問題講演集》東京:民友社,全10輯,1920-1923的再版書,全6卷),2003年10月。

9、「《近代文學十講》(抄)第二講「近代の生活」3、4」《編年体大正文學全集》第1卷大正元年(1912)東京:ゆまに書房,2000年5月。

10、「戰爭與海外文學」(收錄於《印象記》中),原題「歐洲戰亂與海外文學」(收錄於《編年體大正文學全集》第6卷中)大正6年(1917),東京:ゆまに書房,2001年3月。

11、「近代的戀愛觀」(抄)《編年体大正文學全集》第10卷,1921年初版,東京:ゆまに書房,2002年3月。

　　廚川的單著在角川版的1952年3月之後再也沒有出版過。戰後日本再版《近代的戀愛觀》時,白村的長男廚川文夫在「《近代的戀愛觀》跋」(1946.11.22,苦樂社版《近代的戀愛觀》)中寫道:父親白村撰寫《近代的戀愛觀》的時代表面上呼籲民主主義、自由、解放和改造,背地裡是舊時代的封建思想和因襲牢不可破地蔓延著的新舊鬥爭的時代,也是封建家長制受到憲法保護,新思想難於立腳的時代。父親23年前在《近代的戀愛觀》中賭上一切就是為主張「人」的解放。並對戰後的現在再版的意義作了如下說明:

　　　　滿洲國事件的十幾年中極端的國家主義橫行跋扈的結果使得
整個日本社會生活中再次出現了封建時代的因襲，至終戰後的今日
也無意識地左右著人們的行動，擾亂了判斷。在這時候，父親的《近
代的戀愛觀》再次出現了。如果能成為慎思人士的精神食糧的話，
也合乎了父親出版此書的意義。因此決定再版此書。

　　《近代的戀愛觀》的內容是從西洋近代文藝作品中描寫的戀愛所派生
出來的。以男女之間的戀愛為基軸考察了近代人的意識和精神並添加了廚
川自身的意見。這裡面對封建的因襲蔓延著的前近代，述說了何謂「近
代」、近代人應該怎樣所作所為，從「前近代」進展到「近代」時揭示出
了日本知識分子的意識改革和精神葛藤的過程。這是優秀知識分子的宿
命，也比一般人早先憂慮的葛藤，用廚川流來說是「作為預言家」的知識
分子的宿命吧。廚川直接面對了有島武郎和婦女記者波多野秋子的「雙重
自殺（情死）」，為辨清有島的名譽而寫的「有島氏的問題（有島的最
後）」等論說（《改造》5 卷 8 號，1923.8）所象徵的那樣，現實的戀愛
事件和他的著作《近代的戀愛觀》有著密切關係。

　　菅野聰美指出：在情死、戀愛醜聞多發的大正時期，大正 10 年東京
朝日新聞上連載的廚川的《近代的戀愛觀》成了戀愛論風潮的先鋒，媒體
積極參與對名人的戀愛事件以及對此進行論爭這樣的熱門話題。以後，以
「戀愛」為主題的單行本大量出現，其結果導致一般人也對此產生了很大
興趣，因此打造了疏遠戀愛的社會狀況作為普遍性的問題而令人深思的基
盤。廚川作為對蔑視戀愛的社會風潮的「反抗」所撰寫的這一著作中，以
戀愛是值得考察評論的主題出現在男知識分子的面前了[5]。

　　但是不能解釋有了抵抗持續的自我壓抑和社會矛盾的堅強的生命力
的統合才能達到廚川流的絕對自由境地，而活在二十一世紀的日本人，
如果簡單地認為西洋的「近代」已經形成或達成的話，僅憑「近代的戀
愛觀」這一主題，從內容上是不會得到有關「戀愛」的新知識和有益的
幫助的。

5　　後揭（12）之⑪，22～28 頁。

　　但是，根據《近代的戀愛觀》的閱讀方法，如廚川文夫所言，如果「極端的國家主義橫行跋扈」的話，又會使「封建時代的因襲再次興起」、「人們的行動會無意識的「失常」。日本的現代也正是這樣的時代。多數日本人在廚川死後馬上將他遺忘，他主張的通過洞察自己內部的矛盾和社會矛盾，將現在存在的「近代」客體化這個過程無意識地抽象化了。但是，直視西洋「近代化」的中國大陸的知識分子認為有弊有益的「近代」所帶來的內面的矛盾是切實問題。

　　另外，魯迅在 1929 年 4 月出版的《壁下叢書》的「小序」中對《近代文學十講》評論說：「介紹西洋文藝思潮的文章」不新也不舊。筆者認為，就此點可以說廚川的《近代文學十講》對西洋近代文藝初學者來說是具有解說性的、簡單明瞭且最合適的概論書。

　　但，雖然戰後不久《近代文學十講》、《近代戀愛觀》和《苦悶的象徵》這三部著作得到了再版，可是突然紅起來的廚川白村的大名在日本進入高度成長期後又迅速地被遺忘了。其實並非是被遺忘，而是他的著作的存在價值並沒有得到認可而已。中國人所評價的「獨創性」被日本人僅看作是缺乏學問考證的對自己說明有力的援用。如《近代文學十講》發行當初就受到了俄羅斯文學專家片上伸的缺乏實際考證的猛烈批評，被專家分成細小部分後分析為：廚川流的富有獨創性的文藝論是大吹大擂且粗略。還有，如果論者自己掌握了法語、德語、俄語等語言自己研讀原典的話，就會把廚川穿插著自己觀點的獨創性所撰著的概論書看作是被歪曲的解釋，是沒有價值的廢品。據筆者推測，在這樣的情況下，以自己擅長於專業領域研究並以精細的專業知識為工具、向西洋的「近代」「突進」的日本知識分子是不太會欣賞廚川的著作的。

　　比如，永井太郎將「廚川白村的《近代文學十講》（明治 45.3）是概觀了現代文學的啟蒙書」作為引子提出後，加上了明治、大正心理學的「潛在意識」、心靈主義的「潛在自我」、精神分析學的「深層心理」與邁爾斯、梅特克林和伯格森等人的理念在日本的紮根狀況，加上考察廚川對弗洛伊德的接受情況後，對《近代文學十講》、《苦悶的象徵》和《近代的戀愛觀》作出了以下的結論：

　　　　為了將自己的文學觀正當化，和曾經（在《近代文學十講》中——
　　筆者）接受潛意識論說的同樣形式，白村接受了弗洛伊德（在《苦
　　悶的象徵》中——筆者）。而且，（在《近代的戀愛觀》中——筆者）精
　　神分析也適用了從以前就有的白村自己、真正的自己的基於生命的
　　戀愛觀和社會觀。這個就像性衝動和壓抑的意義上的差異那樣，利
　　用對自己有利的地方比較明顯。對白村來說，一般的，有關一般性、
　　人的意識的最新學問的精神分析用來證明自己想法的正確性這一
　　點是有意義的。所以，用精神分析的用語來統一思想全體是有衝擊
　　性的[6]。

　　如上所述，在日本國內的日本文學以及歐美文學的研究者對廚川白村
文藝論的評價依然不高。永井的見解中談到的，「為了將自己的文學觀正
當化」所以援用了當時流行的專門概念而「對自己有利」，所以判斷為沒
有「獨創的見地」。而且，在《近代文學十講》中翻譯了魏爾倫的詩，由
於沒有使用原文的法文而是使用了英語的翻譯，所以也有被指出了誤譯和
捨棄了法語的韻律等問題[7]。

　　在日本的概論書籍是指以既有資料又借用其他書籍的見解為中心整
理彙總出來的東西。對照之前的見解新學說和新資料才是有意義的，反過
來，僅僅新學說、新資料的解說是成不了概論書的。如果概論書裡要有獨
創的話，必須揭示出新資料介紹不同於舊論的新論。在這個意義上，廚川
著作裡確實有其獨創性。但是，超出自己的專業作為門外漢以一知半解的
知識越境的獨創性只會被嗤之以鼻。這就是日本的實情。

　　另一方面，中國對廚川白村著作的回歸和再評價的特徵並不是僅為導
入西洋的「近代」這一工具，還在於因馬克思主義、社會主義藝術論的滲
透和出現，廚川的文藝論被高度評價為文藝心理學（唯心論）和文藝社會
學（唯物論）的合流、結合後的文藝理論，以至於出現了「廚川白村研究」、

---

[6]　永井太郎「新ロマン主義と潜在意識——廚川白村を中心として」（京都大學文學
　　部國語學國文學研究室《國語國文》第 69 卷 3 號，中央圖書出版社，2003.3，22
　　頁。）
[7]　薄井歲和「ヴェルレーヌ詩の翻翻譯——上田敏と廚川白村の翻譯をめぐって」
　　（《千葉大學人文研究》第 21 號，1992.3。）

「廚川白村文藝思想研究」這樣的新詞語和新領域。關於這一點後續再作介紹。

　　而且，預見到了在中國大陸對廚川著作的接受再熱現象並將其理由進行說明的卓越見解的論文是存在的。這就是日本國內中國近現代文學研究者長堀祐造的論文。長堀祐造取得了魯迅托洛茨基文藝理論的接受和有關論爭的一系列研究成果[8]。長堀氏對丸山昇[9]提出的在廚川白村的文藝觀中文學是「為了人生的東西」、同時文學也是獨立於其他目的、「站在兩個統一之上」的這一觀點指出：魯迅和廚川是有共鳴之處的，勃洛克的文藝觀和托洛茨基文藝觀中也有跟廚川文藝觀的共同性。長堀氏先提及了「毛澤東等人在「在延安文藝座談會上的講話」中批判托洛茨基的主張是『政治是馬克思主義，藝術是資產階級的』的二元論[10]。還將廚川和托洛茨基文藝論的共同性以及翻譯廚川白村後魯迅對托洛茨基接受的意義做了以下的展開論述：

　　　　從廚川白村到勃洛克雖然他們在「革命」這一主題上是有所距離的，但是在基本文藝觀中的共通性是顯而易見的。廚川和托洛茨基在強調文藝的獨自性上是一致的。如果看一下托洛茨基的典型的論說的話，「只根據馬克思主義的根本定律去批判或反對或贊成藝術創作的話完全同意這是不合適的。藝術品首先必須根據固有法則

8　①長堀祐造「魯迅『革命人』の成立──魯迅に於けるトロッキー文藝理論の受容その一」（《貓頭鷹》新青年讀書會刊，1987.9。）
　　②長堀祐造「魯迅におけるトロッキー觀の轉回試論──魯迅と瞿秋白」（《中國文學研究》早稻田大學中國文學科，第 13 期，1987，12。）
　　③長堀祐造「魯迅革命文學論に於けるトロッキー文藝理論」（《日本中國學會報》第 40 集，1988.10。）
　　④長堀祐造「一九二八〜三二年における魯迅のトロッキイ觀と革命文學論」（《慶應義塾大學日吉紀要　言語・文化・コミュニケーション》第 15 號，1995.6。）
　　⑤長堀祐造「トロッキー派に答える手紙」をめぐる諸問題」（《日本中國學會創刊五十年記念論文集》汲古書院，1998.10。921〜936 頁）
　　⑥長堀祐造「トロッキー派に答える手紙」をめぐる諸問題（續）」（《二三十年代中國と東西文藝》蘆田隆孝教授退休紀念論文集，1998.12，99〜116 頁。）
9　為後揭註（12）③之論考。
10　為註 8-①之論考，3 頁。

即藝術的法則去批判」（茂森唯士譯《文學和革命》東京：改造社，
1925.7）

　　　　但是托洛茨基給經過廚川翻譯期後的魯迅賦予了什麼樣新東
西呢。它是軟化馬克思主義觀點後的一種新鮮準確的文藝的適用方
法。而且，置身於現實革命的革命家的「文學」與「革命」的關係
的考察和研究。[11]

　　在現在的中國學術界，廚川白村文藝論的分析中援用了「軟化馬克思
主義觀點後的一種新鮮準確的文藝的適用方法」的觀點以及承認在接受了
托洛茨基理論的「二元論統一」的現狀下，在中國大陸進行著評價和再運
用這些現實來看，長堀的論說裡面是有其先知先覺的見地的。

二、回歸後的廚川白村著作以及其研究意義

（一）二〇年代至三〇年代的評價特徵

　　在考察一九八〇年代以後廚川白村著作的接受意義之前，簡單地整理
一下二〇年代至三〇年代日本與中國對廚川著作評價的共同點和不同點。

1.【共同點】

（1）對《近代文學十講》的評價

　　廚川撰著了《近代文學十講》以後，對西洋近代文藝的初學者而言，
就「文藝思潮」這一視點用講義的形式作為啟蒙概論進行簡明易懂的介紹
並得到了好評。在日本，出現了很多模仿這一著作的《〇〇十講》《〇〇
十二講》之概論書。另一方面，在中國對於將西洋近代文藝從「文藝思潮」
方面進行簡明的解說這一點同樣也得到了好評。

（2）對《近代的戀愛觀》的評價

　　被評價為：日本和中國都以「靈肉一致的戀愛」、「戀愛至上主義」、
「戀愛的自由」和「自我的解放」等關鍵詞，對峙於日中兩國共有的儒教

---

[11]　同註10，9頁。

倫理觀，以確立近代的「個體」為前提揭示出了自由戀愛和婚姻觀。（例如：任白濤、夏丏尊等人。）

（3）對《走向十字街頭》和《出了象牙塔》代表作的評價

被評價為：這些著作是廚川對自己國民進行了肆無忌憚嚴厲的社會評論和文明評論。而且指出了本國國民的缺點是揭示出國民性改造這一新的社會評論的問題意識，但是這個方法論變成褒貶不一的諸刃之劍，落到了廚川和評論者的身上。（例如：魯迅、夏丏尊等人。）

2.【不同之點】

（1）對《苦悶的象徵》的評價

在中國，「文藝是苦悶的象徵」的表現被郭沫若和創造社的成員廣泛詳述，所以《苦悶的象徵》被高度定位成是解說創作論和創作手法的理論書。甚至和本間久雄的《新文學概論》同樣，《苦悶的象徵》是民國文壇知識分子編輯「文學概論」課本時必需的文獻參考書。分章依據《新文學概論》，而精細實質的內容則依據《苦悶的象徵》進行編寫的情況很多。也就是說，《苦悶的象徵》作為文藝理論書受到了高度評價。到了三〇年代以後，日本人的著作和革命的俄羅斯的社會主義唯物論的文藝論被翻譯進來，廚川的文藝論被批判為唯心主義在文壇被一掃而光。另一方面，在日本的評價為：《苦悶的象徵》是理解把握廚川獨自的文藝藝術理論上根本性的著作，「文藝應是嚴肅沉痛的人之痛苦的象徵」、「文藝是在悲慘痛苦中產生的夢的象徵」（《英詩選釋》1922.1）這樣的創作論，並被評論為在「讀者從作者那裡得到的是自我發現的喜悅」這樣的鑑賞論中具有這種特徵。而且，廚川雖然對弗洛伊德的泛性慾論的學說是持批判性的，但是對弗洛伊德如下的精神分析學也持同感並重視其理論的。即，「為了發揮自由不羈的生命力我們人類社會太複雜了，人的本性裡隱藏著諸多矛盾，但是跟生的慾望、因襲、道德和利害等帶來的壓抑所進行的葛藤的衝突，而在意識深層產生的心靈的傷害就是文藝的原動力」這一觀點。

（2）對廚川流派散文體的評價

　　在日本對廚川有好感的人評價他的文體為「流麗的文體和透徹的評論」，但是總體上被評論為落後於時代的古雅文體。在中國則對廚川流派的散文文體賦予了高度的評價。大致評價是「美麗熱烈的情感文體」、「流麗的散文」、「流麗」且「雅美」的散文。日文所表現的廚川流派散文體的流麗與雅美對不懂日文的中國人來說是無從感受到的，所以，魯迅的翻譯體表達了這一特色也是必須留意的事實。

（二）在中國對廚川白村著作的再接受及其研究意義

　　八〇年代圍繞「走向世界」這一主題出現了「魯迅和廚川白村」所代表的比較文學的研究方法，九〇年代圍繞「現代性」這一主題出現了被西洋近代文藝思潮的相關思想取代的文藝思想的研究方法，而到了二〇〇〇年代則出現了包括「民族性」、「人性」、「生命觀」和「現代性」等相關主題開始，廚川白村的著作又開始被接受了。但是必須注意的是整個接受都是在學術界範圍之內的。就此已經顯示出的這些評論和民國時期有何不同？下面介紹八〇年代，九〇年代，二〇〇〇年代的傾向，再加之考察廚川白村著作接受回歸的意義。

　　僅限於管見，筆者通過 CNKI（中國學術文獻網上服務）的檢索和自己的調查的論文做以下分類。Ⓐ Ⓑ Ⓒ群都是中文論文，其中，Ⓑ群裡包括一部分被翻譯成日語的論文。

Ⓐ【題目裡有廚川白村或他的著作名的論文──在中國的公開出版 年.月（期），＊是未見的】

　1 溫儒敏「魯迅前期美學思想與廚川白村」哲學社會科學版《北京大學學報》1981. 10（第 5 期）。

＊2 曾鎮南「讀廚川白村《苦悶的象徵》」《讀書》1982.9。

　3 劉柏青「魯迅與廚川白村」長春《日本文學》1984.1。

　4 許懷中「魯迅與廚川白村的《苦悶的象徵》及其他」中國社會科學出版社，魯迅研究學會《魯迅研究》1984.8（第 4 期）。

＊5 魯樞元「一部文藝心理學的早期譯著──讀魯迅譯《苦悶的象徵》」
　　哲學社會科學版《鄭州大學學報》1985.1。

＊6 王吉鵬「《野草》與廚川白村」哲學社會科學版《廣西師範學院學報》
　　1986.1。

　7 程麻「《苦悶的象徵》和魯迅的文藝心理思想──論文學創作的心理
　　動力問題」人文社會科學版《福建論壇》1986.5。

　8 姚春樹「魯迅與廚川白村及鶴見祐輔──關於魯迅雜文理論主要淵源
　　的探討」《魯迅與中外文化》廈門大學出版社，1987.7。

　9 趙憲章「文藝社會學和文藝心理學的合流與廚川白村」哲學・人文・
　　社會科學《南京大學學報》1987.10（第 4 期）。

10 姚春樹「魯迅與廚川白村──關於魯迅雜文理論主要淵源的探討」《雜
　　文界》1988.1。

＊11 史玉宝「《苦悶的象徵》與中國現代作家」社會科學版《貴州大學學
　　報》1990.4。

＊12 小谷一郎、劉平譯「廚川白村與田漢的早期創作」《社會科學輯刊》
　　1990.4。

＊13 王宜山「《紅樓夢》──苦悶的象徵」《山東社會科學》1990.5。

14 梁敏兒「《苦悶的象徵》與弗洛伊德學說的傳入──廚川白村研究之
　　一」中國現代文學研究會，中國現代文學館《中國現代文學研究叢刊》
　　1994.10（第 4 期）。

15 袁荻涌「独到的見地深切的會心──廚川白村為何得到魯迅的讚賞和
　　肯定」《日本學刊》1995.3。

16 王向遠「廚川白村與中國現代文藝理論」華東師範大學中文系，中國
　　文藝理論學會《文藝理論研究》1998.3（第 2 期）。

17 倪濃水「苦悶的象徵」《遠程教育雜誌》1999.1。

18 王向遠「胡風與廚川白村」《文藝理論研究》1999.3（第 2 期）。

19 于秀娟「廚川白村・魯迅・《野草》」哲學社會科學版《聊城師範學院
　　學報》1999.3。

20 黃德志「廚川白村與中國新文學」《文藝理論研究》2000.3（第 2 期）。

21 梁敏兒「完全性的追求──魯迅，《苦悶的象徵》與浪漫主義」北京
　　魯迅博物館《魯迅研究月刊》2000.3。

22黃德志・沈玲「魯迅與廚川白村」《魯迅研究月刊》2000.10。

23任現品「《苦悶的象徵》的傳播及其意義──兼論魯迅對中國現代文學理論」《齊魯學刊》2001.3。

24王　燁「論《苦悶的象徵》對錢杏邨三〇年代文學批評的影響」《中國現代文學研究叢刊》2001.4。

25任現品「內在契合與外在機運──中國現代文壇接受《苦悶的象徵》探因」哲學社會科學版《煙臺大學學報》2002.1。

26王　成「《苦悶的象徵》在中國的翻譯與傳播」《日語學習與研究》2002.3（第 1 期）。

27王文宏「廚川白村與社會文明批評」《外國文學研究》2002.4。

28方長安「五四文學發展與廚川白村《苦悶的象徵》」《江漢論壇》2002.9。

29王文宏「情緒主觀是文藝的始終──廚川白村文藝思想研究」社會科學版《北京郵電大學學報》2002.10（第 4 期）。

30王文宏「情緒主觀：文藝進化的主流──廚川白村文藝思想研究」《東疆學刊》2002.12（第 4 期）。

31沈上・錢理群評「苦悶的象徵（外一篇）──論《項鏈》」《全國優秀作文選》（高中），2003.2。

32王文宏「廚川白村與《近代文學十講》」《外國文學研究》2003.5。

33王文宏「魯迅與廚川白村」社會科學版《北京郵電大學學報》2003.7（第 3 期）。

34王文宏「廚川白村與弗洛伊德」《東疆學刊》2003.10（第 4 期）。

35史玉宝「柏格森、廚川白村與胡風」《臨沂師範學院學報》2004.4（第 2 期）。

36王文宏「廚川白村的主觀文藝進化論《北京電子科技大學學報》2004.9（第 3 期）。

37黎楊全「論廚川白村對周作人文學觀的影響」《南京師範大學文學院學報》2005.3（第 1 期）。

38余連祥「魯迅・豐子愷・《苦悶的象徵》」《魯迅研究月刊》2005.4。

39黎楊全「論廚川白村對周作人文學觀的影響」人文社會科學版《海南大學學報》2005.6（第 2 期）。

40張　敏「試論《苦悶的象徵》對老舍小說創作的影響」《滁州學院學報》2005.6（第3期）。

41王文宏「一個具有悖論情結的文學思想家——廚川白村文藝思想研究」《東疆學刊》2005.7（第3期）。

42王鉄鈞「從審美取向看廚川白村文藝觀的價值認同」哲學社會科學版《山西大學學報》2005.9（第5期）。

43周　濤「聚焦生命：魯迅與廚川白村」《紹興文理學院學報》2006.2（第1期）。

44彭小燕「魯迅的「戰士真我」及其譯作《出了象牙之塔》」人文社會科學版《汕頭大學學報》2006.5。

45熊曉艷「廚川白村與周作人文學史建構比較」《淄博師專學報》2007.1。

46何　衛「郁達夫與廚川白村文藝思想之比較探析」社會科學版《北京航空航天大學學報》2007.3（第1期）。

47趙小琪「互文性：魯迅『野草』與《苦悶的象徵》的譯介」《社會科學輯刊》2007.4。

48李　強「中國廚川白村研究評述」《國外文學》2007.11（第4期）。

49熊飛宇・劉紅雲「魯迅與《苦悶的象徵》」《安徽文學》（下半月）2008.1。

50王丹丹「「苦悶的象徵」——《蒙娜麗莎的微笑》評析」《藝術百家》2008.1。

51彭正華「從「白日夢」到《苦悶的象徵》——論廚川白村對弗洛伊德心理學的接受與批判」《唐山師範學院學報》2008.1。

52李　強「「現代」視野中的廚川白村與《近代的戀愛觀》」《日本研究》2008.2。

53周　濤「在認識中闡釋生命本體——魯迅與廚川白村文藝觀比較」《晉陽學刊》2008.4。

54陳方競「《苦悶的象徵》與中國新文學關係考辨」社會科學版《中山大學學報》2008.5。

55黃德志「廚川白村在現代中國的譯介與傳播」哲學社會科學《常熟理工學院學報》2008.9。

Ⓑ【題目裡有廚川白村或有廚川著作名的論文——在日本和臺灣的公開
　出版物】¹²

1　張華、鶴田義郎譯「魯迅與廚川白村」熊本學園大學附屬海外事情研究
　　所《海外事情研究》第 10 號，1983.2。

2　吳之桐（廣州‧中山大學）「從北村透谷到廚川白村——評日本近代的
　　生命文學論」臺灣成功大學外文系《小說與戲劇》1994.6（第 6 卷）。

3　梁敏兒（香港教育學院）「廚川白村與中國現代作家」京都大學文學部、
　　中國文學會《中國文學報》第 53 冊，1996.10。

---

¹² 除該文中列舉以外的書，在日本發行有關廚川白村方面的論文書籍、學術雜誌的標
　題中，記有廚川白村的有如下內容：
　①丸山昇「魯迅と廚川白村」（魯迅研究會《魯迅研究》21，1958.年 12。）
　②楠原俊代「魯迅と廚川白村」（京都大學文學部中國文學會《中國文學報》26，
　　1976.4。）
　③中井政喜「廚川白村と 1924 年における魯迅」（《野草》27，1981.3。）
　④相浦杲「魯迅と廚川白村」（《伊地智善繼‧辻本春彥両教授退官記念　中國語
　　學‧文學論集》東方書店，1983 年 12 月。／『中國文學論考』未來社，1990.5。
　　／《考證‧比較‧鑑賞——二十世紀中國文學研究論集》北京大學出版社，
　　1996.8。）
　⑤横松宗「近代的生命觀からの出發——廚川白村と魯迅」《魯迅——民族の教師》
　　東京：河出書房新社，1986.3。
　⑥藤田昌志「魯迅と廚川白村」（大阪市立大學中國文學會《中國學志》第 5 號（需
　　號），1990.12。）
　⑦牧陽一「早期曹禺論——廚川白村文藝觀の受容を中心に」（中國文藝研究會《野
　　草》50 號，1992.8。）
　⑧林叢「魯迅と白村、漱石」（日本比較文學會《比較文學》37 號，1995.3。）
　⑨張競「大衆文化での「戀愛」受容——廚川白村とエレン‧ケイ」《近代中國と
　　「戀愛」の發見——西洋の衝擊と日中文學交流》東京：岩波書店，1995.6。
　⑩後藤岩奈「胡風と廚川白村の文藝觀について」（《新潟大學言語文化研究》第
　　4 號，1998.12。
　⑪菅野聡美「廚川白村はなぜ売れたか」（《消費される戀愛論——大正知識人と
　　性》東京：青弓社，2001.8。）
　⑫楊曉文「豐子愷と廚川白村——《苦悶の象徵》の受容をめぐって」（日本中國
　　學會《日本中國學會報》第 57 集，2005.10。）
　⑬李承信「〈戀愛〉ブームの時代——廚川白村の《近代の戀愛觀》をめぐって」
　　（築波大學大學院博士課程日本文化研究學際カリキュラム紀要《日本文化研
　　究》第 16 號，2005。
　⑭陳朝輝「「象牙の塔」を出る「苦悶」——魯迅と廚川白村に關する再檢討」（《東
　　京大學中國語中國文學研究室紀要》第 10 號，2007.11。）

4　梁敏兒「廚川白村與中國現代文學裡的神祕主義」《中國文學報》第 56 冊，1998.4。

5　程麻（中國社會科學院），後藤岩奈譯「《苦悶の象徵》と魯迅の文藝心理學思想──文學創作の心理原動力の問題を論ず」（1）《縣立新潟女子短期大學研究紀要》第 36 集，1999.3。

6　程麻、後藤岩奈譯「《苦悶の象徵》と魯迅の文藝心理學思想─文學創作の心理原動力の問題を論ず」（2）《縣立新潟女子短期大學研究紀要》第 38 集，2001.3。

7　山田芳明「路翎與廚川白村」《文化女子大學紀要》人文・社會科學研究，第 10 集，2002.1。

© 【單論廚川白村的書籍】

1　王文宏《生命力的昇華──廚川白村文藝思想研究》吉林人民出版社，2003.2，第 1 版，2007.9 第 2 版，共 155 頁。

2　李強《廚川白村文藝思想研究》崑崙出版社，東方文化集成，日本文化編，2008.3，共 460 頁。

　　Ⓐ群裡從 1980 年到 2008 年在 CNKI 上用「廚川白村」的關鍵詞檢索到 230 篇，其中，題目裡有廚川白村或是廚川白村著作名稱的論文加上筆者在當地調查的論文一共有 55 篇。

　　筆者大致閱讀了這 55 篇論文，確認了註釋後讓人吃驚的是中國研究者非常欠缺先行研究的意識，多數人幾乎沒有尊重先論，並在展開先論的基礎上成立自己新論的意識。並且，反復地從頭開始概論性地進行介紹。或者曖昧不清地不知是從他人的研究得到的知識還是自己的研究知識，在自己的論文裡順其自然的用來論述。將別人的論考一字不改拿來的「拿來主義」（魯迅的詞語，如果有用的話一切拿來使用之意）的論考也有。更有甚者，如 37 項和 39 項同樣一篇論文重複刊登在不同的雜誌上。20 項的那篇在本書「附錄　參考資料篇」中的【參考資料 1】將譯者、發表時期和刊登雜誌，按年代順序進行解說並寫成了文章，論證了廚川白村的翻譯給中國新文學帶來影響是重大的，也影響了主張寫實派、自然派重要性的茅盾和揭示了文藝進化論觀點的朱希祖，其他比如對魯迅、郭沫若、郁達夫

和胡風等人有過影響。特別是對魯迅的散文詩《野草》的影響進行了詳細論述，在內容和論理性的展開上有說服力，是耐人尋味的論考。但是，22 項的那篇跟 20 項的那篇之中是以魯迅的散文詩《野草》為中心的論說，也就是說關於它的影響「第一、對象徵主義，夢幻等文學創作精神，對創作手法的影響」，「第二、在《野草》的思想內容、題材方面受到了《走出象牙之塔》等作品的啟發和影響」的論述內容幾乎是一樣的。總體看來，只不過是對 20 項那篇進行了一部分的複製。還有，55 項等幾篇也只不過是換了題目，內容和 20 項那篇是一樣的。不過 20 項和 55 項的兩篇是同一作者所以也是在許可範圍之內的。所以，55 篇論文實質上並非都是內容各異的，這一點有必要記明的。

　　但是在他論還是自論這樣一種曖昧不清、人吃人似的慌亂不穩的研究環境中還是有優秀和充滿誠意的研究的。

　　還是先談一談如下所示的在中國近現代文學研究中，有關廚川白村的論考都是以魯迅對廚川白村解釋為基礎之點吧。

【魯迅的《苦悶的象徵》的評價】

　　魯迅在《苦悶的象徵》「序文」裡評價廚川為：「對文藝充滿著獨創性的見地和深刻理解」，並對獨創性作了以下三點總結。第一、廚川對象徵主義的解釋是：不僅是在十九世紀末出現的法國象徵主義，而是文藝的表現法是廣義的象徵主義，古往今來所有的文藝都使用了象徵主義手法。第二、在伯格森（Henri Bergson，1859-1941）的哲學中顯示出的不斷前進的生命力是人類生活的根本、未來是難以預測的觀點。對這一觀點廚川認同詩人有預言者（先知）的能力，可以預測未來。第三、弗洛伊德（Sigmund Freud，1856-1939）將生命力的根底歸根於性慾來解釋文藝——特別是文學，廚川認為生命力壓抑後產生的苦悶懊惱是文藝的根底，文藝就是生命力的突進和跳躍。魯迅說「沒有天馬行空那樣的大精神是產生不了藝術的」，看到了廚川自身的一種「天馬行空的精神」。

　　以這個解釋為基礎，對廚川白村的研究史進行如下論述。

　　下面筆者選別出認為重要的作者和論考作為對論點的概括。

一九八〇年代

溫儒敏

　　使用現實主義者魯迅的作品，廚川白村揭示出的伯格森的「生命力」、弗洛伊德的「變態性心理分析」、廚川本身的「生之苦」等唯心用語進行分析的溫儒敏所著「魯迅前期美學思想與廚川白村」（1981），是從美學思想（即審美藝術論）和比較文學的角度將「廚川白村」導入於中國近現代文學研究方法中去，屬先驅之舉。溫儒敏揭示出了廚川的美學思想即使是唯心主義的，但在具體論點裡含有唯物主義的成分。而且，溫儒敏從比較文學的手法出發，把魯迅和廚川白村的共同性突顯了出來，解明了其根底裡美學思想的真相的研究為：連綿不斷持續到了近年；而王文宏和李強揭示出的要闡明「廚川白村的文藝思想」其本身，因此出現了「廚川白村研究」的術語和領域，不言而喻成為其研究的先驅。

程麻

　　溫儒敏提倡的美學思想這一術語被程麻的論文「《苦悶的象徵》和魯迅的文藝心理思想——論文學創作的心理動力問題」（1986）中的文藝心理（學）思想的詞語所取代了。而且，根據程麻的頗為理論性的分析，以對於善辯的廚川白村文藝論的解釋而確立了廚川白村是有價值的研究素材這一基本。程麻從在日本與中國直至導入文藝心理學為止的接受史開始說起，廚川的象徵概念是將文藝跟純粹研究客觀世界的自然科學以及主要分析社會問題的社會科學區別開來，凸顯出融進文學裡的人文主義的價值觀。程麻通過東西各國的韓愈、杜甫、王國維和馬克思、愛因斯坦、邁思洛等偉人哲人的言論跟《文藝思潮論》、《走出了象牙之塔》、《近代文學十講》和《苦悶的象徵》中的言論進行對照，證明廚川理論的正當性。人生的苦悶為文藝創作的心理原動力的文藝理論，以及「高級象徵」的「廣義的象徵」範疇的文藝理論被作為可以從機械式的唯物論的束縛中解脫出來的理論，而且還可以期待客觀主義和主觀主義的融合、理想主義和現實主義的統一得到實現的理論而受到高度評價。並得出了「有關廚川白村的文學是苦悶的象徵之命題，在東方世界是具有創始性意義的這一點須肯定

的。」的結論。最後對比了魯迅跟弗洛伊德、魯迅跟廚川白村，以魯迅對廚川產生了共鳴來結尾。而且，程麻的論考裡有後藤岩奈譯「《苦悶的象徵》和魯迅的文藝心理學思想——論文學創作的心理原動力的問題」（1999、2001），這是從《溝通與更新——魯迅與日本文學關係發微》（中國社會科學出版社，1990）翻譯過來的。

趙憲章

　　溫儒敏所提倡的廚川的美學思想即使是唯心主義的，但具體的論點裡也有唯物主義的成分這一觀點，到程麻深入到廚川的「廣義的象徵」範疇裡期待客觀主義和主觀主義的融合，理想主義和現實主義的統一實現的觀點，由趙憲章的「文藝社會學和文藝心理學的合流與廚川白村」（1987）繼承了以上的觀點。趙憲章將廚川白村定位於是實現了文藝社會學和文藝心理學兩個研究領域的「雙向合流」的文藝理論家的代表和先驅，他主要作了如下的解釋：現實主義重視對社會現實的關心和以真實反映其現實作為特徵的客觀性。浪漫主義重視以主觀世界的心理表現為特徵的主觀性。在文藝思想裡，現實主義和文藝社會學、浪漫主義和文藝心理學屬於同一體系，文藝社會學是以文藝客觀研究（外部關係、現實的再現、理性分析、巨視性描寫、意識形態的共同性、對社會意識的探求等）為重點的，文藝心理學是以文藝主觀研究（內部關係、審美主體的創造、把握感情、微視性體驗、個性的特徵、個體的深層心裡等）為重點的。而且，從丹納提出的「種族・環境・時代」三要素的唯物論的分析開始，經過發掘使用弗洛伊德的「潛意識」審美性的深層心理，普列漢諾夫從唯物論的歷史觀上認同了「社會心理學」的重要性，直到主張文藝社會學和文藝心理學互相取優補劣結合的「文藝社會心理學」的必要性。而將這二者統一開拓了文藝學研究的理想境地和未來方向的則是廚川白村。具體地說，伯格森的「生命哲學」和否定弗洛伊德「性慾」的廚川白村的「獨創性的見地和深刻理解」在《苦悶的象徵》《近代文學十講》中做了主要論述。上面是趙憲章進行的主要的論述。

姚春樹

八〇年代還有一個特徵是從姚春樹的「魯迅與廚川白村及鶴見祐輔
——關於魯迅雜文理論主要淵源的探討」和「魯迅與廚川白村——關於魯
迅雜文理論主要淵源的探討」兩篇論考裡可以看出。廚川白村的《走出象
牙之塔》中描寫的小品文、隨筆的明晰透徹的論述對魯迅和中國現代散文
全體發展所帶來的影響是無法估量的,因此可以認為廚川白村是中國現代
散文評論的啟蒙者。

一九九〇年代

九〇年代梁敏兒、土向遠所代表的論考中可以看出研究方法的典型。

梁敏兒

梁敏兒在住香港,在日本取得學位(博士論文《廚川白村與中國近現
代國家》取得機關:京都大學,取得年月:1996 年 2 月),他積極地分析
一九二〇年代的中國狀況並對廚川白村的研究留有以下四篇系統性的研
究成果。

①「《苦悶的象徵》與弗洛伊德學說的傳入——廚川白村研究之一」
（1994）
②「廚川白村與中國現代作家」（1996）
③「廚川白村與中國現代文學裡的神祕主義」（1998）
④「完全性的追求——魯迅,《苦悶的象徵》與浪漫主義」（2000）
這一系列的論考通過對實證性的接受史的研究、弗洛伊德精神分析學
的移入史以及浪漫主義和近代文明論的考察揭示出了對廚川白村的研究
意義。在日本發表的②項和③項的兩篇中文論考,是站在徹底的實證主義
的立場上論證了《近代文學十講》和《文藝思潮論》的接受史和所受影響
的研究。在②項之中,對兩部著作的譯介者田漢、謝六逸(麓逸)、朱希
祖、羅迪先、汪馥泉,樊仲雲以及和田漢有關的郭沫若、鄭伯奇、徐祖正、
張鳳舉將廚川白村有關的事蹟和評論進行了詳細的整理。論證了其對中國
二〇年代文學的影響以及廚川白村及其理論的廣泛滲透。例如,創造社和
文學研究會即使是所持不同文學背景的社團成員也超越了其領域。在③項

之中，以先行研究和日記等為中心實證性地論證了《近代文學十講》、《文藝思潮論》、《苦悶的象徵》、《出了象牙之塔》、《去向十字街頭》以及和魯迅和周作人的關係。還使用德國浪漫主義泛神論的發展史考察了奧托（Rudolf Otto，1869-1937）的《東西方神祕主義》（West-östliche Mystik，1926）所代表的神祕主義、沃特・佩特（Water Pater，1839-1894）的《文藝復興》（Studies in the History of the Renaissance，1873）中的唯美主義理論，考察了對《文藝思潮論》和《苦悶的象徵》的構成產生了什麼影響後，用比較文學的影響研究之手法分析了魯迅散文詩集《野草》中幾個作品的思想性。

　　另一方面，在①項之中，通過論證弗洛伊德精神分析學被傳入中國後的性啟蒙、新道德觀的提倡及戀母情結（Oedipus complex）對創作手法的應用產生的影響，正如副題「廚川白村研究」所示，考察了廚川文學理論的特點。梁敏兒分析為：廚川文學理論理性地將弗洛伊德的「本能」解釋為「理性」；將「亂倫慾望」解釋為「屈服於社會因襲被壓抑的慾望」，並將「嬰兒喝奶」解釋為「不是性本能而是避免飢餓」，提倡文學是反抗壓抑的一種表現的廚川的文藝論迎合了中國二〇年代的需要，因而制定了理性基準，但是不管在日本還是在中國他的著作由於都成了暢銷書，因此經不起時代的考驗馬上就被淘汰了。更耐人尋味的是梁敏兒指出了：在力求調和兩極的廚川的表現法裡存在很多「美之醜」、「醜之美」等矛盾的邏輯，其中反映了民眾的無意識只有天才才能意識到的表現法，這也說明文藝是個人主觀的自由表現的同時，個性裡面也不得不伴隨著普遍性，這個矛盾歸根結底可以說明民眾合一、人心合一、個人和群體合一的可能性。

　　在④項論證了：以感受到工業文明給人的精神帶來了破壞和傷害的席勒（Friedrich von Schiller，1759-1805）提倡的「完全性」為關鍵詞，通過對現代人的內部分裂為重要命題的浪漫主義的分析，英國維多利亞王朝的浪漫主義文學的研究者廚川執筆《苦悶的象徵》之時，投影了對理性的浪漫主義文學和尼采攻擊傳統因襲的理性哲學的共鳴，以魯迅所說的「天馬行空的精神」為軸進行了討論、並對下述問題進行了論證。席勒稱：調和自己的情感和理性才會存在真正的文明社會、真正的自由國家，這樣的國家的國民才可以稱之為文明的國民。並稱這種狀態為「完全性」。在當時的中國處於科學和哲學分離的階段，還未能感受到近代文明的龜裂。廚川

在《苦悶的象徵》中對近代人的苦悶的解剖並沒有完全觸及到西洋社會的要害處。但是通過魯迅翻譯的「完全的人」可以看出魯迅和廚川都追求了席勒提倡的「完全性」。

王向遠

　　王向遠的「廚川白村與中國現代文藝理論」（1998）是從比較文學的角度論證了廚川白村及他的著作對中國近代文學作家和文藝理論家的影響的論考。王向遠通過一些例子實證性地論證了當時有浪漫主義傾向作家的郭沫若，郁達夫、田漢、徐祖正、黃廬隱、石評梅、胡風、路翎等受到了不少廚川文藝論的熏陶。而且分別列示並實證性地論證了在田漢、許欽文、君健、章希之、曹百川·陳穆、隋育楠等人建構的中國近代文學理論的文藝理論著作中，受到了《苦悶的象徵》的重大影響。還論到「無產階級文學」運動一興起，左翼文藝理論評論家就「裁定」廚川的文藝論是唯心主義的，對廚川的批判和否定直至二〇年代末，廚川文藝論的影響也就漸漸衰退了。甚至還舉例受廚川影響較大的文藝理論家胡風，並指出：胡風的「主觀性的戰鬥精神」和「自我擴張」是受到廚川「生命力的突進和跳躍」理論的啟示；胡風的「精神的隸屬的外傷」深深滲透著廚川的「精神性傷害」理論的啟示。還有，揭示出了以胡風為核心的「七月派」作家表現了人物激烈痛苦的生命過程，展開了人物的動搖和不得安寧的靈魂以及因內心激烈的衝突而導致的苦悶，追求驚愕怒濤般的充滿力量的藝術熱情，所有的和廚川的文學觀念都是內在深深相關的。

　　比以上論考更深刻的是「胡風與廚川白村」（1999）一書。王向遠在此論考裡說明了廚川在日本不太受好評的理由以及中國人在什麼地方應該向廚川白村甚至向日本學習的。具體如下：

　　　　他（指廚川——筆者）不是作家，因而在日本文學史上談不上有多高的地位，幾乎所有的《日本文學史》上都找不到他的名字。作為一個理論家，他的文學理論著作的價值也沒有得到日本文學理論批評史家的普遍認可。……（中略）……但是，在本國並不受重視的廚川白村，在中國的影響卻遠遠超過了任何一位著名的理論家批評家。和某些日本學者的看法正相反，在中國最先譯介廚川白村

的魯迅認為廚川白村及其《苦悶的象徵》是有獨創性的。……（中略）……我讚賞魯迅的獨具慧眼，在許多的「文學論者」當中選擇了廚川白村，在「同類的群書」中選擇了《苦悶的象徵》。魯迅說《苦悶的象徵》是「有獨創力的」，並不是單單基於一己之好，而是和同類理論家、同類著作做了充分比較的。在日本，在廚川白村之前和後，介紹和評述西方文學的書籍數不勝數，談文學的書近乎汗牛充棟，而即使今天在我們看來，在廚川白村及其著作在其中也確實是出類拔萃的。誠然，廚川白村的基本的理論體系、基本的概念術語大都是借用西方的。但是，日本文明的獨特的構建方式，——吸收外來的東西加以改造消化，使其更合理更精致更先進，——在廚川白村的理論構建中表現得非常明顯。對此，魯迅看得很清楚。

二○○○年代

　　二○○○年代的研究特徵是廚川白村的重要性滲透到了中國近現代文學研究者中間並得到多樣性的展開。和以前同樣考察二○年代廚川白村的文藝論被介紹到中國的必要性和意義。另一方面擴大到了周作人、老舍、錢杏邨、胡風、徐懋庸、路翎等作家・評論家以及《文藝心理學》（上海開明書店，1936 年初版）的作者朱光潛。無論是考察分析和廚川白村文藝論的影響關係以及變成自己的文藝論的精神食糧的論考，還是同樣考察《苦悶的象徵》的接受意義，都使用了馬克思主義的唯物史觀對《苦悶的象徵》普及的當時，從中國人精神構造的「內在的符合」以及從社會狀況看的「外在的機遇」的關聯之處加以了考察。王向遠認為在評價廚川白村的辛辣嚴厲的評論裡感到如「快刀斬亂麻」般的痛快感，並從廚川的社會批判和文明評論裡能看到「天馬行空」般超然的精神界戰士形象的魯迅和著者廚川白村之間存在著內在深層心理根底緊密聯繫的相同的生命哲學，以此做了分析的論考等，呈現出了廚川論考的擴大和展開之勢。由於受九○年代中期開始大大展開的「現代性」（modernity）論爭的影響，對「個體」和「群體」、「公」和國家」與「國民」以及「民族」等興趣高漲，作為文藝評論的方法論，以「現代性」為關鍵詞，採用間主觀性或是主體間性（inter-subjectivity）和文本間性（inter-textuality）等新觀點，把「廚川白村」從道具轉換成了研究對象。

　　代表二〇〇〇年代的研究者是王文宏和李強兩人，而對本書刊行的宗旨給予有意義回答的則是王鐵鈞的論考。

王鐵鈞

　　王鐵鈞「從審美取向看廚川白村文藝觀的價值認同」（2005）考察了廚川白村的文藝觀毫無疑問給中國二〇年代文學提供了深刻的思考力並擴大了視野，對創作和文藝理論產生了深遠影響和啟發，在中國評價很高而為何在日本或是大正文壇卻沒有受到共鳴共感。

　　王鐵鈞將廚川白村的文藝論在日本不受歡迎的理由歸納為以下三點。第一、從《源氏物語》、《平家物語》經過江戶、明治時代到大正時期的「自敘体小說」，日本文學的美學觀是以淒艷、哀婉、哀傷、感傷為基調流露個人情緒的。但是廚川白村肯定了從苦悶中產生的精神鬥爭的審美價值，認為文學是生命力被壓抑後的苦悶的一種自我表現，主張反對一切約束個性、束縛自我，是與日本傳統的審美觀相對立的文藝創作論。第二、雖然廚川白村的文藝理論登場時正是自然主義文學在文壇上佔重要位置的時期，但他宣言自然主義文學已經不合時代的潮流而告以終結，並宣告了主觀勝於客觀、直視勝於經驗、思索勝於觀察這樣一種重視個人內心表現的現代主義（新浪漫主義）文學的到來，這和當時大正文壇的知識分子觀點不一致。第三、逃避現實處於自我憐憫狀態的大正文壇並不能對廚川白村提出的為改造社會的文學那樣一種富有強烈的社會批判精神的文藝理念產生共鳴共感。

　　上面是筆者自己取捨選擇的一些論文，並查閱了廚川白村的相關研究史。沒有在這裡舉例出來而在中國頗多的研究特徵是：研究者並未在調查了上述提及的先行研究之後再展開下一步的研究，顯然的只是把自己調查思考的東西寫下來而已，所以同樣的事被反復提及。改變了這種狀態的是王文宏和李強的研究。兩人帶著「研究史」的意識來定位自己的研究。

王文宏

- 「廚川白村與社會文明批評」（2002）
- 「情緒主觀是文藝的始終——廚川白村文藝思想研究」（2002）
- 「情緒主觀：文藝進化的主流——廚川白村文藝思想研究」（2002）

- 「魯迅與廚川白村」（2003）
- 「廚川白村與弗洛伊德」（2003）
- 「廚川白村與《近代文學十講》」（2003）
- 《生命力的昇華──廚川白村文藝思想研究》吉林人民出版社，2003.2 第 1 版、2007.9 第 2 次印刷，共 155 頁。
- 「廚川白村的主觀文藝進化論」（2004）
- 「一個具有悖論情結的文學思想家──廚川白村文藝思想研究」（2005）

　　王文宏在自己的著作《生命力的昇華──廚川白村文藝思想研究》的「序言」中將廚川白村的研究狀況分三階段進行了如下的說明：

一、熱烈期。這是指二十世紀二〇年代到三〇年代。這一時期中國文壇對廚川白村基本上是一種熱烈歡迎的狀態，肯定廚川白村文藝思想的合理性，並積極地接受。主要代表作家是魯迅、郭沫若等人。他們不僅極力地讚揚廚川白村給予中國作家的影響，而且，還用廚川白村的理論總結自己的創作活動。但是，這時的接受，明顯地缺少一種理性的思考。

二、沉寂期。這是指三〇年代中期至八〇年代前期。由於無產階級文學在中國文壇逐漸地繁榮，廚川白村的文藝思想不僅被淹沒，而且還遭到了批判，被作為唯心主義掃出了文壇。在漫長的半個世紀中，廚川白村在中國幾乎是銷聲匿跡了，就連《中國現代文學史》談到接受外國文學的影響時，也很少提到廚川白村，即使提到，也不僅僅是一點而過。

三、復甦期。這是指八〇年代以後。隨著中國現代文學研究的突破，魯迅研究高潮的到來，和中國現代文藝心理學研究的繁榮，廚川白村又以他頑強的生命力步入中國文壇。廚川白村研究，出現了一個新的氣象。主要表現在兩個方面：一是伴隨著魯迅研究，人們發現要研究魯迅的美學思想決不能脫離廚川白村，在魯迅美學思想的發展過程中，廚川白村是一個至關重要的人物，在某種程度上，廚川白村的文藝思想影響並充實了魯迅的美學思想。比較有代表的是溫儒敏的《魯迅前期美學思想與廚川白村》（《北京大學學報》1981 年 5 期）和劉再復的《魯

迅美學思想論稿——關於真善美的思考和探索》（中國社會科學出版社 1981 年版）曾鎮南的《讀廚川白村「苦悶的象徵」（《讀書》1982 年 9 期）他們的研究，為我們提供了一個廣闊的背景。另外，趙憲章的《文藝社會學和文藝心理學的合流與廚川白村》（《南京大學學報》1987 年 4 期）揭示了廚川白村作為社會文明批評家的使命感。王向遠的《廚川白村與中國現代文藝理論》（《文藝理論研究》。（1998 年 2 期）和黃德新的（《廚川白村與中國新文學》（《文藝理論研究》（2002 年 2 期）他們結合著二〇～三〇年代中國特殊的歷史狀況，把廚川白村放到特定的歷史階段，探討了廚川白村對中國新文學的影響，是對 20～30 年代文學現象的總結，也是一個突破。

這裡使用了兩次的「突破」，但沒有賓語，所以突破了什麼並未明確指出，估計是突破了把「馬克思主義、社會主義」的一元論，或是把「文藝社會學」和「文藝心理學」作為個別的二元論看待的文藝論吧。

王文宏的《生命力的昇華——廚川白村文藝思想研究》完全是一本「廚川白村研究」的著作。此書考察了以《近代文學十講》、《苦悶的象徵》以及《走出象牙之塔》和《去向十字街頭》為中心，並以《小泉八雲及其他》和《文藝思潮論》作補充。從廚川的出生到逝去的生涯略傳、滋育了他的日本文化的「含蓄、淡泊、樸素、曖昧、纖細」的土壤與「和」的精神構造的特徵，以及日本文學，特別是《源氏物語》的「物哀」和「幽玄」的審美觀對他形成的意識。甚至通過他的尊師小泉八雲和上田敏，從前者之處形成了他的西洋人和日本人的思維方法的差異這樣一種客觀的分析手法；從後者的「情緒主觀是文藝的一切」之處形成了他的藝術觀用以成構築了廚川論的基礎。廚川論述的西洋文藝思潮變遷中所提到的「文藝思潮主流顯然就是情緒主觀」，是以「情緒主觀」為關鍵詞，「情緒主觀」是文藝進化的主流，而文藝進化的催化劑是「時代精神」。其結果「為藝術而藝術」、「為人生的藝術」也皆有其正當性的。但是「無功利」的凝視觀照發自於自己內心世界時產生的藝術才是真正的藝術。這才是廚川的文藝思想的特徵所在。還有，「生的苦」和「生命力」昇華後展開的《苦悶的象徵》論，和在以社會文明評論家廚川像展開的《出了象牙之塔》、《去

向十字街頭》的闡述中所提到的那樣：日本民族的血液裡流淌著「物哀」的美意識和重視「情緒主觀」的兩個關鍵詞是有其獨自性的。但是從論述的總體來看，還是以先行研究為基礎進行了更詳細的考察則為此書的特點。

最後，立了「廚川白村與中國現代文藝心理學」這一章，特別是在「朱光潛和廚川白村」裡論述了朱光潛（1897-1986）與廚川的關係。其中指出：朱光潛表面上對廚川漠不關心而實際上以《小泉八雲及其他》（劉大杰譯，上海：啟智書局，1930.4 初版）中的幾乎全部資料為基礎寫出了《小泉八雲》。甚至，朱光潛讀了《出了象牙之塔》和《走向十字街頭》將其評論為「不覺發生了一種反感」，對社會文明評論家廚川持否定態度，後來還受到了文壇左派和魯迅的批判，但是，他是堅持「為了藝術而藝術」的中國「文藝心理學」理論的創始人。這些都是值得評論的論點。

順便提一下，朱光潛在香港大學（1918-1922）、愛丁堡大學（1925-1929）、倫敦大學研究生院（1929-1933）鑽研西洋美學，歸國後成為著述了《文藝心理學》（上海：開明書店，1936 初版，1939.1，3 版）的中國現代美學之創始人。

李強

・「中國廚川白村研究評述」（2007）
・《廚川白村文藝思想與社会批評研究》（博士論文，取得機關：北京大學，取得年月日：2008 年 1 月 4 日。）
・「「現代」視野中的廚川白村與《近代的戀愛觀》」（2008）
・《廚川白村文藝思想研究》崑崙出版社，東方文化集成，日本文化編，2008.3，共 460 頁。

最後用李強結束本章。李強的研究如題《廚川白村文藝思想研究》所顯示出的那樣，是根植於日本土壤和廚川自己思想的真正的「廚川白村研究」。此書目錄如下：

《廚川白村文藝思想研究》目錄
序　言　嚴紹璗
諸　論　廚川白村研究的學術史和方法論說明
第一章　廚川白村文藝思想發生的文化語境

　　在此書中首先嚴紹璗論及了一個值得注意的觀點。嚴紹璗在「序言」一開始中講道：「對我們中國學術界的絕大多數學人來說廚川白村是一位『熟悉的陌生人』，這是一個有趣的『悖論』」。並如卜論述道：這個「陌生」的原因在於學術界只知道廚川白村的著作被譯介成中文有五十餘篇的論說，有助於了解他本人的「整體性的文本」甚少。這個「陌生感」的原因問題不僅在於我國研究人員，在今天的日本學術界「廚川白村學說」是他們幾乎忘記了的「學術存在」，廚川白村本人則是被日本的現代學術（價值基準──筆者）潮流拋擲在圈外的一位「幽靈」了。

　　李強的著作說明了「廚川白村的文藝思想」的特質這一點是非常有研究意義的。李強以廚川的文藝思想所產生的時代氛圍和社會背景為基礎，使用「個性」、「時代」、「情緒主觀」、「時代精神」、「人性」、「生命」、「遺傳基因」等關鍵詞進行了分析說明，通過廚川的社會‧文明評論中的理論實踐顯示他的文藝觀的深化和外延的擴展，並得出了：可以說在文藝理論和美學思想集大成的《苦悶的象徵》中通過對伯格森、弗洛伊德、克羅齊理論的解釋，為日本的文藝評論和理論建設提供了個人研究和實踐性的文本。而且，李強著作是經過現代性論爭後的產物，展開了用「現代性」關鍵詞的考察展開的考察是有其深刻意義的。李強做了如上的結論。

　　但是此書有必要探討「為什麼廚川白村又回歸了呢」？由於篇幅關係，概括一下李強的研究方法和其他中國研究人員相異處以及「廚川白村研究」的問題意識及其成果。

　　李強著作和其他顯而易見不同的地方是，他周密地調查了現行研究，全書四百六十頁中【附錄】占兩百零三頁，說明他在成書之前作了頗為細緻的準備和踏實的調查。

　　比如，【附錄】中小標題有「廚川白村年譜」、「廚川白村著作初版一覽表」、「廚川白村兩種全集編輯的比較」、「廚川白村身後著作出版一覽表」、「日本廚川白村研究（文章）論文一覽表」、「廚川白村著作漢譯本初版一覽表」、「廚川白村著作（文章）漢譯初版一覽表」、「中國廚川白村研究論文（文章‧專著）一覽表」、「《近代文學十講》目錄」、《苦悶的象徵》雜誌版與單行本的比較」十個項目。從「日本廚川白村研究（文章）論文一覽表」、「中國廚川白村論文（文章‧專著）一覽表」可以看出，本著作貫徹了以前中國人學者所缺乏的重視先行研究的意識。這些主要被整理在「諸論　廚川白村研究的學術史和方法論說明」中的「日本的廚川白村研究」和「中國的廚川白村研究」裡。

　　「中國的廚川白村研究」和前述的「中國廚川白村研究評述」（2007）的論考內容是一致的。論述了「從中日現代文學交流關係角度出發，廚川白村作為日本大正時期的文藝思想家、評論家、理論家被翻譯介紹到中國數量最多而且影響力最大的人物。從二十世紀一九一〇年代末開始，廚川白村成了被譯介到中國現代文壇的重要對象。[13]」之後，將中國廚川白村介紹和研究狀況分建國前後時期做了如下的整理：

　　　　（新中國成立以前）
　　　　一、譯介、傳播和影響時期（1919～1929）
　　　　二、質疑與淡出時期（1930～1949）
　　　　（新中國成立以後）
　　　　一、批判與沉寂時期（1950～1979）
　　　　二、復甦與研究時期（1980～　　　）
　　　　有關「譯介、傳播和影響時期」，正如在該書中有所論述的那樣給予省略。
　　　　有關「質疑與淡出時期」在該書中雖有過論述，再次進行介紹：「從二〇世紀二〇年代末開始的無產階級文學的興起和發展，包括魯迅在內的一些文學者和批評家對廚川白村的文藝理論和美學思想提出了質疑與批判，廚川白村開始降溫。」但，「一些有心的論

---

[13]　李強「中國廚川白村研究評述」《國外文學》總 108 期，2007.11（4 期），66 頁。

者開始注意到魯迅與廚川白村之間的影響關係」，許欽文在所著《文學概論》（1936 年 4 月初版）之中說：「讀了《野草》，「當能深層的了解文學是『苦悶的象徵』的意義」。另外，歐陽凡海在《魯迅的書》（桂林文献出版社，1942 年版）中論述道：「所以，《野草》中的一部分散文詩可以說是《苦悶的象徵》的實踐」，雖然研究尚缺深入，「不過，卻體現出一種「現代」和「比較」的視野，應該說是一個良好的開端。[14]」

　　筆者在第八章中寫道：「可以推定民國文壇廚川白村接受的真正的結尾是許欽文的《文學概論》（1936.4 初版）。」這個推定仍舊是成立的。為什麼呢？這是因為徐懋庸在《文藝思潮小史》（1939.10 初版）的「前記」中寫道：「這個小冊子並不可以說是著作，只不過是幾種文學史和文藝思潮史內容的概括。特別是僅以弗理契的《歐洲文學發達史》、柯根的《世界文學史綱》等數種為證據。而且這兩種是在中國存有的比較詳細的唯物史觀的世界文學史，值得向青年諸君推薦。」（著重點為筆者所加），著作的幾處和結構上都有廚川白村《近代文學十講》、《文藝思潮史》的影響。但是，中國大陸・中華民國最後的真正的接受是許欽文的《文學概論》。

　　但是，將李強說的「現代」放入視野的「比較」研究的開端是由於意識到了最近流行的現代性的論爭吧。「現代性」是也適合二〇年代的謂語，但是在當時是不是也有意識著負面性「現代」morden 的含義所在呢？

　　　「批判與沉寂時期」是指「廚川白村被作為反動的理論家受到嚴重批判」的時期，就此「廚川白村研究基本上也處於停滯與中斷的狀態之中。」
　　有關「復甦和研究時期」，將廚川白村研究的視點分如下五點進行說明。
（一）隨著魯迅研究的突破，一些學者敏銳地注意到，要研究魯迅的美學思想，廚川白村作為影響源之一是無法逾越的。

---

[14] 這一段落的引用均同註 13，69 頁。

（二）由於文藝學建設和研究的需要，八〇年代中期後，廚川白村
　　　《苦悶的象徵》中的文藝心理學和社會學觀點開始成為學者
　　　們關注的熱點。

（三）進入新時期後，沉寂了近 30 多年的象徵研究得以復甦。為
　　　了探討中國現代文學與西洋象徵主義之間的影響關係，不少
　　　學者將目光投向了廚川白村。

（四）與日本八〇年代後的研究狀況相似，比較研究也成為中國新
　　　時期廚川白村研究的一個熱點。

（五）從方法論來看，自八〇年代開始的從統一的政治化轉向多元
　　　的學術化，以「階級性」、「唯物」或「唯心」劃線的思維
　　　定式、教條主義式的套句和術語來研究廚川白村的做法逐
　　　漸被修正和克服。這樣就為客觀公正地研究廚川白村鋪平了
　　　道路。

做了以上說明後又做了以下的概括：

　　　綜上所述，中國的廚川白村研究，如果從 1919 年 11 月朱希祖
對廚川白村《文藝的進化》的譯介算起，已經有八十八年的歷史；
如果從 1921 年 6 月田漢在《白梅之園的內外》中對廚川白村的評
價算起，也已經有八十六年的歷史了。廚川白村研究在中國有過高
潮，也有過低潮，當然也有過批判和沉寂的時期。中國的廚川白村
研究從當初零星的短文，到現在的百十篇論文，特別是從 80 年代
恢復正常的研究以來，對廚川白村的研究已由原來單一的的影響研
究，拓展到文藝思想、文藝美學、文藝心理學、文藝社會學等領域，
研究文章越來越多，水平也越來越高。從現有的研究狀況來看，足
以證明在中國文壇被持續言說了八十多年的廚川白村不但沒有離
開研究者的視野，而且在今後還將在相關的研究領域被繼續地言說
下去[15]。

15　同註 13，71-72 頁。

　　在此，李強的「廚川白村研究」這一術語確立了。但並非如李強自己在「批判和沉寂時期」中所論述的「在中國文壇上被持續言說了八十多年的研究」那樣，而是處於完全被忽視後衰退的停止狀態。如果將持續的民國文壇的臺灣看作是中國大陸的一部分，以上的論點也是正確的，但是不用說是日本，就是在現在的中國大陸，都還未看到過有論及在臺灣的研究動向。

　　最後，對照此書中的為何廚川白村的著作得到了回歸這一問題，概括一下李強為何認為有研究廚川白村文藝思想的必要性，以及他的「廚川白村研究」取得了什麼樣的成果。

　　①我們可以看到，圍繞著廚川白村的評價，中國和日本存在著很大的差異。在中國，廚川白村被譽為「建立了『苦悶的象徵』說的世界級學者」，其地位可以和尼采、柏格森、克羅齊和佛洛伊德比肩。然而在他的故國，儘管《近代文學十講》、《出了象牙之塔》和《近代的戀愛觀》曾令他紅極一時，但是由於廚川白村文藝論和美學思想之大成的《苦悶的象徵》是其死後出版的一部遺著，加之又是一部未完的著作。所以，廚川白村作為主流的文藝思想家和批評家並未得到日本文藝理論界和批評界的認可，廚川白村實際上被定於「英國文學研究者」和「社會・文明批評者」。很少有人將他作為主流的文藝思想和批評家來進行研究。1960 年 7 月日本文學史家上原專祿在一次文學對談中說：「對廚川白村有較高的評價，那是在中國。日本的知識界幾乎是無視中國的評價的。」中日兩國對廚川白村評價上的差異，其本身就是一個很有研究的課題[16]。

　　②廚川白村研究在中國是一個既老又新的課題。說它老，是因為廚川白村從二十世紀就已經進入了中國人的視野，而且被反復地言說著。說它新，是因為至今廚川白村評還缺乏一種全面、系統和恰如其分的研究和評價。在中國，儘管廚川白村被稱為「日本著名文藝理論家」，但是翻閱現今的研究文章，絕大多數的論者把

---

[16]　李強《廚川白村文藝思想研究》（崑崙出版社，2008.3，37-38 頁。）

注意力都集中在廚川白村與中國現代文學的「比較研究」上。……
（中略）……而從「日本著名文藝理論家」的角度對廚川白村其
人其作進行專題研究的則很少。與大量「比較研究」類的文章相
比，廚川白村研究中一個觸目的難題，即，廚川白村文藝思想的
研究尚少有人問津。[17]

③廚川白村在選擇以文藝為自己的終身事業之初，……（中略）……
廚川白村的從文時代為：「廚川白村政客、俗吏、暴發戶、僧侶
之輩，對文士是極端鄙視的，而教育界更甚。有人罵文學是與琴
書相當的遊戲，也有許多人認為文學是不健全不道德的罪魁禍
首。有的學校禁止學生看雜誌和小說，甚至將演劇視為蛇蠍。」
（著重點部分的原文接著寫道：……有的學校不要說這種開化
野蠻的國家德國的情況，就是在日本，也有在其他國家所絕對看
不到的──著者）出於反抗和叛逆，他養成了鋒芒畢露、特立獨
行、習慣於與時代潮流、生活環境公然對抗的氣質和性格特徵，
也使得他從文之初就形成了即重視「為人生」又關心「為藝術」
的二元論的文藝觀。……（中略）……由於廚川白村從文之初就
陷入一種二元論的境地，他所思考的問題在常人看來可能永遠無
法得到圓滿解決的。但是他卻始終如一地堅守自己的信念[18]。

④廚川白村從事文藝批評的切入點是「人」和「時代」，關心的是
「情緒主觀」和「時代精神」，看起來有些駁雜，但卻有一個靈
魂，那就是「人性」與「生命」。廚川白村一生所關心和思索的
文藝問題也都是圍繞著這一核心問題而展開的。就廚川白村文藝
思想的這種「現代性」而言，也具有難以歸併的二元特徵。他一
方面以超越了同時代人所關心的共同主題而獨求一種「理想的人
性」；另一方面又對當下的社會現實耿耿於懷，積極關注著時代
和社會的變遷，以獨特的方式尋找一條出路。反應在文藝思想上
就是：一種是超脫世俗的審美現代性，另一種是糾纏於世俗的啟
蒙現代性。這是他一生為之苦悶煩惱的根本原因。他想在兩方面

---

[17]　同註 16，38-39 頁。
[18]　同註 16，259-260 頁。

都找到解決的良方。與同時代的知識分子不同的是他選擇文學，除了為一己尋求安慰和寄託外，更欲借之以求得世人的「理想的人性」。他作社會‧文明批評就是想用「文藝」來關注和改造「社會現實」，他把文藝研究當成改造國民性的唯一根本途徑，他過於看重文藝的作用，認為文藝是他生命的一切，他想用文藝來改造一切，這是廚川白村的局限。廚川白村的雙重性格和他從事的「專業研究」，又讓他苦苦尋找一條自我解脫的道路。如果說對啟蒙現代性的思考和追求對他來說是一種「入世」，那麼審美現代性就是他的「出世」了[19]。

　　將以上內容稍作整理可知廚川白村在中國是和「尼采、伯格森、克羅齊和弗洛伊德等人比肩的世界級學者」，但他也是個「熟悉的陌生人。」原因是中國沒有體系的「廚川白村研究」，在故國日本也是已經被忘記了的「學術存在」、「幽靈」，停留在「英國文學研究者」或「社會文藝評論家」上。這裡凸現出來「中日兩國對廚川白村評價的差異是有研究價值的課題。」一方面，從對照廚川一生所做的「廚川白村研究」中得出的結論是，廚川白村選擇文藝文學的當時是輕視文學的風潮盛行之時，由此產生反抗和叛逆。所以他的文學形成了「為人生」的同時也「為藝術」的二元論文藝觀。他也找過解決這兩個問題的良方。而且，用「現代性」的觀點考察「廚川白村文藝思想」就會發現也具有「難以歸併的二元特徵」。一種是「超脫世俗的審美現代性」，另一種面是「糾纏於世俗的啟蒙現代性」。前者為尋求「出世」，後者為尋求「入世」的現代性了。

　　李強並沒有明確言及他接受的「現代性」的定義，但應該是指改善、改良和改變現存的舊文藝思想後構築新文藝思想理念的狀態吧。這一點可以從李強在《「現代」視野中的廚川白村與《近代的戀愛觀》（2008）中闡明了對廚川獨有的「現代」（日語為「近代」）的認識後，認為《近代的戀愛觀》是不可或缺的，經過對「戀愛觀的新定義」，「用「現代」解釋「性慾」和戀愛關係」等分析，得出了廚川克服、漸進了傳統的戀愛和婚姻觀，用以構築起新的價值觀這一推測。

---

[19]　同註 16，260-261 頁。

結語

　　一九八〇年代以後的中國，只有魯迅譯《苦悶的象徵》（北京：人民文學出版社，1988.7 第 1 版／天津：百花文藝出版社，世界散文名著叢書，2000.1 第 1 版／北京：人民文學出版社，天火叢書，2007.7 北京第 1 版）和《出了象牙之塔》（同前）得到再版。一個是作為「世界散文名著叢書」來評價廚川的文體美；另一個是作為「天火叢書」（普羅米修斯叢書）出版。這裡的「天火」不是指自然災害的火災，而是指給人類帶來火種的普羅米修斯那樣，給中國人帶來了好似火種那樣有用的知識之意，所以受到評價被再版了。

　　由於魯迅翻譯版本的再版，中國學術界八〇年代後，再次分析廚川白村著作的接受意義的論文多起來了。在本章中分析了五四新文化運動以後的二〇年代通過廚川白村著作對西洋近代的接受意義和八〇年代以後的接受意義後考察了中國大陸有關廚川白村再評價的研究成果和意義。

　　補充一點，即，李強顯示出了廚川白村二元論的統一，例如，「戀愛至上主義」的「靈肉一致的戀愛觀」所表現的二元論的統一是審美性的現代性內部的統合，但跟啟蒙現代性的統合是困難的。對此，菅野聰美如下論述了有關廚川的「再談戀愛」：「白村並不是說戀愛是超出於任何價值至上的，而是說「結婚就應該以戀愛為最大最高條件」。這和《近代的戀愛觀》開篇的思想作比較，是研討水平的後退。[20]」廚川的「出了象牙之塔」、「這次從更低俗的社會和道德的實際生活去看待戀愛」，結果得出了是「根據自己情況的改革論」[21]之者。李強指出的「他作社會·文明批評就是想用「文藝」來關注和改造「社會現實」，他把文藝研究當成改造國民性的唯一根本途徑，他過於看重文藝的作用，認為文藝是他生命的一切，他想用文藝來改造一切，這是廚川白村的局限。」是很有說服力的。

　　最後，在序章中提起過廚川白村的翻譯在中國語境中流行走紅是因為他的中文翻譯文體·廚川白村的當地化即中國化（歸化），還是反過來中

---

[20]　同註 12-⑪，148 頁。
[21]　同註 20，139-171 頁。

文譯本的日本化・廚川白村化（異化）了？關於這一點，可以說不僅是中國大陸還是臺灣，在翻譯文體中中文譯本的日本化・廚川白村化了。

　　但八〇年代以後，中國大陸廚川白村著作接受的反復再燃現象的理由並不是「歸化」和「異化」的問題，而是廚川提倡的二元論合一・統合的問題才是被關注的重大問題。大致說來，政治是共產黨掌握控制個人行為，經濟是自由競爭主義的市場經濟支配個人生活這樣的二元論的世界。這樣統合正當化二元論已經絕對不會被看作是矛盾的。廚川的文藝論，比如土田杏村提出的「不認為是形而上學的二元」、「判斷同一物的不同方法」，即通過「被理想化的資料和理想化形式」的「認識論的二元論」視點，以一元化來考慮。或是，從文藝心理學（唯心論）和文藝社會學（唯物論）的統合來分析，有過幾種選擇的可能。但，在政治與經濟這種政府基本原則的場合二元論獲得了准許這樣一個現實性有權威的保證。馬克思主義、社會主義的文藝史觀，也就是說在滲透了唯物論的文藝史觀的八〇年代的中國，在三〇年代之後曾作為唯心論受到批判的觀點再次得到統合也是不足為奇的。闡明有可能將文藝心理學（唯心論）和文藝社會學（唯物論）統合的「廚川白村的文藝思想」的特徵這樣一種新的研究方法，以及進一步地，不僅是以往的比較文學型的研究方法而且還加上了「廚川白村研究」這樣一種將焦點對準廚川本身的研究方法。筆者認為這是一個回歸了廚川白村現象的很大的特徵。

張靜　翻譯／吉田陽子　校對

附錄

廚川白村生平及寫作年表（1880-1923）

吉田陽子編

本表主要參考以下資料：

1・昭和女子大學　近代研究教室〈廚川白村〉，收錄於《近代文學研究叢書》第 22 卷（東京：昭和大學發行，昭和 39（1964）年 12 月 1 日）。

2・工藤貴正　著《中國語圈における廚川白村現象　一隆盛・衰退・回帰と継続一》（京都：思文閣出版・2010 年 2 月 28 日）。

紀年	歲	生平	主要作品發表 時間・篇名・出版社
1880（明治 13）		本名廚川辰夫，號先後為血城、泊村，最後為白村。 ・11 月（實際上是 6 月）19 日，生於京都市中京區柳馬場押小路上ル所，是長子。父親磊三在長崎學習蘭學，跟伊藤博文、後藤象二郎等人有交往；先在兵庫縣，後在京都府勸業科供職。母親セイ（和田氏）。是獨子，在廚川親屬中有白川是養子一說（說是父磊三之弟的兒子）。	
1881（明治 14）	1		
1882（明治 15）	2		
1883（明治 16）	3		
1884（明治 17）	4		
1885（明治 18）	5		
1886（明治 19）	6	・4 月　因父親磊三調動工作到大阪造幣局當監督，故進入大阪瀧川小學。	
1887（明治 20）	7		
1888（明治 21）	8		

1889（明治22）	9	・3 月 30 日 從大阪瀧川小學畢業。4 月進入大阪市盈進高等小學。	
1890（明治23）	10		
1891（明治24）	11		
1892（明治25）	12	・4 月 進入大阪府立第一中學（現北野高校）。	
1893（明治26）	13		
1894（明治27）	14		
1895（明治28）	15		
1896（明治29）	16		
1897（明治30）	17	・4 月 因父親再次調動到京都工作，故轉學進入京都府立第一中學。	
1898（明治31）	18	・4 月 9 日 從京都府立第一中學畢業。 ・9 月 11 日 進入第三高等學校。	
1899（明治32）	19		・撰寫「文藝的教化」，發表在《三高嶽水會雜誌》上。
1990（明治33）	20		・撰寫短歌評論，發表在《三高嶽水會雜誌》上。
1901（明治34）	21	・7 月 1 日 從第三高等學校大學預科第一部畢業。 ・9 月 進入東京帝國大學文科大學英吉利文學系，從師小泉八雲、夏目漱石、上田柳村專攻英國文學。在學期間，敝衣破帽和粗食，專心致志鑽研。業餘時間教授箓口的外國人日語，並投稿於《英語中學》、《帝國文學》和《明星》等雜誌用來補充學費。	
1902（明治35）	22		
1903（明治36）	23	・7 月 10 日 成為特待生。	
1904（明治37）	24	・7 月 11 日 在大學畢業之際，作為優等生獲得了天皇賜予的銀懷錶。畢業後進入大學研究院，在夏目漱石的指導下開始撰寫「詩文中表現的戀愛觀」，但由於家庭的情況無法繼續留在大學研究院進行研究。	

		•9月22日前往熊本，擔任第五高等學校的教授。	
1905（明治38）	25		
1906（明治39）	26	•跟廚川家的遠親住在長崎市榎津町的陸軍軍醫福地達雄的二女蝶子（19歲）結婚。	
1907（明治40）	27	•7月13日 長男叉夫誕生。9月7日因擔任母校第三高等學校的教授，故遷居於京都。	
1908（明治41）	28		
1909（明治42）	29	•11月23日 次子次郎誕生。	
1910（明治43）	30		
1911（明治44）	31	•三男潔誕生（過繼到別人家）。開始在《英語青年》雜誌上發表作品。	•3月1日 撰寫「最近文藝思潮的變遷」，發表在《ホトトギス》雜誌上。
1912（明治45）（大正元）	32		•3月17日 出版第一部作品《近代文學十講》（初版，東京：大日本圖書株式會社）。
1913（大正2）	33	5月25日四男宇誕生。•9月5日經京都帝國大學上田敏教授的推薦，擔任同大學文科大學講師，教授維多利亞朝代及世紀末的英國文學。	•1月1日 撰寫「一群青年藝術家」，發表在《三田文學》雜誌上。
1914（大正3）	34		•2月18日 出版《近代文學十講》（第18版，東京：大日本圖書株式會社）。•4月28日 出版《文藝思潮論》（初版，東京：大日本圖書株式會社）。
1915（大正4）	35	•為研究英語英文學和其教授法，被派遣到美國留學整整一年半。但，因3月底左腳由於細菌在燙傷口處感染，4月4日 在京都醫科大學醫院動了切斷左腿的手術。	•12月23日 出版《狂犬》（翻譯小說7篇）（初版，東京：大日本圖書株式會社）。
1916（大正5）	36	•1月8日 拖著隻腿從橫濱出發，登上了去美國留學的旅途，訪問了美國東部各州的各所大學。	•1月1日 撰寫「左腳切斷」，發表在《中央公論》雜誌上。•3月1日 撰寫「船中漫筆」，發表在《英語青年》雜誌上。

		• 7 月 在留學期間上田敏和父親相繼去世。	• 4 月 1 日 撰寫「在太平洋上」，發表在《三田文學》雜誌上。 • 11 月 1 日 撰寫「非要觀看尼加拉瀑布記」，發表在《中央公論》雜誌上。 • 12 月 出版譯著《新門羅主義》（初版，東京：警醒社）。
1917（大正 6）	37	• 5 月 14 日 被任命為京都帝國大學助教。正值第一次世界大戰的戰局日趨激烈之際，故放棄渡歐的計劃，7 月回國。	• 5 月 1 日 撰寫「漱石先生的事情」，發表在《英語青年》雜誌上。 • 9 月 24 日 撰寫「北美印象記」，發表在《大阪朝日新聞》報刊上。 • 11 月 1 日 「北美印象記」，發表在《英語界》雜誌上。
1918（大正 7）	38	• 跟島文次郎助教一起擔任西洋文學第二講座。 • 7 月 經荒木京大總長的推薦被授予文學博士的學位。	• 1 月 1 日 撰寫「美國的新劇團」，發表在《藝文》雜誌上。 • 1 月 1 日 撰寫「美國的大學教育」，發表在《日本及日本人》雜誌上。 • 5 月 15 日 出版《印象記》（初版，東京：積善館）。
1919（大正 8）	39		• 2 月 20 日 出版《小泉先生及其他》（初版，東京：積善館）。
1920（大正 9）	40	• 2 月 與神田乃武、市河三喜等三人一起被選為第一高等學校高等科英語教員檢定委員。3 月為東大英文學會作了題為「愛爾蘭文學在近代文藝史上地位」的演講。7 月相繼在京大的夏期講習會和輕井澤夏期大學演講了英國詩歌。	• 3 月 5 日至 23 日 撰寫「出了象牙之塔」，發表在《朝日新聞》報刊上。 • 4 月 1 日 撰寫「關於高校教員檢定考試」發表在《英語青年》雜誌上。 • 5 月 1 日 撰寫「愛爾蘭文學在近代文藝史上的地位」，發表在《英語青年》雜誌上。 • 6 月 1 日 撰寫「以藝術進行的社會改造」（莫里斯的研究），發表在《大觀》雜誌上。 • 6 月 22 日 出版《出了象牙之塔》（初版，東京：福永書店）。

			・8 月　出版《英文短篇小說集》（廚川白村編，初版，東京：積善館）。 ・9 月 25 日　出版《北美印象記》（初版、縮印版，東京：積善館）。
1921（大正 10）	41	・8 月 3 日　五男幸一誕生、10 月夭折。	・1 月 1 日　撰寫「苦悶的象徵」，發表在《改造》雜誌上。 ・從 9 月 18 日起以及 10 月 18 日至 20 日撰寫「近代的戀愛觀」，發表在《大阪朝日新聞》報刊上。 ・9 月　出版《文藝日記》（東京：積善館出版）。
1922（大正 11）	42	・春天英國皇太子來日，在訪問京都大學之時廚川白村和新村出博士等人一起擔任說明的任務，皇太子親自邀請他訪問英國。 ・7 月　受於朝鮮協會之邀請訪問朝鮮，因大腸出血病重，故回國後住進京都醫科大學病院進行療養。此後也不斷出血，多次外出回家後臥倒在進門處。	・3 月　出版《英詩選釋》（第 1 卷．譯詩集）（初版，東京：アルス社）。 ・4 月 1 日　撰寫「生活革新的理想」—（再說戀愛），發表在《婦人公論》雜誌上。 ・6 月 1 日撰寫「戀愛與人生」—戀愛論的續稿，發表在《婦人公論》雜誌上。 ・7 月 1 日　撰寫「戀愛、結婚與經濟關係」，發表在《婦人公論》雜誌上。 ・8 月 1 日　撰寫「一夫一妻與戀愛」（戀愛論的續稿），發表在《婦人公論》雜誌上。 ・9 月 1 日　撰寫「戀愛與自由」，發表在《婦人公論》雜誌上。 ・10 月 29 日　出版《近代的戀愛觀》（初版，東京：改造社）。
1923（大正 12）	43	・自知接近死期，故愈發在病重期間不分晝夜地、甚至一早就在床鋪上進行寫作。 ・7 月　去輕井澤夏期大學講課，就此 8 月去剛竣工不久的「白日村舍」別墅。	・8 月 1 日　撰寫「有島氏的問題」（有島的最後），發表在《改造》雜誌上。 ・12 月 10 日　出版《走向十字街頭》（初版，東京：福永書店）。

		・9 月 1 日 從早就覺得不舒服,拿下假腳臥於樓上。夫人在樓下忙於午飯之時,突然發生了強烈的關東大地震。第一次地震時白村跌跌撞撞地裝上假腳,由夫人扶著逃到屋外,但在即將渡過海岸橋之時,被二丈多高的海嘯所吞沒。當夫人趕到時泥水已進入廚川的氣管之中。 ・9 月 2 日 下午 2 點 38 分與世長辭。享年 43 歲。	
1924(大正 13)			・1 月 30 日 出版《近代的戀愛觀》(東京:改造社) ・2 月 4 日 出版《苦悶的象徵》(初版,東京:改造社) ・3 月 出版《現代抒情詩選》(英詩選釋第 2 卷,譯詩集。初版,東京:アルス社) ・12 月 15 日 《文學論》上(收錄於《廚川白村全集》第 1 卷)。
1925(大正 14)			・1 月 31 日 《文學論》下(收錄於《廚川白村全集》第 2 卷)。 ・8 月 10 日 《文藝評論》(收錄於《廚川白村全集》第 3 卷)。 ・6 月 28 日「散文與文明批評」(收錄於《廚川白村全集》第 4 卷)。 ・5 月 1 日 《近代的戀愛觀]》(收錄於《廚川白村全集》第 5 卷)。 ・10 月 10 日《印象記翻譯及雜纂》(收錄於《廚川白村全集》第 6 卷)。
1926(大正 15)			・4 月 18 日《補遺》(收錄於《廚川白村全集》第 7 卷)。 ・7 月 8 日《最近英詩概論》(初版,東京:福永書店)。

1929（昭和 4）			・2 月 28 日 出版《出了象牙之塔》《走向十字街頭》（收錄於《廚川白村全集》第 3 卷，東京：改造社）。 ・4 月 3 日出版《近代的戀愛觀》《翻譯序跋講演》（收錄於《廚川白村全集》第 5 卷，東京：改造社）。 ・5 月 8 日 出版《文藝思潮論》《苦悶的象徵》《最近英詩概論》（收錄於《廚川白村全集》第 2 卷，（東京：改造社）。 ・6 月 10 日出版《近代文學十講》（收錄於《廚川白村全集》第 1 卷，東京：改造社）。 ・7 月 10 日 出版《小泉先生其他 20 篇》（收錄於《廚川白村全集》第 4 卷，東京：改造社）。 ・8 月 20 日 出版《英詩選釋》《現代抒情詩選》（收錄於《廚川白村全集》第 6 卷，東京：改造社）。 ・12 月 13 日 出版《文藝思潮論他 14 篇》（收錄於《現代日本文學全集 20 篇 廚川白村 全集》，東京：改造社）。
1942（昭和 17）			・6 月 5 日 出版《戀的永遠性》（第 7 版，收錄於《現代文章 軌範》非凡閣）。
1947（昭和 22）			・2 月 25 日 出版《近代的戀愛觀》（東京：苦樂社）。
1948（昭和 32）			・1 月初版、10 月再版《近代文學十講》（東京：苦樂社）。
1949（昭和 24）			・6 月出版《苦悶的象徵》（東京：山根書店）
1950（昭和 25）			・4 月 出版《近代的戀愛觀》（角川文庫 21。東京：角川書店）。

1952（昭和 27）			・3 月 出版《近代文學十講》（角川文庫 115。東京：角川書店）。
1961（昭和 36）			・11 月 3 日 出版《創作論 兩種力量及其他》（收錄於《現代日本 文學 全集 94》東京：筑摩書房）。
1962（昭和 37）			・7 月 25 日 出版《近代的戀愛觀》（一部分）（收錄於《鑑賞與研究 現代日本文學 講座二卷》，東京：三省堂）。

廚川白村著作封面

羅迪先譯	任白濤譯兩種
魯迅譯・豐子愷譯	任白濤譯兩種・夏丏尊譯

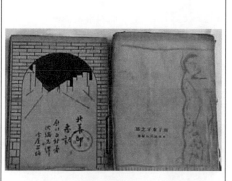

夏衍譯・魯迅譯

樊從予・劉大杰・羅迪先譯

夏丏尊譯

章錫琛譯

魯迅譯

林文瑞譯《苦悶的象徵》

青欣譯

琥珀出版部編譯	劉大杰譯 《歐美文學評論》	魯迅譯・天津・ 百花文藝出版社
沈端先譯《北美印象記》	劉大杰譯 《小泉八雲及其他》	魯迅譯・台北市・ 昭明出版
劉大杰譯 《走向十字街頭》	魯迅譯《出了象牙之塔》	徐雲濤譯

樊從予譯《文藝思潮論》	豐子愷譯	魯迅譯、 人民文學出版社 1988
新北市新店區· 正中書局	金溟若譯 《出了象牙之塔》	陳曉南譯 《西洋近代文藝思潮》

北京·人民文學出版社 2007 年	林文瑞譯《苦悶的象徵》

廚川白村肖像‧墳墓‧舊家

廚川白村肖像

廚川白村肖像

廚川白村墳墓

廚川白村墳墓

廚川白村舊家

廚川白村舊家

【參考資料1】
民國時期廚川白村著作單行本的出版狀況
（以出版年代篇為順）

	作品名 （頁數）		譯者	版本	叢書名	出版社	發行部數 （價格）
①	近代文學十講（上）（230）		羅迪先	1921.8.1、初版 1923.5、再版 1925.10、5版 1928.4.30、6版	學術研究會叢書之二	上海學術研究會叢書部	（6角）
	近代文學十講（下）（245）		羅迪先	1922.10.1、初版 1929.1.1、3版 1934.6、7版 1935.4、8版	學術研究會叢書之四	上海學術研究會叢書部	（6角）
②	戀愛論	輯譯（82）	任白濤（一碧）	1923.7.20、初版 1924.3.20、再版 1924.10.15、3版	學術研究會叢書之六	上海學術研究會叢書部	（2角）
		譯訂（70）		1932.12、7版 1934.12、9版		上海啟智書局	（4角）
③	文藝思潮論（131）		樊從予（樊仲雲）	1924.12、初版 1927.3、再版 1932.12、國難後1版	文學研究會叢書	上海商務印書館	（3角5分）
④	苦悶的象徵（147）		魯迅	1924.12、初版 1926.3、再版 1926.10、3版 1927.8、4版 1928.8、5版 1929.3、6版 1929.8、7版 1930.5、8版 無出版日期、10版 無出版日期、11版 1935.10、12版	未名叢刊	新潮社代售 北新書局 北新書局 北新書局 北新書局 北新書局 北新書局 北新書局 北新書局 北新書局 北新書局	1500 （5角） 1500 1500 3000 2000 3000 2500 3000 （5角半）
⑤	苦悶的象徵（105＋2）		豐子愷	1925.3、初版 1926.7、再版 1932.9、國難後1版	文學研究會叢書	上海商務印書館	（3角半）

⑥	出了象牙之塔（254）	魯迅	1925.12、初版 1927.9、再版 1928.10、3版 1929.4、4版 1930.1、5版 1931.8、初版 1932.8、再版 1933.3、3版 1935.9、4版 1937.5、5版	未名叢刊 未名叢刊 未名叢刊 未名叢刊 未名叢刊	未名社 未名社 未名社 未名社 未名社 北平・上海北新書局 北新書局 北新書局 北新書局 北新書局	3000 （7角） 1000 2000 1500 2000 2000 （9角）
⑦	走向十字街頭（234）	綠蕉・大杰（劉大杰）	1928.8、初版 1929.4、再版 1930.10、3版 1934、3版 1935.5、3版 1935.6、3版	表現社叢書	上海啟智書局	（6角） （1元2角） （6角） （2元）
⑧	近代的戀愛觀（207）	夏丏尊	1928.8、初版 1929.4、再版	婦女問題研究會叢書	上海開明書店	（8角）
⑨	北美印象記（180）	沈端先（夏衍）	1929.4.10、初版		上海金屋書店	（6角）
⑩	小泉八雲及其他（208）	綠蕉（劉大杰）（校）一碧	1930.4、初版 1934.12、再版		上海啟智書局	（6角） （1元4角）
⑪	歐美文學評論（204）	夏綠蕉（劉大杰）	1931.1、初版		上海大東書局	（5角）

【參考資料2】

任白濤翻譯《戀愛論》兩種

「初譯本」（全 89 頁、不包括封面和廣告）「改譯本」（全 78 頁、不包括封面和廣告）

初譯本	改譯本
表紙：日本廚川白村著、任白濤譯、學術研究會叢書第陸冊、戀愛論、學術研究會總會發行	表紙：廚川白村、戀愛論、任白濤譯訂、上海啟智書局印行 表扉：廚川白村、戀愛論、任白濤譯訂、學術研究會印行
卷頭言　一九二三年四月在西湖（一～三） 目次　（一～二）	卷頭言　一九二三年四月在西湖（　・二） 關於『戀愛論』的修正 　　一九二六年四月在上海（一～四） 目次　（一～二） 中扉：廚川白村、戀愛論、任白濤譯訂（三～四）
本文 81 頁（本文印刷頁：1～82）	本文 66 頁（本文印刷頁：5～70）
《近代的戀愛觀》的翻譯部分 （本文實質 21 頁）[ ]開始頁、（ ）實質頁數	《近代的戀愛觀》的翻譯部分 （本文實質 16 頁）[ ]開始頁、（ ）實質頁數
戀愛至上主義 　一　永久的都城　　　　　　[一]（2.5） 　二　戀愛觀之三変　　　　　[三]（3.5） 　三　愛之進化　　　　　　　[六]（4.2） 　四　槌拉成旧婦女子　　　　[一一]（2.8） 　五　両出破鏡重圓之喜劇　　[一三]（3.0） 　六　戀愛与自我解放　　　　一六（1.5） 　七　從無批判到肯定　　　　[一八]（3.5）	第一　戀愛全上主義 　一　永久的都城　　　　　　[五]（2.5） 　二　戀愛觀之三変　　　　　[七]（3.0） 　三　愛之進化　　　　　　　[一○]（3.5） 　四　戀愛与結婚　　　　　　[一四]（1.5） 　五　槌拉已经旧了　　　　　[一五]（1.0） 　六　相互的發見　　　　　　[一六]（1.0） 　七　從無批判到肯定　　　　[一七]（3.5）
《再說戀愛》以後的翻譯部分 （本文實質 57 頁）[ ]開始頁、（ ）實質頁數	再說戀愛》以後的翻譯部分 （本文實質 44 頁）[ ]開始頁、（ ）實質頁數
從実際生活上論戀愛　　　　[二三]（0.6） 　一　試看生活革新之三個標幟 　　　　　　　　　　　　　[二三]（4.8） 　二　答一個平凡的質問　　[二八]（4.0） 　三　人生之根本要件　　　[三二]（2.7）	第二　從実際生活上論戀愛　[二三]（0.6） 　一　生活革新之三個標幟　[二三]（4.5） 　二　答一個平凡的質問　　[二八]（3.0） 　三　人生之根本要件　　　[三一]（2.5）

四　愛与食之關係　　　[三五]（9.4）	四　愛与食之關係　　　[三四]（8.5）
五　一夫一婦・戀愛・貞操 　　　　　　　　　　　[四四]（4.8）	五　一夫一婦・戀愛・貞操 　　　　　　　　　　　[四二]（4.0）
六　戀愛与自由　　　　[四九]（3.3）	六　戀愛与自由　　　　[四六]（3.0）
七　戀愛与生殖　　　　[五三]（4.0）	七　戀愛与生殖　　　　[四九]（4.0）
八　三角關係　　　　　[五七]（2.0）	八　三角關係　　　　　[五三]（2.0）
九　評結婚式　　　　　[五九]（4.8）	九　評結婚式　　　　　[五四]（4.5）
斷片　　　　　　　　　[六五]（16.6）	第三　斷片　　　　　　[五九]（7.4）
奧付：原著者廚川白村、輯譯者任白濤 　　　發行者學術研究會總會叢書部 　　　中華民國十二年七月二十日初版	奧付：著者任白濤 　　　發行者啟智書局 　　　中華民國二十一年十二月第七版

【參考資料 3】

	結婚式を評す　　　　　　　［二九四］
	オビテル・スクリプタ　　　［三〇七］
	かの一瞬を　　　　　　　　［三四〇］
	創作と宣伝　　　　　　　　［三五五］
諾斯考德「基督教與性的關係」 　　一九二二年版三二三頁　　［二〇八］	ノオスコオト「基督教ト性的問題」 　　一九二二年版三二三頁　　［三六八］
奧付：原著者廚川白村、翻譯者夏丏尊 　　　發行者開明書店、一九二八年九月 　　　初版	奧付：著者廚川辰夫、發行所改造社、大 　　　正十一年十月廿九日初版

【參考資料４】
在報刊雜誌和選集上廚川白村的譯作以及聯以評論
（民國時期）

翻譯作品及び關連論評表題	原典出處	翻譯者	揭載紙	卷‧號(期)	揭載年月日
※平民詩人惠特曼的百年祭	文藝思潮論、5章‧1節靈肉合一觀	田漢	少年中國	1卷1期	1919.7.15
※文藝思潮漫談——浪漫主義同自然主義的比較顴	近代文學十講、5講‧2節浪漫主義より自然主義へ	謝六逸	晨報副鑴		1919.7.30～8.3（連載5日）
文藝的進化	近代文學十講、9講‧2節文藝の進化	朱希祖	新青年	6卷6號	1919.11.1
※詩人與勞働問題	近代文學十講、5講自然主義（其一）	田漢	少年中國	1卷8期	1920.2.15
※詩人與勞働問題（續）	近代文學十講、5講自然主義（其一）	田漢	少年中國	1卷9期	1920.3.15
※文學上的表象主義是什麼？	近代文學十講、10講3節象徵主義	謝六逸	小說月報	11卷5號	1920.5.25
※文學上的表象主義是什麼？（續）	近代文學十講、10講3節象徵主義	謝六逸	小說月報	11卷6號	1920.6.25
※新浪漫主義及其他——復黃日葵兄的一封信	近代文學十講、8講‧1節新しき努力の時代	田漢	少年中國	1卷12期	1920.6.15
※現代文學上底新浪漫主義	近代文學十講、9講‧1節新浪漫派	音塵	東方雜誌	17卷12號	1920.6.25
最近文藝之趨勢十講	近代文學十講	羅迪先	民鐸	2卷2號	1920.9.15
創作論與鑑賞論	苦悶の象徵	明権	時事新報‧學灯		1921.1.16～1.22（連載7日）
近代文藝思潮底變遷與人底一生	近代文學十講、8講‧1節新しき努力の時代（思潮の変遷と人の一生）	白鷗	民國日報‧覺悟		1921.7.25
美的宗教	文藝思潮論、5章‧4節美の宗教	汪馥泉	民國日報‧覺悟		1921.8.25
基督教思潮和異教思潮	文藝思潮論、1章序論の部分（基督教思潮と異教思潮）	汪馥泉	民國日報‧覺悟		1921.9.20

靈肉合一觀	文藝思潮論、5 章・1 節靈肉合一觀	汪馥泉	民國日報・覺悟		1921.10.4
象徵底分析	近代文學十講、10 講・3 節象徵主義	春華、美子	民國日報・覺悟		1921.10.23
近代的戀愛觀	近代の戀愛觀	Y.D.（吳覺農）	婦女雜誌	8 卷 2 號	1922.2.1
※西洋小說發達史	近代文學十講、小說發達の経過	謝六逸	小說月報	13 卷 2 號	1922.2.10
文藝思潮論	文藝思潮論	汪馥泉	民國日報・覺悟		1922.2.21～3.28（連載 26 回）
※西洋文藝思潮之變遷	近代文學十講、5 講自然主義（其一）・6 講自然主義（其二）・7 講自然派作物の特色	學林		1 卷 6 期	1922.3.25
文藝上的新浪漫派	近代文學十講、9 講・1 節新浪漫派	汪馥泉	民國日報・覺悟		1922.7.9～10（連載 2 日）
勃朗寧的三篇戀愛詩	象牙の塔を出て、3 詩人ブラウニング、15 詩三篇	李宗武	婦女雜誌	8 卷 8 號	1922.8.1
※從希臘思潮到文藝復興		汪馥泉	民國日報・覺悟		1922.12.14.15.17（連載 3 回）
※憶伏爾斯頓克拉脫女士	近代の戀愛觀、附錄・黎明期の第一声―ゴッドウィン婦人ウルストンクラフトを憶う	施存統	婦女雜誌	9 卷 1 號	1923.1.1
戀愛與自由	近代の戀愛觀	Y.D.（吳覺農）	婦女雜誌	9 卷 2 號	1923.2.1
※評結婚式	近代の戀愛觀、結婚式を評す	任白濤	新民意報・星火	4 冊	1923.4.29
愛與食之關係	近代の戀愛觀	任白濤	婦女雜誌	9 卷 6 號	1923.6.1
談戀愛與生殖	近代の戀愛觀	任白濤	民國日報・婦女評論	99 期	1923.7.11
文藝思潮論	文藝思潮論	樊仲雲	文學週報	102～115 期、119～120 期	1923.12.24～1924.5.5（連載 16 回）

讀《文藝思潮論》（讀書錄）		誦虞	小說月報	15 卷 2 號	1924.2.10
文學創作論	苦悶の象徵、1 章創作論・1～3 節	仲雲	文學週報	128～129 期、138 期	1924.6.30、7.7、9.8
※苦悶的象徵	苦悶の象徵	豐子愷	上海時報		1924.9～
苦悶的象徵（創作論與鑑賞論）	苦悶の象徵	魯迅	晨報副鐫	233～259 號	1924.10.1～31（連載 20 回）
譯《苦悶的象徵》后三日序		魯迅	晨報副鐫	233 號	1924.10.1
宣傳與創作	近代の戀愛觀、創作と宣伝	任白濤	小說月報	15 卷 10 號	1924.10.10
文藝上幾個根本問題的考察	苦悶の象徵、3 章文藝の根本問題に關する考察	樊仲雲	東方雜誌	21 卷 20 號	1924.10.25
《自己發見的歡喜》譯者附記		魯迅	晨報副鐫		1926.10.26
《冇限中的無限》譯者附記		魯迅	晨報副鐫		1926.10.28
戀愛貞操與一夫一婦論	近代の戀愛觀、再び戀愛を說く、6 一夫一婦、戀愛、貞操	Y.D.（吳覺農）	民國日報・婦女週報	61 期	1924.10.29
《文藝鑑賞的四段階》譯者附記		魯迅	晨報副鐫		1926.10.30
觀照享樂的生活	象牙の塔を出て、觀照享樂の生活	魯迅	京報副刊		1924.12.9～13（連載 5 日）
《觀照享樂的生活》譯者附記		魯迅	京報副刊		1924.12.9
描寫勞働問題的文學	象牙の塔を出て、労働問題を描ける文學	魯迅	民眾文藝（週刊）	4 期・5 期	1925.1.6、1.13
從靈向肉和從肉向靈	象牙の塔を出て、靈より肉へ、肉より靈へ	魯迅	京報副刊		1925.1.9～14（連載 5 回）
《從靈向肉和從肉向靈》譯者附記		魯迅	京報副刊		1925.1.9
西班牙劇壇的將星	十字街頭を往く、西班牙劇団の將星	魯迅	小說月報	16 卷 1 號	1925.1.10
現代文學之主潮	象牙の塔を出て、現代文學の主潮	魯迅	民眾文藝（週刊）	6 期	1925.1.20

《現代文學之主潮》譯者附記		魯迅	民眾文藝（週刊）		1925.1.20
※作家之外游	十字街頭を往く、作家の外遊	任白濤	民鐸	6 卷 2 號	1925.2.1
出了象牙之塔	象牙の塔を出て	魯迅	京報副刊		1925.2.14～3.11（連載 16 回）
病的性慾與文學	小泉先生そのほか、病的性欲と文學	樊仲雲	小說月報	16 卷 5 號	1925.5.10
卷頭語（摘錄廚川白村的《苦悶的象徵》）		記者錄	小說月報	16 卷 5 號	1925.5.10
論勞働問題		樊仲雲	小說月報	16 卷 6 號	1925.6.10
文藝與性慾	十字街頭を往く、文藝と性欲	樊仲雲	小說月報	16 卷 7 號	1925.7.10
東西的自然詩觀	十字街頭を往く、東西の自然詩觀	魯迅	莽原（半月刊）	2 期	1926.1.25
※《苦悶的象徵》的縮譯	苦悶の象徵	任白濤	民鐸	8 卷 4 號	1927.3.1
文藝與性慾	十字街頭を往く、文藝と性欲	綠蕉（劉大杰）	長夜	1 期	1928.4.1
東西的自然詩觀	十字街頭を往く、東西の自然詩觀	劉大杰	長夜	3 期	1928.5.1
※婦人與讀書	十字街頭を往く、婦人と読書	綠蕉（劉大杰）	女性與文學	上海・啟智書局	1928.5.14
※文藝與性慾	十字街頭を往く、文藝と性欲	綠蕉（劉大杰）	女性與文學	上海・啟智書局	1928.5.14
蛇性之淫	十字街頭を往く、西洋の『蛇性の淫』	張水淇	獅吼（半月刊）	復活號 1 期	1928.7.1
女人的天國	印象記、北米印象記、4 女の天國	沈端先（夏衍）	獅吼（半月刊）	復活號 5 期	1928.9.1
惡魔的宗教	十字街頭を往く、悪魔の宗教	劉大杰	寒鴉集	上海・啟智書局	1928.10 初版、1934.5 再版
惡魔的宗教	十字街頭を往く、悪魔の宗教	張水淇	獅吼（半月刊）	復活號 10 期・11 期	1928.11.16、12.1
※東西的自然詩觀	十字街頭を往く、東西の自然詩觀	韓侍桁	近代日本文藝論集	上海・北新書局	1929.2

※文藝與性慾	十字街頭を往く、文藝と性欲	韓侍桁	近代日本文藝論集	上海‧北新書局	1929.2
※演劇與觀客	十字街頭を往く、演劇と觀客	韓侍桁	近代日本文藝論集	上海‧北新書局	1929.2
※病的性慾與文學	小泉先生そのほか、病的性欲と文學	韓侍桁	近代日本文藝論集	上海‧北新書局	1929.2
※東西洋的自然詩觀	十字街頭を往く、東西の自然詩觀	芝君	開明	2 卷 4 號	1929.10.10
傑克倫敦的小說	印象記、ジャック・ロンドンの小說	劉大杰	北新	4 卷 1‧2 期	1930.1.1
※平和之勝利	小泉先生そのほか、附錄‧平和の勝利	任白濤	從康德和平主義到思想問題	上海‧啟智書局	1930.4
《近代的戀愛觀》（廚川白村著‧夏丏尊譯）書評		陳九皋	開明	2 卷 13 號	1930.8.1
英國的厭世詩派	最近英詩概說、4章懷疑厭世の詩派	東声（韓侍桁）	文藝月刊	4 卷 6 期	1933.12.1

以上是基於筆者在上海圖書館的實地調查和唐沅他編《中國現代文學期刊目錄彙編》（中國現代文學史資料彙編‧丙種，中國現代文學書刊資料叢書，天津人民出版社，1988‧9）。※項目是基於李強所著《廚川白村文藝思想研究》（崑崙出版社，東方文化集成‧日本文化編，2008.3）中的「附錄 7 廚川白村著作（文章）漢譯初版一覽表」。

【參考資料 5】

魯迅譯《苦悶的象徵》、《出了象牙之塔》的出版狀況

書名（頁數）	出版年月・版本	叢書名	出版社	發行數量（價格）
	1924.12、初版	未名叢刊（卷末）	北京大學・新潮社代售	1500（5 角）
	1926.3、再版	未名叢刊（卷末）	北平・上海・北新書局	1500
	1926.10、3 版	未名叢刊（卷末）	上海・北平・北新書局	1500
	1927.8、4 版	未名叢刊（卷末）	上海・北平・北新書局	3000
	1928.8、5 版	未名叢刊（卷末）	上海・北平・北新書局	2000
	1929.3、6 版	未名叢刊（卷末）	上海・北平・北新書局	3000
	1929.8、7 版	未名叢刊（卷末）	上海・北平・北新書局	2500
	1930.5、8 版	未名叢刊（卷末）	上海・北平・北新書局	3000
	1931、重印		上海・北平・北新書局	
苦悶的象徵（147＋8）（139）（104/287）（85/262）（197）（117）	無出版日期、10 版 無出版日期、11 版 1935.10、12 版 1960.8、第 1 版 1988.7、第 1 版 2000.1、第 1 版 2000.7.20、第 1 版 2002.12.16、初版 2002.12.26、再版 2007.7、北京第 1 版	世界散文名著叢書 輕經典 輕經典 天火叢書	上海・北平・北新書局 香港・今代圖書公司 北京・人民文學出版社 天津・百花文藝出版社 臺北市・昭明出版 臺北縣新店市・正中書局 臺北縣新店市・正中書局 北京・人民文學出版社	（5 角半） 8290（2.50 元） 4000（14 元） （220 臺幣） （200 臺幣） 5000（10 元）

	1925.12、初版	未名叢刊（封面）	北平・未名社	3000（7 角）
	1927.9、再版	未名叢刊（封面）	北平・未名社	1000
	1928.10、3 版	未名叢刊（封面）	北平・未名社	2000
	1929.4、4 版	未名叢刊（封面）	北平・未名社	1500
	1930.1、5 版	未名叢刊（封面）	北平・未名社	2000
	1931.8、初版		上海・北平・北新書局	2000（9 角）
出了象牙	1932.8、再版		上海・北平・北新書局	
之塔	1933.3、3 版		上海・儿平・北新書局	
（254＋8）	1935.9、4 版		上海・北平・北新書局	
（235）	1937.5、5 版		上海・北平・北新書局	
（183/287）	1960.8、第 1 版		香港・今代圖書公司	
（172/262）				
	1988.7、第 1 版		北京・人民文學出版社	8290（2.50 元）
（154）				
	2000.1、第 1 版	世界散文名著叢書	天津・百花文藝出版社	4000（14 元）
	2000.7.20、第 1 版		臺北市・昭明出版	（220 臺幣）
	2007.7、北京第 1 版	天火叢書	北京・人民文學出版社	5000（12 元）

作者及編譯簡介

作者　工藤　貴正

　　日本愛知縣立大學外國語學院兼國際文化研究院碩士・博士班教授，文學博士（名古屋大學）。專業為中國近現代文化文學與日・中・台比較文化文學。撰著有《魯迅與西洋近代文藝思潮》（汲古書院，2008.9）、《通往現代中國之指南Ⅱ》（白帝社，2009.9）、《中文語境中的廚川白村現象－隆盛・衰退・回歸與連續》（思文閣出版，2010.2）等。

序文　何　思慎

　　政治大學東亞研究所博士。現任輔仁大學日文系教授兼副國際教育長暨日本研究中心主任、國家政策研究基金會教育文化組召集人、臺灣大學日文系兼任教授。歷任輔仁大學日文系副教授、東京大學東洋文化研究所客座研究員、日本交流協會日台交流中心「歷史研究者交流活動」招聘學者。

序文　洪　韶翎

　　輔仁大學日本語文學系兼任講師。輔仁大學日本語文學系碩士、跨文化研究所比較文學博士生。著有《日本普羅文學研究》（輔仁大學碩士論文）、譯有：《悶燒鍋裡的婚姻》、《心聲》、《原節子與李香蘭》等多本獲獎譯作。目前研究重點在於左翼思想在日本的興衰、變化及其形象兼及其對殖民地知識份子所產生的影響與變形。

前言　潘　光哲

　　中央研究院近代史研究所研究員，兼任胡適紀念館主任；歷任国際日本文化研究センター「外國人研究員」、美國哈佛大學哈佛燕京學社（Harvard-Yenching Institute）訪問學者、臺灣大學人文社會高等研究院訪問學者等職。專業研究領域為近現代中國史與當代臺灣史。著有《晚清士人的西學閱讀史（1833～1898）》、《華盛頓在中國：製作「國父」》、

《「天方夜譚」中研院：現代學術社群史話》等專書及學術論文七十餘篇等。

監修・譯者　吉田 陽子

愛知縣立大學外聘講師。愛知縣立大學大學院博士後期課程結束。現主要從事「文革」時期八個革命樣板戲研究。主要翻譯有《東亞歷史教科書問題面面觀》（日本・中國・臺灣・韓國・在日朝鮮人學校）第 6 章（菊池一隆著，2015 年 12 月初版，臺灣：稻鄉出版社）等。本書監修、校對以及第 8 章翻譯、廚川白村生平及寫作年表。

譯者　範 紫江

大阪市立大學外聘講師。大阪市立大學大學院博士後期課程結束。現從事中國近現代通俗文學研究。撰著有中國現代文學名家叢書《灑向人間皆是愛──冰心》（文史哲出版社 2001.1）等。本書序章、第 1 章、第 2 章、第 3 章以及第 4 章翻譯。

譯者　張 靜

上海・杉達學院外語學院講師。愛知縣立大學大學院博士後期課程結束。專業為日本近代文學 芥川龍之介研究。本書第 5 章、6 章、7 章、9 章以及終章翻譯。

校訂　吳 米淑

日本愛知學院大學文學研究科博士。現任致理科技大學應用日語系助理教授。從事臺灣與日本旅行・觀光史研究。發表論文〈日治時期臺灣人旅日之實態與特徵－以 1920・30 年代為中心－〉（《臺灣史學雜誌》，2014 年 6 月號），〈1960・70 年代の台湾における観光旅行政策の実態と特徴－政治・經濟情勢に関連させて－〉《現代臺灣研究》，第 46 號，2016 年 1 月）等。本書校訂。

秀威經典　　　　　　　語言文學類　PG1666　新視野 26

廚川白村現象在中國與臺灣

作　　者 / 工藤貴正
翻　　譯 / 範紫江、張靜、吉田陽子
監　　修 / 吉田陽子
校　　訂 / 吳米淑
責任編輯 / 盧羿珊
圖文排版 / 楊家齊
封面設計 / 蔡瑋筠

出版策劃 / 秀威經典
發 行 人 / 宋政坤
法律顧問 / 毛國樑　律師
印製發行 / 秀威資訊科技股份有限公司
　　　　　114 台北市內湖區瑞光路 76 巷 65 號 1 樓
　　　　　電話：+886-2-2796-3638　傳真：+886-2-2796-1377
　　　　　http://www.showwe.com.tw
劃撥帳號 / 19563868　戶名：秀威資訊科技股份有限公司
　　　　　讀者服務信箱：service@showwe.com.tw
展售門市 / 國家書店（松江門市）
　　　　　104 台北市中山區松江路 209 號 1 樓
　　　　　電話：+886-2-2518-0207　傳真：+886-2-2518-0778
網路訂購 / 秀威網路書店：http://www.bodbooks.com.tw
　　　　　國家網路書店：http://www.govbooks.com.tw

2017 年 1 月　BOD 一版
定價：550 元
版權所有　翻印必究
本書如有缺頁、破損或裝訂錯誤，請寄回更換

Copyright©2017 by Showwe Information Co., Ltd.
Printed in Taiwan
All Rights Reserved

國家圖書館出版品預行編目

廚川白村現象在中國與臺灣 / 工藤貴正著；範紫
江, 張靜, 吉田陽子翻譯. -- 一版. -- 臺北市：
秀威經典, 2017.01
　　面； 　公分. -- (語言文學類；PG1666) (新視
野；26)
　　BOD 版
　　ISBN 978-986-93753-8-2(平裝)

　1. 廚川白村　2. 日本文學　3. 文學評論

861.2　　　　　　　　　　　　　105019821

讀者回函卡

感謝您購買本書，為提升服務品質，請填妥以下資料，將讀者回函卡直接寄回或傳真本公司，收到您的寶貴意見後，我們會收藏記錄及檢討，謝謝！
如您需要了解本公司最新出版書目、購書優惠或企劃活動，歡迎您上網查詢或下載相關資料：http:// www.showwe.com.tw

您購買的書名：＿＿＿＿＿＿＿＿＿＿＿＿＿＿＿＿＿＿＿＿＿＿＿

出生日期：＿＿＿＿＿年＿＿＿＿＿月＿＿＿＿＿日

學歷：□高中 (含) 以下　　□大專　　□研究所 (含) 以上

職業：□製造業　□金融業　□資訊業　□軍警　□傳播業　□自由業
　　　□服務業　□公務員　□教職　　□學生　□家管　□其它＿＿＿

購書地點：□網路書店　□實體書店　□書展　□郵購　□贈閱　□其他

您從何得知本書的消息？

　□網路書店　□實體書店　□網路搜尋　□電子報　□書訊　□雜誌

　□傳播媒體　□親友推薦　□網站推薦　□部落格　□其他＿＿＿＿＿

您對本書的評價：(請填代號　1.非常滿意　2.滿意　3.尚可　4.再改進)

　封面設計＿＿＿　版面編排＿＿＿　內容＿＿＿　文／譯筆＿＿＿　價格＿＿＿

讀完書後您覺得：

　□很有收穫　□有收穫　□收穫不多　□沒收穫

對我們的建議：＿＿＿＿＿＿＿＿＿＿＿＿＿＿＿＿＿＿＿＿＿＿＿

＿＿＿＿＿＿＿＿＿＿＿＿＿＿＿＿＿＿＿＿＿＿＿＿＿＿＿＿＿＿

＿＿＿＿＿＿＿＿＿＿＿＿＿＿＿＿＿＿＿＿＿＿＿＿＿＿＿＿＿＿

＿＿＿＿＿＿＿＿＿＿＿＿＿＿＿＿＿＿＿＿＿＿＿＿＿＿＿＿＿＿

請貼
郵票

11466
台北市內湖區瑞光路 76 巷 65 號 1 樓

秀威資訊科技股份有限公司　　　收

BOD 數位出版事業部

··

（請沿線對折寄回，謝謝！）

姓　　名：＿＿＿＿＿＿＿＿＿　年齡：＿＿＿＿＿　性別：□女　□男

郵遞區號：□□□□□

地　　址：＿＿＿＿＿＿＿＿＿＿＿＿＿＿＿＿＿＿＿＿＿＿

聯絡電話：(日) ＿＿＿＿＿＿＿＿＿＿ (夜) ＿＿＿＿＿＿＿＿＿＿

E - m a i l：＿＿＿＿＿＿＿＿＿＿＿＿＿＿＿＿＿＿＿＿＿